新大明十六皇朝

一 蓋世群雄

許嘯天 著

前言

《大明十六皇朝》總結明代的歷史，從太祖開國到崇禎自縊，再到清兵入關，南明覆滅，一一鋪敘。對於朱元璋的殘忍，明成祖的狠戾，錦衣衛的橫暴，魏忠賢的囂張，均有深刻的描述。

「嘗聞傾國與傾城，翻使周郎受重名，妻子豈應關大計？英雄無奈是多情。全家白骨成灰土，一代紅顏照汗青！」

一個被出賣了的英雄時代之後，在中土群雄歷盡艱辛逐退蒙古鐵騎之際，巍然創建起來的大明王朝，最後卻因山海關總兵吳三桂自動引領清軍入關，而覆亡於女真鐵騎之下。表面看來，這種「衝冠一怒為紅顏」的亡國故事，未免有些跡近兒戲。但深層想去，明朝失國，皇室的遭遇其實是中國歷史上最悲慘、也最無奈的下場，這何嘗不正是一種歷史的反諷？

歷史的反諷，早在「靖難」之役，即已隱約浮現。明太祖立國之後，為了鞏固自己心目中萬代不移的帝業，不惜設立錦衣衛，進行恐怖統治，將為他出生入死的謀臣勇將，誅夷一空。於是，軍政權力全部集中於朱氏藩王手中。朱元璋屍骨未寒，自己的兒子燕王朱棣即與孫子建文皇帝展開了權力鬥爭。三年骨肉相殘的戰事之後，朱棣獲勝，建文出亡，新的殺戮又隨之而起。

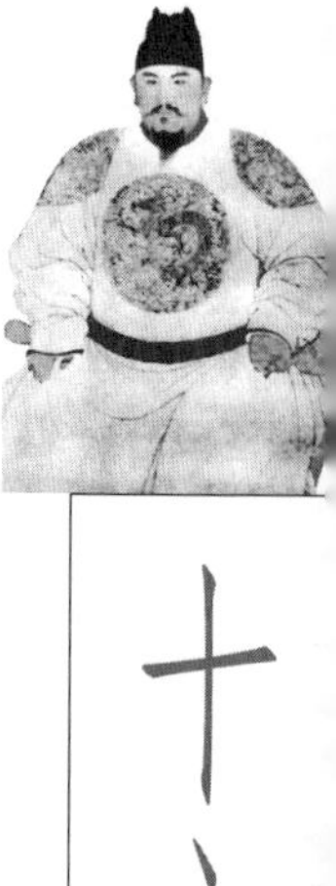

明成祖的狠戾與殘暴，與他天賦的雄才大略，交光互映。因此，他一方面出擊蒙古殘餘勢力的韃靼和瓦剌，甚至派遣鄭和七次下西洋，拓展帝國海上霸權，使明朝的聲威達到頂點；另一方面，卻也將明太祖留下的恐怖統治，推向空前的高峰，連皇室朱氏子弟本身，都終日生活在危懼與戰慄之中，隨時可能遭到不測的慘禍。至於疆吏朝臣，乃至平民百姓，在太祖、成祖及嗣後明朝諸帝眼中，更絕無人格尊嚴或人權保障之可言。

「粉身碎骨都不怕，要留清白在人間」的一代忠臣于謙，曾經隻手挽救明朝的天下，卻在「奪門之變」英宗復辟後，慘遭滅族。而在魏忠賢的閹黨把持朝政時，楊漣、左光斗、周順昌等東林志士逐一入獄，那種碧血橫飛、體無完膚的慘況，曾令民間社會稍有人心的市井氓庶，都為之同聲一哭。

可是，高高在上的熹宗皇帝，卻顯然置若罔聞。然後是熊廷弼的傳首九邊，袁崇煥的凌遲碎剮，在女真崛起於東北之後，奮起衛國的民族英雄，卻由崇禎皇帝逐一親自施予毒手。似這樣剛愎顢頇的帝王，卻在李闖軍隊攻入北京，準備自縊於煤山之前，留下「任賊分裂朕屍，勿傷百姓一人」的遺言，豈不正是絕大的歷史反諷？

滿清軍隊入關之後，李闖固然一戰而敗，南明諸王也迅速冰銷瓦解。「白骨青灰長艾蕭，桃花扇底送南朝」，由出賣明教群雄而締造起來的大明王朝，也終於在被吳三桂出賣之後，走完了它命定的悲慘結局。歷史的果報，思之令人恍惚若夢，正是：「**是有真跡，如不可知，意象欲生，造化已奇。**」

目錄

第一回　黃金家族

山嶂疊翠，溪水瀲灩，綠柳爭妍，桃花吐豔；那個時候，正是春風嫋嫋，吹得百花都盈盈欲笑。枝頭的黃鶯兒，也撲著雙翅，婉轉悠揚地歌唱起來；又有那穿花的粉蝶迎風飛著，紛紛亂舞，好似天女在那裏散花一般。獨有銜泥的紫燕，卻在樹林裏或是水面上，不住地掠來掠去，找尋著小的蟲魚，去哺那巢裏的雛燕；晨曦漸漸地放開光華來，把草上鮮明可愛的露珠慢慢地收拾過了，便顯出很嬌嫩的一片綠茵來。

這時，只聽得一片大廣場裏，嗚嗚的角聲鳴處，兩扇大青旗忽地豎了起來；接著帳篷裏一陣鼓聲，便有幾百個壯丁，一個個弓上弦、刀出鞘，雄糾糾、氣昂昂，很整齊地列著隊伍，分四面八方排立著。大眾又吶喊一聲，頓時金鼓齊鳴，幾百個壯丁就按著部位排起陣來；但見旌旗招展，刀槍耀目，隊伍錯雜，人若魚龍，極盡五花八門的能事，把光平似鏡的綠茵，早已踐踏得足跡繚亂，連那一朵朵的野花，也被摧落不少呢。

一班壯丁走著陣，變化萬端；正在起勁的當兒，猛聽得帳篷裏面，轟然的一聲信炮響，走出一個老頭兒來。那老頭兒頭戴長纓的緯帽，身穿繡花開叉袍，外罩金獅短褂，腰繫鸞帶；一旁掛著荷囊和一根

旱煙袋，右手高高地拿著一面杏黃的尖角旗。

打量上去，那老頭兒約莫有八十來歲年紀，雖是鬚髮如霜雪也似的白，卻是精神矍鑠，大有老當益壯的氣概；原來那蒙古的人民，沒有什麼城垣都邑，只揀那土壤肥美、水草茂盛的地方，就蓋起帳篷來，聚族而居，算是村落了。

這個地方，叫做豁禿里，那老頭兒便是豁禿里的村長篾爾幹；當下，篾爾幹將右手的杏黃旗輕輕一展，幾百個壯丁一陣紛紛滾滾，已嶄齊地歸了隊伍。草地上角也不鳴，金鼓不響，霎時靜悄悄地鴉雀無聲了；篾爾幹向四周瞧了一遍，對大眾獎勵了幾句，便傳下令來，叫眾壯丁較射。

這令一出，便出一個小卒，去八十步外，放了三個箭垛；諸事妥當，篾爾幹喝聲：「射箭！」幾百個壯丁各挽強弓射去，金蔑聲連綿不絕，十矢中倒中了九支。蒙古人本來專工郊獵，弓箭是他們唯一的絕技；七八歲的童子已是矢無虛發了，何況是征戰的壯丁，自然要高人一等了。

篾爾幹看了不覺大喜，命取牛羊布帛，賞了一班壯丁；自己又取出一支九節的熟銅鞭來，對眾人說道：「我這支銅鞭，是幼年隨金主完顏氏南征時所得；如今使得純熟，五步之內打人百發百中。我仗著它防身，寸步不離，足有六十多年了；現在年已衰老，要這利器也沒甚用處，我且把這鞭法傳給你們吧。」

篾爾幹說著，將右手握銅鞭，左右前後慢慢地舞了起來。他舞到得勁的時候，眾人只覺得風聲呼呼，銅鞭化作萬道金光，和那陽光映成一片；篾爾幹的人影子也瞧不見了，把幾百個壯丁看得瞠目結舌，呆了過去。篾爾幹舞了一會，才緩緩地停下來，收住了鞭；卻面不改色，氣不噓喘，兀是沒事一樣，眾人便齊齊讚了一聲。

篾爾幹當然十分得意，一手捋著髭鬚，帶笑說道：「鞭法既已演過，這鞭究竟傳給誰，一時卻委決不下；我如今把這鞭，去掛在百步外的竿兒上，誰能一箭射落銅鞭，這鞭就是他的。」蔑爾幹說畢，小卒們已將銅鞭遠遠地掛著了。

這時，幾百個壯丁和幾個頭目，大家都想得那支銅鞭，便各顯身手，拈著弓、搭著箭，看個清楚射去；那距離不免太遠了，有的眼力不及，有的弓軟射不到，結果大家束手呆看著，沒一個能夠射得落銅鞭的。蓖爾幹眼見得這種情形，不由得歎了一口氣；正待更換別法時，忽聽得帳篷裏面鶯聲嚦嚦地叫道：「父親！等我來射落那銅鞭吧！」

鶯聲絕處，早走出一位綠衣長髻的美人兒來，正是蔑爾幹的愛女阿蘭姑娘；她穿著一身新綠的繡花袍兒，碧油的蠻靴，梳了長長的辮髻，兩鬢上插著鮮豔的野花，更兼她一頭烏油油的青絲，越顯得她嫵媚動人了。她一手拿著金漆的雕弓，一隻魚皮的箭筒，筒裏插著幾支雕翎的金矢，便花枝招展似的走出來；走到篾爾幹的面前，低低地叫了一聲：「爸爸！」

蔑爾幹一面應著，一面回過頭去，叫小卒搬過一張皮椅來，自己坐下了；把阿蘭姑娘的粉臂拖住，一把摟住坐在膝上，一手卻撫摸著她的臉蛋兒，帶笑說道：「好妮子，休射吧！沒的閃痛了腰兒，可不是玩的呢。」

蔑爾幹說時，便低頭要去親她的臉兒；阿蘭姑娘忙伸手一推，笑著說道：「爹爹臉上的髭鬚又長又堅硬，刺得人怪痛的！」說著，趁勢把柳腰兒一擺，盈盈地走下地來。

篾爾幹這時，只嘻開著嘴兒，瞇著眼看那阿蘭姑娘；那草地上幾百個壯丁，也都瞪著眼，注視在阿蘭姑娘一人的身上。她卻好似風擺楊柳般地跑到草場中間，對懸鞭的標竿望了望；把粉頸一扭，笑對篾爾幹說道：「遠得很，恐怕射不到呢！」她一面說，左手揚著雕弓，右手輕輕從箭袋裏抽出一支金矢，舒開春筍也似的十指，搭上箭，正要向那懸鞭射去。

這時，篾爾幹已立起身來，滿心希望他的愛女射著，就是草場上的眾人，也個個伸長了脖子，在那裏希望阿蘭姑娘射中；說時遲，那時快，阿蘭姑娘的箭還不曾發出，早聽得弓弦一響，噹的一聲，標竿上的銅鞭已射落在草地上了。

眾人當是阿蘭姑娘射的，便不約而同，暴雷也似的喝了一聲采；把個篾爾幹幾乎笑得合不攏嘴來。獨有阿蘭姑娘很為詫異，她想：自己並沒有發箭，那鞭怎麼就會掉下來呢？莫非有人在那裏爭我的先嗎？但只見箭，不見人，諒那人離此地一定很遠，那發箭人的技藝也足見不弱了。

阿蘭姑娘正在出神，那小卒已把鞭拾了來，雙手捧給她；阿蘭姑娘待要接它，但鞭究非自己射落的，如果不接呢，又捨不得這條好鞭。她正在為難的當兒，猛聽得鑾鈴響處，蹄聲得得；罕兒山上兩匹駿馬，似風馳電掣般奔下山來。

看看走得近了，騎在馬上的是兩位少年，兩人一前一後，一樣地穿著獵裝，手執著硬弓飛馬而來；

前頭一個少年，騎著一匹高頭紅鬃的良駒，一種英雄的氣概，從眉宇間直現出來，再襯上他一身金黃色的獵裝，愈顯得唇紅齒白，面如冠玉了。

那少年一眼瞧見小卒將銅鞭拾去，便控著怒馬，一手揚弓，大叫道：「鞭是我射落的，村長有令，誰射著的，便把鞭給誰，你們快把鞭來還我。」少年說著，馬已馳到草場中間，忙跳下馬來，對篾爾幹行了禮。

篾爾幹這才知道，鞭是那少年所射落的，待要誇讚他幾句，那後面騎黑馬的少年也趕到了；篾爾幹叫看過皮椅來，請那兩少年坐下，接著便笑道：「我今天叫他們射鞭，原是徵取人才的意思，不料懸得太遠了些，竟然一個也射不中；咱們村裏，除了賢昆仲有這般的眼力，此外，怕找不出第三個人來呢！」那起先的少年便再三遜謝。

偶然回過頭去，忽見一位千嬌百媚的美人兒，綠袍長髻，杏眼含情，桃腮帶暈，一雙玉手捧著那支鋼鞭，嫋嫋婷婷地走將過來；篾爾幹忙從姑娘手裏取過那支鞭來，遞給那少年，道：「物自有主，我便拿來奉贈。」說時，並不見那少年來接，也不見他回答；待留神看時，那少年的一雙眼睛，正盯著阿蘭姑娘發怔，倒把篾爾幹弄得不好意思起來。

還是那後來的少年，在起先少年的衣襟上，狠命地扯了一下；那少年正在迷惑的當兒，被他一扯，險些傾跌下去。那種驚愕失措的樣子，自然很是好笑，因此引得阿蘭姑娘格格地笑了起來；這一笑似出谷黃鶯，聲音又清脆又柔婉，那少年的魂靈兒，又幾乎隨著笑聲飛到了九天雲外去哩。及至回過頭去，

見篾爾幹遞鞭給他；慌忙接過來，一頭不住地稱謝。

篾爾幹口裏謙遜著，伸手拉住阿蘭姑娘的纖手，笑對那少年道：「這就是小女阿蘭果倫。」又指著那少年，向阿蘭姑娘說道：「那個便是巴乞顏的公子，叫做巴延。」指著後面的少年道：「他是巴延的兄弟，喚做都忽。」篾爾幹說罷，阿蘭姑娘便對巴延微微地瞟了一眼，忍不住盈盈地一笑。

這時的巴延，好像椅上有了刺一般，弄得坐又不好，立又不好，簡直和熱鍋上的螞蟻差不多了；因蒙古荒漠之地，所有的女子多半是粗醜不堪的，加上阿蘭姑娘的容貌，的確是生得沉魚落雁、閉月羞花，就是漢女中也揀不出來，何況生在蒙古地方，自然要推她第一了，怎不叫巴延的神魂顛倒呢？

當下，篾爾幹見巴延相貌出眾，技藝又高，便有心要把這村長的位置讓給他；但怕眾人不服，所以躊躇了一會，自己向自己說道：「有我在這裏，怕他們什麼呢？就是眾人不服氣，放著我不曾死，自有制服他們的法兒。」

篾爾幹主意打定，就拱手對巴延說道：「咱有一句不中聽的話，不曉得兩位可以允許嗎？」

巴延和都忽一齊躬身答道：「村長的吩咐自當聽從，決不敢有違。」

篾爾幹大喜道：「那是承你們二位的推重了。」說著，就順手取過那面捲著的尖角杏黃旗，遞給巴延道：「我自掌這旗兒到現在，算起來足足已四十多年了；在那個時候，我還是中年哩，如今卻是八十多歲的人了，叫做人老珠黃，卻虛擁著村長的頭銜。自己想想毫無建樹，真是慚愧！我總想卸肩，但一時找不到能幹的人才。現在有二位在這裏，可稱得是少年英雄，又是乞顏的後裔，理應出任艱巨；那是天賜給族人們的總特，機會萬萬不可錯過！」

篾爾幹說罷，又從身邊掏出一顆印兒，連同旗子一併授給巴延兄弟；巴延兄弟倆不覺吃了一驚，一齊推辭道：「村長春秋雖高，精神卻很健旺，我們後輩叨教的地方正多，怎麼說出這樣的話來？那是我們兄弟倆斷斷不敢領受的。」巴延兄弟倆說畢，只低頭躬身，再也不肯接那旗印。

篾爾幹見巴延和都忽不肯答應，便重複說道：「二位不要誤會了，這是我的一片真誠；倘二位擔任村長的職司，我能卸去隻肩，將來一副老骨頭得終天年，便是二位的恩典了。」

篾爾幹陳辭雖是懇摯，奈何巴延弟兄倆只是不答應；篾爾幹知道苦勸無益，就回過身去，向阿蘭姑娘耳邊低低地說了幾句。阿蘭姑娘微笑點頭，又回眸對著巴延嫣然一笑；真所謂「一笑百媚生」，弄得個巴延渾身無主，幾乎要軟癱下去，卻眼睜睜地望著阿蘭姑娘走向帳篷裏去了。

巴延待瞧不見了她的影兒，才如夢初醒過來；美人雖去，那餘香猶在，那一陣陣的蘭麝香味兒，往著巴延的鼻管裏直鑽入去，似乎美人立在他身旁一般。再仔細一留神，香味正是那支銅鞭上發出來的，這是因方才阿蘭姑娘曾拿過那支鞭，因而染上了香氣。

巴延暗自笑道：「我那支鞭，倒好豔福啊！」想著，不覺又呆呆地怔了過去。不料帳篷裏一陣的嗚嗚畫角聲兒，卻把巴延驚醒了；但見那些壯丁，又齊齊地整起隊伍來，在村外的族人也紛紛地歸來了。原來蒙古的民族，除卻充丁卒的，餘下的民眾，平時都在村外遊牧或打獵；一遇到有事，只須村長一聲號召，他們就立刻回來齊集了聽令。

今天聞得號召的角聲，曉得村裏有緊急事兒，不一刻的工夫，已都麇集在草場上了；篾爾幹立起身來，先拿白旗揮了一揮，這是叫大眾肅靜的暗號。果然，草場上人雖眾多，卻連咳嗽的聲音也沒有了；篾爾幹才收起白旗，一手撫著頷下的銀髯，高聲對大眾說道：「我今天邀列位聚會，可知道我是什麼意思？」

眾人聽了，面面相覷，一時摸不著頭腦，卻回答不出來；蔑爾幹便繼續說道：「我因為年力俱衰，不願再擔任村長的重任，現在想要告休了。」

眾人見說，齊聲答道：「村長去了，叫我們無依無靠的怎麼辦呢？」

篾爾幹笑道：「列位不要性急，等我慢慢地講來；須知『天沒有不散的筵席』，我豈能永生在世上呢？這個職缺早晚要讓人的，不如趁列位齊集的當兒，我把村長一職讓了別人吧！」

篾爾幹才說完，眾人又齊聲問道：「新村長是誰呀？」

篾爾幹見問，就回頭吩咐小卒，將巴延擁了過來；篾爾幹指著巴延，向眾人說道：「這便是新村長！而且才智武藝要勝過我十倍，你們擁戴他做了總特，日後自有無限的幸福！」篾爾幹說著，又將都忽一手拉過來，也擁在眾人面前：「這是新村長的兄弟都忽，也就是你們的副總特。」

眾人齊應道：「老總特的話，想是不差的；咱們快來說見新總特吧！」這句話才說畢，早聽得一聲吆喝，那許多的族人和幾百個兵丁，便是齊齊地下了一個半跪禮。

這個禮節是蒙古人最隆重的，他們往常朋友相見，不過握握手罷了；倘遇到了什麼喜慶的事，就是遞哈達算是最客氣了。至於半跪禮呢，叫作打千，非謁見王公大臣，不肯行那半跪禮的；獨對於總特卻十分信仰，總特是蒙古人統領之意，他們和乞顏一樣的尊重。乞顏就是開闢蒙古的鼻祖，所以他們格外信奉；蒙古人家家供著一座神位，猶如回教的穆罕默德一般。

當下，巴延給箴爾幹這樣的一擺佈，弄得他無可推辭，只好勉強承擔下來；這裏由箴爾幹交了旗印，巴延便向眾人鼓勵了一番，自己又說了幾句謙遜的話，就傳令散隊。箴爾幹備了一席酒，請那巴延兄弟倆，算是慶賀新村長；席間，由箴爾幹叫阿蘭姑娘出來一同飲酒。那巴延本來是「醉翁之意不在酒」，此時坐對佳麗，更添豪興；阿蘭姑娘是不會飲酒的，三杯之後，已是面泛桃花，一雙秋水也似的眼睛，只向巴延直射。

原來阿蘭姑娘今年芳齡正當一十九歲，還不曾有婆家哩；她自幼便沒了母親，箴爾幹因只有一個愛女，便不願把阿蘭姑娘嫁出去。阿蘭姑娘也常常顧影自憐，誓非年貌相等的少年不嫁；箴爾幹幾次要替她贅婿，都被她從中梗阻。

但是蒙古地方，美人固然很少，要揀那俊俏的男子更不易得了，是以直延挨到如今；現在見了巴延少年英雄，又兼他目秀眉清，臉若敷粉，在蒙古人中，真可算得首屈一指了。阿蘭姑娘遇到巴延這樣的美貌郎君，怎不教她芳心如醉呢！

其時，巴延和阿蘭姑娘二人在席上眉目傳情，兩心相印，卻只礙著箴爾幹和都忽兩個人，不然他們一對曠夫怨女，早就要情不自禁了。箴爾幹卻毫不覺察，自顧他一杯杯地喝著；都忽坐在一邊也不飲

酒，只是默默地瞧著巴延和阿蘭姑娘耍那鬼戲，心中兀是暗暗好笑哩。

待到酒闌席散，已是紅日斜西；箴爾幹喝得酩酊大醉，由阿蘭姑娘扶持他起身，巴延和都忽也告辭出來。小卒已牽過馬來，巴延一頭上馬，回顧阿蘭姑娘正扶著她的父親，一步一挨地走入帳篷裏去；可是她那雙勾人魂魄的秋波，依然笑盈盈地望著巴延，把個巴延弄得走不遠了。

身雖騎在馬上，那匹馬是有名的良駒，一騎到人，便噴沫豎鬃，拿嚼環咬得嘎嘎作響，只是要向前奔馳；巴延卻奮力勒住了韁繩，那馬要行卻不能，便團團打起轉來了。巴延給馬轉得頭昏，又是酒後，幾乎墮下馬來；還虧是都忽在旁催促，道：「哥哥走吧！咱們回去還有事哩。」巴延被都忽一說，方才醒悟過來。

這時，阿蘭姑娘已走進帳篷裏去了，自有許多的族人和壯丁來恭送新村長；巴延對他們略點一點頭，把韁繩一放，那馬奮開四蹄，如飛一般地往罕兒山奔去。不一刻，到了自己的帳篷裏，自有小兵出來帶住了馬；巴延和都忽下了騎，先到裏面休息一回。

巴延將獵裝卸去，換了便服去躺在籐椅上，呆呆地一個人在那裏發怔；過了一會，都忽走過來說道：「哥哥怎麼把獵裝脫去了，咱們不是還要去打獵的嗎？」

巴延平時聽得打獵，是最高興的，今天卻淡淡地答道：「我剛才多喝了幾杯酒，身上很覺不舒服，打算不出去了，你就一個人去吧。」都忽心裏明白，不便多說，只得獨自一人帶了弓箭和槍械，匆匆地走了。

巴延待都忽走後，看看天色晚了下來，便慢慢地踱出帳篷去；只見一輪皓月，早已高懸在天空，照得那長流的碧水如明鏡一般。再看那田野裏，也是靜悄悄的，只有那山谷中的猿啼，順著風一聲聲地吹來；巴延不覺得長歎一聲，想自己正在青年，卻已做到了一村的總特，百事都稱了心，只少了個美人做陪伴了。又想到，日間箴爾幹的女兒阿蘭姑娘，那是多麼的美麗啊！倘能娶得這樣一個美人兒做妻室，也不枉此一生了。

巴延一面想著，腳底下卻信步往前走去；他因有事在心，不分方向，只顧往前直走。看看到了一個地方，但見綠樹蔭濃、野花遍地，微風拂處，一陣陣的花香撲鼻，令人鬱勃都消；巴延那時酒也醒了，胸襟異常暢快，便讚道：「好一個去處！我巴延生長此處，倒不曾知道有這樣一個好地方，真可算得是世外桃源了！」

巴延正在讚歎，忽一眼瞧見花叢裏一個黑影一閃；巴延疑是歹人，忙拔出佩刀，一步步挨將過去。只聽得噗哧一笑，巴延仔細看時，只見花枝下立著一個玉立亭亭的美人兒；那美人不是別人，正是日間席上一同飲酒的阿蘭姑娘。

這一來，喜得個巴延如天上掉下一件寶貝來，不由得眉開眼笑地說道：「姑娘怎麼會到這裏來？」

阿蘭姑娘見問，把粉頸一歪，輕輕地笑答道：「這個地方，難道就只許你來的嗎？」

這一句話，倒將巴延問住了，弄得無言可回；怔了好半天，才搭訕著說道：「這裏的景色多麼好啊！」

阿蘭姑娘笑道：「我也是愛這裏的景致好，所以常常來玩的。你怎麼也會到這兒來?」

巴延伸手指著月亮，說道：「我因為貪看月色，才錯走到此，不期無巧不巧地會碰到了姑娘；今天，明月美人碰到了一起，我巴延也算得三生有幸了!」

阿蘭姑娘曉得巴延這話是調侃自己，便斜睨著秋波，抓了幾瓣花葉，向巴延的臉擲來，一手拿羅巾掩著櫻唇，盈盈地一笑，那花瓣卻落了巴延一身；巴延本早已神魂飄蕩，怎經得阿蘭姑娘一笑，便胸臆迷亂、情不自禁起來，一伸手捉住阿蘭姑娘的粉臂。

阿蘭姑娘已笑得如風吹的花枝，身體歪來倒去的，不由自主了；巴延趁勢將她一拖，阿蘭姑娘站不穩腳，一頭倒在巴延的懷裏，兀是格格地笑著。巴延這時也酥麻了半截，便一屈腿，坐倒在碧草地上，雙手卻緊緊地摟住了阿蘭姑娘；那一陣似蘭非蘭的香味，只往巴延的鼻子裏鑽來。

他們兩人正在溫存的當兒，猛聽得一陣的怪叫聲，從林子裏傳出來；嚇得巴延跳起身兒，去草地上尋那佩刀，阿蘭姑娘已慌得抖作一團。

第二回　草原情仇

巴延聽得怪叫聲，不覺吃了一驚，忙把阿蘭姑娘一推，跳起身來，向草地上去尋那把佩刀；因為他初見阿蘭姑娘影兒的時候，還當是歹人，蒙古的強盜是隨處皆有的，所以巴延便拔出刀來防備著，及至瞧清楚是阿蘭姑娘，那把刀自然而然地撂在地上了。

如今聽著怪獸的叫聲，急切去找那把刀，一時又尋不著它，急得巴延眼眶裏火星直冒出來；虧得月明如鏡，巴延只覺得眼前白光一閃，定睛看時，那把如霜雪也似的鋼刀，分明已踏在自己的腳下。因心慌，只往著四邊亂尋，倒不曾留神到自己的腳下面，這時給月光一照，便發現出來了；巴延趕忙拾刀在手，再看阿蘭姑娘，早嚇得縮做一堆。

那怪聲卻連續不斷地叫著，只見西面樹林子裏，閃出一隻異獸來；從月光中瞧過去，身體很是高大，只講那怪獸的兩隻眼睛，好像兩盞明燈似的直射過來。巴延深怕驚壞了阿蘭姑娘，便一手繞起了髮髻，拿刀整一整，大踏步迎上前去；怪獸見有人來了，也就豎起鐵梗般的尾巴，大吼一聲，往著巴延直撲過來。

巴延忙借一個勢兒，往旁邊一躲，翻身打個箭步，已竄在那怪獸的背後，順手一刀砍去；但聽得劈

啪的一響，似斬在竹根子上，卻砍下一段東西來。那怪獸負痛，便狂叫一聲，倒在地上亂滾；巴延正待上去砍它，忽然林子裏跳出一個人來，手執著一把鋼叉，只一叉搠在那怪獸肚裏，眼見得是不能活了。

巴延細看那人，不是別人，正是自己的兄弟都忽；當下，都忽先問道：「哥哥說不出來打獵的了，怎麼又會到這裏來呢？」

巴延見問，就把玩月遇著阿蘭姑娘的事，約略講了一遍；又指著死獸說道：「我剛才似砍著一刀的。」說時俯下身去，撿起斬下來的那段東西一看，卻是半截箭竿，還有翎羽在上面哩；巴延恍然道：「怪道當時像砍在竹根子上差不多了。」

都忽接著說道：「這是我所射的藥箭，那畜生中箭之後，往這裏直竄；我順著叫聲追來，它後臀那支箭被你截斷，箭鏃鑽入腹裏，所以那畜生熬不住痛，便倒下來了。倘使在未受創時，只怕你未必制得住它哩。」

巴延聽了，只搖一搖頭，便和都忽來看阿蘭姑娘；只見她閉緊了星眸，咬著銀牙，索索地伏在草地上發抖。巴延看了又憐又愛，趕忙也向草地上一坐，伸手把阿蘭姑娘的粉頸扳過來，往自己的身邊一擁；再拿雙手捧住她的臉兒，向月光中瞧著。

可憐，她已是花容慘淡，嬌喘吁吁，額上的香汗還不住地直滾下來；巴延便附著她的耳邊，輕輕地安慰她道：「姑娘不要驚慌，那孽畜已被我殺死了。」

阿蘭姑娘聽說，才微微睜開杏眼，低低地問道：「真的嗎？幾乎把我的膽也嚇碎了。」說著便欲掙起身來；怎奈兩條腿沒有氣力，再也掙扎不起來，重又倚倒在巴延的懷裏。

巴延笑著說道：「姑娘切莫性急，再安坐一會兒，等我來扶持妳回去就是了。」

阿蘭姑娘一面倚在巴延的身上，卻扭過頭來，對巴延瞅了一眼，現出一種似笑非笑的媚態，似乎表示感激的意思；這時巴延大得其情趣，一個嬌滴滴、柔若無骨的阿蘭姑娘，居然擁在懷裏，怎不教人骨軟筋酥？何況是初近女性的巴延，自然要弄得魂銷意醉了。只苦了個都忽，木雞似的站在旁邊；瞧到沒意思時，就盤膝坐在草地上，從腰裏取下煙袋來，低眉合眼地吸著淡煙，以消磨他的時間。

看看斗轉參橫，明月西沉了，巴延才扶著阿蘭姑娘立起身來；可是她那樣嬌怯怯的身體，又是受了驚恐之後，怎樣能夠走得動呢？只得把一隻玉臂搭在巴延的肩上，巴延也拿一隻手摟住她的纖腰，二人互相緊緊地靠著，一步挨一步地向前走去；都忽也立起身來，掮了鋼叉，一手拖著那隻死獸，跟在後面。

阿蘭姑娘走在路上，雖有巴延扶著她，但她那雙足站不穩，香軀兒兀是搖晃不定；倘那時有人瞧見這副情狀，一定要當作一齣《楊貴妃醉酒》看哩。

當下，巴延扶著阿蘭姑娘，直送她到了自己的帳篷裏，便有蒙古小婢出來接著，攙扶進去了；巴延才回頭來，同了都忽回去。兩人走到了半路上，碰著了隨都忽出去打獵的小兵，牽著都忽的黑馬迎上前來；因都忽出去的時候，本來是騎馬的，後來為追那野獸，就下馬步行，恰恰地遇到了巴延，於是都忽把死獸和鋼叉交給了小兵，自己和巴延踏著露水，回到自己的帳篷裏去休息去了。

光陰流水，春盡夏初，蒙古的氣候，在七八月裏已寒冷如嚴冬了；但在初夏的時候，卻又十分酷熱。巴延自從那天，送阿蘭姑娘回去之後，才知道遇見阿蘭的地方叫作馬墩；那裏風景清幽，雖沒有山明水秀那麼可愛，在蒙古沙漠地方，也可算得是一處勝地了。因為阿蘭姑娘不時到馬墩來遊玩的，所以巴延也常常等候在這裏；兩人越伴越親熱，英雄美人正式談起戀愛來，一見面就是情話纏綿，你憐我愛，幾乎打作了一團。

一天晚上，巴延打獵回來，卸去身上的獵裝，匆匆地往著馬墩走來；及至到了那裏，卻不曾看見阿蘭姑娘，巴延便坐在草地上，一面等著阿蘭姑娘，一面解開了胸脯納涼。這樣地過了好一會，仍不見阿蘭姑娘的影蹤兒；巴延心中疑惑道：「她是從來不失約的，今天不來，莫非出了什麼岔兒了嗎？」想著，就立起身來，一面繫上衣襟，信步往篾爾幹家中走去。

將近帳篷那裏，遠遠瞧見篾爾幹坐在門前，正在舉杯獨酌，一個小卒侍在旁邊斟酒，只不見阿蘭姑娘；巴延遙望了一會，不覺尋思道：「她難道已經睡了嗎？」又想：「阿蘭姑娘是睡在後面的，何不到帳篷後去瞧瞧呢！」巴延主意打定，也不去驚動篾爾幹，便悄悄地兜到了後帳篷來。

一眼看見帳篷門兒半掩著，從門隙中望進去，只見燭影搖搖，顯見得阿蘭姑娘還沒有安睡哩；巴延大著膽，輕輕地把門一推，那門已呀的開了，便側身挨了進去。四面一看，寂靜得竟無一人；古時有句話叫作「色膽包天」，巴延這時也不問吉凶，回身將門掩上了，便躡手躡腳地挨到裏面，走過兩重簾幕，便是阿蘭姑娘的臥室了。

巴延走到了門口，見一個小婢在門旁的竹椅上，坐著一俯一仰地打盹，室內床前一張長桌上，高高地燃著一支紅燭；巴延潛身躡過那小婢的面前，走近牙床，但見紗帳低垂，床沿下放著一雙淡紅色的蠻靴。巴延暗叫一聲：慚愧！原來阿蘭姑娘果然安睡了；再回頭看那小婢，她索性垂著頭，呼呼地睡著了。

巴延暗想：這是千載難逢的機會，豈可錯過？當下便伸手去揭起紗帳來；那陣蕩人心魄的異香直衝過來，早把巴延的心迷惑住了。就燈光下看阿蘭姑娘，只見她上身單繫著一條大紅的肚兜兒，下面穿著青羅的短褲，露出雪也似的玉膚來。巴延恐她醒著，用手去推了推，阿蘭姑娘動也不動；她一手托著香腮，依然朝外睡著。

那睡中的一副媚態，真是紅霞泛面，星眸似凝，雙窩微暈卻帶微笑，不是極妙的一幅《海棠春睡圖》嗎？巴延看到情不自禁的時候，忍不住低頭去親阿蘭姑娘的嘴唇，覺得她鼻子裏微微有些許酒香；想起篋爾幹適才在門前飲酒，阿蘭姑娘是不會飲的，必定喝醉了，因此這樣好睡。

巴延曉得阿蘭姑娘酣睡正濃，就輕輕提起她玉藕般的粉臂，放在鼻子上亂嗅，又解去她胸前的大紅兜兒；巴延這時真有些耐不住了，便趁勢一倒身，和阿蘭姑娘並頭睡下。正待動手，忽覺阿蘭姑娘猛然翻過身來，輕舒玉腕，將巴延緊緊地摟住，道：「你真的愛我嗎？」

原來阿蘭姑娘自認識了巴延，每天在馬墩相會，總是情話絮絮；人非草木，孰能無情？弄得她夜夜夢魂顛倒，雲雨巫山，醒轉來時仍舊是孤衾獨宿，不由得她唉聲長歎。此時，阿蘭姑娘將巴延一摟，心

想：大概她又在那裏入夢了；她萬萬也想不到，真的會和心上人兒同衾共枕的。

當時，阿蘭姑娘將巴延一摟，又閉目睡著了；巴延自然趁間溫存起來，阿蘭姑娘從夢中驚醒，睡眼惺忪地向巴延瞟了一眼，便銀牙緊咬，假裝著睡去，一任那巴延為所欲為了。過了一會，阿蘭姑娘杏眼乍開，嫣然對巴延一笑，道：「你怎的會進來？」

巴延笑嘻嘻地答道：「我等得妳不耐煩了，所以悄悄地掩門進來的。」

阿蘭姑娘將巴延擰了一把，道：「你倒會做賊呢。」

兩人說說笑笑，正到得趣的當兒，突然地聽到前面帳篷裏大叫：「捉賊！」巴延吃了一驚，也顧不得阿蘭姑娘了，跳起來奪門便走。那在帳外打盹的小婢已驚覺過來，正打著呵欠回身過來，恰和巴延撞了個滿懷；巴延將她一推，把小婢跌了一個筋斗，巴延忙三腳兩步，飛也似的逃出去了。

其時已是四更天氣，月色西斜，寒露侵衣；蒙古的氣候在暑天的夜晚裏，卻異常涼爽，到了四五更天時，竟和深秋差不多了。巴延一腳踏出門外，不覺打了個寒噤，又怕他們追來；想自己也算是個總特身分，不幸被人當作了賊捉，豈不鬧成笑話嗎？巴延心中一著急，腳底下越發軟了，幾乎失足傾跌。

這裏，篾爾幹正在醉臥，猛聽得家人們呼喊捉賊，酒也立時醒了，忙一骨碌跳下床來，就壁上抽了把寶劍，大踏步趕到前帳篷去幫同捉賊；蒙古的竊賊本和強盜差不多，一樣的帶著利器，於緊急時便預備對抗。

箴爾幹跑到前門，只見十幾個家將，已拿兩個賊人圍住了在那裏動手；箴爾幹正待向前，忽見外甥馬哈賚，領著數十個壯丁，各執著器械弓矢，一齊趕將進來，接二連三地喊：「有賊！」「有賊！」

箴爾幹聽得了，知道賊還不止兩個，要想招呼幾個壯丁往後帳去時，馬哈賚已率領著壯丁，爭先往後面去了；因他聽說阿蘭姑娘的房裏有賊，便挺著一把鬼頭刀，很奮勇地奔入來。馬哈賚趕到阿蘭姑娘的房中，並沒有瞧見賊人；其時，阿蘭姑娘那裏，門口的小婢給巴延推倒，翻身爬起來。方待動問，那小婢一面喘著氣，用手指著門，道：「賊已逃出去了！」馬哈賚聽了，將刀一揮往外便走，幾十個壯丁也蜂擁地跟了出來。

巴延正往前狂奔，聽得腦後腳聲繚亂，曉得有人追來；那條路有三里多長，卻是一片的平坦，急得沒有藏身之處，巴延沒法，只得盡力地奔逃。一口氣，跑了有半里路光景，馬哈賚緊緊追趕，看看趕了一程，追不上巴延，便吩咐壯丁們放箭；幾十張弓齊齊往巴延射來，巴延遙聞得弓弦亂響，急急引身避開，後腿上早著了一箭。

他仍忍痛奔跑，無奈足筋上受了創，奔走漸漸地緩了；那馬哈賚卻毫不放鬆，似旋風般在後趕著。眼見得是要趕著了，巴延一路逃走，瞧見前面已有一座大林子遮住，便暗自叫聲：「慚愧！」忙連縱帶跳地竄入樹林子裏，把牙咬一咬，恨恨地說道：「一不做，二不休，他們既苦苦相逼，我就和他們較量較量。」說著，便隱身在一株大樹旁，等待著他們追來。

那馬哈賚和眾人趕到林子邊，已不見了賊人，眾人怕有埋伏，只遠遠地立著不敢近前；馬哈賚憤然說道：「他進退不過一個人罷了，怕他什麼呢？」說著，便揚刀往林子裏直撲進去；後面的壯丁，大家一聲吶喊，紛紛隨著馬哈賚衝進林子。

巴延在暗中看得清楚，認得為首的便是阿蘭姑娘的表兄馬哈賚，知道是個勁敵；便趁他不防備，突然的竄將出去，飛起一腳，把馬哈賚手中的刀踢去，只順手一掌，打得馬哈賚一跤直跌出林子去。幾十個壯丁發聲喊，一擁上前，巴延卻施展出武藝，把前面幾個踢翻，奪了一口刀在手，來一個砍一個；走得較近的，便被他拖住手腳，倒擲入林子邊的深潭裏去了。

這一陣殺，殺得那些壯丁七零八落，剩下的十幾個，早滑腳逃走了；馬哈賚吃了個大虧，更兼左肩上受了傷，也爬起身，一溜煙走了。巴延很是得意，才欲回身走時，忽見後面有人聲和馬嘶聲，火光照成一片，卻是篾爾幹領了家將、壯丁，親自來追趕了。

巴延慌忙著道：「不好了！剛才幸得月色朦朧，不曾給馬哈賚等瞧清楚；此刻篾爾幹燃著了火把前來，倘被他看了出來，如何對得起人呢。」巴延一面想著，料來逃走是萬萬來不及的，一時情急智生，便揀一棵大樹，縱身上去，在枝葉茂盛的枒枝上騎身坐著。

不一刻工夫，篾爾幹追到，吩咐從人向樹林裏四下一搜尋，只有幾個殺死的屍身，此外不見半個人影；那些從人回說，賊已遁去了，篾爾幹見殺死了許多人，不覺點頭道：「那賊的本領怕也不小，連馬哈賚也被他打傷了哩！」說罷，便令把屍首草草掩埋了，領著壯丁等自回。

但當捉賊的時候，阿蘭姑娘不住地坐在床上發抖，深怕巴延被他們當賊捉住了；後來聽得擒獲住的賊有兩人，知道不是巴延，然而不知馬哈賚去追巴延是怎樣。及至聽見馬哈賚受傷回來，篾爾幹親自去追趕，不免又替巴延耽心；過了一會，篾爾幹回來了，卻沒有追著巴延，阿蘭姑娘這才把一顆芳心放下了。

再講那巴延躲在樹上，給寒風一陣陣地吹來，腿上的箭創又非常疼痛，因此伏在枒枝上縮作一團；好容易等篾爾幹搜尋過了，掩埋屍首已畢，慢慢地離去了林子，巴延始敢爬下樹來。只覺得渾身骨節酸痛起來，便一步挨一步地回到自己的帳篷裏，一倒頭就呼呼地睡著了；第二天，巴延醒來，已是頭眩身熱，肚裏很是不舒適。

這是因他幹了那風流勾當，驟然吃著驚嚇，逃出來時，又受了涼露侵蝕腿際，既受了箭創，和馬哈賚等狠鬥時，用力過了度，掙出一身汗來；結果去爬在樹梢上，給冷風一吹，寒氣已是入了骨了。似這般的三合六湊，四面受攻，任你巴延怎樣的英雄，到了這時，怕也有些兒挨不住吧；所以巴延的病一天沉重一天。

蒙古在塞外荒漠之地，除了巫師，又沒良醫；因此不到半個月工夫，一個生龍活虎似的巴延，便生生地給病魔纏死了。當他臨死的當兒，叫他兄弟都忽到了床前，歎口氣說道：「兄弟，我如今要和你長別了！」

都忽嗚咽著答道：「哥哥，保養身體要緊，怎麼說出這樣的話來？」

巴延搖著頭，道：「我是不中用的了。自恨一世只有虛名，身後卻一無所遺；記得我有一把佩刀，是兩千年傳下來的寶物，現在留給你做個紀念東西吧！」說時，從枕邊取出那把刀，遞給都忽。

都忽一面接著，那眼眶裏的淚珠，不由得簌簌地直滾下來；巴延一眼瞧見，高聲喝道：「人誰不死，怎的作那兒女的醜態！不過，我的仇是要你報的，那仇人就是馬哈賚。」

都忽聽了，方待回話，看巴延已奄然逝世了；都忽大哭了一場，便把巴延草草地理葬了，一心一意地只想著報仇的法兒。

但巴延的死耗，傳到了豁禿里村上，篾爾幹等都替他歎息；其中的阿蘭姑娘，聽著巴延的噩耗，早已哭得死去活來。豁禿里的人民以總特巴延既亡，村中不可無主，照例是應該由副總特都忽升上去；但他們嫌都忽年輕少威望，就公舉馬哈賚做了總特。都忽見仇人得志，這一氣非同小可，便連夜收拾了馬匹行裝，遣散了兵卒，隻身投奔赤吉利部，預備趁隙報仇；只因礙著篾爾幹，不便和豁禿里人民開釁。

那阿蘭姑娘自巴延死後，總是鬱鬱寡歡；大凡一個女孩兒家，在不曾破身前，倒也不過如是，倘一經近過男性，再叫她去獨宿孤眠，便休想按捺得住。阿蘭姑娘又是個愛風流的女子，因而月下花前，時時短吁長歎；虧得她的表兄馬哈賚，常常來和她親近，阿蘭姑娘這顆芳心，就慢慢地移到馬哈賚身上去了。

事有湊巧，她的父親篾爾幹病篤了，遺言叫阿蘭嫁了馬哈賚；他們兩人趁篾爾幹新喪中，便實行結縭了。可是，阿蘭姑娘只和巴延一度春風，早已珠胎暗結；所以嫁了馬哈賚之後，不到七個月，即生下一子來。馬哈賚見那孩子頭角崢嶸，啼聲雄壯，心裏很高興，也不暇細詰了，便替那孩子取名叫作孛端察兒；過了幾年，阿蘭姑娘又迭舉兩雄，一個叫哈搭吉，小的名古訥特。

當古訥特下地的第二月時，馬哈賚卻被都忽派刺客把他刺死，總算給巴延報了仇；然從此，赤吉利部民族和豁禿里村民，卻結下了萬世不解的深仇。

韶華易老，日月如梭，阿蘭姑娘漸漸地色減容衰；她那三個兒子，卻一天天地長大起來。眨眨眼，孛端察兒一十九歲了；阿蘭姑娘常對他說：「赤吉利部是殺父的仇人。」孛端察兒也緊緊地記著。

一天，孛端察兒和哈搭吉、古訥特弟兄三個，走到呼拉河附近遊獵；只見慕爾村的人民，正在烏利山下較射，村前圍著一大群男女，在那裏瞧熱鬧。山麓中插著箭垛，許多武裝的丁勇，彎弓搭矢，往箭垛射去；也有中的，也有射不到的，還有一箭中了，第二矢便射不著了，總看不見有連中的。

孛端察兒笑著對古訥特道：「你瞧他們的箭術都很平常的。」

哈搭古不等他說畢，忙接口道：「那怎及得你來呢！」

激得孛端察兒性起，便大叫道：「你敢和我較射麼？」

哈搭吉應道：「怎麼不敢！」說時，隨手取弓拈矢，連發三箭，只聽得叮叮噹噹響著，果然齊中紅心。

這時，慕爾村民眾的目光都移到三人身上，還不住地喝著采；哈搭吉十分得意，瞧著孛端察兒道：

「你也射給我看。」

孛端察兒側著頭，道：「似你那正面射，又有甚希罕？你瞧我背射也射著它哩！」

哈搭吉當是取笑他，頓時大怒道：「你既這樣說，射不著時，休怪我鞭打你就是了。」

古訥特知道他兩人鬥勁，又因哈搭吉生性暴躁，就去勸孛端察兒道：「自己的兄弟，何必定要較量？」

孛端察兒只是微笑著，一手緩緩地去腰裏取了弓矢，真個背著身去，接連三箭都中紅心；看得慕爾村的人民，齊聲讚著神箭。人群中，有一個二十多歲的美人，一雙盈盈的秋水，瞟著孛端察兒嫣然一笑，孛端察兒也還了她一笑。

這時，只氣得哈搭吉暴跳如雷，道：「你的射箭功夫很好，我輸給你吧！」說著，便回身大踏步走了。

古納特在後面叫他，哈搭吉連頭也不曾回得；孛端察兒要緊瞧那美婦，也不去睬他，只叫古訥特跟著自己就是了。當下，孛端察兒在慕爾村裏走了一轉，兩眼只是向那美婦人注視；那美婦人也望著孛端察兒瞅了幾瞅，又微微地一笑，掩了門走進去了。

孛端察兒戀戀不捨地在門前走了幾次，這才和古訥特去烏利山打獵去了；待到回來，經過慕爾村時，村裏已靜悄悄的寂無一人。再看那剛才的美人，正立在門前徘徊；孛端察兒大喜道：「那不是天作之緣嗎？」便令古訥特在一旁暫待，自己潛身上前，跑到那美婦人的背後，輕輕地雙手向她纖腰中一抱；嚇得那婦人慌忙回顧，粉臉恰和孛端察兒的臉碰一個正著。

那婦人紅著臉道：「這般粗魯，給人家瞧見算什麼呢！」

孛端察兒見她可欺，便涎著臉，笑道：「好嫂子，此時沒人瞧見的，還是隨著我回去吧！」

那婦人把孛端察兒一推，道：「怎樣好跟你走？難道你是強盜嗎？」

這一句話，倒將孛端察兒提醒過來，就一手牽住她的玉臂，一步步地向草地上走去；那婦人屢屢朝後退縮，孛端察兒如何肯放呢？恰巧那草地上，有一匹沒鞍馬正啃著青草，孛端察兒突然地向那婦人肘下一摟，翻身跳上馬背，在馬股上連擊兩掌；這匹沒鞍轡的禿馬，便潑刺刺地疾馳著去了。

第三回　鐵木真

孛端察兒挾著那美婦人，跨了禿鞍的馬，飛也似的往著豁禿里村便走；這裏慕爾村的人民，起初瞧見孛端察兒和那美婦人說笑玩著，還疑他們是素來認識的。何況蒙古的女子，本來不講廉恥和貞節的，所以並不出來干涉；後來看見孛端察兒把婦人摟上馬背時，那婦人又沒叫喊，連放馬的主人也當他是摟著玩哩。

不料，那婦人的丈夫阿尼圖，正從村外回家；一眼瞧見妻子被人抱在馬上，便來攔阻著孛端察兒，道：「你將我的妻子擁著做甚，還不放手麼？」

阿尼圖大聲說著，孛端察兒只當沒有聽見一般，一騎馬，直衝出村外去了；那婦人在孛端察兒的懷裏，假意叫起救人來。阿尼圖知道這人搶他的妻子，慌忙去告訴村人，放馬的主人也忙著備馬去追；一霎時，慕爾村上一片的鳴鑼聲和人民的呼叫聲。不一刻，村人已多齊集，於是各執著器械，騎馬的在前，步行的在後，由慕爾村的村長杜摩下令，和副頭目紇里、馬塞巴等紛紛趕出村來。

這時，古訥特還不曉得孛端察兒鬧出禍來，兀是呆呆地等在那裏；卻被一個眼快的村民看見，指著古訥特，對著杜摩道：「劫人的強盜，就是適才射箭的三個少年，他是三人中之一，也是盜黨呢！」

杜摩聽了，便指揮馬塞巴來捕古訥特；古訥特見不是勢頭，要待逃走已是萬萬來不及的了，只好拔出佩刀和馬塞巴動手。村民一聲喊，將古訥特四面圍住；副頭目紇里卻幫著馬塞巴雙鬥古訥特。想一個古訥特有多大的本領，早被馬塞巴一棍掃倒，紇里便上去把他擒獲住，登時繩穿索綁的似捆豬般，將古訥特捉進村中去了。

這裏村長杜摩仍領了眾人，飛騎來趕孛端察兒；孛端察兒既逃出慕爾村，巴不得那馬立時馳到豁禿里村，好和那婦人快行取樂。可恨那匹馬卻是不慣禿鞍的，因此走了半里多路，馬的後腳打起蹶來了；他愈是心急，馬卻越走不快，惱得孛端察兒性發，提起拳頭在馬股上亂打。

正在這個當兒，忽聽得背後鑼聲大震，馬蹄的聲音雜沓，料得是後面追到；再回頭瞧時，已遠遠地望見有四五十匹騎馬，似旋風般疾馳而來。孛端察兒知是走不了了，便把那婦人挾在左手肋下，右手拔出寶劍，倒騎了禿馬，預備且戰且走。

慕爾村民已是逐漸追近，為頭一個彪形大漢，手挺長矛一馬當先，正是那村長杜摩，後面跟著紇里和馬塞巴；杜摩追著大叫：「強人慢走，快快下馬受縛！」說時，緊一緊手中的矛，便往孛端察兒刺來。

孛端察兒忙仗劍相迎，才交手得數合，紇里、馬塞巴和後面的壯丁一齊殺將上來，就算孛端察兒有三頭六臂，怕也不能取勝；何況身旁還帶著一個女子，更覺得轉側不靈了，當下孛端察兒攔擋不住，只好催馬逃走。

忽見村民隊裏，一個步行的丁勇，手執著蠻牌，用滾刀的絕技，奔到孛端察兒的馬前，在馬腳上砍了一刀；那馬負著痛，身軀前高後低，將孛端察兒和婦人都掀下地來。此人是誰？便是那婦人的丈夫阿尼圖。

他因為妻子的緣故，所以奮勇向前，格外出力；虧了孛端察兒手腳靈活，一到地上，翻身向阿尼圖一劍，把他執蠻牌的那隻手削去了五指。阿尼圖受了傷，只得退後，村長杜摩和馬塞巴、紇里等眾人雖然猛勇，但孛端察兒已變了步戰，他們長槍大戟，反不能用力了。杜摩便大吼一聲，擲去長矛跳下馬去，搶了一把短刀，惡狠狠地來戰孛端察兒。

紇里、馬塞巴等見村長下了馬，便也紛紛下馬，一齊圍繞上來，和圍古訥特似的，將孛端察兒圍在中間；孛端察兒只有獨臂用勁，又要顧著那婦人，他左突右衝，累得一身是汗，終殺不出重圍。孛端察兒心慌，欲要釋卻那婦人竭力死戰，又覺得捨不得；看看圍的越逼越近，四面都高叫著「強盜授首！」孛端察兒仰天歎道：「我難道今天要死在此地嗎？」

正在危急萬分，猛聽得喊聲震天，慕爾村人民紛紛倒退，卻見一支生力人馬，往著西邊正面直衝殺進來；孛端察兒精神抖擻，併力殺將出去，裏外夾攻，把慕爾村民一陣殺退。孛端察兒見前面的勇士帶著百來個壯丁，殺得很為厲害；仔細一瞧卻不是別個，乃是自己的兄弟哈搭吉。

其時，哈搭吉殺了半晌，回過頭來問孛端察兒，道：「古訥特到什麼地方去了？你手攙著的女子又是甚麼人？」

孛端察兒答道：「女子是我搶來的，古訥特卻不曾看見。」

哈搭吉大怒道：「你去強搶了人家的女子，闖下大禍來，將古訥特害死了，還有顏面回家來呢！咱們今天非同去尋著了古訥特，你也休想躲避得過。」哈搭吉說罷，逼著孛端察兒去尋古訥特。

孛端察兒素來知道哈搭吉的脾氣，倘違拗了他，勢必兩下裏火拼；因而敷衍著他，道：「兄弟！你且莫性急，古訥特是決不會遇害的；我們休息一會兒，再去找尋不遲哩。」

哈搭吉大叫道：「誰是你的兄弟？你是我母親的私生子，又不是咱們的親手足，怪道你忍心把古訥特害死了！」

孛端察兒聽了，不禁臉兒一紅，大怒道：「你誣衊我是私生子，你卻是誰養的呢！」

哈搭吉也怒道：「難道不成我是私生子麼？不要多講了，你既害了古訥特，我就先殺你的淫婦。」說罷，便一刀往著那婦人砍去。

那婦人急忙閃躲著，伸手來擋著刀時，已把一隻指頭兒砍下來了，那婦人便坐倒在地；孛端察兒怒不可遏，舉起手中的劍，向哈搭吉似雨點般砍來。哈搭吉叫聲來得好，也舞刀相迎；兩人一來一往，在平地上鬥了起來。

正廝拚著，忽見那邊一個人飛奔地走來，口裏高叫道：「二位哥哥！不要自打自，快快殺追兵呀！」

孛端察兒和哈搭吉聽了，大家停了手一看，只見古訥特氣急敗壞地奔來，後面慕爾村人飛也似地追著；看看快追到了，馬塞巴一馬當先，捻著一支鋼槍，向古訥特便刺。古訥特慌忙避過，這裏哈搭吉早大踏步上去迎戰；那面，紇里也舞起雙錘來幫助馬塞巴。孛端察兒見了，便仗刀來戰紇里；四個人，兩個騎馬，兩個步戰，似風車般的廝殺著，把慕爾村和豁禿里的人民看得都呆了。

這時，古訥特也去找了一把刀，飛身前來助戰，五個人殺得難解難分；那邊慕爾村人民後隊已經趕到，大眾發一聲喊，一齊衝殺上來。豁禿里的壯丁正待上去，孛端察兒殺得性起，便大吼一聲，揮劍把紇里砍落馬下；馬塞巴心慌，撥轉馬頭便走，許多民丁見主將敗走，也紛紛各自逃命。哈搭吉和古訥特領著壯丁，趁勢大殺一陣；那些慕爾村人民只恨爹娘生的腳短，逃得慢的，都被哈搭吉砍倒了。

這一場的血戰，將慕爾村人民殺傷了大半；哈搭吉望著古訥特，說道：「咱們趁勝，索性殺入村中，去擄掠他一個爽快！」古訥特應著，兄弟兩個一前一後，帶了幾十個壯丁飛奔地去了。

孛端察兒見他們走遠了，回身來看那婦人，只見她坐在地上，花容失色，砍去的手指上兀是流血不止；孛端察兒趕緊替她割下一條衣襟來裹著，一面扶她起身，慢慢地往豁禿里村走去。不一刻，到了自己的帳篷裏；孛端察兒扶她坐在皮椅上，去熱了一杯牛乳來叫她吃著，一面問著她的姓名。

那婦人說：「小名叫作瑪玲，娘家姓雷特氏，丈夫叫作莫拉阿尼圖。」孛端察兒聽了，便把瑪玲擁在膝上，低低地用溫言安慰著她。

那時，哈搭吉和古訥特已飽掠了回來，百來個壯丁都扛著搶來的物件和幾個美貌女子；外面人聲嘈

雜著，驚動了裏面的阿蘭姑娘，便出來瞧看。聽說兩個兒子劫了許多東西回來，不覺大喜，忙幫著他們來檢點各物；阿蘭姑娘問起孛端察兒時，哈搭吉說道：「那禍還是他一個人闖出來的，現在，他大概和那婦人尋歡去了。」

阿蘭姑娘見說，忙問什麼緣故，當下由古訥特將前後的事略略講了一遍；正在說著，只見孛端察兒已領了瑪玲，過來拜見母親阿蘭姑娘。他一眼瞧見了哈搭吉，兀是氣憤憤地要和他廝打，經阿蘭姑娘教訓，才把孛端察兒和哈搭吉勸開；可是，此後慕爾村民同豁禿里的民族，也結下了不解的仇怨來。

這樣，一年年地過去，阿蘭姑娘死了，孛端察兒和那個瑪玲卻生下一個兒子，取名叫作赤列兀箚；赤列兀箚生子邁敦，邁敦生哈不達。哈不達卻生了九子，第五個兒子密兒丹，生了三個兒子；大的名兀禿，第二個名叫拖吉亶，最小的喚作伊蘇克。三子當中，要算伊蘇克最是英雄；便由密兒丹替他娶了個妻子，叫作艾倫。

那時，伊蘇克東征西討，他的部族便一天盛似一天，各處的小部也紛紛地來投誠；只有那塔塔兒部不服，伊蘇克就和它開戰，一仗打下來，擒住了塔塔兒部酋長鐵木真。伊蘇克獲了一個大勝，班師歸來；恰巧他妻子艾倫生下一個兒子來，伊蘇克這一喜，真似比得著寶貝還高興。

又因那兒子生得相貌魁梧，聲音洪亮，便對艾倫說道：「此子將來決非凡物，他下地時，我正打大勝仗擒住鐵木真，那麼，就取名叫作鐵木真，算作一個紀念吧！」又過了幾年，艾倫又生了三個兒子，一個叫忽撒，一個叫別耐勒，最小的叫作托赤台。

鐵木真到了六歲時，伊蘇克一病死了；遺下了四個孤兒，還都在幼年。伊蘇克的兩個哥哥，兀禿和拖吉亶都是沒用的，因而他們的部落，便一年不如一年地衰敗下去了。

雙丸跳躍，鐵木真已十六歲了；在這個當兒，那慕爾村的民族，聯合了赤吉利部族，領兵三萬來攻豁禿里村。可憐鐵木真內沒實力、外無救兵，只好同了母親艾倫和三個兄弟出外逃命；母子四人走在半途上，給亂兵一衝，便各自衝散了，弄得鐵木真隻影單形，好不淒涼。

但他孤身一個人要待回去，那豁禿里村早被慕爾村民蹂躪得草木無存了；當下，鐵木真痛哭了一會。忽然想起他的母親艾倫，本是弘吉刺人，現在母舅麥尼做著弘吉刺的部長，族裏十分興旺，不如去投奔了他，再圖慢慢地報仇；鐵木真主意已定，便往著弘吉刺部那裏走去。

弘吉刺的部族，本在古兒山的西面，若到古兒山去，非經過那慕爾村的外境不可；鐵木真懷著鬼胎，深怕被他們認出來，那性命就要保不住了。鐵木真心裏是這樣害怕著，然而，他當時給亂兵衝散，既沒有帶得乾糧，又不曾攜得一些費用，跑不上十多里路，已覺得腹中饑渴起來；鐵木真一時沒法，只好挨著餓，一步步地向前走著。

看看到了慕爾村的外境，鐵木真怕被人認出，便拿衣袖掩著臉兒，匆匆地往古兒山前進；走了半里多路，前面卻有一條小河橫著。鐵木真口渴極了，便走到河旁，蹲下身去，用手掬著水狂飲；喝了半晌，覺得肚裏很是膨脹，就立起身來不吃了。

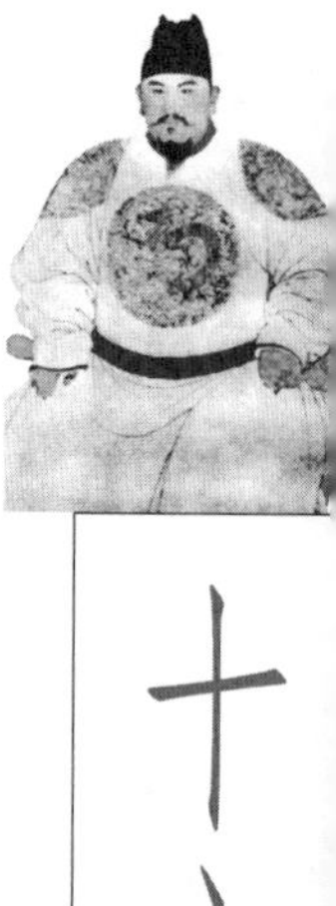

及至回過身來，背後卻站著一個女郎，手裏提了一隻木桶，桶裏盛著滿滿的一桶馬乳；看她年紀約莫十六七歲，卻笑吟吟，滿面春風地瞧著鐵木真喝河水。鐵木真見她桶中的馬乳，早已饞涎欲滴；他原餓得慌了，見那女郎很和藹，就做出似笑非笑的樣兒，向那女郎央告道：「姐姐，妳桶裏的馬乳，可能賜一點給我充饑嗎？」

那女郎見說，把頭頸一扭，微笑著說道：「這是生馬乳，我家有熟的在那裏，你就跟著我回去喝吧！」

鐵木真忙謝道：「只是勞及姐姐了。」說時，那女郎嫣然一笑，便引著鐵木真，慢慢地往著家中走去。

不一會，到了一個大帳篷裏，那女郎鶯聲嚦嚦地叫道：「爸爸！有客來了。」

那帳篷裏面，走出一個老人來，一面應著，一面問道：「是誰來了？」一眼瞧見鐵木真，不覺呆了一呆。

那女郎便對老人附著耳朵說了幾句，老人點點頭，回身引鐵木真到了帳篷裏面，那女郎已捧了一大碗馬乳出來，放在鐵木真的面前；鐵木真也老實不客氣，就捧著碗，一連幾口喝了一個乾淨。

那老人等鐵木真喝好了，便很慈祥地問道：「你不是伊蘇克的兒子，鐵木真嗎？」

鐵木真見說，頓時吃了一驚，知道他是慕爾村人，和自己是對頭冤家，正要拿話去掩飾；那老人笑道：「你切莫疑心，我和你的父親也有一面之交，我看見你的時候，你還只有五六歲哩；當你進來時，我看了覺得有點相像，現在越看越對了。」

鐵木真忙向老人行了一個禮，道：「小子此次是逃難出來的，望老丈多多包涵。」

那老人還禮道：「你既到了我的家裏，我決不洩漏出去；如今外面捉捕你的人很多，且在我家住上幾天再說吧！」說著，叫他兒子齊拉、女兒玉玲，出來和鐵木真相見。鐵木真才曉得剛才的女郎，便是老人的女兒玉玲，那老人的名字叫作杜里寧。

其時，大家正談得起勁，忽聽得外面人聲嘈雜；齊拉出去看了看，慌忙地跑進來，亂搖著兩手道：「快躲過了！村長綿爽領著民兵，來我家搜人哩。」

鐵木真聽了，嚇得往草堆裏直鑽，那老人也慌做一團；倒是玉玲說道：「且不要著急，後面的草料棚夾板底下，倒可以躲人的，不如令他去蹲在下面吧！」

那老人聽了，趕緊叫玉玲引著鐵木真去躲藏起來，自己便去迎接那村長綿爽；那綿爽穿著一身的武裝，佩刀懸弓，露出一臉的驕傲氣概。一走進門，便向四面望了望，道：「你們家裏藏著豁禿里人嗎？快把他送出來，讓我們帶走！」

杜里寧躬著身，答道：「村長不要錯疑了，我們和豁禿里人是世仇，怎敢藏著他不報呢？」

綿爽冷笑一聲，道：「明明有人瞧見一個豁禿里人，同了你女兒回家來的，怎麼說沒有？」

杜里寧說道：「是誰瞧見的？」

那綿爽便鼻子裏哼了一聲，仰天獰笑道：「你莫管他是誰看見的，既說沒有藏著，咱們可要搜一搜

了。」

杜里寧說道：「村長若不相信，請自己去看就是了。」

綿爽也不回答，便一揮手，叫兵丁四下裏搜來；那班民兵便如狼似虎般地，向四下裏搜尋了一遍，回說沒有。綿爽不信，便自己去前前後後找尋了一遍，卻指著那堆草料說道：「這下面不要躲著人吧？」

杜里寧正要回答，綿爽喝令民兵把草料一齊搬去；杜里寧怕真個被他找了出來，心裏十分著急，又不敢去阻攔他，就是齊拉和那位玉玲姑娘，也只是呆呆地在一旁發怔。那綿爽見草堆搬完，不曾有人，似乎很為失望；便搭訕著對民兵們說道：「敢是他們看錯了？」說罷，慢慢地踱了出去，十幾個民兵也趁勢一哄的都走了。

杜里寧見綿爽走了，便暗暗叫聲僥倖；齊拉回顧玉玲姑娘，道：「倘給他揭起夾板來，我們此刻的性命還有嗎？」

玉玲姑娘答道：「可不是麼，我以為他要看出來了，真是天幸呢。」

當下，杜里寧和齊拉同去訂馬乳了，便吩咐玉玲姑娘須要格外小心；玉玲姑娘應著，等他們父子走出了門，便悄悄地回到草料棚前，把夾板輕輕地揭起來，道：「他們已走遠了，你出來吧！」

鐵木真在下面聽了，把身體鑽將出來；只見他滿頭的灰塵，臉上弄得七花八豎，竟和偎灶貓一般了，玉玲姑娘忍不住格格地笑了起來。鐵木真卻摸不著頭腦，忙問道：「真沒有給他們瞧出來嗎？」

玉玲姑娘向他臉上一指，道：「呆子，被他們瞧了出來，你還能夠在我家嗎？你沒有瞧見剛才多麼危險，我們一家幾乎被你害了！」

鐵木真見玉玲姑娘一派的天真爛漫，不覺也笑著說道：「多虧了姐姐，將來自然要重重的拜謝。」

玉玲姑娘聽說，只笑了笑說道：「你看，天已晌午了，我去取些食物來給你充饑吧。」

鐵木真謝了聲，玉玲姑娘自去；過了半晌，玉玲姑娘果然拿了一碗馬乳，幾個菠子餅來，送給鐵木真道：「你且慢慢地吃著，吃好了，把那碗輕輕打幾下，我就會知道的。」鐵木真點點頭，玉玲姑娘便回身自去。

鐵木真吃了馬乳和餅，因肚裏吃飽了，精神頓覺好了許多；正要起身到後帳篷去玩玩，忽見玉玲姑娘慌慌張張地走進來，道：「外面人聲很是熱鬧，怕又要來捉你了。」鐵木真聽了，慌得連跌帶爬地鑽入了夾板下面去，玉玲姑娘把板蓋上，才姍姍地走到外面；只見走進來的卻是杜里寧和齊拉，她才把那顆芳心放下了。

光陰最快，眨眨眼已是夜裏了；這時，玉玲姑娘膽已嚇小了，不敢把鐵木真就放出來。直待夜已深了，杜里寧早去睡覺，齊拉獨自出去打獵去了，玉玲姑娘這才燃了火，取了食物，走到草料棚裏，將火放在地上，從夾板下叫出鐵木真來；一面把食物給他，一面笑著問道：「你肚子已餓了嗎？」

鐵木真答道：「餓倒還好，只是躲在這夾板底下，又黑暗又氣悶，實在有點忍受不住；好姐姐，夜裏沒人來的，請妳給我想個法兒，換一塊地方躲躲吧！」

玉玲姑娘笑道：「你倒一經老虎口裏脫身，便想上天哩。」

鐵木真便姐姐長、姐姐短地一味哀求著她；玉玲姑娘見他說得可憐，便指著那堆草料，道：「等一會兒睡在這個上面，比起那夾板下好得多呢。」

鐵木真對著那草堆望了望，引得玉玲姑娘大笑起來；那種笑聲，好似山谷鳴鶯，清脆流利，真是好聽極了。可憐，鐵木真和女子們親近，這時還是第一次哩，且這當兒，草料棚裏，除了玉玲姑娘和鐵木真之外，又沒有第三個人；孤男寡女深夜相對，加上玉玲姑娘那種粉面桃腮、嫵媚嬌豔的姿態，就算是石頭人，也要忍不住意馬心猿了，何況鐵木真呢！

他見玉玲姑娘笑吟吟地對著自己，不由得心兒上亂跳；忍不住把她的香肩一摟，臉兒和臉兒並貼著，一面輕輕地說道：「這兒很冷清的，叫我一個人睡著，真是怕人得很；姑娘就陪著我坐一會兒吧！」

玉玲姑娘笑道：「我那裏有工夫，哥哥打獵快要回來了，我還要去幫他開剝野獸哩。」

鐵木真也笑道：「他一個人去打獵，怎麼能夠就來？我不相信。」鐵木真說著，便一斜身體，兩人一齊坐倒在地上；玉玲姑娘不覺又嘻嘻地笑了，鐵木真趁勢將她一按，早把玉玲姑娘按倒在草堆裏。

這時，玉玲姑娘已笑得嬌軀無力；好逮玉玲姑娘也是個情竇初開的女孩兒家，怎禁得鐵木真的逗引，自然而然的半推半就，在草堆上成就了他們的好事。他們兩正在歡愛的當兒，忽聽得外面齊拉回來，玉玲姑娘慌忙推開鐵木真，去開門去了；這裏，鐵木真卻假裝在草堆上睡著。

不一會，天色漸漸地明朗，杜里寧已起身，齊拉仍到外面去打馬乳，玉玲姑娘去捧了餅餌來，給鐵木真吃；鐵木真拉住她，要她一塊兒同吃，玉玲姑娘不禁紅暈上頰，微微一笑，也就坐了下來。兩人都是初嘗溫柔滋味，好似新婚夫婦一般，說不盡的恩愛和甜蜜。

過了一刻，玉玲姑娘走了，只見杜里寧背著手，慢慢地踱進來；鐵木真忙起身，杜里寧便對他說道：「外面風聲很緊，你可知道嗎？」

鐵木真見說，嚇得不敢作聲；忽聽得前帳篷腳步聲亂響，齊拉慌著走進來，說道：「那村長綿爽領著幾個親信的兵丁，又來我家搜人了！」

杜里寧聽了大驚，鐵木真更驚得和木雞一樣。

第四回　顏如玉

齊拉從外面奔進來，說村長綿爽率領著親兵，在附近人家搜尋豁禿里人；鐵木真聽了大驚，杜里寧忙道：「綿爽因有人報告給他，說咱們村裏藏著仇人，他昨天搜尋不著，怕不見得便肯罷休；我看鐵木真躲在咱們家裏，終不是良策，須另想一個安全的法兒才好哩。」

鐵木真苦著臉，央求著杜里寧道：「只求老丈成全小子就是了。」

杜里寧躊躇了半晌，卻想不出什麼法子；這時，齊拉說道：「我倒有個計較在這裏，不如將他送到咱們姑母家裏去吧。」

杜里寧點頭道：「話雖不差，但怎樣能夠走出去呢，不怕被人家瞧見嗎？那反是害了他了。」

玉玲姑娘這時也走了進來，便插嘴道：「何不叫他扮做女子的模樣，由我同了他出去；只要混過村口，就不怕什麼了。」

杜里寧不曾回答，齊拉先拍著手道：「那倒不錯，妳快給他打扮起來吧！」

玉玲姑娘聽了，瞧著鐵木真一笑，便很高興地跑到自己的床前，去取了一套女子衣服來，替鐵木真穿著；又去取出胭脂和粉盒，替鐵木真搽在臉上，把辮髻放散了，改梳成一個拖尾髻式。裝扮好了，玉

玲姑娘將鐵木真仔細瞧了瞧，忍不住好笑；齊拉也笑道：「真的好像一個女子！」鐵木真用鏡自己一照，不由得也笑了，引得杜里寧也笑了起來。

當下，杜里寧對鐵木真說道：「我有一個妹子，嫁到篾吉梨山下的白雷村，她名叫烏爾罕；丈夫已死了多年，又沒兒子，只有一個女兒美賽。白雷村離此不過四五里，因她家裏房室寬大，你去住上幾時，待捉捕你的懈怠了，再設法到弘吉刺去就是了。」

鐵木真見說，忙向杜里寧拜了一拜：「老丈救命的恩典，將來如能得志，決不敢相忘！」回過身來，又對齊拉和玉玲姑娘道謝。

玉玲姑娘把他一推，道：「你快去吧！」說著就把鐵木真拖著，往門外便走。鐵木真這時因扮著女子，訕訕地很不好意思；待跑出了門，回頭瞧著齊拉和杜里寧，兀是遙看著他好笑。

那玉玲姑娘同了鐵木真，兩人手攜著手，姍姍地往著篾吉梨山走去；才走出了村外，便有慕爾村的民兵過來問道：「玉玲姑娘到什麼地方去？那女人是妳的何人？」

玉玲姑娘笑道：「她是我們豁禿里人啊。」

那民兵也笑道：「姑娘笑話了，她分明是妳的表妹兒，怎麼說是豁禿里人呢？」說著，對鐵木真打量了一遍，道：「好一位文靜姑娘。」

玉玲姑娘瞧著他們一笑，挽了鐵木真便走，那幾個民兵兀是在那裏做著鬼臉哩；原來，玉玲姑娘的做人平日很為和氣，所以村裏大大小小的人，沒一個不喜歡她的。

這時，玉玲姑娘和鐵木真既脫了虎口，慢慢地向著篋吉梨山走去；不一刻，到了山下，越過了石窟，就是白雷村了。玉玲姑娘領路，跑到烏爾罕門前；只見烏爾罕正牽著一匹馬，從裏面走出來，玉玲姑娘忙上去叫了一聲：「姑母！」

烏爾罕回過頭來，見了玉玲姑娘，不覺瞇著笑眼地說道：「是玉姑嗎？什麼風吹來的？妳表妹正想妳得苦呢！」烏爾罕說時，一眼瞧見鐵木真，便問玉玲姑娘道：「這是誰家的姑娘？」

玉玲姑娘撒謊道：「她是我父親故交的女兒，因家裏給人搶散了，無處容身，所以投到我家來的；但父親說家中狹窄，留著女孩家很不便的，叫我送到姑母這裏來，暫時住幾時。」

烏爾罕聽了笑道：「好了！咱們這美賽小妮子，常說冷清沒有伴當，現在恰好與她做伴了；玉姑既來了，也一同住上幾時，再料理回去不遲。」說著便去樁上繫住馬，邀玉玲姑娘和鐵木真進去；一面高聲叫道：「美賽！妳表姐來了，還同著一個好伴當呢！」

美賽姑娘在裏面聽了，忙三腳兩步跑出來，笑著問道：「娘莫哄我，表姐姐在那裏呢？」她一邊走一邊說，及至走出來，見了玉玲姑娘和鐵木真，不覺笑道：「玉姐姐真個來了，那一位姐姐是誰？」

玉玲姑娘笑道：「她是我的世妹，給妳做伴當來了。」

美賽姑娘笑得風吹花枝般地說道：「給我做伴，怕沒有這福氣吧？」說時，對鐵木真瞟了一眼，便走過來攙住了鐵木真，細細地端詳了一會。

玉玲姑娘深恐給她瞧出破綻來，忙一手牽了鐵木真，一手拖著美賽姑娘，口裏說道：「我們到裏面去講吧。」於是，三個人一窩蜂的往裏室便走；這裏烏爾罕笑了笑，自去擠她的馬乳去。

玉玲姑娘等在美賽姑娘的房裏，表姐倆有說有笑，談得很是投機；只有鐵木真呆坐在一旁，半句話也不說。美賽姑娘還當她害羞，時時和鐵木真鬧著玩；鐵木真心裏暗自好笑，為的是自己裝著女子，不便放肆出來，已恨著玉玲姑娘不給他改裝。

其實，鐵木真到了這裏，已算是一半脫險了，就是露出本來面目也沒事；哪知玉玲姑娘怕鐵木真一經改裝，諸事要避嫌疑，所以在烏爾罕和美賽姑娘面前，始終不把它說穿，這樣一來，可就弄出事來了。

紅日西沉，天色漸漸地昏黑起來，玉玲姑娘和鐵木真有美賽姑娘陪著吃過了晚飯，美賽姑娘要鐵木真做伴，便拉他一塊兒去睡；這裏，烏爾罕卻和玉玲姑娘同炕。玉玲姑娘見說，心中很為失望，只苦的不好說明，卻暗地裏丟一個眼色給鐵木真，似乎叫他切莫露出破綻的意思；鐵木真會意，略略點一點頭，便跟著美賽姑娘自去。

玉玲姑娘睡在烏爾罕炕上，想起到口的饅頭給人奪去，弄得翻來覆去地，再也睡不著了；那鐵木真隨美賽姑娘到了房裏，他心裏到底情虛，只坐在炕邊不敢去睡。還是美賽姑娘催逼著他，鐵木真沒法，就勉強地卸了外衣，往被窩裏一鑽，把被兒緊緊地裹住，便死也不肯伸出頭來；美賽姑娘一笑，也忙脫去了衣服，一面跨上炕去，將鐵木真的被兒輕輕揭開，倒身下去並頭睡下。

鐵木真起初很是膽怯，只縮著身體，連動也不敢動；卻禁不起美賽姑娘問長問短，一陣陣的檀香味兒，觸在鐵木真鼻子裏，實在有些難受。又覺美賽姑娘說著話兒，口脂香卻往被窩裏發送過來；在這時，休說是素性好色的鐵木真，就是柳下惠再世，怕也未必忍受得住呢。

這樣地挨了半晌，鐵木真已萬萬忍不住了，便伸手去撫摸美賽姑娘的酥胸；這時，見美賽姑娘花容似玉，情意如醉，不覺神魂難捨，不由的把美賽姑娘玉體擁住。美賽姑娘吃了一驚，但這當兒，正經嬌軀乏力，只好任那鐵木真所為了；那時兩人學著鴛鴦交頸，唧唧噥噥地講著情話，在隔房的玉玲姑娘，聽得越發睡不安穩了。

原來烏爾罕的房間和美賽姑娘的臥室只隔一層薄壁，又是夜深人靜，更聽得清清楚楚；起先玉玲姑娘聽著美賽姑娘一個人的笑聲，知道鐵木真尚能自愛，芳心很是安慰。及至聽了鐵木真的聲音，疑心事兒已有些不妙了；後來鐵木真和美賽姑娘竊竊私語起來，玉玲姑娘才知是弄糟了，始深悔自己不該給鐵木真改裝，才釀出這樣的笑柄來。

到了第二天，玉玲姑娘清晨就起身，走到美賽姑娘的房裏；見鐵木真已坐在床邊，瞧見玉玲姑娘進來，心裏十分慚愧。再看美賽姑娘時，只見她睡眼惺忪，玉容常暈，正打著呵欠，慢慢地坐起身兒；猛地見了玉玲姑娘，回頭來看看鐵木真，那粉臉便陣陣地紅了。

玉玲姑娘也心裏明白，只默默地不做一聲；三個人你瞧著我，我瞧著你，面面相覷著一言不發。還虧了鐵木真，便搭訕著說道：「姐姐為什麼起得這般早，敢是生疏地方睡不著嗎？」

玉玲姑娘冷冷地說道：「我那裏會睡不著，只怕你睡不穩呢！」

鐵木真聽了，又低下頭來；美賽姑娘究竟面兒嫩，紅著臉，一手弄著衣帶，只是不做聲。玉玲姑娘恐怕她害羞極了，弄出什麼事來，便做出一副笑容，低低地說道：「你們昨天夜裏幹的什麼，我已經聽得很清楚，到這個地步，聰明人也不用細說了；只是你們有了新人，卻把我這舊人拋在一邊，那是無論如何，我也不答應的。」

鐵木真見玉玲姑娘已和緩下來，忙央告著她道：「一切只求姐姐包涵著，姐姐要怎樣，我都可以辦得到的。」

鐵木真說時，看那美賽姑娘已哭得同帶雨梨花般了；鐵木真這時又憐又愛，只因礙著玉玲姑娘在旁邊，不好十二分的做出來就是了。好容易經鐵木真再三的央說，總算是和平解決；從此他們三個人，便吃也一塊兒，睡也一起，一天到晚過他們甜蜜的光陰。

但是好事不長，玉玲姑娘的家裏忽的著人來叫她回去；那時玉玲姑娘和鐵木真正打得火般熱，如何肯輕易地離開呢？杜里寧叫人喊了她幾次，不見玉玲姑娘回來，心中已有些懷疑了；過了幾天，杜里寧便親自到他妹子的家裏來，聽得烏爾罕說：「她們姐妹很是要好，天天在一起寸步也不離。」杜里寧見說，不禁連聲叫起苦來。

烏爾罕很為詫異，忙問什麼緣故；杜里寧恨恨地說道：「這都是我的糊塗，才弄到這步田地。」因將鐵木真男做女扮的事，約略講了一遍。

烏爾罕聽了，不覺跳起來道：「反了！反了！有這樣的事嗎？」說著，忙把玉玲姑娘和鐵木真、美賽姑娘等三人一齊叫了出來。

烏爾罕一見玉玲姑娘，知道禍都由她一個人闖出來的，哪是先前的客氣呢；便頓時放下臉來，大怒道：「妳怎麼把扮女裝的男子，帶到了我的家裏來，卻瞞著我，去幹出這樣的勾當來？如今妳的老子也來了，看妳還有什麼臉見他！」玉玲姑娘聽罷，一句話也沒回答，只是淚汪汪地瞧著杜里寧發怔。

烏爾罕又指著鐵木真說道：「你既是避難的人，不應該私姦人家的閨女；現在我家卻容你不得，趕快改了本裝出去吧！」

鐵木真不敢做聲，只在一旁呆立著；再偷眼瞧美賽姑娘，見她粉頸低垂，似暗自在那裏流淚。烏爾罕喝道：「妳也算是個女孩兒家，現放著男子在房裏，卻不來告訴我，真是無恥極了，還不給我進去嗎？」美賽姑娘聽了，只好淚盈盈地一步挨一步地走進去了。

這裏，烏爾罕望著杜里寧道：「那都是你的好心，因為救人，倒被人佔了便宜去；但事到這樣，也不必多說了，你就領了玉玲姑娘回去吧！」杜里寧點點頭，立起身來，同了玉玲姑娘自去。

鐵木真見他們一個個地走了，自己當然無法強留，也只好脫了他改扮時的衣服，將原來的衣裳整了一整；烏爾罕只是不理他，鐵木真便垂頭喪氣地走出門來。

他一路走著，覺得沒精打采；走了一會，看看已走出了白雷村，就站住腳尋思道：「我此刻又弄得

無處容身了，現在卻到什麼地方去呢？」又想了一想道：「我不如仍往弘吉剌部，去投舅父麥尼吧。」主意已定，便往著泰里迷河走去。

但鐵木真和玉玲姑娘、美賽姑娘兩位玉人兒，一天到晚伴在一起，真可算得左擁右抱了，多麼的歡樂哩；偏偏給杜里寧說破，生生地將他們鴛鴦分拆，弄得孤身上路，好不淒涼。其實，多虧了杜里寧這一來把鐵木真趕走，不然擁著兩個美人，大有樂不思蜀，終老溫柔鄉之概了，那還想到什麼報仇和恢復那部落的事呢；現在他這一去，卻做出驚天動地的大事業來，此中豈非天意嗎？

當下，鐵木真匆匆前進，心中雖捨不下美賽和玉玲，也是無可奈何的事；他奮力地走了一日夜，為的不曾帶著乾糧，肚裏已是饑餓起來。再望那泰里迷河，已差不多遠了，便挨著餓，一口氣奔過了泰里迷河；過了這條河，就是弘吉剌的地方了。

鐵木真一面走著，一面問那麥尼的家裏，有人指著西面一個大帳篷，道：「那就是麥尼的住所。」鐵木真謝了一聲，往著大帳篷走去。到了帳篷前，早有幾個民兵攔住鐵木真，問道：「你找的是誰？」

鐵木真告訴了他名兒，那民兵進去了；過了半晌，那民兵出來道：「咱們總特叫你進去，須要小心。」

鐵木真也不去理睬他，便低著頭，一重重地走進去；到了正中，見他舅父麥尼坐在那裏看著冊子，鐵木真上去叫了一聲。麥尼只對他點點頭，回顧親隨道：「你且同他去進了膳再說。」鐵木真本早已餓了，聽說吃飯，自然很高興，便同了那親隨到後面去了。

鐵木真吃飽了肚子，又來見他舅父；麥尼先問道：「你的部落已散失，我都已知道的了；你怎麼過了這許多的時候，才到我的地方來呢？」

鐵木真見問，不能說為了兩個女子在路上逗留著，只得支吾著道：「因去找尋母親和兄弟，所以挨延的久了。」

麥尼道：「你母親等，可曾找到麼？」

鐵木真垂淚道：「直到現在，還沒有一點消息哩。」

麥尼聽了，沉吟一會，微微地歎了一口氣，便對鐵木真說道：「你可要報復嗎？」

鐵木真忙道：「為的要報仇怨，恢復我父親所有的部落，故特地來此，要求舅父幫忙才好。」

麥尼說道：「你果有志氣，我這裏人少勢弱，就是幫助著你，也未必能夠勝人；況我現下只有自己顧自己的力量，卻沒有餘力來管別人的事。但你是我的外甥，又不能叫我眼看著你不管；如今，我有個兩全的法子。這裏西去，約百十來里，叫作克烈部，他的酋長名兒叫汪罕；在你父親興盛的時候，汪罕也像你一樣的失了部落，虧你父親幫著他恢復過來。現在，我給你準備一分禮物，你到汪罕那裏求他；他若念前恩，定能夠幫助你的。」

鐵木真大喜道：「全仗舅父的幫襯！」說著，由麥尼備了些獸皮和土儀，又備了一匹馬來，叫鐵木真前去。

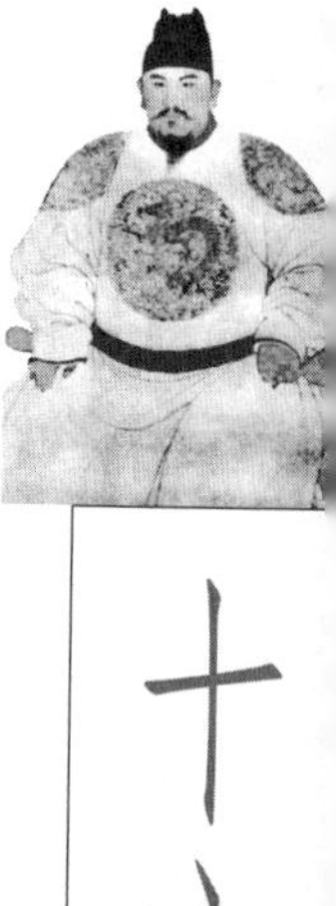

鐵木真辭了麥尼，騎著馬，飛也似地往克烈部奔去；不消一天工夫，已到了克烈部的外境了。克烈部的規定是，外客入境不准騎馬的；鐵木真便下了馬，一路牽著走去。及至到了部中，謁見過了汪罕，把禮物呈上，述明了來意；汪罕慨然說道：「你的父親也曾幫助過我的，今你窮困來投我，我如何拒絕你呢？」說罷，便令鐵木真暫時在客舍裏宿息。

第二天，汪罕召鐵木真進去，對他說道：「你要恢復舊日的部族，自然非實力不行；現我發兵兩萬，助你回去，但你以後得了志，莫把咱們忘了就是了。」鐵木真大喜，忙向汪罕拜謝，連夜帶了兩萬大兵，來攻那赤吉利部。

赤吉利部的民族本不怎麼多的，怎禁得數萬大軍的攻入，早已弄得東奔西逃，自相擾亂了；鐵木真自開著仗就獲了全勝，便趁勢來攻那塔塔兒部。塔塔兒部雖較赤吉利部大，但也不是鐵木真的對手，不到幾個回合，就已被鐵木真殺得大敗；鐵木真揮兵追殺，好似風捲殘葉一般，塔塔兒部和鐵木真本來是世仇，所以一經打敗，牛羊馬匹、婦女布帛，都被鐵木真擄掠一個乾淨。

經過這兩次戰爭，鐵木真的威名居然一天大似一天，那些平日的部落也依舊紛紛來歸了；鐵木真的母親艾倫和三個兄弟忽撒、別耐勒、托赤台等，都得信歸來。他們一家離散，到了這時才算團圓；豁禿里自鐵木真主持後，便著實興盛起來，當下豁禿里的民族，大家便舉鐵木真做了總特。

然而那赤吉利部，經鐵木真打敗它，酋長伊立卻異常的憤恨；他逃走出去，糾集了部屬，總想報仇。伊立的手下，有一個門客叫作古台的，生得膂力過人，能舉二百多斤的大鐵錘；他若舞起來，轉動如飛，許多的將士卻一個也及他不來。伊立愛他的勇猛，就留在門下，十分敬重他；古台受恩思報，不時對人說，伊立如有差遣他的地方，雖蹈火赴湯也不辭的。

一天，聽得伊立說起鐵木真怎樣的厲害，怎樣的不解怨仇；古台在一旁說道：「部長不要煩惱，我卻有法子，去取了鐵木真的頭顱來獻在帳下。」

伊立接口道：「莫非去行刺嗎？」

古台答道：「正是呢。」

伊立歎口氣道：「此計倒也未嘗不可行，只是沒有這樣的能人，敢去行刺啊！」

古台拍著胸脯，大笑道：「我蒙部長優遇之恩，正無所報答；倘若要此計，我獨力擔任就是了。」

伊立也笑道：「得你前去，何患梟雄不授首；只是也須小心，因鐵木真那傢伙很是刁滑，往時防範極其嚴密，你此去萬萬不可造次。」

古台點首應允了，退出來，便對他的兒子努齊兒說道：「我身受部長之惠，不得不盡心報答；今奉命前去行刺鐵木真，吉凶雖不可預知，然我終是捨命而往。成了，果然千萬之幸，如其不成，或是給他們捉住，我也唯有一死報部長的了；倘我死之後，你宜潛心學習武藝，我這仇恨，非你去報復不可，你須切切記著！」

努齊兒聽了他父親的話，知道他意志已決，便垂著眼淚說道：「吉人自有天相，望父親馬到成功，那時提了鐵木真的頭顱回來，父親已算報答了部長了；從此便山林歸隱，不問世事，咱們去漁樵度日，

享人間的清福，豈不快樂嗎？」

古台說道：「那個自然。如今你把我的衣裝取出來，待我改扮好了，晚上好去行刺。」

於是，古台換了一身黑裝，帶了一柄鐵錘和一柄腰刀；裝束停當，看看天色黑了下來，便一飛身，無形無蹤地去了。

第五回　威振大漠

那古台囊刃揹錘，放出他十二分的本領來，在路上連縱帶跳，飛一般的往豁禿里村來；看看到了村前，只聽得那些民兵打著刁斗，吹著畫角，巡邏得很是嚴密。古台雖是拼著一死前來，他的志願是在得手，倘無端地枉送性命，似乎有些兒不值得；所以他見巡查的認真，便去趴在一棵大樹上，一時也不敢下來動手。

直等到三更多天氣，那些巡邏的民兵已漸漸地懈怠了起來；古台暗想道：「我不從此時潛身進去，難道待到天明不成嗎？」主意既定，就縱身跳下樹來，一個鯉魚背井勢，早已竄入了村中去了。

古台既到了村裏，四處一望，只見靜悄悄的燈火依稀，天空重霧迷濛，顯出夜色深沉的景象來；再瞧那豁禿里村的正南上，營帳林立，密若墳丘。古台私忖道：「這許多兵篷裏面，不知鐵木真這傢伙住在那裏？」

古台躊躇了一會，忽見遠遠地一盞小燈，那燈杆正飄著一面大纛；古台大喜道：「有大帥旗的營中，自然是鐵木真的住處了。」當下，古台就往著偏西的大營竄來。

營前有十幾個民兵，倚著槍械在門前打瞌睡；古台也不去驚動他們，便潛身來至營後，縱身一躍，

上了帳篷。竄過幾個篷頂，已是中軍的所在了；古台便撥開篷帳，望下看時，見那大帳面前放著令箭旗印，桌上置著黃冠寶劍，分明是鐵木真的臥室了。古台瞧得清楚，做了個燕兒穿簾勢，從篷頂上直竄到地上；隨手抽出肩上的鐵錘執在手裏，用惡虎撲人的勢兒，飛向帳裏奔去，舉起鐵錘，照準那睡著的人就是一下。

他這一錘下去，至少也有七八百斤的氣力，便是鋼鐵人也要擊破的了，何況是人呢？但古台下手的時候，不曾看清睡著的是誰，只知帳中臥的定是鐵木真了。豈料古台的錘才下去，那人已霍地跳起身來，只聽得啪噠的一響，把一張床底擊得粉碎；跳起來的那人，就一腳將鐵錘踏住。

古台急切間拔不出，忙棄錘取劍，一劍往那人的足上削去；那人竄身躲過，即折下一根床上的斷木，抵住了古台的劍，一面飛身躥出了帳外。古台仗劍趕來，兩人在帳前一往一來地狠鬥起來；古台一面動手，一面就燈下細看，那人卻不是鐵木真。那是鐵木真帳下的第一個勇士兀魯；原來，鐵木真往時常常防人行刺，所以中營令兀魯臥著，自己卻去睡在營帳。

這時，帳外的兵士聽得帳裏一聲響，已都驚醒過來，於是紛紛地拿起了器械，奔入中軍；見兀魯和一個人相拼，那人很是勇猛。眾人發一聲喊，一擁上前將古台團團圍住；鐵木真在後帳，聽得中營捉刺客，也領了親信衛兵，親自前來指揮。

他見古台的本領不弱於兀魯，滿心要想收服他，便高聲說道：「不論誰人，能生擒刺客的，自有重賞。」眾人聽了越發奮勇。

勇士當中，有一個叫哲別的，舞動手中鐵槊，似雨點般向古台打來；古台正戰不住兀魯，又加上一個哲別，自然要手忙腳亂了。哲別趁空兒，一股勁將古台的劍打折，兀魯飛起一腳，用烏龍掃地，把古台打倒；眾人齊上，七手八腳地把古台捆了起來，任你古台有飛天的本領，也休想脫身的了。

刺客既然捉住，天色早已破曉，鐵木真坐帳，由哲別、兀魯推上古台來；鐵木真因愛他勇猛，忙起身將他解縛，一面說道：「將士們無知，得罪了英雄，真是慚愧之至。」

古台見說，冷笑著答道：「誰要你假仁假義？我和你幾世的怨仇，前來報復；今事不成，唯有待死而已。」

鐵木真聽了，曉得他是個強項漢子，便也笑著說道：「我和你素不相識，何來怨仇？你此行，必定是受人的主使；既是好漢，何妨直說出來，我決不難為你的。」

古台氣憤憤地說道：「我主使的人多哩。凡與你有仇的人都要殺你，我便是眾人中的一人；現在不能得手，這是你的罪惡未盈，但我死之後，將來終有人殺你的一日。」

鐵木真道：「那麼今天放了你，你肯投降我嗎？」

古台笑道：「我本拼著一死前來，怎肯順你？就是你不殺了我，我自有口氣存著，還是要行刺你的。」古台說罷，回頭見兀魯腰裏佩著刀，便一個冷不防，抽刀上帳，便向鐵木真刺來；慌得哲別和兀魯忙飛步趕上，把古台兩臂執住，古台兀是掙扎著，經左右仍拿他上了綁，這才不能動手了。

鐵木真大怒，道：「我好好的勸你，你不但未曾悔悟，反想暗箭算人；你這種沒心肝的人，要你何

用！」便喝令：「推出去砍了！」左右武士就擁著古台出帳；鐵木真又叫回來，問道：「鳥去留聲，人死遺名，你姓甚名誰？」

古台仰天大笑道：「我既刺你不得，還留什麼姓名呢？」

鐵木真只得歎了口氣，揮著手，叫把刺客推出去；不一會，那武士已將一顆血淋淋的人頭捧著進來呈驗，鐵木真令從厚安葬了，不覺歎道：「這樣一個英雄烈漢；可惜他不能為我所用啊！」一時，帳下的壯士也都同聲歎惜。

那時，鐵木真的勢焰日盛，自己部中的兵卒已將近十萬了；鐵木真因汪罕屢次來討兵，就把借他的二萬克烈部的兵丁，叫哲別督著隊，調還了汪罕，並謝了他些禮物。一面打發兄弟忽撒和托赤台備了聘儀騾馬，分頭去迎接美賽和玉玲姑娘；忽撒、托赤台正要起身時，那杜里寧卻已將玉玲姑娘送來了。

因為杜里寧打聽得鐵木真做了豁禿里村的部長，還未娶妻，便棄了慕爾村，同他的兒子齊拉，親送玉玲姑娘來和鐵木真成婚；鐵木真見著大喜，忙安排房室居住玉玲姑娘，一面仍令忽撒到白雷村去接那美賽姑娘。

這天晚上，鐵木真與玉玲姑娘便行起結婚禮來。蒙古風俗，夫婦行婚禮時，新娘戴著尺來長的高帽，穿著紅衣；新郎穿著大禮服，戴的反邊平頂帽，夫妻雙雙不參天地，卻去拜那灶神。這時，新娘握著一條羊尾巴，拜了灶神之後，就把羊尾巴燃著了，獨自磕頭三個，叫作祭灶；行過了祭灶禮，再去謁見公婆。

及到了洞房的當兒，新娘背燈坐著，新郎跪在地上，問新娘的小名；其實新郎曉得新娘的名兒，卻故意問著。新娘也明知新郎跪著，也有意裝作不肯說；直待過了一炷香的時間，新郎跪的腳踝痛了，新娘還是不做聲，結果由新娘的姑娘等出來調解，代說了新娘的名兒，新郎才叩頭起身。鐵木真和玉玲姑娘雖算新婚，卻是久別重逢，這一夜的恩愛歡娛，自不消說得了。

過了幾天，美賽姑娘已經那忽撒接到，就充了鐵木真的第二位夫人；在鐵木真，真時左擁右抱，正享不盡的豔福哩。但他志在併吞蒙古的各部，把兒女之情只好擱在一邊了；所以鐵木真新婚不到一個月，便欲出兵去征賴蠻部。

那賴蠻的部族，在蒙古部族當中，要推它做領袖了；克烈部汪罕、麥爾部柏克多，當時號稱三大部族。若能將賴蠻部征服，其餘的小部落便可不戰自降了；鐵木真為了這個緣故，便常常想把賴蠻部滅去。不過怕它的勢大，也不敢貿然從事；賴蠻部卻自恃強盛，往往欺淩那些小部族。

一天，豁禿里的人民，在古兒山下牧獵，撞著了賴蠻部人，將獵獸和坐騎劫去；村人來報知鐵木真，趕緊帶了眾兵去追。卻只殺了五六個賴蠻人，獵獸馬匹仍被他們奪去，是以兩下裏結下怨仇來；那賴蠻部酋阿恒，聽得豁禿里族日漸興盛，鐵木真獨霸一方，心裏自然妒忌，也趁隙欲除滅鐵木真。

胡天八月，秋高馬肥，鐵木真下令巡征賴蠻，著忽撒和托赤台留守豁禿里，二弟別耐勒隨行；因別

耐勒習得一身好武藝，兼弓馬俱精，鐵木真帶著他護衛自己。臨行的時候，又吩咐了忽撒和托赤台等，叫他們小心自守；玉玲姑娘同了美賽姑娘也都來送行，鐵木真安慰了她們一番，便摧動大軍，浩浩蕩蕩地向著賴鑾部前去。

軍馬經過古兒山，鐵木真命駐軍打獵以充軍食；原來蒙古人的行兵，並無糧草輜重，全恃著獵獸為生。鐵木真見兵士圍獵很為起勁，不覺也高興起來，就佩了弓箭，騎著一匹烏騅馬，沿著古兒山下飛也似的奔去；他帳下的衛士，慌忙地跟在後面。

鐵木真走了一程，草地上忽地跳出一隻野獾來，向馬前直竄過去；鐵木真急取下弓矢，向那野獾射去，那獾便應聲倒下了。鐵木真大喜，正待下馬去捕它時，那野獾突然跳起身，拚命般地逃走了；鐵木真又氣又恨，隨即飛步上馬，加上兩鞭，那馬撥開四蹄，像流星趕月似的追去。

這樣的追了二十多里，越過兩個山頭，那後面衛兵給遺落了，只有別耐勒一人緊緊地隨著。看看那野獾愈逃愈快了，鐵木真騎的烏騅馬也跑出了性來；鐵木真騎在馬上，竟似騰雲駕霧一般，連眼旁的樹枝都瞧不清楚了。那別耐勒雖也盡力加鞭，怎趕得上鐵木真的千里駒呢？不上十幾里，鐵木真已跑得無影無蹤了。

當鐵木真追那隻野獾，眼看已漸漸地追上，野獾被追得急了，便往著石窟裏一跳，就不見了；鐵木真慢慢把馬勒住，四下裏一看，那石窟並沒有出路，料想野獾仍躲在裏面。回顧從人，不但沒有一人，就連別耐勒都不見了；鐵木真知是自己的馬快，因而他們皆落後了，心中欲去捉那隻獾子，又不曾帶得傢伙。

正無可奈何的當兒，突見那獾子又從石窟中奔出來，背後似有人追逐著一般；鐵木真正在納悶，石窟裏忽的跳出一個大漢來。但見那野獾走不上幾步，托地倒了；大漢呵呵一笑，三腳兩步走過去，拖著野獾便走。鐵木真頓時憤不可遏，高聲大叫道：「你這漢子好不講理，野獾是我射倒的，你怎麼搶了我的東西？」

那大漢笑著答道：「獾子跑到我的石窟裏來，給我打了兩拳，它逃出石窟來便死了，怎麼說是你射的呢？」

鐵木真見那大漢相貌魁梧，舉止粗率，早有幾分愛他；因也笑著說道：「你說不是我射著的，難道是你射著的嗎？」

那大漢搖頭道：「咱們是不會射箭的，你既然能夠射箭，就請你拿箭來射我；我若被你射死了，這野豬便是你的，如射不死我時，對不起你，這獾子我可要拖著回去開剝了。」

鐵木真大怒，道：「你這賊漢子！說這樣嘔人的話，以為我不敢射你嗎？看我把你射死了，也不怕誰來要我償命。」鐵木真說罷，真個拈弓搭箭，朝著那大漢射去。

弓弦一響，卻不見那大漢倒地，原來，那支箭已接在大漢的手中了；鐵木真益發憤怒，索性挽著弓，噹噹地連射三箭，卻都被那大漢接住了。鐵木真大驚，那大漢仰天大笑，道：「你這樣的箭術，我盡你射還射不著，休說是那跑著的獾子哩！」

鐵木真知那大漢必定是個異人，但恐他是賴蠻部的奸細，只得在馬上拱手，道：「你果然是好漢，請你留個姓名給我。」

那大漢說道：「咱們坐不更姓，行不改名，孛兒赤的便是。」

鐵木真點頭道：「我鐵木真不識英雄，下次相逢就可以認識了。」說罷，棄了野獾回馬便走。

那大漢聽了「鐵木真」三字，忙追上來問道：「你是豁禿里的鐵木真嗎？我素聞你是個英雄，要想投奔，未曾得便；今天當面相逢，怎可錯過？」那大漢說著，倒身行下禮去。

這時，別耐勒已趕到了，鐵木真怕他有詐，叫別耐勒下馬，去扶那大漢起來；不一會，左右衛兵也到了，鐵木真令騰出一匹馬來，給那大漢孛兒赤騎坐。這孛兒赤也是元朝的名將，鐵木真在無意中得著的；當下鐵木真回到軍中，便令收隊罷獵，這夜就在古兒山下安營宿息。

第二天，全軍一齊拔寨起行，鐵木真兵馬越過了古兒山，又行了幾日，離那賴蠻部只有三十多里了；鐵木真正要下令紮營，忽見前面塵頭大起，旌旗蔽天，乃是賴蠻部的人馬前來迎戰了。鐵木真吩咐軍馬擺開，敵軍若來，只拿強弓射去，不准交戰；兀魯見了命令，來問鐵木真，道：「敵既當前，為什麼停軍不進？豈非自示怯弱麼？」

鐵木真說道：「我們軍馬遠來，本已走得疲乏了，敵人以逸待勞，銳氣方盛，我若出戰，就正中他們的計劃了；今天只准自守，待安了營寨，休息兩天再行出戰不遲。」兀魯聽了唯唯退去。

這樣地過了三天，賴蠻部人白日來罵戰，鐵木真只叫堅守，不許出戰；部下的兵將已一個個恨得咬牙切齒，要想出去殺他一個爽快，卻又不敢違抗號令。到了第二天，一班將士實在有些忍耐不住了，紛紛進帳請戰；鐵木真見敵兵已現懈色，自己的兵丁卻摩拳擦掌地要戰，知道時機到了，便下令出兵，那些將士巴不得這一令，便抖擻精神，拚力殺了出去。

賴蠻部兵卒不防他們出戰，及至兵刃相接，鐵木真的軍馬勇猛異常，真是以一當十，把賴蠻軍殺得大敗，自相踐踏起來；鐵木真督著兵馬，趁勢大殺一陣，只殺得賴蠻民兵叫苦連天，屍如山積，血流成渠。鐵木真方指揮軍馬，遠遠望見大紅纛下，阿恒手握著大刀親自出戰，有退下去的賴蠻兵部，給阿恒斬首馬前；這樣一來，賴蠻部兵發一聲喊，一齊反殺過來了。

鐵木真大怒，即跳下馬來用鞭擊著鼓，催軍士速進；鼓聲起處，兀魯和孛兒赤雙馬齊出，兀魯大叫道：「擒賊先擒王，咱們去捉阿恒就是了。」孛兒赤應著，二人兩支槍，好似雙龍入海，所到之地無人敢當。兀魯便直衝入中軍，飛馬來捉阿恒；阿恒大驚，慌忙回馬奔逃。兀魯緊緊追來，虧了阿恒部下的火列麥，出馬擋住兀魯，阿恒才得脫走；賴蠻部兵馬見沒了主將，又復大敗了。

鐵木真道：「不入虎穴，焉得虎子，咱們趁勝，非殺他一個片甲不留；恐他銳氣一振，反不易攻破了。」眾將士聽了，吶喊一聲，直向賴蠻部族中殺去。

可憐，這時的賴蠻人馬已失了抵抗的能力，竟被鐵木真軍馬殺入部中；凡賴蠻部人民的財產，都給擄掠過來。強的殺死，弱的做了俘虜，美麗的婦女也給鐵木真的兵士佔為妻子；年老的婦人則被他們拋入溪中，隨著伍大夫去了。

這一場血戰，鐵木真軍馬也傷了不少；但賴蠻部的民族，卻幾乎給他們殺得雞犬不留了，鐵木真既攻進了賴蠻部，便令鳴金收軍。這時，眾將來獻俘虜了，鐵木真一一點過；只見別耐勒左手握刀，右手拖著一個少婦，到了鐵木真面前一摔，道：「這婦人是阿恒的妻子，把她砍了吧？」

鐵木真瞧那婦人，見她青絲散亂，深鎖眉頭，那滿眼淚珠點點滴在玉容上，好似出水的芙蓉，益顯得嬌豔動人了；鐵木真雖在戎馬之中，他好色的本性卻是天生的，現在見了這婦人那種嬌啼婉囀的姿態，不由得勾起他一片的憐香念頭來了，於是向那婦人道：「妳是阿恒的妻子嗎？」

那婦人微微點頭應了一聲；鐵木真又道：「阿恒橫暴無道，所以我興兵來剿滅他；現在阿恒敗逃，已不知去向，料想已死在亂軍裏的了；妳既被我們捉得，有什麼話說，不妨直接講來！」

那婦人聽說，不覺垂淚道：「身為女子，手無縛雞之力，就是捉住了我，於總特也無益；能釋放了我，在總特也無害。生死但憑制裁就是了！」

這一席話，鶯聲嚦嚦，清越中帶著悲咽；聽得雄赳赳的鐵木真早矮了半截下去，忙陪笑道：「夫人且莫悲傷，我這裏雖然敝陋，不足棲息，但兵戎之餘，不得不草率一點；好在阿恒生死不明，不如請夫人在這裏暫住幾時，待得了阿恒的音訊，再送夫人回去就是了。」

那婦人聽了，知是身不能自主，只好低頭謝了一聲；鐵木真便吩咐幾個擄來的民女，將那夫人接入後面去了。

這裏，鐵木真料理各事已畢，便來後帳看那婦人；只見她低著雙眉，一語不發，鐵木真一面帶著笑，輕輕地問道：「夫人獨自坐在這裏，也覺得寂寞嗎？」

那婦人見問，又噗簌簌地流下淚來，道：「人亡家破，還說它做甚！」

鐵木真察言觀色，見她並不十分的激烈，便挨身下去，和她坐在一隻椅兒上，一手去擁她的纖腰，就倒身過去，想去親她的香唇；忽見那婦人勃然變色，霍地立起身來，鐵木真不覺吃了一驚。

那婦人正色說道：「我雖兵敗被擄，卻是一部民族婦女之冠，丈夫既死，自應身殉；現因不知生死，是以苟延殘喘。總特怎麼無禮相加，未免太污辱我了。」

鐵木真見她侃侃正論，未免心中慚愧，忙謝過道：「夫人的話說果然是正當，但人情的愛好本是天成的，只求夫人饒恕吧！」說著便是深深的一諾。

那婦人見鐵木真一意相求，便慨然道：「我是有夫之婦，如何適人？我有一個妹子也素，尚未有人家，總特如不嫌醜陋，可即著人去喚來。」

鐵木真聽了大喜，立著部兵，按著那婦人所指的地方去尋也素姑娘；不到一刻，也素姑娘來了，鐵木真細細打量，的確生得芙蓉作臉，秋水似神。那種嫵媚的姿態，似更勝過那婦人；鐵木真也不暇說話，便叫左右鋪起臥炕來，放上一床大被，摟住也素姑娘，便往炕上一倒。

第六回　禍起蕭牆

鐵木真擁著也素姑娘，往著被裏一鑽，也素姑娘嚇得玉容如紙，連叫救人；鐵木真笑道：「姑娘莫慌，妳的姐姐也在那裏呢。」

也素姑娘聽了，忙回頭去一瞧，果然見她姐姐愛憐，默默坐在一旁；也素姑娘便問道：「姐姐怎麼會在這裏的？」

愛憐夫人見問，不禁深深地歎口氣，道：「還講它做甚！妳姐姐家破人亡，姐夫不知下落，現在身為俘虜，幸蒙總特優遇，令我在此暫住幾時，所以我便叫妳來服侍總特；但這是妳姐姐的意思，妳是個很聰敏的人，想也不至怪我多事的。」

也素姑娘見說，心裏已有幾分明白，只低垂粉頸，一聲也不響；鐵木真知她芳心已默許了，便順手挽住香肩，和她並頭睡下，一面慢慢替她解著羅襦，二人就在被裏開起一朵並蒂花來。那位愛憐夫人，看著他們相親相戀的情狀，不由她心中一陣兒的難受；臉上不覺紅一會白一會，弄得她坐也不是，立又不是的，真有點兒挨不住了。

鐵木真和也素姑娘鬧了一會，回顧看著愛憐夫人，微笑說道：「夫人也倦了，咱們讓妳睡吧！」說

著，竟一骨碌地坐起身來，一手把被子一揭，露出也素姑娘玉雪也似的一身玉膚。只羞得也素姑娘往著被裏直縮，雙手亂抓那被兒去遮掩著，引得鐵木真哈哈大笑起來；愛憐夫人很覺不好意思，那眉梢上又泛起朵朵桃花，便忍不住回過頭去，嫣然地一笑。

鐵木真是何等乖覺的人，他曉得愛憐夫人已經心動了，就趁勢跳下炕來，一腳跨到愛憐夫人的面前，輕輕向她柳腰上一抱，翻身已將她擁倒在炕上；這時，愛憐夫人身不自主，看她嬌喘吁吁的，早已軟癱了，鐵木真幫她鬆紐解帶，愛憐夫人當然乏力抵抗，聽任鐵木真所為，竟做了也素姑娘的第二了。

光陰如箭，轉眼臘盡；鐵木真因冰雪載途，不便行軍，把征塔塔兒、麥爾兩部的事暫且擱起了，將軍馬屯住在賴鑾部地方，與諸將們度歲；鐵木真其時雖在軍營裏，他日間出外遊獵，晚上便和也素姑娘、愛憐夫人飲酒取樂，卻再也不想著要回去了。

當鐵木真出師時，只帶了個兄弟別耐勒，留忽撒和托赤台守衛著豁禿里村；但托赤台在兄弟中，年齡要算最小，行為倒要推他最壞。鐵木真的三個兄弟：忽撒、別耐勒都已有了妻室，只有托赤台還沒有娶婦；然而托赤台平日專好獵豔漁色，他自鐵木真出征賴鑾，便少了一個管束，竟任性胡幹起來。

他的母親艾倫，到底有了年紀，耳目失聰，聽聞已失了自由，還能夠去管托赤台嗎？兩位猶父兀禿和托吉亶，自顧尚且不暇，休說是問別人的事了。托赤台既沒人管他，就天天在外面，和一班女孩兒們廝混著；後來在外面玩得厭了，竟漸漸和自己人也玩起來了。

原來那位玉玲姑娘，雖做了鐵木真的正室夫人，然而她的性情卻是愛風流的；鐵木真遠征在外，玉玲姑娘孤衾獨抱，叫她怎樣能夠忍耐得住？所以每到晚上，總是和美賽姑娘閒話著解悶，不過講來講去，還是同病相憐罷了。

鐵木真的家中，除了他兩位長輩兀禿和拖吉亶，常常進出之外，青年的男子只有忽撒同托赤台；那托赤台是個喜新棄舊的色鬼，他見玉玲姑娘舉止溫婉，姿態嫵媚，心裏十分的愛她，於言語之間，便時時雜著一種挑逗的情話。玉玲姑娘因托赤台少年魁梧，本有幾分心動，又見托赤台對自己百般的溫存體貼，真好算得多情多義了；因此，她見了托赤台，也往往眉目含情，杏腮帶笑，把個托赤台越發弄得心迷神醉了。

一天，豁禿里村裏，正是祭鄂波的時日；到了那天，必須由村長領頭，和一班的村民，到大草場上去祭鄂波。祭的時候，村長先拜，人民打著大鼓和巨鑼，隨後村民一齊拜倒在地；立起身來，村長領路，大家團團地打起圓圈來。這樣地轉了一會，村長忽然大喝一聲，許多村民都向草地上翻著筋斗；一時由數十人而數百人至數千人，部族大的多至萬餘人。

這一場筋斗，翻得塵沙蔽天，雲霓欲墮；大家亂了一回，那村長把手一指，又再吆喝一聲，那翻筋斗的村民，便轉身整齊的停著了，翻過筋斗之後，村長就分了胙肉回去了。這裏，村民跑馬的跑馬，射箭的射箭，也有較力角武藝的，霎時萬頭攢動，好不熱鬧；那時村裏的婦女，大大小小都到那裏來瞧著

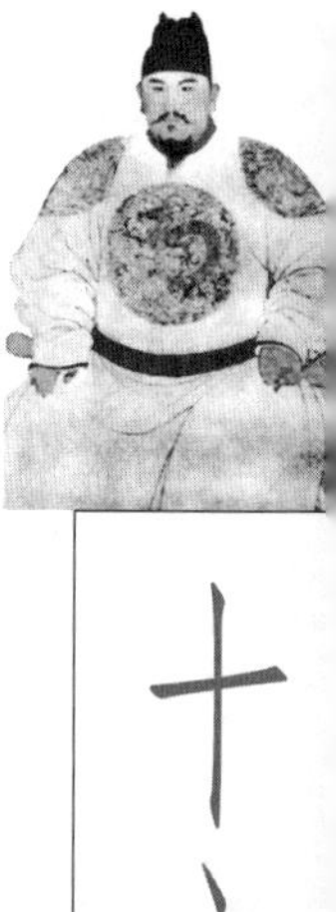

熱鬧。

蒙古人的祭鄂波，他們皆十分的至誠。鄂波是甚麼東西？是用石塊堆出來，塔不像塔的石塚；有堆成方形的，高約三四丈，據蒙俗稱它作惡保，又叫作列而得，又呼為十三太保李存孝。聽他們蒙古人說，李存孝征沙漠的當兒，很有恩德於蒙人，猶之南蠻人祭諸葛孔明，同是一樣的遺蹟哩。

因秋深祭鄂波，是蒙古人的一樁大事，也是最熱鬧的一天；豁禿里村祭鄂波，由忽撒和托赤台兄弟倆代表著村長，去那草地上去照例開祭。那村中的婦女，一個個打扮得花枝招展，往那祭鄂波的那裏瞧熱鬧。

美賽姑娘聽得外面很是嘈雜，問起，說是祭鄂波，美賽姑娘便來邀玉玲姑娘同去看跑馬角技；恰巧玉玲姑娘患著腹痛，回說沒氣力出去，美賽姑娘是個好動的人，怎肯輕輕放過呢？她就自己裝扮好了，領著兩個蒙古小婢，姍姍地獨自出遊去了。

這合該有事，那托赤台和忽撒二人，一面指揮民眾，托赤台的眼睛，卻只是骨碌碌地望著那些婦女；他一眼瞧見美賽姑娘來了，卻不曾看見玉玲姑娘，忙趁個空兒來問美賽姑娘。知道玉玲姑娘在家裏病著，托赤台聽了，連祭鄂波的禮也無心行了，竟三腳兩步地奔回家來；外面看門的兵役和內室的蒙古役婦，都認得托赤台的，所以並不阻攔，便任他直往內室走了進去。

這個當兒，艾倫卻從內室出來，問托赤台到甚麼地方去了；托赤台一時不好回答，只好胡言亂語，支吾了幾句。好在艾倫耳朵聾了，似聽見非聽見的，把頭點了幾下，自己管自己到房裏去了；托赤台等艾倫走後，便向玉玲姑娘的房中走來。

他輕著手腳，跨進玉玲姑娘房門，只見帳門高捲，房內靜悄悄的，一點兒聲息也沒有；房前的燈檯上，放著一只高腳的香爐，香已燃完了，那餘燼兀是繞繞地放出一縷微煙來。看床上時，玉玲姑姑正朝裏睡著；托赤台慢慢地走到了床前，向著床沿上輕輕地坐下。

他正要用手去推，那玉玲姑娘早已微微地翻身過來；原來托赤台進房來時，玉玲姑娘早已聽到腳步聲，她偷眼在帳門橫頭一瞧，見是托赤台，便朝裏假作睡著。這時，卻故意睡眼朦朧地問道：「你到我這裏來做甚麼？」

托赤台見問，搭訕著答道：「外面正祭那鄂波，十分熱鬧；我因瞧不見嫂子，放心不下才回來的。嫂子此時，身子敢是不爽嗎？」

玉玲姑娘不覺皺著眉頭，道：「今天早晨還很好的，現在不知怎的，會肚子痛起來了。」

托赤台說道：「天氣很不好，嫂子大概受了涼吧？」

托赤台一面說著，便用手去替玉玲姑娘按那肚腹；玉玲姑娘似笑非笑地，將托赤台的手一推，低低說道：「這算什麼樣兒！你快出去，給你二嫂子瞧見了，很不像樣的。」

托赤台涎著臉說道：「嫂子莫愁，二嫂去看祭鄂波，她這時正瞧得起勁哩！」說著，那隻手便在玉玲姑娘的胸前撫摩著。

玉玲姑娘本來是個傷春的少婦，這時被托赤台一打動，竟有些無法自持起來；故斜睨杏眼，看著托

赤台微笑道：「你這般的做出來，不怕你哥哥知道嗎？」

托赤台見說，知道玉玲姑娘這句話，是給自己的機會；便忙倒身下去，勾著她的香肩說道：「我有了嫂子這樣的美人兒，立刻叫我死了也甘心的，怕甚麼哥哥不哥哥！即便他真個知道了，最多把我的腦袋搬離頸子，也不得了了。」托赤台說罷，便趁勢去嗅她的粉頸；玉玲姑娘也是似喜似嗔的，了了他們的一段風流孽債。

看看天色晚了下來，玉玲姑娘恐被人撞見，只催著托赤台出去；原來那天因祭鄂波的緣故，家中婢僕等人，大半出去瞧熱鬧了，所以任由托赤台去鬧著，竟是一個人也不曾碰見。但一到了傍晚，大家自然要回來了，玉玲姑娘也不得不催促著托赤台起身。

可是托赤台其時正在迷魂陣裏，那裏還管什麼利害呢？他口裏答應著玉玲姑娘，身體卻挨著不動，笑嘻嘻地望著玉玲姑娘道：「我便死在這裏不出去了！」

玉玲姑娘向托赤台臉上輕輕哼了一口，道：「痴兒又說瘋話了。」

二人正調著情，忽聽得腳步聲橐橐地亂響，玉玲姑娘大驚；托赤台也著了慌，跳起來，衣褲都來不及穿，就往床下一鑽。再聽那腳步聲，卻並不到玉玲姑娘的房裏來，似往美賽姑娘那邊去的，玉玲姑娘這才把心放下；又聽美賽姑娘那裏，也有男子說話的聲音，玉玲姑娘尋思道：「難不成，她也幹那勾當嗎？」

那美賽姑娘的臥室，和玉玲姑娘的房間只隔了一堵木牆；恰巧牆板上有個小窟窿，露出一線的燈光來，玉玲姑娘便往窟窿裏張望。正見美賽姑娘斜坐在一個少年的膝上，二人臉摩著臉兒，正在那裏絮絮地情話；玉玲姑娘瞧得清楚，便低聲喚著托赤台。

托赤台從床下爬將出來；只見他滿頭是汗，渾身沾了許多灰塵，戰兢兢地問道：「沒有甚麼人來嗎？」玉玲姑娘點點頭，一時忍不住好笑；又想起那時和鐵木真相遇時，他躲在夾板底下的情形，竟和今天的托赤台一般無二，因此越覺好笑了。

托赤台卻摸不著頭腦，一面拂去灰塵，便問玉玲姑娘道：「妳有甚麼好笑？」玉玲姑娘不便把鐵木真的事和他直說，只把纖指向牆上的窟窿指著。托赤台不知是甚麼就裏，也就躬著身，順著那燈光，往窟窿裏張望去。

這時，美賽姑娘已和那少年並坐在床上了，托赤台看得明白，回顧玉玲姑娘，道：「那不是拖勃嗎？他怎的同二嫂子勾搭起來了？」

玉玲姑娘笑道：「只有你和人家勾搭，便不許別人做這些事兒嗎？」

托赤台答道：「話不是這樣講的，拖勃這傢伙，是我伯父兀禿的兒子；平日在村裏，也仗著我哥哥的威勢，淨幹些不正經的勾當，我很瞧不起他，常常想要教訓他一頓，他總是三腳兩步地逃走了。一天，他和人賭輸了，還偷了我的馬去；現在趁他在這裏，我便問他要馬去。」

托赤台說著，便去床上取了衣服穿起來，要去打那拖勃；玉玲姑娘一把將托赤台拖住，道：「你自己在甚麼地方，敢大著膽施威？倘鬧了出來，不是笑話了嗎？」

托赤台不覺恍然，因而笑說道：「那麼，便宜了這傢伙了。」

玉玲姑娘也笑道：「我們且瞧他們做些甚麼。」於是，兩人在窟窿裏，肩搭肩地瞧著。

那面，美賽姑娘和拖勃卻毫不察覺，二人一會兒說笑，一會兒撫摸著，漸漸地共赴那雲雨巫山了；托赤台同玉玲姑娘，看到情不自禁的時候，也唱了一曲陽臺。這一夜，托赤台和玉玲姑娘，自有說不盡的溫存繾綣、情意纏綿。

從此以後，托赤台得空，便和玉玲姑娘歡聚；美賽姑娘明知他們的事，因自己也愛上了拖勃，大家患著同病，自然誰也管不了誰。後來，大家索性沒甚麼避忌了；至於那些婢僕們，照蒙人習俗，不奉主婦的叫喚，是不敢進來的，所以盡他們去胡鬧著，外面一點也不曾知道。

但那玉玲姑娘雖不怕美賽姑娘，拖勃見了托赤台卻不能不避；拖勃和美賽姑娘兩下裏本早已有情，到了那天，趁祭鄂波的當兒，便混了進來。不過，托赤台於美賽姑娘，也曾下過一番功夫，只是不曾得手；他眼看著拖勃和美賽姑娘那樣鶼鶼鰈鰈的形狀，怎麼不含醋意呢？那日晚上，托赤台擦掌摩拳地要問拖勃去討馬，也是為了這層緣故；當時虧了玉玲姑娘把他勸住，不然就要鬧出大笑話來了。

托赤台既有這一段隱情在裏面，他對於拖勃自然好似眼中釘一般，一日不拔去，就一日不安枕；在托赤台的心中，亦是一種得隴望蜀的心理，他想把拖勃攆走了，自己正好可遂一箭雙雕的心願。

然天下的事，愈性急愈是難達目的；托赤台對那美賽姑娘一味獻著殷勤，美賽姑娘卻是似真似假、若即若離的。把個托赤台弄得望得見吃不著，心裏恨得牙癢癢的，不免便漸漸地移恨到了拖勃身上去；

他每到氣憤沒處發洩的時候，便頓足咬牙大罵著拖勃。

那托赤台有個小廝，叫作歹門的，為人陰險刁惡，能看著風色做事，因而很得托赤台的歡心；那歹門見托赤台恨著拖勃，好似勢不兩立一樣，便來插嘴道：「主人為甚這般的恨著拖勃？」

托赤台見是歹門，大喜道：「太好了！我正要和你商量哩！」於是將這段事的經過，及美賽姑娘和拖勃的情節，細細地講了一遍；並說道：「你若有法子趕得走拖勃，不但有重賞，還給你出奴才的籍哩。」

原來，蒙古人入奴籍的人們，是永遠給人做奴隸，子孫相傳；就是做了官或是發了財，一見了舊主人，還是自稱為奴隸的。這種入奴籍的人們，本是蒙人初盛的時候，去別個部落中擄掠來的人民，強迫他們做了奴隸；年代久了，這一類的民族變成了奴籍，便永遠沒有做主人翁的資格了。

猶如紹興地方的惰民，一世做著人家的奴隸；平民人家有了喜慶的事，那惰民們，男的去做著鼓樂吹手，女的便去充那扶持新娘的喜婆，生出來的子女，都去跟著樂班唱戲。這種惰民的種族，只有紹興地方有；他們也有一段歷史在裏面。據說，在從前的時候，因這一類民族都是無職業的，男的不耕，女的不織，專跟富家子弟廝混著；國家對於這一塊地方，收不著賦稅，就貶這一處的民族叫作惰民。

那蒙古的奴籍，性質和惰民相似；不過，他們如要出這奴籍，只要他主人允許，替他到部長那裏去贖身出籍，部長在奴籍上除了名，此後就和平民一樣了。然出籍時，須得花錢的，但若不得主人允許他

出籍，奴隸就是自己有錢花，也是不能夠出籍的；所以托赤台答應歹門，替他出奴籍，也算是一種酬勞他的意思。

當下，歹門聽了托赤台的話，不禁微笑道：「主人不要憂慮，只須奴才行一條小計，包管拖勃身首異處。」

托赤台見說，便叫歹門坐著，笑著問道：「你有甚麼計策，只顧講出來；事若成功了，咱決不負你。」

歹門向四面望了望，低低地說道：「拖勃那傢伙，不是常在罕兒山下打獵的嗎？他那哥哥別兒撒，為人很是暴躁狠戾，現在家裏養著一對鶬鷹，非常的厲害；若帶著鶬鷹去打獵時，比獵犬勝上十倍，所獲得的野獸，也較往日為多。因此，別兒撒的愛那鶬鷹，比對他父親拖吉亶還要敬重；我們可設法把別兒撒的鶬鷹弄死了，卻歸罪給拖勃，還怕拖勃不死嗎？」

托赤台拍手道：「計策是很好的，但怎麼樣去弄死別兒撒的鶬鷹呢？」

歹門答道：「那主人可不必煩心，只在奴才的身上，按著法兒做去，自然一定成功。」

托赤台笑著不住地點頭，一手拍著歹門的肩胛，道：「這事全恃你去幹，千萬要秘密著，我就等著聽好消息吧！」

歹門應了一聲，便出來，叫了個同伴名阿岸的，跑到外面，低低地說道：「你去荒地上面，掘一把赤馬芩來，我有用處；快去快來，我在家裏等著哩！」阿岸答應著，掮了鋤，飛一般地去了。

蒙古的赤馬苓，是一種藤本藥草，蒙民把它連根掘來，搗爛了，雜在食物裏面，拿來藥那些狐兔飛禽，是百發百中的；因草中含著麻醉性，就是人吃多了也要醉死，何況是禽獸了。

不一刻，阿岸取得那赤馬苓回來，歹門接著，將赤馬苓舂碎了，去放在肉中，用一幅布裹了肉，一揣揣在懷裏；便吩咐阿岸好好守了門，自己就直奔著那罕兒山去了。那歹門在罕兒山下，候著別兒撒出去了，就跑到他的屋前，撮著嘴呼起鷹來；鴿鷹當是自己主人呼叫它，兩隻鷹撲著雙翅，嘩嘩地飛到外面。

歹門忙在懷裏掏出肉來，向空中擲去；鴿鷹這個東西，是最貪嘴的，一見了肉，就拼命地來爭吃著。可憐肉還不曾吃完，那兩隻鷹已同時倒在地上了；歹門便去捧了死鷹，一路走著，將鷹頭拉斷，把血和毛沿路灑向過去。看看到了拖勃的帳篷後面，只把死鷹一拋，趕忙往樹林子裏一躲，連爬帶跳地逃回去了；歹門既幹了這些事，便眼巴巴地望著火線的爆發。

當歹門拋鷹到拖勃家中時，拖勃也不在家裏；只有幾個民兵見天上掉下兩隻鷹來，大家以為是天賜的，便三三兩兩拔毛破肚，慢慢地開剝了，預備把它烹煮了。那面，別兒撒回到家裏，不見了兩隻神鷹，頓時暴跳如雷，一班家役也嚇得索索地發抖；別兒撒跳了一會，問：「村裏誰來打過獵了？」大家皆回說沒有。

別兒撒尋思道：到此地敢來打獵的，除了我們自己人之外，別人一定不敢來的；又想起拖勃那傢伙，不是常來打獵的嗎？他為了賭錢，和我鬧上一次，不要是他把我的神鷹弄死了吧？

別兒撒是鐵木真叔父拖吉亶的兒子，和托赤台、拖勃等，都是兄弟排行；但他是個性急的人，既沒了鴿鷹，在家裏鬧了一場，便牽了獵犬，到村中去尋覓。那獵犬是最靈敏的畜類，它在地上聞得鴿鷹的血味和毛，就一路引著別兒撒往前走去。

這一天，也合該鬧出事來，別兒撒雖當時雖懷疑到拖勃殺他的神鷹，但一會兒就忘記了；偏偏那獵犬在前引著路，走到拖勃家附近，卻沒了血跡，獵犬便四處亂嗅。恰巧，別兒撒從拖勃家門前走過，猛見幾個民兵正在開剝著神鷹；別兒撒仔細一瞧，那鷹分明是自己的，不覺大怒起來，口裏大罵道：「拖勃這賊子！果然把我的神鷹打來了，我今天決不與他甘休！」

別兒撒說罷，拔出腰刀，便往著那幾個民兵砍去；只叫拖勃出來說話，嚇得那些民兵四散逃走。其時，拖勃已經回來了，慌忙趕出來問時；別兒撒見了拖勃，劈頭就是一刀。

第七回　耶律楚材

別兒撒見了拖勃，不禁心中火起，大喝一聲，舉刀向著拖勃砍來；拖勃大驚，說道：「兄弟為何這樣？」

別兒撒大怒，道：「誰是你的兄弟？你把我的神鷹弄死了，我非取你的性命不行！」

拖勃道：「你莫錯怪了人，我何嘗弄死你的鶻鷹來？」

別兒撒越發氣憤，道：「你還要狡賴哩。我親眼見你家的民兵，在那裏開剝著我的神鷹，你怎麼說不曾呢？」

拖勃道：「那是天上掉下來的死鷹，我們不知是你的；倘然曉得，也早就送來了。」

別兒撒大喝道：「你明明打死了我的鶻鷹，反倒說是天上掉下來的；那麼，你可叫他再掉幾隻下來，我就相信你了。否則，你這種花言巧語，只好去哄小孩子去。」別兒撒說罷，仍提刀砍來。

拖勃一面用佩刀迎住，一面高聲說道：「刀槍是無情的東西，我們既動了手，損傷生死，可顧不得了，你將來不要懊惱。」

別兒撒只作沒聽見，那刀卻似雨點般，向著拖勃的頭上砍個不住；拖勃也不覺性起，便舞刀拼力相

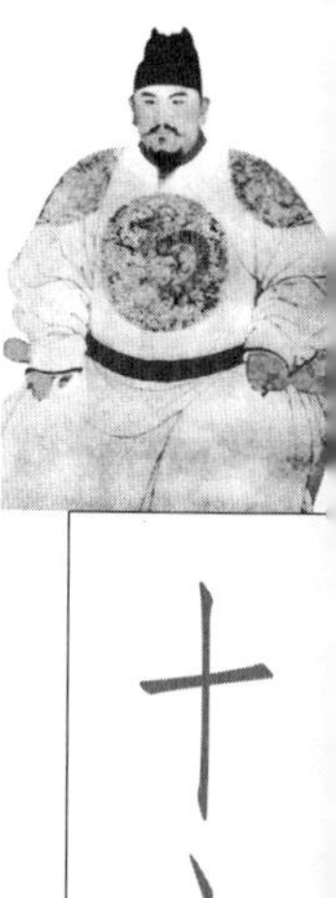

迎。兩人你來我往，約莫戰了有五六十個回合，拖勃到底氣力不佳，又因好色的緣故，身體所傷太甚，所以挨到七十回合頭上，已有些敵不住了；那別兒撒卻心如烈火，管他三七二十一，刀刀只往拖勃的致命處砍來。

拖勃一個失手，別兒撒展施個獨劈華山；拖勃急忙借勢鐙裏藏身時，別兒撒手快，一刀飛下來，卻劈的正著，把拖勃的半個腦袋兒劈去了。可憐！拖勃也是個好青年，今日竟枉死在刀下；但起禍的原因，還是為了美賽姑娘。這「色」字，的確是殺人的利器，我們看拖勃就相信了。

這時，拖勃家裏的一班民兵，見小主人被別兒撒劈死，大家發聲喊，一齊圍將上來，還有幾個忙著去報知兀禿；兀禿只有這個兒子，聽得給侄子別兒撒殺死，便大叫一聲，領了百十個壯丁，飛奔來殺別兒撒。

他一見了別兒撒，不由得七竅生煙，大罵：「逆奴殺我兒子，我來替他報仇了！」說著，揮刀當先，百十個壯丁也人人憤怒，刀槍齊舉，把別兒撒團團地困在中間。別兒撒力鬥拖勃，本已有些疲倦，怎禁得兀禿的生力，又是寡不敵眾；因此被兀禿飛腳踢翻，欲待爬起來時，壯丁們刀劍並下，拿別兒撒斬作了十七八段。

別兒撒的父親拖吉亶，雖和兀禿是親弟兄，但因別兒撒也被兀禿殺死，拖吉亶如何肯罷休；便立刻帶了民兵，也趕來和兀禿拼命。他們兄弟倆火拼了一會，結果，都為著兒子受了重傷；各人回到家裏查點民兵，都殺傷了不少。兀禿受創較重，不到一個月就死了；拖吉亶也挨不到半年，追隨著兀禿而去。

因托赤台為了美賽姑娘，與廝僕歹門設下毒計，傷去了幾十條性命，甚至骨肉相殘；所以托赤台和歹門，都不曾得著善終。那歹門設計殺了拖勃，托赤台果然替他除了奴籍；但後來，歹門在外仗勢驕橫，人民恨極了，動起眾怒來，將他全家殺死。而為首的人，還是羅門的族侄邁得；邁得因歹門離了奴籍，心裏很為妒忌，這時便公報私仇了。歹門教人骨肉相殘，他自己也被骨肉所戮，報應可算不爽。

那時，美賽姑娘聽得拖勃死了，芳心幾乎痛碎，好似啞子吃黃連，有口難說；只有托赤台卻十分得意，他想：拖勃死了，美賽姑娘早晚是自己的囊中物了。誰知，美賽姑娘已耳聞得托赤台借刀殺人，用計誅了拖勃；心裏深恨那托赤台，益發不肯和他走一條路了。

那玉玲姑娘和托赤台卻正打得火熱，不料好事不長，光陰易逝；鐵木真出師遠征，取了麥爾部，擒住部酋柏克多，又滅了克烈部汪罕，把塔之兒部一鼓掃蕩清淨，威聲大震，四方的部落紛紛都來歸順。鐵木真想趁著一股銳氣，去進取西夏和遼金；參軍耶律楚材諫道：「咱們連年用兵，久已人疲馬乏，萬一遇著了勁敵，難保不遭失敗；不如班師回去，休息幾時，再圖遠謀不遲。」

鐵木真行軍的謀略，都是耶律楚材的計畫，平日很為相信他；所以聽了耶律楚材的話，便點頭說道：「參軍的話很有道理，咱們就擇日班師吧！」於是，就令耶律楚材選了個吉日，下令全軍起行，便押著大軍，往著豁禿里村來。

曉餐渴飲，不日，軍馬已到了罕兒山附近；這裏，忽撒和托赤台也率領著民兵，整隊來迎接鐵木

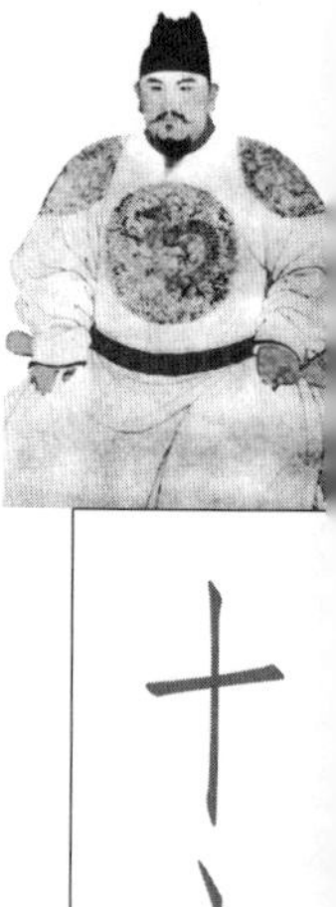

真。弟兄相見，略略講了些別後的情形，忽撒說起兀禿和托赤亶因私鬥致死，以及別兒撒和拖勃起釁的緣由，細細地說了一遍；鐵木真聽了，也不覺歎息了幾句。

大軍駐紮停當，鐵木真便領著也素姑娘、愛憐夫人及十多個蒙古女婢，一齊回到家來，見過了他的母親艾倫；玉玲姑娘和美賽姑娘也都出來相見，大家互相打量了一番，鐵木真吩咐僕役們掃除室宇，安頓也素姊妹。

這天晚上，鐵木真家中開起了團圓宴；四位美人兩旁陪著，鐵木真高坐堂皇，一杯杯地豪飲起來。四人當中，玉玲姑娘和美賽姑娘依然是有說有笑，也素卻有些害羞，不曾舉箸；愛憐夫人這時想起她的丈夫在日，也是很快樂的光陰，現在卻弄得家破人亡，不禁淚眼汪汪的，低垂著粉頸，默默無言。

鐵木真見她不高興，就拿著一杯酒，遞給愛憐夫人，道：「咱們今天也算是家庭歡聚，妳且先飲了這杯。」愛憐夫人只得接過來，一飲而盡。

鐵木真又斟了一杯，去遞給那也素姑娘時，玉玲姑娘早已心中動了氣；瞧她芳容立時變色，回過身去，只作不曾瞧見一般。鐵木真已有些覺著，忙也斟了一杯，雙手奉給玉玲姑娘，道：「妳也請乾了這杯。」話聲未絕，但聽得匡啷一響，那只酒杯已掉到地上了；這時座上的人，大家都吃了一驚。

鐵木真知道玉玲姑娘生了真氣，要待再斟第二杯過去，那玉玲姑娘已霍地立起身來，姍姍地走向裏面去了；鐵木真微笑道：「任她去吧！咱們且多飲幾杯。」說著，便斟酒叫美賽姑娘也喝了一杯。自己也是一杯杯地狂飲，直喝得酩酊大醉，才命撤去了杯盤；待美賽姑娘等人各自回到臥室裏，鐵木真卻搖搖擺擺的往玉玲姑娘的房中，大概是安慰她去了。

第二天，鐵木真出去升帳，早有耶律楚材、哈噠巴，及哲別、兀魯、木華黎、齊拉、別耐勒等一班武將齊來勸進，請鐵木真正了大汗的尊位；鐵木真起身推辭，道：「我的德未頒四方，威不遍各部，怎能夠妄僭尊號，怕不貽笑鄰邦嗎？」

耶律楚材聽了，正要進言；只見別耐勒大叫，道：「咱們哥哥自出兵以來，戰必勝，攻必取，足見威德皆備，就是做大皇帝也沒事；咱們自今天起，便擁哥哥做了大汗吧！」

耶律楚材也說道：「別耐勒的話，確是應天順人；主子要是過於推辭，萬一眾心渙散，反授隙於人了。」

眾人聽了，同聲說道：「參軍之言正合眾意，主子還是允許了吧！」

鐵木真見人心歸己，也就答應下來；當下由耶律楚材擬了大汗的名號，叫作成吉思汗，歷史上面，稱他作元太祖成吉思汗。成吉思汗，蒙古話是「大王」的意思；時為宋寧宗丙寅十月，也是蒙古人稱王的開始。

那時，鐵木真建起雄都，叫作克喇和林；諸事草草停當，命耶律楚材定了禮節和褒封的制度。成吉思汗以玉玲姑娘是原配，便晉封她做玉妃；美賽姑娘封為豔妃，也素姑娘和愛憐夫人都封了貴人。因她兩人是姊妹，不便分什麼大小；所以一班侍女們稱也素姑娘作東貴人，愛憐夫人作西貴人，算是稱呼上的區別。

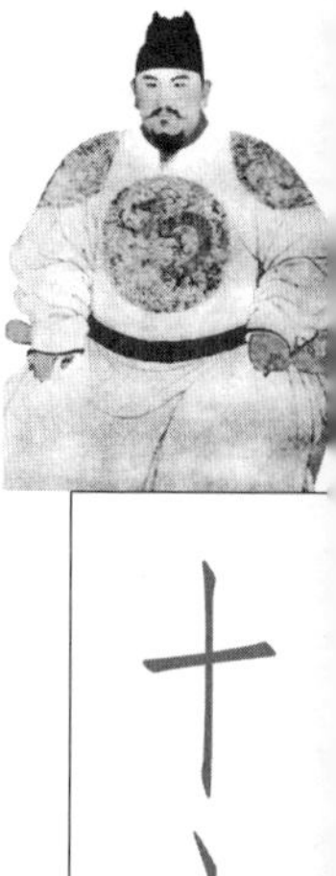

成吉思汗加封文武將士已畢，設宴慶賀，席上便提議國事；成吉思汗首先說道：「我既自立為國，卻不能不籌進取之道；試看現下的西夏、遼金與宋，它仍鼎足立著，那都是我們的對頭。就我的志向說來，非把這三國一一剿滅，否則終是蒙古的大患；你們可有什麼良策，一鼓去撲滅它？」說著，便親自斟了一遍酒。

其時，耶律楚材起身說道：「主子要功成一統，先宜修德，收拾人心；然後出師進取西夏，西夏一破，遼金唇亡齒寒，不難一鼓而下。那時專心對宋，中原垂手可得哩。」

成吉思汗大喜，道：「參軍的計畫，真是『先得我心』呢！」

話猶未了，只見木華黎朗聲說道：「西夏自拓跋開國，傳至目前李安全，荒淫昏聵，人民怨聲載道；現在正好趁它內亂，興兵往征，不怕西夏不滅。」

成吉思汗點頭道：「行軍要速，謀出便行；那麼，我就親自去破西夏吧！」

木華黎忙道：「割雞焉用牛刀?主子無須親征，末將不才，願當此任。」

成吉思汗道：「倘得將軍前去，我自可放心了；但望你馬到功成，我就明日給你祭旗餞行。」木華黎拜謝了，自去準備；這裏，成吉思汗和諸將暢飲到紅日銜山，才盡歡而散。

到了次日，成吉思汗身著吉服，親到軍前祭旗；木華黎已握著大令，盔甲鮮明地立在那裏，一見成吉思汗，忙來迎接。到了校場的中心，那將士早把一面繡字的大纛旗，飄飄蕩蕩地豎了起來；成吉思汗令排起香案，親自祭過大旗，又斟了上馬杯。三聲炮響，大軍拔寨都起，直向著西夏進發；成吉思汗親送了一箭多路，和眾人等自回和林，去聽著木華黎的好消息。

列位，可還記得赤吉利部的部酋伊立，不是差了古台，來行刺過鐵木真的嗎？古台行刺不著，被鐵木真部將兀魯捉住，鐵木真勸他投降，古台非但不肯，反把鐵木真辱罵了一頓，因此將古台斬首。但古台來行刺之前，曾囑咐他的兒子努齊兒道，此去倘事不成，死後須得替他報仇；如其力有不及的，屍骨終得替他設法還鄉。

然古台死後，鐵木真給他從厚安葬，將古台的屍首，瘗在豁禿里村的西面；倘若去取他回來，奈何赤吉利部和鐵木真是怨仇對頭，怎樣能辦得到呢？所以除去盜骨之外，簡直沒有別的法子。努齊兒受了他父親的遺命，一心要去盜那屍骨；不過豁禿里村中，自鐵木真稱成吉思汗後，村中的巡邏和防守卻異常地嚴密。

在白天裏，有別部的民族經過，必得細細地盤詰；至於晚上，更不消說得了，差不多外來的人，竟然休想進得村去。況去掘那屍骨，又不是片刻的事，努齊兒去候了好幾次，終得不到一點機會；努齊兒真急了，他咬牙切齒地說道：「我若盜不得親骨，誓不再在世上做人！」

他意志既決，便匆匆地回到家裏，準備了一個小鐵鋤，佩上腰刀，趁著夜色茫茫，一路往著豁禿里村裏走去；到了村外，努齊兒怕巡更的察覺，便縱身上了樹，從樹顛上直躥入村中。努齊兒尋思道：「人是進來了，卻不知道屍骨瘗在哪一處？」

他躊躇了好一會，慢慢地由樹上溜下來，在村西四面尋了一轉，找不出一些影蹤來；在心焦的當

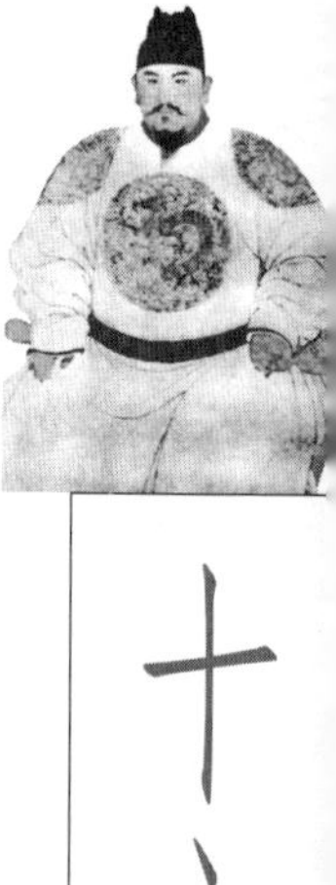

兒，忽見茅棚子裏一個白鬚的老兒，掌了一盞半明不滅的油燈，低著頭，在那裏撿他的蕎麥子。努齊兒暗想道：「看那老人相貌還很慈善，不如上去問他一聲；或許知道我父親的葬處也未可知。」於是，一步步地走到茅棚面前，一面行禮，低低地叫了一聲老丈。

那老兒正一心顧著自己，被努齊兒一叫，不覺吃了一驚；抬起頭來，徐徐地問道：「看你的行狀，不是本地的人，卻深夜到此做甚？」

努齊兒忙拱手答道：「老丈的話不差，小子現要問一個訊；幾年前給本村捉住的刺客，名叫古台的，那屍首不知道瘞在什麼地方，望老丈指示，小子就感激不盡了！」

那老人聽了，捋著鬚子，想了半晌，道：「什麼古台不古台，咱倒不曾明白；只記得從前有一個烈士，來行刺咱們的部長，被兵丁捉住，把他斬首。屍身瘞在離此約半里多路，那裏叫作五牛灘；有一棵大杉樹的下面，就是骨甕的所在。」

努齊兒見說，謝了老人，飛也似地往五牛灘奔去；依著老人指點的地方尋去，果然有一株大杉木在那裏。努齊兒大喜，隨即取下鐵鋤來，待動手開掘時，猛然聽得背後腳步亂響，一群民兵燃著火把，向自己奔來；為頭一個少年，高聲大叫道：「盜墳賊休走，咱們來捉你了，還是早早受縛吧！」

努齊兒見他們人多，不敢對敵，只得拖了鋤飛步逃走；等他們追到，努齊兒已逃出村外去了。原來那少年是老人的兒子，才打獵回來，聽得他老子說起，有人來盜屍骨，便不及脫那獵裝，趕緊去報知守村的民兵，一窩蜂來捕努齊兒；雖然捉捕不著，但一班民兵對於那西村，卻格外防的嚴緊了。

努齊兒盜不到骨甕，心裏十分懊喪，他回到家裏，痛哭了一場；過了幾天，努齊兒實在有點忍不住了，看看天色晚下來，他帶了應用的器械，仍往著豁禿里村走去。努齊兒才到村口，忽見一個黑影一閃，努齊兒隱身躲在樹後；他靜候了一會，見沒甚動作，才大著膽，仍從樹枝上躥進村去。

這一次可不比以前了，他已曉得了瘞骨的去處，故沿著順路，走不到幾百步，已至大杉樹下；努齊兒向四面瞧了一轉，還不曾下鋤，突然喊聲起處，黑暗中有幾十個人，齊向著努齊兒撲來。努齊兒欲要回身走時，只聽得嘩嗟的一聲響，雙腳踏空，跌去陷坑裏去了；眾人一擁上前，把努齊兒繩穿索綁的，連拖帶拽地牽了便走。

到了茅棚面前，努齊兒認得是前次問訊的所在，燈光下面，望見捕他的人，正是那第一次追他的少年；那少年名雷平，本是村裏一個無賴，努齊兒進村來的時候，瞧見的黑影就是他。雷平見努齊兒躥入來，知道他定是盜墳，便糾集了數十個無賴，掘下陷坑，埋伏在那裏；他捉住了努齊兒，正預備到村長那裏去討功。

當下雷平將努齊兒綁在茅簷下，笑著說道：「你既被我捉住，請你暫等一會兒，待天色明了，把你送到村長那裏去；此刻，我們還須去打獵，恕不奉陪你了。」雷平說罷，和一班無賴掮著武器打獵去了。

努齊兒一個人被捆在簷下，冷清清地很覺得淒涼；想自己是赤吉利人，送到村長那裏，勢必性命不保的了。但父仇既未報得，屍骨也沒有盜出，反白白地死在此處；思來想去，不由得痛哭起來了。努齊

兒正哭著，忽聽柴扉「呀」的開了，走出一個老兒，認得就是指點自己葬處的老人；努齊兒忙叫道：「老丈救我！」

那老兒走過來，執燈向努齊兒臉上照了照，便詫異道：「怎麼你被他們縛在這裏？」努齊兒便把盜骨的事，略略說了幾句，求那老人相救。

那老人說道：「那天你走後，我那畜生回來，我才講起你時，他沒有聽完，便回身去叫人追你；我攔不住他，深怕你被他追著了，就要吃他的苦頭。後來聽得不曾追著，我的心才放下；不然，竟是我害了你了。現在我聽了你的話，你倒是個孝子哩；那麼，我就放你逃走了，你下次千萬不要再到這裏來吧！」老人說著，俯身去替努齊兒解綁。

努齊兒一面點頭稱謝，道：「承老丈相愛，放我脫去虎口；真是恩同再造，此去決不敢忘大德。」這時，老人已將綁解開，努齊兒鬆了手腳，就對老人叩下頭去；那老兒忙扶起努齊兒，道：「不必行禮，你快走吧！倘延了時候，我那畜生回來撞見了，再要想救你，可就不能夠了。」努齊兒聽罷，真個不敢怠慢，慌忙向簷下取了鐵鋤和腰刀，連縱帶跳地逃出村去。

他跑到村口，只見月色沉沉，雲黑風淒；便自己向自己籌思道：「我兩次進村，總是提心吊膽的，結果卻被人捉住；現在趁沒人瞧見，便去盜了骨甕再走，不是人不知、鬼不覺的嗎？」想著，仍回進村中，往著西面走去，轉眼已到了大杉樹下了。

努齊兒見四下裏靜悄悄的，更不怠慢，隨手取下鋤來，向著杉樹底下掘去；足有兩尺多深，那鋤掘到沙土上，叮叮地響了，努齊兒低頭看時，早見沙泥當中，露出了瓶口來。努齊兒大喜，暗暗祝告道：「我父如有靈，護我成功。」說時，又拚力地幾鋤，那只瓶子已大半露出在上面了；努齊兒放下鐵鋤，雙手用力去掇，已將那瓶掇起。

但在黑暗之中瞧不清楚，他也不管它三七二十一，掮上了瓶，轉身便走；這時努齊兒的腳步，已比前快了許多，眨眨眼走出村口了。他正往前直進，不提防山麓裏火把齊明，一隊兵士擁將出來；只見一個個弓上弦，刀出鞘，看上去很為猛勇。兵士的後面，便是五六騎的高頭大馬，馬上坐著獵裝打扮的勇士；努齊兒怕他們瞧見，忙閃身向樹林裏一躲。

再偷眼看那馬上的幾個人，正中穿著黃衣的，好似成吉思汗鐵木真；努齊兒不禁叫聲慚愧，心裏盤算道：「這不是冤家路窄嗎?莫非我父有靈，特地送他人到我面前的嗎？」又想了想，覺得自己是單身，他們卻有幾十人；即使仇人當前，寡不敵眾，也是無益的。

努齊兒一面籌思著，那一隊兵士已漸漸走進樹林中來了；努齊兒待要避開，一時間無論如何來不及的，他急中生智，把骨瓶向深草中一擲，身體兒往樹枝上躍去，把手用勁一扳，已是輕輕地坐上了樹顛。回頭看那一簇人馬，離樹只有丈把來路了；努齊兒身雖在樹上，心中卻十分膽寒，怕的是那隊人馬瞧出來，一樣的保不住性命。

他正在戰兢兢的當兒，那人馬已走進了林子裏面，聽得穿黃衣的吩咐道：「咱們走得很是困乏了，就在此地休息一會兒吧！」眾人聽了，便紛紛下馬。那幾十個兵丁，也散開隊伍，坐的坐，臥的臥，各

自在草地上遊玩著；還有幾個騎馬的人，也去林子外面閒步了。

這時，只有一個穿黃衣裳的人，獨坐在樹林子裏；那坐的地方，正對著努齊兒的腳下。這時，努齊兒仇人相見，分外眼紅，便尋思道：「那傢伙不是成吉思汗嗎？我此時再不報仇，更待何時！」想著，就跳下樹來，一刀向著成吉思汗刺去。

第八回　成吉思汗

努齊兒躲在樹上，望見下面坐著，穿黃衣的人，正是成吉思汗；他想起父仇，不禁怒從心起，便隨手抽出腰刀，一個鷂鷹捕兔勢，躥下樹來，一刀剁去，劈個正著。那穿黃衣的人，連「啊呀」一聲也不曾喊出，已是倒在血泊裏了。

這時，林子外面的幾個衛士，聽得林子裏有殺人的聲音；兩個頭目，一個叫列邁寧，一個叫特里的，飛步奔將而來。努齊兒見得了手，方待回身時，覺著腦後一陣的冷風，慌忙閃躲；卻是雙刀齊下，避去了左邊的，右邊的刀早將一耳朵剁下去了。

努齊兒知是不敵，一手按住耳朵，拔步逃走；那列邁寧隨後緊緊追來，特里也招呼了兵丁，拉馬趕來。努齊兒因鬧了半夜，身體已經困乏，又是步行奔逃，怎能及得上馬力呢？看看特里快要追著了，努齊兒十分著急，跑不到百十步，卻是一條大河擋住去路；原來努齊兒心慌不擇途，竟跑到古兒呼拉河來了。

後面，特里大叫道：「逆奴快受死吧！看你逃到什麼地方去！」努齊兒無處奔逃，只好沿河狂奔，那追兵便四面圍了上來，轉眼已到了路盡頭了；努齊兒把牙一咬，縱身跳去，噗通一聲，躍入呼拉河中

去了。列邁寧和特里趕到，見努齊兒跳入河裏，黑夜水深浪急，眼見得不能活的了；大家對河中望了一會，便領著兵丁回去，到林子裏收拾起屍身，叫兵丁舁著自去了。

努齊兒雖躍入水裏，他自己原想不能活命的了；誰知偏遇救星，在河流中，扳著一根斷木，慢慢地沿了木頭，爬上沙灘來。坐在亂石堆上定了一定神，嘔出了些清水，漸漸地清醒過來；他伸手一摸腰裏，那把腰刀已不知掉在什麼地方了，不覺想起盜骨殺仇的事來，心裏很是得意，精神頓時大振。

他一使勁起身時，腳下卻是軟軟的，只得勉強一步步地挨著；東方已現出魚肚色了，努齊兒才挨到那個樹林子裏。見那碧草之上，還隱隱地染著血跡；努齊兒自言自語道：「那不是仇人斷頭的所在嗎？」說著，就到那深草中取了骨瓶，一手挾在脅下，向著烏裏山進發。

走到月色亭午，進了烏裏山麓，忽然一聲鑼響，大家吆喝一聲，幾十個民兵，齊齊地把努齊兒圍在中間；為首的一個大漢，提著鬼頭刀，高聲喝道：「你這漢子，是哪一部人？說得明白，便饒你性命。」

努齊兒這時已精疲力盡，身邊又沒有器械，唯有束手待死了；不覺仰天歎道：「我努齊兒幾次遇險，不幸要死在此處嗎？」話猶未了，只聽得那大漢問道：「你不是古台的兒子嗎？怎的弄到這般狼狽？」

努齊兒見問，一時不敢直說，先問那大漢時，才知道他名叫密也寬，是從前慕爾村村長杜摩的嫡裔；自慕爾村給鐵木真洗蕩後，密也寬從亂兵中逃出，年紀還不過八九歲哩。他到了十六七歲，已生得力大身偉，武藝精通；舊日慕爾村逃出的人民都來投奔他，倒也有一二百人，密也寬便在烏裏山盤踞著，做些那打家劫舍的勾當。

努齊兒因把盜骨的事，和無意中殺仇的經過，約略地講了一遍；密也寬大喜道：「這樣說來，咱們報仇的時候到了！現在快去報知你們的部長，連夜起兵，殺到克喇和林去；趁著成吉思汗鐵木真新喪，人心未定的當兒，怕不一戰成功嗎？你們部中出兵，我也願助一臂之力。」努齊兒聽了，高興得手舞足蹈；當時就在密也寬帳中飽餐一頓，掮起骨瓶，大踏步往那赤吉利部而來。

其時，赤吉利的酋長伊立已死，猶子忒賽因繼立；努齊兒見了忒賽因，將成吉思汗被自己刺死了的事說了。忒賽因跳起來道：「他和咱們是世仇，現在既有機可趁，我就立刻起兵前去。」努齊兒退出，自去瘞他老子的遺骸。

這裏，忒賽因傳令部下大小民兵，準備輕裝出發；赤吉利部的民族聽得出兵報仇，一個個摩拳擦掌的去預備著廝殺。角聲嗚嗚，赤吉利的人馬已越過烏裏山了；探馬飛報到克喇和林，自然也整隊來迎，兩軍相遇，各自拿強弓射住了陣角。

忒賽因看那和林的兵馬旌旗蔽天，刀槍耀日，衣甲鮮明，隊伍整齊，不覺暗暗稱奇；便回顧努齊兒道：「你說成吉思汗被你殺了，為什麼軍中並不掛孝呢？」

努齊兒也皺著眉道：「或者他們怕人心動搖，為人所趁，故此瞞著吧？」

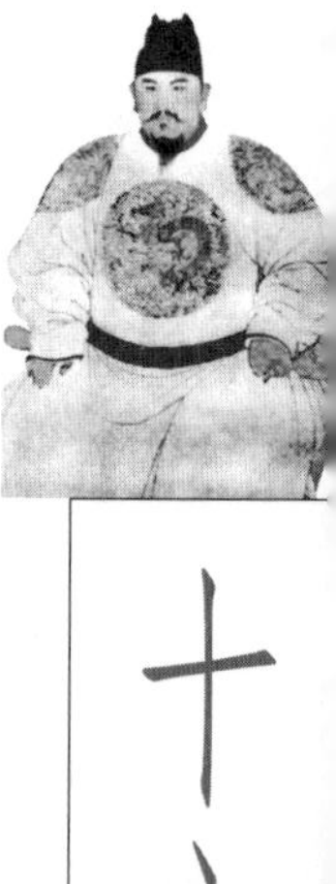

兩人正在猜度著，只見對面門旗開處，一騎馬飛奔出來；馬上的將官黃袍緯冠，玉帶烏靴，在馬上大喝道：「跳樑鼠輩，無故刺殺了我的兄弟，還敢興兵犯界，不是自來送死！快下馬受縛，算你好識時務的；不然大兵一到，叫你們全部覆沒，那時後悔也不及了。」

忒賽因見來將不是別個，正是對頭冤家成吉思汗鐵木真，他那裏左有哲別，右有兀魯，都是威風凜凜，殺氣騰騰；忒賽因暗想：鐵木真那傢伙，原來仍然未死，不禁心膽皆寒，撥馬便走。赤吉利部的兵士，見主將先走，也一齊往後倒退；努齊兒雖竭力地喝住，那面和林的人馬，早如潮水般地直衝過來，努齊兒站不住腳，只好跟著他們逃走。

和林的兵馬左衝右突，如入無人之境，追殺赤吉利部兵丁，似砍瓜切菜一樣；忒賽因鞭馬逃著，後面哲別飛騎趕來，看看追上，忒賽因部將秃力不花，回馬去敵住哲別，努齊兒也趕到，雙戰哲別，不分勝負。不料半腰一刀搠來，正中秃力不花的肋下，秃力不花未曾防備暗算，頓時大叫一聲，翻身跌落馬下；努齊兒敵不住哲別，虛晃一槍而逃。

哲別捻槍，竟奔忒賽因，忒賽因一面招架，一面倒退，哲別卻一槍盡力刺來；忒賽因忙躲過，不提防背後一刀飛來，霜鋒過處，坐在馬上的赤吉利部酋忒賽因，只存了身子，那頭顱早已搬了家。等到密也寬領兵來助，見努齊兒已敗，便退回去了；這都是努齊兒一人不好，他錯殺了人，幾乎把赤吉利的全部人民斷送掉。

原來，他那天晚上，在樹林子裏刺殺穿黃衣的人，不是鐵木真，乃是鐵木真的兄弟托赤台；托赤台自母親艾倫死後，越發橫行無忌，弄得人人怨恨。這時，玉玲姑娘同美賽姑娘都已成了半老佳人，各人又生了兒子，把風流事早拋在一邊；托赤台卻未改本性，雖然一把年紀，仍到外面去混鬧。

一天，他又帶了幾個衛士和兵丁，去鄰村強搶人家的閨女，人倒不曾搶到，回來天色已漸漸昏黑了；不料跑到那林子裏，恰巧撞著了努齊兒，錯當他是鐵木真，因托赤台和鐵木真面貌兒很有些相似，所以代那鐵木真做了替死鬼，一半也是他殺拖勃的報應呢。

當下努齊兒見忒賽因死了，自己諒抗敵不住，便帶轉馬頭，拚命也似地逃去了；成吉思汗揮兵追殺一陣，即令鳴金收軍。第二天，赤吉利部的頭目便來營前肉袒請降，努齊兒不敢在赤吉利部逗留，星夜投奔默罕摩特去了。

成吉思汗收服了赤吉利部，便和眾將設宴慶功，大家歡呼暢飲；正吃得高興時，忽見一陣大風過去，砉然一聲響亮，把豎著的帥字大旗吹折成兩段。座上將士無不失色，成吉思汗也吃了一驚，忙令耶律楚材就席上袖占一課；耶律楚材見了卦爻，向成吉思汗致賀道：「卦是大吉之象，三日內，定有大喜事發現。」

成吉思汗和諸將聽了，兀是半信半疑，一場慶功宴弄得不歡而散；過了幾天，忽然飛騎報到，木華黎出征西夏，連勝了十一陣，得城七座。西夏主李安全，情願修表稱臣，除年年納貢外，還將愛女香狸公主獻上；成吉思汗大喜，道：「參軍的神課，真是靈驗極了。」便立即遣使，命木華黎停止進兵，准西夏王的請求，著李安全即日進貢，並載女入朝。

這道命令下去，不多幾時，木華黎便大軍班師；西夏主李安全，遣使臣察巴合，賚了降表，繡模中載著公主香狸，到克喇和林來覲見成吉思汗。成吉思汗安慰了他一番，命察巴合暫在館驛中居住了，自己將西夏的貢物一一親自過目；末了，叫把香狸公主傳上來。

侍臣們一聲吆喝下去，早有四個番女，披髮跣足地扶著公主，盈盈地走上臺階來；好似眾魔奉觀音一般，愈顯出公主的嬌豔了。只見她到了座前，風吹花枝似的，折下柳腰兒去；成吉思汗慌忙把她扶住，趁間將公主細細打量一會。覺得她神如秋水，臉似芙蓉，玉膚冰肌，柔媚入骨；單講她身上的一種香味兒，已是令人心醉。

成吉思汗自親女色以來，從未聞到過這般的香氣，加之玉妃、豔妃和東、西兩貴人，本來色衰已久；今天驀然見這樣一個美人兒，怎不叫成吉思汗心蕩神迷呢？於是吩咐侍女，扶香狸公主去後宮休息；成吉思汗和諸臣草草地議了些國事，便進後宮來瞧香狸公主。

這時，香狸公主已卸去了禮服，御著一身的便衣，益見她弱不禁風，楚楚可憐了；那公主見了成吉思汗，欲待起身行禮，成吉思汗忙令侍女攙住了，帶笑問道：「公主是李王爺的第幾女？怎麼倒捨得妳到這裏來的？」

香狸公主見問，不禁淚汪汪地答道：「妾父原只有臣妾一個，因懼怕著上國加兵，所以不得不將臣妾上獻，冀圖一時的安全；臣妾此來，只求上國主子不拿兵戎壓迫下幫，臣妾願一生一世侍奉著主子，雖萬死也無恨的了。」說罷，那粉頰上的淚珠兒，不由得如珍珠似的，紛紛地直滴下來。

成吉思汗聽她這一段又柔婉又悽楚的話，心裏已是十二分的憐惜；再加上她那嬌滴滴的鶯聲，越覺清脆可聽了。成吉思汗這時忍不住，一頭坐下，把香狸公主輕輕地抱在膝上，低低問道：「妳倒不嫌我衰老嗎？」

公主看著成吉思汗，微微一笑，道：「臣妾得侍候主子，已是萬幸的了，怎敢別有他意？」

成吉思汗見公主說得流利敏慧，越發喜歡她了；這天晚上，成吉思汗令設席在後宮，和香狸公主對飲，兩人直飲到夜深人靜，這才撤席雙雙入寢。但一個是二八年華的公主，一個是創國開疆的霸主，英雄美人，自然是相愛相憐；可惜老少相差太遠，未免應了俗話所說的「滿樹梨花壓海棠了」。

是年的冬天，成吉思汗又大破了遼金，獲得了金國的公主；成吉思汗因其貌不甚美麗，沒有香狸那樣得寵。那時，成吉思汗已有了三個兒子，長子取名崔必特，是豔妃所生；次子阿魁，是東貴人也素姑娘所出；最幼的名叫忒耐，是玉妃所出。

成吉思汗自知年紀漸高，要想立嗣，預備將來繼統；三子當中，算阿魁最是幹練英武，成吉思汗也最喜歡阿魁，立欲把他嗣立，卻因長幼的問題，終是遲遲不決。不過，那赤吉利部民族，雖給成吉思汗收服，心中卻十分不甘；以前的部酋忒賽因，只因誤聽了努齊兒的話，一場血戰死在陣上。

其時，忒賽因的兒子還幼小，一個女兒叫馬英，已經十六歲了；忒賽因一死，部中紛紛擾擾，有議出降的，有議逃走的。忒賽因的妻子，還想替她丈夫報仇，一面跪著向部眾苦求，一面叫她幼子巴玲哥、女兒馬英跪在地上，只向著將士們哭拜；但部裏無人統領，眾心渙散，一時那裏還聚攏得來

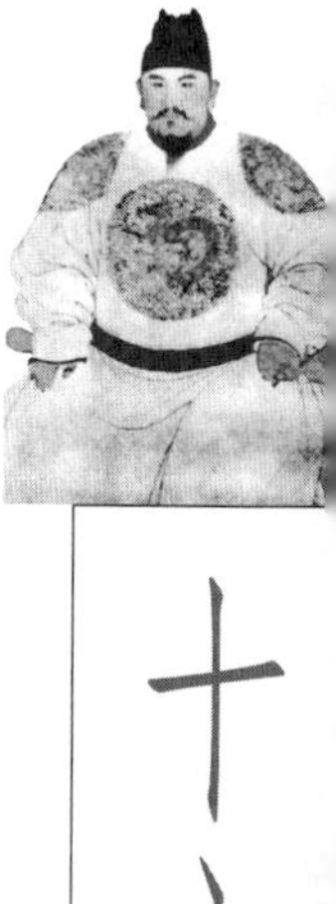

呢？

有幾個見巴玲哥和馬英姊弟兩人哭得傷心，也有些不忍起來；但是部眾留著不走的，還不到百分之一，忒賽因的妻子嘿合，曉得大勢已去，獨木不能成林，便悄悄地同了幾十個部兵，逃往崆塔山裏避難去了。然平日，嘿合常對子女囑咐著，叫他們牢記著父仇；她那女兒馬英，到底年紀略長一點，她一個人時時咬牙切齒的要替父親復仇，仇人便是成吉思汗鐵木真。

巴玲哥自七八歲時起，天天念著這句話，甚至閉眼就瞧見仇人，似乎在那裏廝殺；過不上幾年，巴玲哥已十四歲了。一天，姊弟倆在私下打算，馬英道：「咱母親只說著仇人的名姓，卻不曾說起仇人的面貌和住處；問她呢，總說我年紀還幼小，說出來也沒用的，這真是拿她沒辦法的事。」

巴玲哥拍著手，道：「對！若知道了住處，連夜就進去殺了他的；不過，不曉得他的面貌怎樣，萬一仇人從我們跟前走過，咱們不能認識他，豈不當面錯過嗎？」所以，姊弟倆逢人就問：成吉思汗鐵木真住在那裏？他是什麼樣的一個人？

別人見倆姊弟傻得可笑，便向他們說道：「要問成吉思汗鐵木真嗎？他現做著蒙古的主子，好不威風哩！」

巴玲哥問道：「咱們也能看得見他嗎？」

那人聽了，不禁哈哈地一笑，道：「要看成吉思汗也很容易，你到克喇和林去，自然看得見了。」

馬英又問道：「成吉思汗是怎樣一個相貌呢？」

那人益發好笑，道：「講到成吉思汗的相貌，真有些可怕哩；他那臉兒是方的，口闊耳大，兩目有神，雙顴高聳，說話時聲如洪鐘。單說他的身材，魁梧俊偉，已和常人不同；別的自然不消說了。」

馬英再要問時，那人便搖搖手，管自己走了；馬英和巴玲哥因打聽不到頭緒，兩人很是悶悶不樂。這天夜裏，馬英問她母親嘿合，道：「我聽人說起，一個叫作克喇和林的，不知道在甚麼地方？」嘿合不曉得馬英的用意，隨口說道：「妳那舅舅、舅母，不是現住在和林嗎？由這裏到和林，最多不過三四天的路程罷了。」

馬英聽了她母親的話，心中暗暗記著；到了第二天的清晨，馬英悄悄地對巴玲哥說道：「我已問過了母親，那仇人住的地方並不甚遠，只要三四天就可以到了；咱們不如瞞著母親，去那裏把仇人殺了，回來再告訴她，也好叫她老人家歡喜。」

巴玲哥見說，不覺高興起來，道：「事不宜遲，我們今天就去吧！」

馬英笑道：「你不要性急，咱們要趕三四天的路程，拿甚麼來吃喝呢？」

巴玲哥怔了一怔，道：「這可怎麼辦哩？」

馬英說道：「讓我今天晚上，拿瓶去打點馬乳來，把母親藏著的麥粉裝在布袋裏；你須幫著我，將這兩樣東西，去放在後面的草堆中，千萬不要被母親看見。明天早晨，趁母親還不曾起身，我便推說去打馬乳，把門開了；你隨後出來，咱們就一塊上路，不是很穩當的嗎？」

巴玲哥聽說，忍不住手舞足蹈地說道：「就這樣子吧！」

恰巧嘿合走出來，問道：「你們姊弟講些什麼？」

馬英怕巴玲哥露了風聲，忙扯謊道：「巴玲哥要我去鬥蛐蛐兒，我回說沒有空閒，過一會兒，去捉隻雀子給他玩；他正快樂得舞蹈著呢。」

嘿合聽了，一俯身，捧住巴玲哥的臉兒，輕輕地吻了吻，道：「好孩子，你姐姐做麥餅子給你吃，快不要替她去纏繞了。」說著，拉住巴玲哥的小手，走向裏面去了。

紅日西沉，天色昏黑下來了；馬英果然去打了一瓶馬乳，又去裝好了麥粉，暗中送給巴玲哥，巴玲哥便去藏在後門草堆裏。姊弟兩人把事辦妥了，這一天幾乎不曾合眼；看看東方發白了，馬英就去開門，嘿合已聽得門響，問：「誰在那裏開門？」

馬英應道：「母親，是我！去打馬乳的。」

嘿合在炕上含糊著說道：「何必這樣要緊，時候還早哩！」馬英低低應了一聲。

這時，巴玲哥已躡手躡腳地出來，馬英隨手掩上了門，巴玲哥轉向後門，取了乳瓶和粉袋；姊弟兩人走出了崆塔里山麓，便向山下的人家，問了克喇初林的去路，匆匆地往前進發。

一路上，姊弟兩人饑餐渴飲，不多日，已到了和林；馬英對巴玲哥說道：「咱們先去尋著了舅父，有了安身的地方，再去找那仇人不遲。」巴哥點點頭，兩人就沿路尋著他們的舅父。

這個和林地方，算是蒙古的帝都，較之崆塔里山等鄉間所在，自然要熱鬧上千百倍；馬英和巴玲哥又都是難得出門的，如今到了這樣繁華去處，覺得市街上的人熙來攘往，萬聲嘈雜，車馬如龍，把姊弟兩個弄得似入山陰道上，真的要目不暇給了。

尤其是巴玲哥，樂得他嘻開了嘴，一時合不攏來，將報仇的事早已拋在九霄雲外了；還是馬英催著他道：「咱們初到這裏，地陌生疏，去找舅父，須要問一個訊才找得著呢。」

巴玲哥聽了，便向路人問道：「我的舅父住在那裏，請你告訴我一聲。」

路上的人一齊笑起來，道：「你的舅父，叫我們怎樣能夠知道呢?快回去問個明白住處和姓甚名誰，再來問訊吧！」

巴玲哥見說，作聲不得，只呆呆地立在一旁；馬英忙上前，笑問那人道：「我們舅父叫作烏必門，住處卻不曾打聽明白。」

馬英說罷，只見其中一個人答道：「你們找烏必門嗎?他是我的鄰人，你們只跟著我回去就是了。」

馬英大喜，便和巴玲哥同那人，走到烏必門家裏；烏必門見他姊弟兩人，便問：「你們來這裏幹什麼?」

馬英把要復仇的事說了一遍；烏必門道：「你們小小年紀，怎能殺仇人呢?」待要送他們回去，姊弟兩人卻抵死不肯；烏必門沒法子，只好留著他們等候機會。

那時，恰巧成吉思汗向民間挑選秀女，烏必門把馬英送去，居然選進了宮；成吉思汗見馬英伶俐，

便派她去侍候香狸公主。但成吉思汗自平西夏、破遼金後，很是縱情聲色，天天和香狸公主飲酒取樂；一個衰年老翁伴著妙齡少女，能耐幾時呢？不到半年，把個稱雄一世的成吉思汗鐵木真，早已弄得病奄奄了；又因玉妃玉玲姑娘、豔妃美賽姑娘及東貴人也素姑娘，都先後逝世，成吉思汗感傷之餘，病也越覺加重了。

那馬英進宮半年，日日想要報仇，奈何宮裏人多，不便下手，可把巴玲哥悶在烏必門家裏，幾乎連脖子也望長了；幸得他的母親嘿合也趕來，母子兩人只有靜聽消息。

一天晚間，正在說起馬英，忽聽外面打門，巴玲哥待要去開門時，已見烏必門同了馬英進來，手裏提著一包東西；馬英帶著喘說：「我已把仇人的頭顱取來了，趕緊走吧！明天要是不得脫身，還要累及舅父哩。」嘿合、巴玲哥聽了，慌忙收拾起什物，立刻起身；由烏必門送他們出和林，母子三人星夜逃回崆塔山去了。

你道，馬英怎樣能殺得成吉思汗的頭顱？原來那努齊兒自赤吉利部敗走，投奔默罕摩特那裏，他心裏終不甘服，便單身到和林來行刺；豈知才得潛身入宮，給侍女們瞧見，大喊起：「拿刺客來！」霎時全宮裏鬧得天翻地覆；成吉思汗病在床上，驚闕了過去。

這時眾人都去捉那刺客，不曾留心到病人；馬英便趁這個機會，好似打死老虎一般，將床前的寶劍拔下來，砍了成吉思汗的頭顱，悄悄地往後宮一溜煙地逃走了。等到外面捉住了努齊兒，回來卻不見了成吉思汗的頭顱，知道刺客不止一個，宮裏又直鬧起來，大亂到天明，仍沒有一點頭緒；只把個香狸公主哭得死去活來，西貴人也哭了一場。

這時，成古思汗的三個兒子，只有阿魁在和林，聽得成吉思汗死了，忙奔進宮來，勉強落了幾點淚；他見香狸公主哭得如梨花帶雨，不禁觸起他憐香惜玉之心，便伸手去握她的玉腕，笑著安慰她道：「公主莫要哀痛了，還是保重玉體要緊。」話猶未了，卻見香狸公主柳眉倒豎，杏眼生嗔；突然地就床邊取起血跡模糊的寶劍，向自己臂上砍去。

第九回　香狸公主

香狸公主本是西夏主李安全的愛女，安全為保持國土計，只得將愛女獻給成吉思汗；成吉思汗因她是大邦的公主，也十分看重。

那香狸公主呢，不但生得面貌嬌豔，只講她的身上，已和常人不同了；她平日在宮中，梳洗從不曾用一點香料，身上自會發出一種香味來。每到了暑天，盈盈的香汗，真叫人聞了心醉。這種香味，非蘭非麝，異常地可愛；她自己也不知道，那香味究竟從什麼地方來的。安全也因這個緣故，所以取她名叫香狸。

那時，成吉思汗的幾個兒子當中，除了崔必特守東部，忒耐出鎮青海，只有一個阿魁住在和林；成吉思汗幾次要想立阿魁為嗣，終因礙著長幼問題，未曾確實決定。但講到阿魁的為人，外樸內奸；對於成吉思汗似乎很盡孝道，成吉思汗也越發喜歡他了。

當成吉思汗病時，乏力兼顧朝政，便令阿魁代理，又叫耶律楚材幫助著他；阿魁在初監國的時候，要在他老子面前討好，政事無論大小，總是兢兢自守，就是見了朝裏的諸臣，也極謙恭有禮。至於宮內外的婢侍小臣，他一樣地拿珍寶去結識他們；凡得到好處的內臣，無不在成吉思汗面前替阿魁揄揚。不

到半年，朝中都是阿魁的天下了；一班成吉思汗信任的臣子，見大勢已經改換，便也來趨附阿魁。

阿魁見他老子病勢日益沉重，想是不起的了；況大權在握，膽子也一天大似一天。後來居然出入宮禁，私下和那些宮嬪侍女，幹些不正經的勾當；這樣過了一年多，後宮的女子，差不多已被阿魁玩遍了。在阿魁的心理上，原是醉翁之意不在酒；他每到成吉思汗榻前去問疾，那兩隻賊眼，總不住地瞧著香狸公主。

有一天，阿魁晉謁成吉思汗，恰巧成吉思汗睡著了，阿魁也不去驚動他，便獨自一人到養頤殿裏去坐等著；那養頤殿，本是成吉思汗老年辦事的地方，到養頤殿來的人，除了左右宰輔奉召入殿議事外，其餘自皇子以下，一概不准擅入。這殿的對面，便是香宮；原來香狸公主渾身是香氣，宮裏都呼她作香妃，成吉思汗也愛寵她不過，將她所居的地方，題名喚作香宮。

那天，阿魁坐在殿裏，覺得很為寂寞，就立起身來，信步往對面走去；他此時本是亂走，原沒有甚麼存心的。誰知合當有事，往日香狸公主在成吉思汗那裏侍疾，差不多寸步不離的；今日忽地想起好幾日不曾梳洗了，便趁回宮更衣，令宮女替她梳了一個長髻，洗罷了臉兒，正要走出宮來，卻和阿魁碰個正著。

阿魁見了香狸公主，不禁笑逐顏開，低低地問道：「公主甚麼時候回宮的？咱的父皇可有些轉機嗎？」

香狸公主見問，緊蹙著雙蛾，徐徐地答道：「主子春秋已高，非得好好地調養，怕一時不易見效呢！」

阿魁聽說，便噗哧一笑；那香狸公主的粉臉，已是一陣陣地紅了起來。阿魁見她面泛紅霞，那種嫵媚姿態，愈顯得可愛了；因而一面笑，一面涎著臉，問道：「公主這幾天獨宿，倒不覺得冷清嗎？」

香狸公主見阿魁說的話已不是路，就正色說道：「這話不是太子所應說的，被人傳揚出去，就不為太子自己計，難道也不顧主子的臉面嗎？」

阿魁笑道：「深宮裏的事，有誰知道呢？公主請放心吧！」說著，便伸過手去拍著她的香肩。

香狸公主大驚，忙將阿魁的手一推，連跌帶撞地逃回成吉思汗的寢宮裏來；阿魁哪裏肯捨，也在後面趕去。幸喜香宮離寢殿不遠，香狸公主慌慌忙忙地跨進殿裏；腳步聲未免重了一點，把成吉思汗驚醒了，便探起頭來問道：「怎麼妳這般慌忙？」

香狸公主恐成吉思汗生氣，不好實說，便帶著喘，扯謊道：「太子要見主子，臣妾先來報知，不期在氈角上一踢，幾乎傾跌；致有驚聖躬，是臣妾該死！」

成吉思汗聽了，也不說甚麼，只點點頭，便問：「太子在那裏？」

這時，阿魁也走進了寢殿；原來，他見香狸公主逃進寢殿，怕她告訴了成吉思汗，心中很懷著鬼胎，所以躡手躡腳地在外聽著。及至聽見公主的一番謊話，不覺暗自慶幸，還當香狸公主有情於己哩；又聽得成吉思汗問起他來，就趁勢走了進去，請過了安，父子倆談些事，阿魁便退了出來。

從此以後，阿魁在香狸公主面前，很下了一些功夫；但那香狸公主總是正言厲色的，不肯稍為留點

顏面給阿魁，阿魁兀是不甘心，然一時得不到手，只好慢慢地等候機會罷了。

那天，外面鬧著刺客，成吉思汗吃了一嚇，昏過去了；外面雖然把刺客捉住，成吉思汗的頭顱卻已給馬英割去了。這個消息傳出去，阿魁為了繼統問題，自比別人趕得早一些兒；他一腳跨到床前，見床上躺著一個沒頭的屍首，不由得天性發現，也點點滴滴地流下淚來。

哭了一會，才收住眼淚；回過頭去，見香狸公主已哭得如淚人兒一般，杏花經雨，益見嬌豔。阿魁忍不住，便去輕輕攀住她的玉腕，低低安慰著她，道：「人已死了，不能復生；公主保重玉體要緊！」

其時，西貴人也伏在那裏哭得死去活來，一點也不曾留心別的；其餘的宮女嬪妃雖站在床前，阿魁見她們並不避忌，何況成吉思汗一死，大權已屬阿魁，他還懼怕誰呢？

那裏知道香狸公主的芳心裏，主意早經打定；她想，成吉思汗死後，自己正在青年，有阿魁這般的人在著，終久是不免失身的，等他來相戲的時候，使一點辣手給他瞧瞧，也好叫他心死。阿魁那裏知道公主這樣的打算呢？偏偏成吉思汗才死在床上，他別的不問，卻先調戲起香狸公主來。

那時，香狸公主媚眼生嗔，柳眉中隱隱露出一股殺氣；只見她狠命地一摔，把阿魁的手甩開，四處一望，床沿上放著一把帶著血跡的寶劍，正是馬英用來割成吉思汗頭顱用過的。香狸公主更不怠慢，順手便提起了寶劍來；阿魁疑是公主要拿劍砍他，嚇得倒退了幾步。

香狸公主將劍握在手中，指著阿魁說道：「我雖不是正妃，也和你父有肌膚之親，你卻不顧人倫，幾次將我調戲；我心想告訴主子，奈何主子正在病中，一聽見你這種禽獸行為，豈不要氣壞了主子？所以我隱忍著不說，希望你良心發現，早自改悔；誰知你怙惡不悛，且趁主子新喪，又來欺負我了。

須知我雖是個女子，也是一國的公主，平日讀書知大義，不似你這滅倫的畜生，全不顧一點兒廉恥；但我怎肯和你一般見識呢？現今主子既死，你是蒙族的君王，我就不難為你，總歸一句，我的頸可以斷，志是不可移的，你如果不信，我就給你一個信，讓你瞧瞧。」

香狸公主說罷，把寶劍揚了揚，隨手捋起左臂的羅袖，露出玉也似的粉臂來；卻見她把銀牙一咬，飛起一劍，向玉腕上揮去。阿魁和許多宮女嬪妃及西貴人等，初時聽著香狸公主的一番話，覺得義正辭嚴，心中都暗暗佩服；大家齊齊地瞧著她，只是呆呆地發怔。

這時，見香狸公主仗劍要砍左臂，不覺吃了一驚，阿魁也嚇得面容失色，忙搶步上去奪時，已是來不及了；但聽得「哎呀」一聲，猩紅四濺，落在地上，變作了瓣瓣桃花，香狸公主那隻左臂早掛落在腕上。她在這個當兒，也是花容慘澹，嬌軀無力，因此挨不住身，竟噗的倒下了；慌得一班宮人忙去扶持她起身，細看那公主氣喘微微，星眸緊合，已是昏過去的了。

阿魁很為著急，一面叫人去請太醫，一面令宮女在公主的耳邊呼喚著；叫了半晌，才見香狸公主幽幽地醒轉過來，那羊脂般的玉容，已和紙差不多，斷臂上的鮮血還是流個不止。不一刻，太醫也來了，趕緊用藥替公主敷在臂上，香狸公主只是忍著疼痛，不肯受藥；經西貴人和宮女們等再三地勸慰一番，

那太醫把藥摻好了，用布把公主的斷臂紮住，才由宮女們將她扶進香宮去了。

阿魁見公主走後，搖著頭，吐著舌道：「真好厲害呢！」說著便走出寢殿；早見一班文武大臣伺候殿外，還有一個侍衛，手提著那個刺客的頭顱，等待呈驗。因捕刺客時，人多手雜，已將努齊兒亂刀剁死了；眾大臣見阿魁出來，一齊站班請安，阿魁略略點首，叫侍衛把頭去埋了。

這時，耶律楚材朗聲說道：「皇上既已賓天，國不可一日無君，請殿下早正大位，以安人心。」話猶未了，只見親王推多高聲說道：「依下臣愚見，殿下仍舊監國；待諸王齊集，開一御前會議，再定大事就是了。」

耶律楚材也大喝道：「先皇遺命，誰敢有違？多言者，即請皇命從事！」這話一出，殿前各王公大臣自默無一言；於是大家便擁著阿魁登大汗位。

阿魁升殿後，便大封功臣，文職如耶律楚材、劉復、何魯、留人傑等，均晉一等參議，同平章事；宋降將劉整、張士傑、何鯉庭等輩，授招討大將軍。這時，木華黎、兀魯、哲別以及別耐勒、忽撒諸人，死的死，陣亡的陣亡了；新得蒙漢將領，如史天澤、史天倪、阿朮，俱加左將軍，拜赤顏為大元帥，養兵訓士，準備征伐。另封妻子那馬真努倫為晉妃。

阿魁又命建起宏文殿來，為諸臣朝參之所；耶律楚材因蒙人的禮制非常的不雅，大臣覲見主子，只屈身叩頭，把後足一蹺、身體兒一伏，就算是請安，也是君臣的大禮。但照這種樣子，不是很難看的嗎？耶律楚材便把它提議出來。

阿魁汗令參議處議定，無論王公大臣覲見主子，須按著漢人的禮制，三呼稱臣，把自稱奴才而不名的陋習，從此革去；故蒙古人臣，見君主不自稱奴才，這是和清朝不同的地方。也虧了耶律楚材，輕輕一議，倒把蒙臣的身價抬高了；以後上朝，漢蒙的禮節一般無二，這都是阿魁汗時改過的。

那阿魁汗既據了大汗位，崔必特和忒耐處，先報給成吉思汗的噩音；兩人各遣使密議，主張是夜回和林奔喪，繼而接到阿魁汗嗣位繼元的消息，因成吉思汗在日曾有遺言，自不便爭執。過了幾天，阿魁汗的諭旨到了，封崔必特為寧王，忒耐為魯王；兩人不敢違命，只好拜受。

阿魁汗一面各處頒敕，一面替成吉思汗發喪；文武大臣循例舉哀，和林的人民也都掛孝三天。但成吉思汗臨歿，竟把頭顱失去，若宣傳開去，不免駭人聽聞；所以由阿魁汗下諭，宮內大小臣工不許洩露出去，另用檀木雕了一顆頭顱，放在成吉思汗的身上，才照帝王禮成殮。這一場大喪，熱鬧得幾乎把和林擠滿了，縱橫一世的成吉思汗鐵木真，至此總算完全了結。後人有詩，歎成吉思汗鐵木真道：

一角荒丘葬竹西，夕陽衰草滿荒堤。香奴宮闕今安在？不見雕樑墮燕泥。
三月煙花繫主懷，佳人猶憶倚天街。和林昔日繁華地，二四樓頭失寶釵。

阿魁初踐大位，很想繼父未竟之志；所以他繼統兩年屢次親征，得部下的將士用命，接連地破了慕里蠻部、也而鮮部，又聯合了宋朝，進窺金國。

這時的金主守緒，是個酒色糊塗的君王；他終日和愛妃迺美英，除了歡飲取樂外，朝事一點也不過問，帝王的政權都委給了近臣崔立。那崔立的為人，奸佞有餘，而保國不足的；虧了皇叔完顏巴克圖竭力地支撐，可是氣數已盡，獨木難成林，政事一天天地窳敗下去。

等到蒙古和宋兵殺到汴城，崔立舉城投誠；守緒站不住腳，忙與元帥哈達、侍臣楊沃衍、左丞相阿里哈等，黑夜遁赴歸德。這裏蒙古兵先進汴城，蒙將布展，下令把京城中的金珠錢物一齊擄掠了，載入軍隊的輜重車中；宋師大將孟琪，進城慢了一步，分文不曾取得，便去報知總帥趙葵。趙葵聽了憤不可遏，便欲和蒙軍反臉；經眾將苦諫，才勉強分兵助蒙。

阿魁汗登位的第六年時，蒙宋兩國同破了金邦；守緒自知是亡國之君，無顏出降，便自刎殉國。哈達等俱戰死，皇叔完顏巴克圖、完仲德，總帥徐承麟都自刎而死，金國至此滅亡；總計從完顏阿骨打建國，共傳了六代，換了九個君主，統計一百二十年。

那時，金城裏火光燭天，蒙古和宋兵分東西入城；蒙將布展，遣密使往迎阿魁汗，阿魁見著，率鐵騎三千馳到金邦，親自出示安民。又把金城中的儲積，盡撥入蒙古名下；凡金國的富戶，都令出寶助餉，金國的皇族有的是錢糧，缺的是人才，以致弄到亡國。阿魁這樣地一搜刮，真可算是滿載而歸；等到宋朝兵將察覺，要想如法炮製一下，所存的已是餘瀝，寥寥無幾了。

為破金邦的緣故，蒙古和宋朝暗中早結下了仇恨；不過，宋朝總算仗蒙古的扶助，滅了金邦，報了擄二帝（徽宗、欽宗）之憾。如果沒有蒙軍，宋兵單獨去滅金邦，怕不見得這般容易哩。

阿魁汗與宋朝，名義上是聯合攻守，利害相關，其實蒙古兵處處佔著便宜；阿魁汗既志得意滿，便和宋朝瓜分了金國土地，命大元帥赤顏駐重兵鎮守，以防宋兵的覬覦，自己卻下令班師。不日，大兵回到和林，一班文武大臣在十里外跪接；阿魁汗進了都城，便大設筵宴，慶功三天。

大家正在歌功頌德的當兒，忽快馬報道：「慕里蠻部叛，守將馬亞列門戰死；現在百戶莫爾暇蟆收拾殘兵，退守五柳堤上，深溝高壘，不敢出戰。但五柳堤若失，布羅堡必危；雖那裏有猛將李雲、白蒲禪，恐也未必守得住了。」

阿魁聽報，不覺變色起身，把酒杯擲在地上，恨恨地說道：「慕里蠻部這樣的奸惡，我還須親征；把他的部族也似這只杯子一般的破碎了，才能出我胸中的氣憤！」說著，下令次日軍將齊集校場聽點。

阿魁正氣衝斗牛，只見左將軍阿朮徐徐地致詞，道：「末將不才，願代主子出師一行。」

阿魁說道：「既是將軍願去，我叫史家兄弟做你的後軍。」阿魁拜謝了，退下來自去點兵；阿魁又吩咐史天澤、史天魁，各率兵五千去援應阿朮，但阿朮出征，足足的兩年多，才得把慕里蠻部平定。

阿魁汗自破金邦後，未免目空一切，漸漸地有些驕縱起來；他平生的過處，就是迷信太甚，尤其是好和喇嘛親近。這喇嘛的名稱，蒙人謂高僧的意思；那喇嘛都崇信佛法，自立成教。他們喇嘛教的起始，是從印度的佛教，傳到了吐蕃（西藏），便創起一種教來；一般教徒叫作喇嘛，大家稱它作喇嘛

教。

那時，喇嘛教的勢力漸漸傳播開來，蔓延到了蒙古；蒙古的人民大半是無知識的，對於佛教，卻非常敬重。阿魁汗因信佛的緣故，也極其尊崇喇嘛；人民見阿魁汗這樣地敬奉著喇嘛，大家益越發信任了。有句古話「上行下效」，阿魁汗因尊僧信佛，那些愚民也極端迷信，喇嘛教在蒙古，便一天盛似一天，直到如今，還打不破那種迷信；而且，元朝的後代順帝，甚至於因迷信亡國哩。

在阿魁汗的時代，佛教在蒙古算是初盛，和林地方的高僧，沒有一個不是阿魁汗養著他；其中，有一個叫托噠的，阿魁汗奉他做大國師，凡有國家大事、出兵之類，必先問過大國師，以定吉凶。

一天，來了一個吐蕃的大喇嘛，自稱為佛子，於是由托噠薦給阿魁汗。那大喇嘛叫卜底休，據說道術高深，能更改人的性情，一經卜底休施過法術，剛強的可化為溫柔，柔弱的立刻剛強，真是十分靈異；還有佛家的秘術，就是一夜能御十女的法子。

卜底休說，這秘術本是古時莊子所傳，潛心練習，可以長生不死；阿魁汗聽了大喜，便跟了卜底休學長生術，將朝政大事反拋在九霄雲外。他學了一會，自信已很明白了，便把御女的要道先行試驗著；拿宮中的那些宮女，來做他試驗的犧牲品。

阿魁汗試了幾次，覺得靈驗得很，便把卜底休當作真的活佛般看待；然而，阿魁汗專門和那些宮女玩鬧，日久卻有些厭煩起來了。那卜底休便對阿魁汗說道：「主子宮裏的女子，都是俗骨凡胎；倘要求仙人的長生術，非去找真有仙根的女子不可。」

阿魁汗笑道：「要到甚麼地方去找？只請活佛指示。」

卜底休想了想，忽然笑道：「分明有神仙在那裏，幾乎當面錯過了。」說罷，匆匆地出去；不一刻，領了一個番婦進宮來。但見她黃髮蓬鬆，面目晦黑，臉上卻塗滿了胭脂；加上她一張血盆的大口，望去真是可怕。

阿魁汗看了，詫異道：「這便是神仙嗎？」

卜底休正色說道：「主子不要瞧她不起，她的確是具有仙骨的人；大凡仙人，外貌都不揚，若講到內功，卻非常人所及了。」

阿魁便向番婦問道：「我欲求長生，妳可有甚麼法子？」

那番婦把頭一扭，低頭笑道：「主子要成仙不難，民婦自有妙術；不過，仙家秘術只能意會，不能口傳，今晚主子可安排著香案，請大師建起壇來，民婦當將秘術傳給主子就是了。」

阿魁汗見說，半信半疑，只吩咐內侍，預備起香案；到了晚上，卜底休領了十幾個喇嘛進宮，就寧安殿前佈起佛壇，殿上霎時燈燭輝煌，魚磬雜作，鐃鈸叮噹。阿魁汗坐在一旁，看那番婦作法；這時，那番婦已將衣服脫去，腰上纏著青布，紅綾包頭，赤足仗劍，左手捻著訣，口裏喃喃地唸個不住。

這樣地東指西跳，搞了半天的鬼，便退入後壇去了；過了一會，又再出壇來跳著。接連地三次，那番婦突然大喝一聲，壇上的鐃鈸也敲打得震天價響；早見爐中一縷香煙直上霄漢，壇中的喇嘛，齊齊宣著佛號。那番婦對阿魁汗說道：「神仙降臨了，快打掃淨室，便可傳道了！」阿魁汗也莫名其妙，只得

一一依她。

那番婦微微笑了笑，攜著阿魁的手，走往靜室裏去了；這裏，由卜底休令把神壇撤去。第二天，阿魁居然納番婦做了神妃；誰知他天天跟番婦學長生術，不到幾年工夫，學得一病不起，竟隨了閻羅王做鬼去了。阿魁汗一死，他的兒子貴由還在稚年，總算勉強嗣了位；貴由立不到三年，又再歿死，這樣一來，竟引出臣子娶皇妃的豔史來。

第十回　蒙古帝國

阿魁汗死後，他的兒子貴由，因自幼便是個病鬼，雖然嗣了位，卻天天在病中度生活；所以接位還不到三年，已是嗚呼哀哉了。貴由既死，和林頓時混亂起來；那時，寧王崔必特、魯王忒耐都已亡故，崔必特無子，只忒耐有兩個兒子，長的叫別木哥，次的喚作忽必烈。

他們兄弟兩人都帶兵在外，聽得阿魁的死耗，因有貴由在那裏，大家倒不做別的想法；後來，聽得貴由也夭殤了，別木哥的參軍育黎花便進言道：

「主子新喪，朝事無人主裁；爵爺可領兵直搗和林，以保舉新君為名，到了那裏，將大兵駐在城外，爵爺可輕騎入城，召集諸王，推舉新主。其時，和林沒人支援，忽然來了大兵，眾心當然要惶駭起來；又聽得爵主叫他們議事，諒諸主也不敢不到，那麼，叫他們推舉新主時，他們還能夠去推別人嗎？這大汗的高位，爵主豈不垂手而得？然後再頒敕布告天下，這樣冠冕堂皇地做去，誰也不敢說半個不字咧！」

別木哥聽了，不覺大喜，道：「參軍的話不差，就趕緊去做吧！」別木哥立刻整起隊伍，向著和林進發。

但朝裏自貴由死後，阿魁汗的晳妃那馬真努倫，居然出頭監國；一班文臣如留人傑、劉復等，極力地諫阻。那馬真努倫憤道：「你們既自稱讀書，難道不知道唐武后的故事嗎？」

耶律楚材見說，正要發話；猛見左丞都喇門帶劍上殿，滿面怒容地說道：「幼主新喪，朝廷無主，帝后垂簾，古有定制；誰敢異議，即為不臣！」說著，把兩隻眼睛向四面亂射；諸臣見都喇門這樣說，曉得他暗裏有人張膽，大家落得做個人情，便都面面相覷，啞口無言。

原來，那都喇門是阿魁汗的嬖臣，平日出入宮禁，和晳妃那馬真努倫彼此眉目傳情，幹出些曖昧的事情來；阿魁汗因深寵著都喇門，雖然時常見他和晳妃有些不尷不尬的形跡，心中卻毫不疑惑。又經晳妃暗中的護持，都喇門的潛勢力，漸漸地佈滿朝中；凡皇族親貴、蒙漢大臣，投他門下的十有七八。

阿魁汗病劇的當兒，晳妃和都喇門終日閉宮密議；晳妃又傳諭侍衛官，把阿魁汗私寵的番婦先行攆了出去，還偽託上意，將喇嘛大師等刑杖遠戍。其實，這些都是都喇門的主張；因他記恨過去喇嘛大師等奪寵，所以趁機報復。

阿魁汗在朦朧中，聽近侍傳給他這個消息，氣得幾乎發厥，因此挨不上幾天，便活生生氣死；都喇門見阿魁汗已死，便竭力慫恿晳妃垂簾，但有太子貴由存在，不能不令他嗣統。幸喜貴由短命，立不到兩年多，就隨著阿魁汗同赴泉台去了；當時物議沸騰，說貴由是都喇門謀斃的，但因沒有證據，無以指實。

都喇門見嗣君也駕崩，便一心勸晉妃臨朝稱制，自己差不多和晉妃的丈夫一般，還愁大權不在握嗎？晉妃受了都喇門的蠱惑，竟不計利害，把聽政的主見在當殿發表。都喇門恐皇族大臣有人出來反對，於是口令御前衛士暗裏防備著；自己卻帶劍上殿，力排眾議。

蒙漢朝臣皆畏他的勢焰，誰肯來投鼠忌器呢？晉妃知眾人不敢違拗，便大著膽登殿受賀，拜都喇門做了輔政右丞相，赤顏為左丞相。晉妃坐朝，都喇門為旁坐；國家大事、生殺臣工，完全是都喇門作主，晉妃好像木偶一樣，赤顏也不過附和而已。

這樣的過了半個多月，別木哥和忽必烈兄弟兩人，先後引兵趕到和林；晉妃聽了大吃一驚，忙召都喇門商議。都喇門說道：「他們雖然帶兵到此，到底關著嬸母和侄子，諒他們也不至相逼；即便他們有什麼舉動，也須礙到了咱，才好去幹哩。」晉妃點點頭，果然依著都喇門的話，靜待著別木哥、忽必烈的動作。

第二天，別木哥和忽必烈只帶五六百騎進城，首先來謁見晉妃，問了貴由病歿的情形；這裏別木哥和晉妃、都喇門談著，一面，忽必烈已把皇族諸臣邀集起來，當場命開議會。眾人的心中，巴不得這樣，便不約而同地舉別木哥繼大汗位；忽必烈大喜，隨即上殿，代表眾意扶別木哥正位。

晉妃慌得不知所措，要想發話時，忽必烈喝令衛士將晉妃扶出；別木哥既做了大汗，自有眾臣上前叩賀。別木哥怕都喇門有變，仍稱他為右丞相；因朝政兵權盡在都喇門一人的手裏，別木哥初踐大位，不得不敷衍他一下。那都喇門跋扈成性，不知自省；他見別木哥尊敬他，還當別木哥懼怕自己，照樣地

作著威福。

這時的晉妃，冷處宮中，覺得異常地寂寞，便私下向都喇門求救；都喇門正躊躇沒法，忽然妻子白茉得病死了。都喇門並不悲傷，反樂得手舞足蹈地說道：「有了有了，只有委屈晉妃一點罷了！」

於是親自進宮，和晉妃斟酌，也就是關於婚姻的問題；晉妃憂慮族中干預，都喇門豎著大拇指，道：「咱不去議論別人也罷了，有誰敢議論我們哩？」兩人秘密定了主張。到了吉期那天，都喇門叫擺起大丞相的鹵簿儀仗，來宮中迎娶那晉妃；堂堂大汗的妃子，卻做著丞相夫人去了。

原來別木哥的意思，以侄子關係，嬸子嫁人，親侄也不能去阻攔伯嬸母的；這個罪名，只有去加在都喇門的身上。別木哥本要殺都喇門，一時等不著機會；現在，趁他迎娶皇妃，說都喇門目無君長，污蔑帝后，令漢大臣劉復擬罪。

劉復據律上章，擬了一個「立決」；那煞風景的別木哥，即下諭把大丞相兼新郎的都喇門拿獲了，連訊也不訊，就由武士推去砍了。可憐！那位皇妃而又丞相夫人的晉妃，依舊弄得冷枕孤衾，反在名節上留了污點，思來想去，不值得極了；便趁著相府裏紛亂的當兒，解下衣帶，如鹹鴨似地掛了起來，等到府中人察覺，晉妃早已玉殞香消了。

別木哥在大汗位九年，也沒甚政績可記；別木哥逝世之後，便由兄弟忽必烈繼統。那忽必烈是忒耐的次子，生得面方耳大，口闊顴聳；說起話來，好似空山擊著石磬，又清越又洪亮。他在八九歲的時候，族中有個善風鑒的，即說忽必烈有人主之度；別木哥在位的當兒，便很優遇著忽必烈。

這時既登了大位，重用宋朝的降將劉整、張弘範等，拜伯顏做了大元帥；並封博羅、阿朮為左、右大丞相。中統二年，命伯顏大舉入寇宋朝，破了濟南；至元三年，元將張弘範進兵襄陽，呂文煥舉城投降，襄陽既陷，江南日危。

這時的宋朝，賈似道當國，度宗非常地昏庸，一切全聽賈似道去做；把宋朝的江山，斷送了一大半。度宗死了，幼帝雖接位，年紀卻還不過四歲；由謝太后臨朝聽政，仍拜賈似道做了太師丞相。元兵主將伯顏，已破了江寧、鎮江，宋廷才著急起來，革去賈似道的官職，下詔令各處勤王；江西提刑文天祥、鄂州都督張世傑領兵入衛。

但大勢已去，元兵順流下來，張世傑陣亡，文天祥被擒；宋丞相陸秀夫，見帝被擄，再立益王昰為嗣皇帝，帝昰病死，又立廣王昺。元兵進攻崖山，宋兵走投無路，陸秀夫背了幼帝昺投海死了；宋代到了此時，可算是完全亡國，自太祖趙匡胤開基，到帝昺止，共三百二十年。

元世祖滅了宋朝，便定都燕京，改國號叫作元朝；過了幾十年，世祖忽必烈病死，因太子真金早夭，便由皇孫鐵木耳接位。那時鐵木耳的從兄八剌，見鐵木耳登了帝位，心裏很是氣不過；便和丞相張九思商議，暗中籌畫謀害鐵木耳的法子。

世祖在日，除燕京的宮殿外，在開平又建起了紫霞宮，預備遊幸時駐駕的地方；因此，當時稱燕京為中都，開平為上都。講到那個上都的所在，這座紫霞宮造得畫棟雕樑，十二萬分的華美；鐵木耳本來

也是個酒色之君，宮裏七十二嬪妃還嫌著不足，常常到外面去選民間的秀女，充他宮裏的貴人。

八剌趁著機會，密陳鐵木耳道：「昔日世祖建上都，原為後代嗣君做臨幸的佳地；現在陛下身登大寶，為天下之尊，不在此時遊宴行樂，難道深羈宮中受罪嗎？」

鐵木耳聽了，心裏早有些活動起來，奈何礙著右丞相伯顏，不好過於胡行；八剌又來進言，鐵木耳歎口氣道：「你的話深合我心，但大丞相伯顏事事總要諫阻，我看他是先帝托孤的重臣，倒不能不稍為優容一點；誰知他大權在握，竟要來干涉我的舉動了，真是無可奈何他哩！」

八剌見說，不覺哈哈大笑道：「陛下貴為天子，卻忍起一個臣子來，豈不是笑話嗎？」

於是，鐵木耳便傳下諭去，叫御鑾處準備往幸上都；並令八剌和御史大夫完顏明等隨駕，著右丞相伯顏暫時監國。

這道諭旨一出，伯顏聽了這個消息，大驚道：「皇上受了奸人的蠱惑，輕易離開京城，不是授隙於人嗎？」當時便匆匆地進宮來，卻被宮門侍衛攔住，不許他進去；急得伯顏在宮外亂跳，任你什麼樣的說法，侍衛只是不放他進宮，伯顏沒法，只好退了出來。

第二天，鐵木耳車駕已經起行，才出得京城，早見伯顏俯伏路旁；鐵木耳對於伯顏原有三分畏懼的，這時勉強停了鑾輿，鐵木耳親自下來，扶起伯顏道：「丞相有甚麼事，自去照行就是了，何必定要面陳呢？」

伯顏忙跪下，重又叩頭說道：「老臣並沒有別的要事，只求陛下車駕暫時回宮。」

鐵木耳道：「我此去巡幸上都，不日就回京城的，丞相可無須阻擋。」

伯顏道：「陛下車駕遠出，京中人心惶惶，萬一緊急的事發生出來，老臣可肩不起這擔子。」

鐵木耳大怒道：「你教百姓們作亂嗎？」說著，喝令起駕，一班阿諛的賊臣，擁著鐵木耳如飛般地去了；剩下赤膽忠心的伯顏呆呆地跪在道上，直待車駕瞧不見，才長歎一聲，立起身來，垂頭喪氣地回去了。

鐵木耳到了上都，就在紫霞宮駐蹕；那宮裏的妃子都是侍奉過世祖的，雖是半老佳人，卻風韻猶存。鐵木耳卻也照常臨幸，今天這個，明天那個，左擁右抱，好不快樂；這裏，鐵木耳天天和宮女們廝混，真有樂不思蜀之概。

八剌見鐵木耳已入了圈套，忙令飛騎召張九思到上都，密商謀篡大位；並允許張九思，事成之後列土分疆，子孫封王拜相。張九思便想出一個法子來，令八剌在寓中設筵，請鐵木耳駕臨，叫作君臣同樂；鐵木耳很相信八剌，自然一點也不懷疑。

酒到了半酣，八剌令扮好的十八個美女出來，婀婀婷婷的在筵前舞蹈起來；鐵木耳早已有幾分醉意，看了這許多的絕色美女，不覺眉開眼笑，坐立不安了。八剌在美女中，選出兩個最妖冶的少女，叫她們執著酒壺，去鐵木耳席前侑酒；鐵木耳這時神魂飄蕩，意馬心猿，不由得伸手去拉著一個少女，輕輕地抱在膝上，一手撫摩著，一手拿著酒杯逼著那女子飲酒。

那女子笑了笑，回身就一個侍女的手中奪過酒壺來，滿滿地斟了一杯，遞給鐵木耳道：「陛下飲了

這一杯，做一個萬年的天子。」

鐵木耳笑道：「好口采！我便做個百年天子也好了，還想萬年哩！」說罷，就少女的手裏，咕嘟咕嘟地飲個乾淨。

那少女斜瞟了鐵木耳一眼，又斟了一杯上來；鐵木耳笑道：「這杯又叫甚麼呢？」

少女掩著口，格格地笑道：「那可說不出來了，只算它是個團圓酒吧！」鐵木耳也微笑點頭，一口氣喝乾了。

這樣地接連三四杯，鐵木耳只覺得頭昏眼花，身體有些支撐不住，忙放下那個女子，倒身向桌上一伏，呼呼地睡去了；誰知這壺酒裏，八剌早暗放鴆毒在裏面，鐵木耳又那裏知道呢！

過了一會，鐵木耳連呼著腹痛，八剌恐他發作起來，趕緊叫幾個御侍，把鐵木耳舁進宮；鐵木耳其時已痛得縮成一團，才得進宮，已是七竅流血，大叫失聲，一命嗚呼了。鐵木耳自登位到被毒死，共做了十三年皇帝。

八剌見鐵木耳死了，便和張九思、完顏明等，把消息瞞了起來，吩咐宮中內外不許走漏；一面便召集手下逆黨三千人，連夜趕往京都。誰料，逆臣偏偏天不容他，早有一個小御侍逃出上都，連滾帶爬地跑到都中，去丞相府中告變；伯顏聽了大吃一驚，不禁頓足歎道：「皇上能容納我的苦諫，何至有今日的變亂？」

當時，便匆匆入朝，召集王公大臣，把鐵木耳被殺、八剌來襲燕都的話，對眾人宣佈了；眾大臣聽得，個個面如土色，半句話也說不出來。只有幾個武臣，主張領兵去討八剌；伯顏說道：「咱們此刻不必去打草驚蛇，只要以逸待勞，他自會來投羅網的。」

說著，令禿不魯率兵千人，在京城左邊埋伏；著阿里不花領兵一千，在城的右邊埋伏，達箚兒帶兵馬三千，離京城半里外駐屯。但聽得京城內炮響，就領兵一齊殺到，不怕逆賊不授首；伯顏分發停當，自己領了御軍在城內守著，專等八剌到來。

那八剌率領著三千逆黨，打著御林軍的儀仗，同完顏明、張九思，以及幾個將士，飛奔地往京城進發；到了城下，只見城門緊閉，靜悄悄地，連人的影兒也看不見。八剌疑惑道：「難不成，他們已得知消息了嗎？」

張九思說道：「咱們這樣的迅速，怎麼會給他們知道呢？且莫管它，前去叫開城門，咱們進了城，就不怕他們了。」

八剌點點頭，便一騎馬直奔到城下，大叫：「城上的守將聽著：皇上今日回鑾，御駕離此不及半里了，快報給大小臣工，出城迎駕！」

八剌連喊了幾聲，才見城上一聲鼓響，站出一個老頭兒來；但見他白髮如霜，銀髯垂腹，正是大丞相伯顏。八剌怔了怔，忙拱手道：「鑾駕將至，丞相為什麼不去迎接？」

伯顏冷笑道：「皇上在那裏？為何不先令飛騎報知？」

八剌扯慌道：「已有御侍來傳諭，怎說不曾有？」

伯顏厲聲說道：「既是聖駕，你後面帶著許多人馬做甚麼？」

八剌見說，曉得有些不妙，待回馬下令攻城時，忽聽得城內連珠炮響，城外金鼓大震，人馬遍地殺來；八剌大驚道：「我中了奸計了！」回顧張九思等，叫軍速退，早已來不及了。左有禿不魯、右有阿里不花、達笏兒從正面殺來，伯顏自領五百御林軍，從城中殺出；四方面的人馬，把八剌、張九思、完顏明等，團團圍住在中央。

八剌的人馬本是些烏合之眾，怎經得官軍的一對仗，便各自抱頭逃命；八剌喝止不住，就揮著大刀，拼命地衝殺。正殺開一條血路，要打馬出去時，當頭碰著禿不魯，一支長槍似蛟龍般地往著八剌刺去；八剌忙用刀架住，兩人就在陣前大殺起來。

那完顏明和張九思，也敵住了阿里不花；達笏兒舉著雙錘，飛馬助戰，還有四五個將士圍住了伯顏廝殺。老丞相伯顏雖然是八十多歲的人了，他那一根九節槊卻還不老；看他力戰五將，愈戰愈精神抖擻，大喝一聲，槊起處，兩將翻身落馬，三人中一將扭槍刺來，伯顏讓過，輕舒猿臂，把那將拖住勒甲，往地上一擲，兵士上前，繩穿索綁地把他捉去了。

還有兩個將士自知不是敵手，飛馬落荒而逃，伯顏就馬上按住了槊，拈弓搭箭，一箭射去，一將又應弦墜馬，被兵士們捉住；那一個卻逃得遠了，伯顏趕不上他，便回馬來助阿里不花。張九思獨戰阿里不花，本已有點費力，怎經得伯顏一條槊，好似生龍活虎一般，一個失手，被阿里不花砍在右臂上，只得伏鞍逃走；阿里不花隨後追去，伯顏便幫著達笏兒來鬥完顏明。

那完顏明是元朝有名的猛將，他因怨恨朝廷不加爵祿，所以和八剌同謀，想爭一分土地；這時，他力戰伯顏和達笏兒，全沒一點懼色，那一口九環大刀，使得呼呼風響，竟沒一點兒空隙。伯顏和達笏兒雙錘一架，也是十分的厲害；不料，那阿里不花殺了張九思，從斜刺裏飛馬殺來，一槍往完顏明搠去。

完顏明萬不料有人暗算，忙閃躲過去，腿上早中了一槍；這裏，達笏兒的錘又從當頭打下，完顏明架開錘，伯顏的槊又突然刺來。完顏明不覺「哎呀」的一聲，腰裏著了一槊，那鮮血似潮水般地流出來，左臂上，更被達笏兒打了一錘；阿里不花的槍尖，正搠在完顏明的咽喉裏，任完顏明怎樣的英雄，也有些禁不住了，一個筋斗跌落馬來。

八剌正和禿不魯殺得難解難分，回頭見完顏明墜馬，心裏一慌，手也鬆了，刀法未免散亂；禿不魯趁間一槍，刺在八剌的馬眼上，那馬便直立起來，將八剌掀落在地，恰巧達笏兒的一騎馬馳到，飛起一錘，把八剌打得腦漿迸裂，一縷魂兒往閻王殿上去了。

伯顏指揮軍馬，一陣的戰殺，把八剌的三千人馬殺得七零八落，積屍滿地，這才鳴金收軍，自和達笏兒等，策馬緩緩地進城；早有文武大臣出城迎接進去。到寧安殿裏，伯顏居中坐下，眾大臣上前參見畢，伯顏首先說道：「現在御駕在上都賓天，國內無主，須早明大位才是。」

里多親王見說，便起立道：「皇上並無嗣子，繼統的事，還須老丞相謹慎從事。」

伯顏說道：「儲君未定，倘就皇族中選擇，本非外姓臣子所得妄言；但老夫受先皇倚托之重，今日

不得不從權行事了。就我的主張，永王答剌麻次子懷寧王海山，寬宏仁德，頗有人君的氣度；我意欲迎立為君，不知列位意見怎樣？」

眾大臣齊聲道：「丞相的主見自是不差的，任憑英斷就是了！」伯顏見眾意相同，便派左丞相赤里烏，持節去迎懷寧王入都嗣位，一面就在京師替鐵木耳發喪。

那懷寧王海山，是答剌麻的次子；答剌麻是世祖的太子真金幼子，算起來，海山是世祖的玄孫哩。鐵木耳嗣統，封海山做了懷寧王，令出居綿州；海山的為人，性極和婉，待人接物也很是謙恭，參軍留不哥常說海山有人君之度。

一天，留不哥壽辰，請海山赴宴，海山見是留不哥的事，自然如期的去了；他只帶了三四個從人，到了留不哥家裏，見州尹杜卜等一班官吏把他迎接進去。當下，堂上擺起筵宴來，燈紅酒綠，大家一杯杯地歡呼暢飲；酒到半酣，便有四個蒙古的歌女，打扮的紅紫青綠，一邊唱歌，一邊便替海山斟酒。

那海山本是個初經女色的少年，見了這種豔麗活潑的歌女，怎不心動呢？又加他有了酒意，兩隻眼珠兒不住地瞧著四個歌女。那歌女給他瞧得不好意思起來，只得低著頭微微地一笑；杜卜在一邊，已看出海山的用心，故附在他的耳朵輕輕地說道：「王爺如瞧得起這幾個歌女，我明天就叫他們送去服侍王爺如何？」

海山見說，只是笑著不答，臉兒不禁熱辣辣紅了；杜卜曉得海山的臉嫩，就喚過一個侍女來，向她講了幾句，那侍女笑著進去了。過了一會，卻見進去的侍女已扶著一位美人兒，姍姍地走將出來；她人還不曾到席前，一陣香味兒先已隨著風直吹過來。

那美人兒走到海山的面前，便似風吹柳枝般，飄飄地行下禮去，低低地叫了一聲：「王爺」；她這一聲，好似初出谷的春鶯，覺得尖脆柔婉，令人聽了真是心醉。海山見她行這樣的大禮，慌得立起身來，還禮不迭；但因忙中忘了嫌疑，竟伸手去攙她的玉臂，那羊脂玉般的粉臂兒，又嫩又是膩滑，觸在手裏，真和綿團兒一樣，怎不叫海山魂銷呢？

他握著美人的玉腕，幾乎愛不忍釋，引得那美人嫣然地一笑，忙把手縮回去，趁勢站了起來；海山回頭見杜卜看著他微笑，覺自己酒後失儀，一時很是慚愧。那美人起身去坐在席旁，一手執起酒壺，便替海山斟酒；海山正在遜謝時，忽見留不哥走出來，向杜卜丟了一個眼色，留不哥便來陪著海山，杜卜忙離席，領著那美人姍姍地進去了。

海山因不見了美人，好似失了什麼珍寶似的，舉止應對，不免乖張；忽聽得堂上鼓樂齊鳴，杜卜已匆匆地出來，一手拖了海山便走。跑到堂前，只見紅燭高燒，一個華服的玉人已站在那裏；杜卜便推海山上前，和那美人並立著，高唱一聲：「拜」，那玉人早跪了下去，海山也不知不覺地屈下膝去。

第十一回　暗潮洶湧

海山和那美人並立在紅氍毹上，經杜卜扶著他跪拜起來；海山正摸不著頭腦，只聽侍女們一聲嬌喝，擁著海山和美人往裏就走。到了一個所在，但見繡簾高捲，碧毯鋪地，牙床上垂著羅帳，瞧上去好似女子的閨閣；那些侍女們，把海山同美人一齊推在室內，砰地一聲，倒闔上了門，笑著管她們自己走了。

這裏，海山細看那美人時，見她黛含春山，神帶秋水，嬌顏似玉，香鬟如雲；那種豔麗的姿態，正是剛才席上的美人兒。海山定了定神，看那美人低垂粉頸，比在筵前更覺嫵媚可愛了；因微笑著問道：「姑娘是留不哥的甚麼人？為甚麼和我做起親來？」

那美人聽了，俯首嫣然一笑，答道：「留不哥便是我的父親，王爺難道不知嗎？」

海山皺著眉道：「留不哥在我的幕下多年，從不曾聽見說他有女兒的。」

那美人不禁臉一紅，徐徐地說道：「我本來是杜卜的女兒烏綿，留不哥是我繼父，他為愛王爺的人品出眾，所以把我嫁給王爺。」

海山聽了，才得明白過來，不覺笑道：「那麼，他們何不說明了；卻要鬼鬼祟祟的，弄得我如矇在

鼓裏一般。」

烏綿噗哧地一笑，道：「當時講明了，怕王爺不肯答應；現在妾僥倖得配王爺，幸蒙不棄，收為侍妾，也就感激不盡了。」

海山聽了烏綿婉轉溫柔的一片話，嚦嚦的鶯喉，聽在耳朵裏，直叫人心神得醉；忍不住將她攏在膝上，覺得烏綿的身體，竟輕著無物。海山笑道：「古時，有個身捷如燕的楊貴妃，今天，我卻也相信了。」

烏綿掩著櫻唇，微笑道：「我聽得父親說起，只有掌上舞的趙飛燕，倒不曾聽見過身輕如燕的楊貴妃。」

海山給她一駁，臉上早紅起來，便搭訕道：「我不曾讀過漢人的書，只亂說一會罷咧。」於是，兩人談笑了一會，就雙雙同入羅幃，成就他們的百年夫婦。

第二天，海山起來，出去拜見了留不哥夫妻和杜卜，行了翁婿禮之後，留不哥又設宴款待；宴畢，留不哥吩咐府中僕役備了車輛，送海山、烏綿回王府去。海山和烏綿這對新婚夫婦，自有他們的樂處。

光陰迅速，轉眼已過了半年，伯顏的使者從都中到了，便來見海山；海山聽說鐵木耳暴崩，也很為感傷，一面草草束裝，和烏綿、留不哥等，將政事托付給杜卜，星夜匆匆登程。不日到了都中，自有文武大臣出城迎接；當下祭過了天地宗廟，海山便正式嗣位，就是武宗。鐵木耳廟號諡了成宗，仍拜伯顏為大丞相，留不哥做了御史大夫；朝中文武大臣都加升一級。

這時天下很覺承平，誰知武宗在位還不到四年，卻一病不起；因武宗沒有太子，所以由從弟愛育黎拔力八達繼立。愛育黎拔力八達只在位九年，英宗碩德八剌立；英宗在位四年，泰定帝也孫鐵木耳立。泰定在位五年，明宗繼立；明宗在位僅六個月崩，文宗登位，三年又崩，寧宗復立。寧宗在位不到兩個月，卻也一病天亡；那時，迎妥歡帖木耳繼位，就是順帝，元朝到了這時，卻是亡國之君來了。

後人有詩嘆道：

綠楊城郭白楊村，又見車騎出北門；行色匆忙泣妃后，國亡家破月黃昏。

笙歌聒耳夜未闌，碧水蕩舟月已殘；記得當年紅綠女，朝朝侍駕五更寒。

碧楊樹下，一群的小孩子在那裏驅著牛，一路歌唱著；他們雖然是一種信口無腔的調兒，卻也覺得宛轉可聽。大家唱了一會，其中一個小兒，生得虎額龍姿，面目黧黑中，顯出他奕奕的神態來；那一群小孩子裏，有九個跳下牛來，去坐在草地上鬥石子。

正鬥得起勁的當兒，忽聽得那邊一陣吶喊，跑過十幾個童子來，手裏各拿著柳枝，向鬥石子的一群孩子打來；這時，騎在牛上的黑臉孩子也跳下牛背，口裏大喝道：「你們恃著村中人多，便來欺負我們嗎？」說罷，一手執著牛鞭，迎將上去。

那坐在地上鬥石子的幾個小孩，也各折了一條樹枝，發聲一喊，大家跟在後面去幫忙；那面十幾個童子，經黑臉孩子上前一頓亂打，打得他們東倒西歪，有的拋了柳條逃走，有的抱著頭大哭起來。跟在後面的幾個小孩子，見黑臉孩子得了勝，他們便一擁而上，將十幾個童子趕得走投無路；有的連血也被他們打出來了。

黑臉小孩指東打西的，正在得意萬分，卻聽得牆角上，有一個老人聲音在那裏叫道：「阿四！你又在這裏和人家廝鬧了嗎？」

黑臉孩子見他的父親來了，忙住手不打；一面卻假作哭泣的樣兒，對那老人說道：「爹爹，你不曾瞧見東村的小孩子，他們糾了許多人來欺負我呢。」

那老人便從牆缺裏走出來，笑著安慰那黑臉孩子，道：「你且莫哭，我們現在吃了虧，等一會兒，叫你三個哥哥去報復去；如今，快跟我回去吧！」黑臉孩子聽了不禁高興起來，便去牽著牛，跟他的父親回家去了。

他們父子兩人，一邊趕著牛，一邊慢慢地走著，不到一刻，已走過皇覺寺的面前；只見寺裏的曇雲長老，提著一串念珠，正站在寺門口。瞧著他們父子走過，便笑著說道：「朱老施主，時候還早呢，就在小寺裏用一碗茶再走吧！」

那朱老頭兒也招呼道：「承長老的見愛！我們回去有些小事，改日再來叨擾就是了！」

曇雲長老點著頭，一手撫著黑臉小孩的頭頂，道：「好一個福相的官兒！」

朱老頭兒見說，也笑了笑，便和曇雲長老作別，父子兩人仍趕著牛前進；到了家裏，那黑臉小孩繫好了牛，和他父親走到裏面。

朱媽媽見了問道：「阿四，放牛怎麼老早就回來了，牛可曾吃飽了嗎？」

朱老頭兒答道：「甚麼放牛，他又在外面和人廝打了。」說著，朱老頭兒的三個兒子都砍了柴，挑著從村外回來；朱媽媽便安排出晚餐來，給他們父子五個人吃著。

原來，那朱老頭兒名叫世珍，因為避難，才遷到江北的長虹縣去；他先世本居在金陵，後來又搬往泗洲，再遷到淮南壕洲府，就是現在的鳳陽。但朱世珍初到壕洲，沒有親戚好友，只有鍾離縣皇覺寺的長老曇雲，從前和朱世珍很要好，世珍便去和曇雲商量，就空地上蓋了一間茅屋，給世珍老夫婦和三個兒子居住。又代他買了一隻牛，去替東鄉富戶劉大秀家耕田；世珍的三個孩子朱鎮、朱鏜、朱釗，卻去山裏樵柴，一家人很勤儉地度著光陰。

那個黑臉小孩子，便是世珍的第四個兒子，名字叫作元璋，小名喚作阿四；但其時，元璋還不曾生下來。世珍在東鄉做著工，很積蓄了幾個錢，想起自己的父親病死在泗洲，那棺卻無處埋葬，只寄在一個荒寺裏；世珍因此心中很不安耽，過了兩年，便到泗洲把父親的靈柩運回了鳳陽，暫厝在皇覺寺的草地上。

事有湊巧，那劉大秀的父親忽然得病死了；劉大秀是東鄉的富翁，為人最是相信風水。他老子死後，卻不去安葬，反請了十幾個堪輿家，往各處相擇吉地；依劉大秀的希望，那地上葬下去，子孫至少

也要封侯拜相，有了這種佳地，他才肯把他老子安葬。

那時，堪輿家當中，有一位姓胡名光星的，平日本沒甚名望的，劉大秀雖把他請了來，卻很瞧不起他；又因胡光星的衣衫襤褸，大家益發對他冷淡了。一天，胡光星出去，相了一轉地理，回答告訴劉大秀道：「離東鄉半里多路的九龍崗下，有一塊龍穴；若是葬下去，不但子孫貴不可言，三年之內，還有出帝王的希望。」

劉大秀聽了，冷笑一聲，道：「我們這種人家，只要出幾個秀才舉人也夠了；想出什麼皇帝，不是自取滅族嗎？」

胡光星碰了這個釘子，不覺面紅耳赤，就是旁邊的那些堪輿家，也一齊笑了起來；胡光星很是氣憤，悻悻地走了出來，恰巧和朱世珍碰見。那胡光星在劉家，無論上下大小，人人都輕視他；世珍在劉家做工，卻和胡光星很談得來。

這時，胡光星憤怒填胸，一見了世珍，便把大秀看不起他，不相信自己的話，對世珍講了一遍；世珍安慰他道：「胡先生，你不要動氣，現在的人，大家都是勢利的多；你本領雖不差，名氣卻不及他們，只好暫為忍耐一些吧！將來等時運機會，再和他們說話不遲。」胡光星聽了世珍的話，不覺長歎一聲。

大凡失時的人，往往不容於眾人，若得一二人去安慰他，自然引為知己，還滿心地感激著哩；胡光星見世珍做人厚道，每逢遇到不平的事，總和世珍來談談，兩人就此慢慢地投機起來。

有一次，胡光星在世珍家裏閒話，大家無意中講起了風水；胡光星拍著胸脯道：「將來你老兄如百年以後，我定替你選一塊佳地安葬。」

世珍見說，不覺歎了口氣，道：「不要說我自己了，連我的父親，直到如今還沒有葬地哩！」

胡光星怔了一怔，道：「尊翁的靈柩現在什麼地方？我倒有一個佳穴在這裏，只是要看你的運氣就是了。」

世珍搖著頭道：「地勢我也曉得，哪一處沒有？可惜不是我自己的罷了！」

胡光星正色說道：「我所說的是塊公地，誰都可以葬得的；你如果願意，我們明天就去幹一下子。」

世珍大喜，道：「地不論好壞，只要能把親骨安頓，我的心也可以安定了。」胡光星連連點頭，便別了世珍回去。

第二天清晨，胡光星一早就到世珍家裏，說道：「我葬地已替你相定了，你們快去舁了靈柩，跟我到九龍崗下安葬吧！」世珍一面道謝，便和他三個兒子，扛了他老子的棺木，同了胡光星，往著九龍崗去。

好在世珍住在西村，離九龍崗只有一箭多路，一會兒就到了崗下；胡光星先把那相盤定了方位，看看日色亭午，胡光星便指著崗下的石窟，對世珍說道：「時辰快到了，你們把棺木推進去吧！」

那九龍崗的地方，本是樹木蔭森，山青水秀，景致非常地清幽；世珍見光星叫他把棺材扛到石窟裏，不禁詫異起來，道：「這裏空地很多著，為甚麼去葬在石窟裏呢？」

光星著急道：「你且莫管它，我自有道理。」世珍心中很是疑惑，再向石穴中瞧時，只見流水錚鏦，好似鳴著古琴一般，越發使他徘徊不敢動手了；怎禁得胡光星的催促，世珍半信半疑，真個把父親的靈柩，和三個兒子舁著，推進石窟中去。

可是，不放進去猶可，等待棺木一進石窟中，但聽天崩地塌地一聲響亮，好似晴天霹靂，把世珍父子嚇得呆了過去，半句話也說不出來了；胡光星在一旁，也不覺吃了一驚，再瞧那石窟的口子，已和虎口一樣地合攏了，胡光星點頭歎息。

後人有詩贊道：

錚鏦石窟走江聲，二道天門雁齒橫；遺跡猶存風雨夜，路人遙指說朱明。

世珍怔了半晌，才問光星道：「為甚麼安葬有這般響聲？卻是甚麼緣故？」

光星答道：「這叫福人葬福地，人力是挽回不了的；但看二十年後，自有分曉。現在我的心願已了，從此一去海角天涯，飄泊無定；或者再得相見，也未可知。」說罷，便辭了世珍，頭也不回地去了。

後來，胡光星在青田，收劉基做了學生，教了劉基許多治國的方法；劉基便趕到鳳陽，輔助朱元璋開創明基，這都是後話了。

當下，世珍留不住胡光星，自和三個兒子回返家中；過不上一年，世珍的妻子朱媽媽，居然肚腹膨脹，又生下一個兒子來，取名元璋，字叫國瑞，就是前面所說放牛的黑臉小孩子朱阿四。在元璋誕生之前，世珍的草棚下，生出幾株靈芝草來，一股的異香只是不散；到了朱媽媽分娩那天，卻是香氣滿室，紅光一縷直上霄漢。

那時，村東的人疑是村西有人家失火，還提著救火的器具，奔到了村西來，四處找尋；見沒有甚麼火警，心裏都十分地詫異。那時，濠洲的兩個解糧總管經過村西，就在朱世珍的茅棚前休息；兩個總管見救火的人們很是忙碌，便問到甚麼地方去救火？其中一個鄉民，指著朱世珍的茅棚道：「我們遠遠地望過來，就是這個棚子裏著火，跑到這裏，卻瞧不見火了。」

兩個總管很不相信，問茅棚中是誰家住著；村中人回說是姓朱的，一個總管就去打門。世珍因妻子正在分娩，還不曾睡覺，聽得有人叩門，忙來開了，見是武官裝束，慌得行禮不迭；那總管問道：「你們家裏幹著什麼？人家當作你棚子裏著火哩。」

世珍聽了，躬身答道：「民人家裏並不做什麼，不過民人的妻子分娩，所以直到此刻還沒有安睡。」

那總管見說是養小兒，即問是男是女；世珍說道：「叨爺的福，是個男孩子。」

那總管聽罷，默默地走出了茅棚，便對他的同伴說道：「這茅棚的人家正養著孩子，我們兩人不是替他管門嗎？將來這孩子定是個非常人。」說著，嗟歎了一會，就回身匆匆走了；世珍留他們喝茶也不

要，逕自去了。

那朱元璋自下地後，他的大哥朱鎮染疫病死了，朱鏜和朱釗因鳳陽連年荒歉，世珍怕立腳不住，便把朱鏜、朱釗都招贅了出去；這個家裏，就只有一個元璋了。時光荏苒，元璋已是十四歲了；但幼年的時候，他卻異常地頑皮，每次到村外去，總是和人打架，由世珍出去給人賠禮。

元璋到了十七歲時，鳳陽地方又是大疫，世珍夫婦便相繼染疫死了；元璋弄得了一個人孤苦無依，只得到皇覺寺裏，去投奔曇雲長老。曇雲長老常常對他徒弟悟心說：「元璋不是個凡器，你們須好好地看待他。」過不上幾時，曇雲長老也圓寂了，寺裏由悟心主持。

悟心聽了他師父的吩咐，也很優待元璋；可是寺裏的一班和尚，卻都和元璋不合，說他只吃飯不做事，一天到晚在外面閒逛。悟心聽了眾人的攛掇，便令元璋充了寺中的燒火道人；那一班知客和尚，又是得步進步的，私下逼著元璋去樵柴。元璋自幼雖是貧人家出身，倒從不曾吃過這樣的苦，現在弄得手穿足破，如何忍耐得住；他因此想起有一個表姊，嫁給揚州的李氏，維揚李姓，本來是個巨族。

元璋心中打定了主意，這一天，連飯也不吃一點；到了晚上，悄悄地偷了大雄寶殿上的大香爐，一口氣走出村口。奔了大半夜，看看天色已漸漸地發白了，他一路狂奔著，又負著一隻大香爐，身體自然有些困倦起來；瞧見路旁一個土地祠，就不管三七二十一走進祠中，便在神座下一倒身，竟呼呼地睡著了。

待到驚醒過來，手和腳已給繩子捆住了，忙睜眼看時，正是皇覺寺裏的幾個知客和尚；他們一面把元璋綁了，一面說道：「他既偷了寺裏的東西，應該要當賊辦的，我們把他送到官裏去吧？」說著，便由兩個知客和尚將元璋抬著，往大路上便走。

那路上看熱鬧的人卻圍了一大群，說這樣一個少年做賊，真有些兒可惜；元璋只是一言不發，心裏十分的著急。正在無可奈何的當兒，只聽得後面有人趕著叫喊，那幾個知客和尚回頭看時，原來是寺裏的主持悟心；那悟心跑到面前，忙叫放了元璋，幾個知客和尚不敢違拗，只得把元璋釋放了。

悟心吩咐他們，把那只香爐抬回去，一面對元璋說道：「你要到那裏去，沒有盤費的，也可以和我說明，為甚麼偷竊我的東西？何況這香爐還是五代時所遺，又是公家的東西，倘村裏查起來，叫我怎樣應付呢？」

元璋聽著，只是低著頭不作聲；悟心便從衣袋裏，取出幾錢銀子來，遞給元璋道：「你且拿去做盤纏吧！」

元璋這時又慚愧又懊悔，要待不接他的，自己又身無半文，一文錢逼死英雄漢；沒奈何，只得老著臉接過銀子，向悟心謝了一聲，回身便走。

他匆匆忙忙地到了揚州盱眙，便去尋他的表姊丈李幀；及至尋到了李幀家裏，李幀卻出門去了。他表姊孫氏見了元璋，問起家中情形，知道是來投奔她的，就私下對元璋說道：「我們這裏，也是連歲荒年，米珠薪桂，怎樣可以容留你呢？我看，你還是到舅父郭光卿那裏去吧！」

元璋見說，便問舅父現在那裏，孫氏答道：「舅父如今在滁州，他又沒有兒女，你去，他是一定很

歡喜的。」元璋點點頭；這天晚上，就在他表姊的家裏歇宿。

第二天，孫氏又略略給了他一些川資，元璋別了孫氏，取路往滁州進發；不日到了滁州，打聽得他舅父的住處。那郭光卿在滁州做著鹽販生涯，手下也有一二千個幫手，在滁州地方很有些名氣，所以元璋一問便著；光卿見了元璋，果然大喜，便把他留在家中。

偏偏朱元璋的厄運未去，光卿因時常在外；元璋住在家裏，一家大小卻沒一個瞧得他入眼。尤其是光卿的堂房侄子，他見元璋來了，深怕光卿收他做了繼子，分派他的家產，因而越發當元璋是眼中釘了；有時到了吃飯的時候，他便和婢僕們商議好了，不許元璋吃喝，元璋便天天挨著饑餓。

虧了他還有一個救星，就是郭光卿的養女馬秀英；她見元璋很是可憐，便暗中偷點餅餌給他充饑。這樣一天天地過去，元璋勉強挨著；他的心中，很是感激馬秀英。

秀英在光卿家裏，也是個不得寵的人；那光卿的妻子李氏，又十二分的悍惡，婢僕們有些兒過處，就取皮鞭來責打，有時打得那當小丫鬟的女孩子們，似殺豬般叫起來。雖是皮肉破綻，鮮血淋漓，李氏竟半點也沒有憐惜之心，她那家法的嚴厲，也就可想而知了；所以秀英在沒人的時候，便和元璋訴說著苦處，兩人竟是同病相憐了。

有一天晚上，秀英因元璋不曾有晚飯吃，便悄悄地偷烘了幾個餅兒，去送給元璋；不料正和李氏撞見，秀英心慌，忙拿烘餅向懷裏一塞。可是，那餅是烘得滾熱的，又是初秋的天氣，放在懷裏，怎麼不痛呢？把秀英燙得「哎呀」地直叫起來。

第十二回　明教群雄

秀英拿著燒餅，正待去遞給朱元璋吃時，不提防才走出內廳，恰恰和光卿的妻子李氏撞見；秀英心裏一著急，忙把餅往懷裏一揣。那餅本來炙得熱熱的，一到懷中，竟如貼在肉上一般；秀英被燙得痛不可當，便「哎呀」的一聲，身體幾乎跌倒。

李氏見了，忙來問甚麼事，秀英只好忍著疼痛，扯謊道：「我剛才走出廳來，瞧見天井外面，一隻斑斕的猛虎在那裏，因此嚇了一跳，不由得喊出聲來了。」

李氏見說，回頭向天井中看去，望見天井的大石上，卻是朱元璋在那裏打著磕睡；李氏是個沒知識的婦人家，平時很為迷信，聽了秀英的話，心裏暗想道：「古時那些拜相封侯的人，每每有金龍和猛虎出現；那麼，元璋這孩子，不要也是個非常人嗎？倒不可輕視他的。」於是，李氏自那天聽信秀英的謊話之後，她對待元璋，便不似從前的刻薄了。

元璋在郭光卿家中，總算又過了一年；不過，那晚秀英給烘餅灼傷了胸口，不知不覺地潰爛起來，但秀英有時見了元璋，卻並不把這件事提起。元璋感激著秀英待他的義氣，遇到了秀英時，又是敬重，又是憐愛；那種殷殷的情意，自然而然地從眉宇間流露出來了。

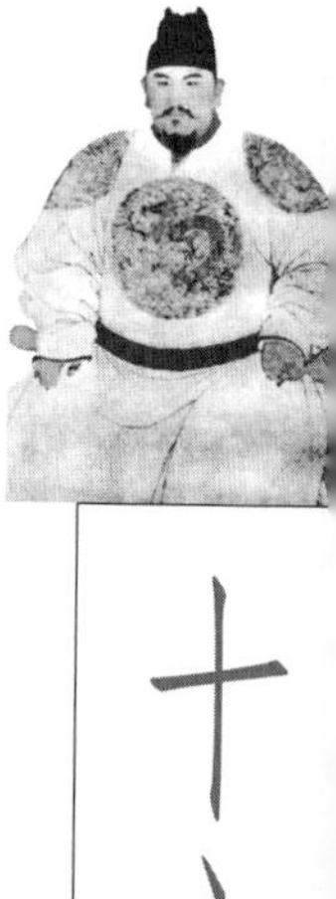

秀英也知道元璋不是個尋常的人，便事事看重著他；只是她那給餅灼傷的地方，恰巧在乳部的頂上。女子的乳頭，是最吃不起痛苦的部位；那筋肉是橫的，一經有了傷處，就要爛個不了。秀英的乳尖上，被餅灼了一個漿泡，便漸漸地潰爛，一天厲害似一天；她又因著害羞，不便在李氏面前直說，只獨自一人到沒人處去哭泣。

她正哭得悲傷的當兒，剛巧給元璋瞧見，疑她在家裏因什麼事受了責，便去低低地安慰她；秀英卻一言不發地只是啼哭。元璋越發狐疑起來，就再三地問著她；秀英起初時不肯說，然怎禁得元璋催逼著，才把自己懷餅灼傷了乳頭的事，略略說了一遍。

元璋聽了，真是感激得說不出話來，只覺得一股酸溜溜的味兒，從鼻子管裏直通到腦門，忍不住也噗簌簌地流下幾點眼淚來；一面便執著秀英的玉腕，垂著淚說道：「我朱元璋如將來得志，決不忘了姑娘的恩德；倘若日後負心，天必不容。」說罷，那兩隻腳已站不住，早噗的跪了下去。

那秀英姑娘的芳心，這時也被一縷情絲牽住，忙盈盈地來扶元璋；元璋那裏肯起身，兩人使勁兒互拉，倒把秀英姑娘弄得立足不穩，一個歪身，兩人一齊坐在地上。那時，四隻眼睛，你瞧著我，我瞧著你，心裏都是相憐相愛；自有一種說不出的情趣，叫作「盡在不言中」了。

秀英姑娘忽地想起了自己的身世，眼圈兒一紅，竟俯身倒在元璋的懷裏，抽抽噎噎地又哭起來了；元璋想要拿話安慰她，急切間又想不出甚麼話來，只好陪著她一同垂淚。兩人對哭了一會，還是元璋記起她那傷痕來；便附著秀英姑娘的耳邊說道：「妳不要只管哭了，那灼傷的地方到底怎麼樣了？過一會兒，我去找些藥來給妳敷著。」

說著，伸手輕輕地替秀英姑娘解開胸前的鈕扣兒，露出一角粉紅的兜子；那兜子上已是膿血斑駁，東一點西一塊的。元璋再把兜子揭起，見她乳部的頭上，已潰爛得如手掌般大小了；元璋不覺歎了口氣，道：「潰爛到了這樣的地步，妳為什麼不早說呢？」

秀英姑娘見元璋瞧過了，隨手將兜子遮掩了，慢慢地扣著鈕扣兒，那雙淚汪汪的秋波，兀是對著元璋，似乎有萬千的情緒，不知從那裏說起；元璋也呆呆地望著秀英姑娘，兩人又默對了半晌，真有些依依留戀，不忍分別之慨了。元璋和秀英姑娘正在相對含情，心意如醉，忽聽得廊前的腳步聲音，秀英姑娘慌忙三腳兩步的向著廚下去了；這裏元璋也走了出來，卻不曾見著什麼人，這才把心放下。

流光駒隙，那時已是順帝至正十二年，朱元璋已十九歲了；秀英姑娘胸前的潰爛，經元璋拿藥來給她搽著，早已好了，只是乳上永遠留著一個疤痕，也算是將來的紀念。

其時，朝廷奸相撒墩當國，只知道剝吸民脂；那班百姓天天負著苛稅重捐，弄得走投無路，大家只好落草做強盜。因此，徐州芝麻李、山東田豐、蘄州徐壽輝、僮州崔德、道州周伯顏、台州方國珍、泰州張士誠、四州明玉珍、穎州劉福通、孟津毛貴、沔州倪文俊、池州趙善勝，這幾處著名的盜寇，都紛紛起事；群雄互相爭兢，大家佔城奪池，把一座元朝的山河，給瓜分得四分五裂了。

講到元代的稅賦，要算鹽斤最重了；朱元璋的舅父郭光卿，本做著鹽販的首領，凡滁州地方的鹽販，都要從他門下經過的，故此，他手下的徒子徒孫也有幾千，專幫著光卿販鹽。

國家對於鹽捐，原視作大宗的收入；元朝在世祖忽必烈的時代，經理財家安不哥提議出來，直傳到順帝手裏，正當上下搜刮的時候，怎肯輕易放過呢？官吏對於販鹽的越是嚴厲，人民也越是要私運，私運的既多，一經給官廳捕獲，處罪也就愈重；郭光卿做著這生涯，叫作「將軍難免陣上亡」，他的徒子徒孫被官廳捉去治罪的，也有不少的了。

有一天，郭光卿運著幾十艘的鹽船，駛過鳳陽地方，被鳳陽的守備李忠孝得了消息，便帶了五六百個兵丁，把幾十艘鹽船一併扣留了起來；光卿吃了一個虧，心裏已是十分的憤怒，好在鳳陽和滁州差不了多少路，便星夜趕回滁州來，將鹽船被扣的事，對鹽販們宣佈了。

眾人聽說，個個怒不可遏；當下，郭光卿首先說道：「現在的國家，稅賦這般的重，叫咱們小民能夠負擔得起的嗎？這事，非想一個萬全之策；咱們口裏的食物給貪官污吏們奪完了，將來勢不做餓殍不止。」

光卿話猶未了，眾頭目中，一個叫耿再成的，高聲大叫道：「官吏既要咱們的性命，咱們自不能不保護自己；現在依我的意見，今天晚上，我們就殺進滁州去，奪了軍械，再連夜殺到濠州，把鹽船齊奪了回來，豈不比坐著受罪和受罰要好得多嗎？」

光卿見說，便躊躇道：「這是滅族的事，關係未免太大了，倒要大家仔細商量一下子呢。」

只見頭目郭英、吳良，齊聲說道：「郭首領不必過慮，咱們現有一個辦法在這裏，不曉得首領可能辦嗎？」

光卿忙問甚麼辦法，郭英指著吳良說道：「咱們吳大哥有個結義兄弟，姓郭名子興，現在離此十里的牛角崖落草，手下也有一千多人；他平日很有大志，咱們去邀他前來，舉他做個首領，索性大做起來，成王敗寇，轟轟烈烈幹它一場兒，首領以為怎樣？」

光卿聽了大喜，道：「你們有了這樣的機會，何不早說呢？」於是立時著吳良前去，請郭子興下山共同舉義；吳良匆匆地去了。

這裏，郭光卿就和郭再成、郭英、謝潤、鄭三等一干人，暫時在鹽篷裏休息；當時的鹽篷，和兵營差不多，都是鹽梟居住的。誰知光卿他們商議的時候，因事機不密，被一個州尹衙門裏聽差的趙二聽見，慌忙趕到滁州，去州尹署中告密；州尹陳桓聽了這個消息，大驚道：「那還了得嗎？」忙叫打轎，黑夜裏來謁見滁州參軍陸仲亨。

仲亨也不敢怠慢，立時點齊本部人馬五百名銜枚疾馳，飛奔來到城外，把鹽篷四面團團圍住，兵丁發一聲喊，大刀闊斧殺進篷去；郭光卿從夢中驚醒過來，看見篷外火把燭天，人聲嘈雜，忙跳起身來，就架上抽一杆大刀，奔出篷門時，劈頭正遇著官兵。

光卿知道洩漏了消息，便仗著一口大刀，如猛虎般殺將出去，被他砍開一條血路，衝出了鹽篷；只見鄭三的屍首已倒在那裏，光卿這時已顧不得許多，要緊逃脫了身，好去照料家中。才走得十幾步，瞧見官兵圍著郭英，仲亨執著長槍，親自來戰郭英，因寡不敵眾，看看很是危險；光卿便大喊一聲，大踏步趕將上去，幫著郭英力戰仲亨。

正打得起勁，忽然橫空飛來一刀，恰砍在光卿的臂上；光卿「哎呀」一聲，刀已撇在地上了。仲亨抽個空，一槍向光卿面上刺來，光卿閃身躲過；不提防腦後又是一刀飛來，把光卿的頭顱砍了下來。郭英見首領被殺，無心戀戰，虛揮一刀，回身便走；陸參軍指揮兵丁，自己策馬追來，郭英回馬，且戰且走。

沿途遇著了耿再成和謝潤，也都殺得滿身血污，郭英便告訴他們，首領已被殺死，耿再成也說鄭三戰死了；三個人聯在一起，耿再成道：「咱們事已至此，有心鬧糟了；但不知郭首領的家怎樣了？」

郭英見說，接口道：「咱們且趕到首領家裏去，那時再召集弟兄們；等待吳良回來，替首領報仇就是了。」

謝潤連說有理，回頭見官兵已不來追了，只吶喊著在鹽篷中捕人；耿再成和郭英等，趕到郭光卿家裏，卻見門戶大開，牆壁頹倒，屋中已靜悄悄的。三個人走到裏面瞧時，內外不見一人，什物也拋得雜亂，箱籠顛倒；那些細軟物件好似被盜劫一般，都掃蕩得乾乾淨淨。

這時又在夜裏，連問訊都沒處問的；幸虧郭光卿家裏一個老僕，慌急中躲在門後。他見了郭英和耿再成，認得是主人手下的頭目，便走出來垂著眼淚，告訴郭英；才知州尹陳桓帶了親兵，把光卿家中的大小都捕捉去了。

郭英大叫道：「這賊子竟如此狠心，待我捉著他時，必須碎屍萬段，才出我胸中的惡氣哩！」

耿再成道：「我們現在到什麼地方去落腳呢？」

謝潤道：「吳良還不回來，咱們就找吳良去。」三人議定，吩咐老僕管著門，便出門往牛角崖去。走到林外，聽得金鼓連天，好似大隊人馬在那裏廝殺；那參將陸仲亨殺敗了郭英等，正在搜捕同黨，猛聽得鼓聲大震，火把齊明，大隊的嘍兵奔殺過來，仲亨便捻槍列陣相持。嘍兵早趕到面前，當頭一員大將，黑盔黑甲烏騅馬，手提宣花大斧，威風凜凜，望去似天神一般；仲亨欲待問時，那大將舞起大斧，直奔仲亨，仲亨挺槍擋住，戰不到五六合，仲亨抵敵不住，勒馬便走。

那大將馬快，趕上來抓住仲亨的衣甲，一把拖下馬來，被嘍兵活捉了；官兵見主將遭擒，紛紛棄械逃命，後面嘍兵追殺，喊聲連天。郭英等也趕到，見馬上那黑將一把大斧，舞得像飛龍似的，殺得官兵走投無路，耿再成不禁暗暗喝采；忽聽東南角上鼓聲又起，火光明處，出現一隊人馬。帥字旗飄展，正中一位大將，左有徐達，右有湯和，原來是郭子興領了嘍兵親自來到；前面引路的，正是頭目吳良。

郭英大喜，忙和耿再成、謝潤等，齊迎將上去；大家相見過了，郭英把光卿、鄭三戰死，以及家屬被捕的事，細細說了一遍。吳良聽說郭光卿死了，不免嗟歎一回；那黑將已把官兵殺散，綁陸仲亨來見郭子興，子興叫和郭英等相見，才知黑將叫胡大海，郭英又和徐達、湯和等通了姓名。

這時，大家齊集在一起，吳良進言道：「咱們既到了這個地方，且不要休息，不如趁勢攻破了滁州；有了立身之地，就容易做事了。」

只見胡大海高聲說道：「小弟願殺滁州去，捉了那州尹來獻上。」

郭子興說道：「且慢性急，大家計較好了再說。」

胡大海氣憤憤地道：「還議甚麼？總是廝殺就是了。」

子興說道：「如廝殺時，自要你去，此刻卻用不著你多講。」胡大海聽了，便噘著嘴站在一邊。

耿再成獻計道：「現放著一個好機會，得滁州真如反掌。」

子興忙問甚麼緣故；再成道：「咱們擒住的那個參將，只要說得他投降咱們，叫他去打開城門，滁州不是垂手而得嗎？」

子興連說不差，便令嘍兵推上陸仲亨來；子興親給他解縛，一面安慰他道：「部下人無知，得罪了將軍，真叫我心不安。」

胡大海見子興放了仲亨，便來爭道：「咱們好不容易把他捉了來，為什麼輕易釋放他呢？」說得陸仲亨十分慚愧。

子興忙喝道：「亂世英雄，勝敗常有；我們將來要共圖大事，你這黑廝懂得甚麼！」當下喝退了大海，邀仲亨上坐，置酒相待；郭英、耿再成做著陪客。

席間，耿再成望著仲亨說道：「現在天下大亂，人人可得爭雄；看將軍一貌堂堂，怎麼不自圖立身，卻去給蒙人盡忠？彼非我族類，佔我漢人天下，百姓個個切齒痛恨；咱們何不趁此棄暗投明，他日匡扶真主，博得個蔭子封妻，流芳千古，不是要比幫著異族要勝過百倍嗎？」

仲亨聽了，起身拱手道：「非足下一言，我卻見不及此，今天真令我茅塞頓開；倘蒙收容，盡願效命帳下。」

子興、耿再成見說，不覺大喜道：「得將軍這樣，可算是人民之幸了。」郭英忙道：「事不宜遲，咱們就進行吧！」於是即刻點起兵馬，叫陸仲亨做了前鋒；後面郭子興的大隊緩緩隨著。

到了滁州城下，天色已經微明，只見城門緊閉，城垛上密佈刀槍；仲亨一馬馳到城下，高聲叫道：「我已回來了，快開城門！」城上兵士認得是本城參將，忙來開了城門，仲亨領兵入城；郭子興的大隊也一擁而進。陳桓這時還在署中，得報後，還想往後衙逃時，嘍兵已圍住縣署，見一個捉一個；把陳桓的一門，都繩穿索縛地捆了起來。

郭子興進了縣署，一面令耿再成出榜安民；郭子興便親坐大堂，叫把陳桓推上來，訊問滁州倉庫。陳桓直立在階下，只是一言不發；子興大怒道：「你平時索詐小民，今日還敢倔強嗎？」說罷，喝令左右推下去，重打五十大棍。

左右正要動手，忽見一個少年掩面哭上堂來，道：「我舅父郭光卿一家，被他弄得家破人亡，舅母李氏驚死在路上；現在所有人口，都被他監禁起來，就是家私什物，也給陳桓搜刮得乾乾淨淨，還求首領替我舅父報仇。」說畢，又大哭起來。

子興問那少年是誰，郭英答道：「他便是郭光卿的外甥朱元璋。」

子興見說，細瞧元璋龍眉鳳眼，相貌不凡，心中已有幾分歡喜；因對元璋說道：「你不要悲傷了，

我是你舅父的好友，那仇自然要報的；你且安心在此，我決不會虧待你的。」說著，令嘍兵去監中，放出郭光卿的家屬來。

元璋見著，除舅母李氏已驚死路上外，婢僕人等一個也不少，只不見了馬秀英姑娘；問那僕人，回說沒瞧見，元璋嗟歎了一會，心裏非常地掛念。

原來，當陳桓帶領親兵去捕捉郭光卿家眷的時候，元璋被人驚醒，一骨碌跳起身來；起初還當是盜劫，及至見了官兵，知事不妙，也顧不得秀英姑娘了，便飛快跑到天井裏，推倒一堵磚牆，黑暗中往荒地上逃走。所以，郭英到光卿家裏時，見牆也倒了，卻是元璋推倒的。

元璋既逃出虎口，在樹林裏躲到天明，便去打聽他舅父犯罪的緣由；有曉得情形的鹽販，把郭光卿私通大盜圖劫縣城的話，說給元璋聽了。元璋聽得舅父已被官兵殺死，就痛哭了一場；又聞得光卿手下的頭目，已借兵來佔了縣城，所以趕進城來，哭到堂上要求報仇。郭子興答應了，就命元璋在縣署裏住下；元璋把光卿的家屬安頓了，又去尋著他的屍身，便在滁州安葬。

那郭子興因訊問陳桓得不著實供，便將陳桓用亂棍打死，一面和徐達等計議進取濠州的計策；元璋聽了，便來見子興道：「濠州是我的本鄉，首領如派兵進攻，我願做嚮導。」子興大喜，立命徐達、湯和、胡大海、郭關等四人，領兵一千，同了朱元璋去襲取濠州。

兵馬到城下時，濠州州尹黎天石和守備張赫，親自督兵守城；徐達令兵士攻了一天，絲毫也得不到便宜，那城上矢如飛蝗，反傷了好多兵丁。徐達和湯和相商議道：「鳳陽這些小城尚不易得手，將來怎樣幹得大事？」

湯和還不曾回答，元璋便進言道：「鳳陽（濠州）城池雖小，卻築得十分堅固；萬一久延時日，他們救兵一到，我們就要眾寡不敵，眼見得不能成功了。」

徐達點頭道：「這話正合我意；但那郭頭領原叫你來此做嚮導的，不知你可有什麼辦法？」

元璋答道：「以我的愚見，此城非裏應外合不可，然一時卻沒有內線；昨日我巡視周圍，見西堞最低，可以爬過城去。待我扮作西番僧的模樣兒，攢進了城，那裏西覺寺的主持，也和我認識的；到了那時，組織起和尚兵，將城門偷開，大隊就好進城了。」

徐達說道：「法子倒還不差，只是危險一點；本來他們出家人是最膽小的，倘將這事前去告密了州尹，你的性命不是難保嗎？」

元璋沉吟了半晌，道：「城內的西覺寺，本是鍾離村皇覺寺的分寺；從前我在皇覺寺裏的時候，知道混進西覺寺中，很有幾個有膽力的和尚，但不識他們的心意怎樣。現在等我進了城，再隨機應變吧！如果能夠成事，我把書綁在箭上射下來；三天之內如沒消息，你們再預備攻城就是了。」徐達應允，只叫元璋小心從事。

當下元璋就回到營後，選了一匹快馬，直奔到鍾離村的皇覺寺裏，見過了方丈悟心，匆匆寒喧幾句，便向悟心要了一套憎衣和鞋帽之類，立時在寺中改扮起來；元璋的身體是很魁偉的，扮起來，倒極似一個西番和尚。元璋打扮停當，在寺裏休息一會，看看天色晚了，便上馬逕奔城下；離城約半里多

路，棄了那匹馬，悄悄地來爬城牆。

其時，城裏防備得極為嚴緊，各門上都有兵丁守著；元璋才得上城，已被兩個兵士捉住，立刻上了綁，擁著去見指揮官。只見一位指揮官，面貌似曾相識，便喝問元璋道：「你這和尚，不是來此做奸細嗎？」

元璋見問，卻顏色不變地答道：「小僧是鍾離村皇覺寺的和尚，到城內西覺寺來探望師傅的；實不敢做奸細。」

那指揮官望了元璋一眼，道：「你可姓朱嗎？」

元璋應道：「正是！」那指揮官笑了笑，吩咐兵丁們把元璋釋放了。

那旁邊一個指揮官說道：「他雖是和尚，夤夜偷進城來，恐也不是個好人。」

先前的指揮官接口道：「這和尚是我同村人，為了家貧，才出家做了和尚；他們出家人是慈悲為本的，任他去吧！」

元璋見有人放他，忙稱謝了聲，回身逕往西覺寺去；他一路走著，想起那個指揮官，原來是幼年時代看牛的同伴。

元璋到了西覺寺，那方丈名叫悟性，是悟心的師弟；見元璋前來，便留他在寺中安息，一宿無話。

第二天，元璋打聽得城中苦旱，百姓令西覺寺裏的眾僧求雨，後天要把龍王舁出來巡行；元璋得了這個好機會，他也不和寺僧說明，到了晚間，便把信縛在竹竿上，擲出城去，信裏說明次日午前舉事。

到了龍王出巡這天的清晨，已有許多百姓來西覺寺裏拈香；及至晌午，眾人便抬了龍王，寺裏的和尚跑著，沿路鐃鈸喧天，朗誦佛號，元璋也夾在裏面。將過西門的當兒，元璋忽然大嚷道：「強盜殺進城來了！」一面嚷著，抛去了手裏的法器，竟來開那西門。

那些百姓本如驚弓之鳥一樣，聽了朱元璋的話，大家吃了一驚；見元璋去開城門，還當強盜從後邊殺來了，大眾一擁上前，幫著元璋去開門逃走。守城的兵丁一時人多阻攔不住，有幾個已給眾人打倒，西門早已大開；那外面徐達的兵馬吶喊一聲，爭先衝進城來，眾人開了城，原想逃命的，這時，見強盜從對面殺來，連連叫苦不迭，各人似沒頭蒼蠅般的，四散亂逃。

只苦了西覺寺的一班和尚，棄了龍王，沒命地逃走；逃得慢的，則被徐達的兵丁砍了腦袋。百姓裏面有幾個落後的，瞧見元璋去開那城門，放進強盜來，便一路連逃帶喊：「強盜殺進來了，奸細是和尚！」

縣尹黎天石和張守備正在南門巡城，聽得西面喊殺連天，知道西門有變，忙領了一隊兵丁，往西門趕來；見百姓們喊著「奸細是和尚」，兵丁們一見和尚就砍，可憐西覺寺裏逃得性命的和尚，都被官兵殺了。守備張赫首先趕到了西門，劈頭正遇著胡大海，兩人交馬，只一回合，就被胡大海一斧砍落馬下，官兵紛紛逃走；黎天石見勢頭不好，忙開了東門落荒逃命去了。

這裏徐達得了鳳陽，便飛馬報知郭子興，子興令耿再成和謝潤留守滁州，自己帶了吳良來到鳳陽；見了徐達、湯和等，再三地嘉獎了一番，便命開起慶功筵宴。徐達在席上，將破鳳陽的功績歸給了朱元

璋，說他膽粗心細，確是能幹；郭子興大喜，就加元璋做了領兵的隊長。

這一天，諸將都歡呼暢飲；席散之後，朱元璋記起借來的僧衣僧帽，便包裹好了，親自送到皇覺寺，要去還給悟心。恰巧徐達、湯和、郭英、胡大海、吳良等幾個人，也在城外散步，他們見了元璋，便問要到甚麼地方去；元璋告訴他們還衣帽的緣故，湯和笑道：「咱們橫豎沒事，聽說皇覺寺有漢鍾離的遺跡存著，此刻就去玩耍一會兒吧！」

胡大海接口道：「很好，很好，我在這裏正悶得慌，大家一塊兒玩去！」徐達點點頭，於是一行六人，一齊往皇覺寺來。

到了寺裏，元璋把衣帽還了悟心，陪著徐達等閒遊了一會，別了悟心，走出皇覺寺；看看天色很早，六個人信步向那村東走去。出了村口，只見碧禾遍地，流水潺潺，一片的野景好不清幽；徐達不覺歎道：「人生朝露，天天奪利爭權，不知何時才得優遊林泉，享終身清福哩！」

湯和見說，也點頭道：「可不是嗎?世人庸庸擾擾，無非為的是名利兩字；不過沒人看得穿罷了。若能知道結果，撒手西歸時，一點也帶不走的，何必拚命地去爭呢?」

胡大海聽了這些話，便不耐煩起來，道：「你們好好地散步，怎麼說出那酸溜溜的話來，叫人好不難受！」

湯和笑道：「胡兄弟是直爽人，喜歡談廝殺的，我們就講廝殺給你聽吧！」

胡大海高興起來，道：「那麼快講給我聽！」

元璋見胡大海憨得可笑，便也插口道：「廝殺的故事多著哩，你喜歡聽那一朝的？」

胡大海把大拇指一豎，道：「我最高興聽的是殺賊，那一朝殺賊最多的，就講那一朝。」

元璋正要回答，忽聽得遠遠地金鼓震天；徐達遙指道：「胡兄弟，那裏正在那裏殺賊呢！」

眾人見說，隨著徐達指點的地方望去，果然見塵土蔽天，喊聲不絕；湯和詫異道：「那裏怕真有了戰事呢！」

說時，恰巧有一個鄉人，擔著鐵鋤走過來；胡大海便迎上去，不問甚麼，將那鄉人一把拖住，道：「那邊可是殺賊嗎？」

鄉人給胡大海臂上一拖，痛得似殺豬般直叫起來；湯和忙走過去，叫大海放了手，向那鄉人賠禮道：「我們這兄弟是莽夫，因此得罪了尊駕，慚愧得很。」

鄉人一邊說不打緊，兀是直著臂膀，連連皺著那眉頭；湯和安慰了那鄉人幾句，便問：「那裏為甚有喊聲，可是廝殺嗎？」

那鄉人搖搖頭道：「不是廝殺，那邊叫白楊村，村中有練著防盜的民團；近來新聘來一位教師，這時正在操演哩！」

湯和聽罷，謝了那鄉人一聲，回頭來埋怨大海道：「他是安分的村民，又不是大盜，經得起你把他一拖嗎？下次不要再這樣得罪人了。」

大海噘著嘴道：「我又不曾用力，是他自己骨頭太嫩了，倒反怪別人哩！」

這一句話，說得徐達、郭英等齊笑了起來；當下，六個人便向白楊村走來。到了村口，早望見一片大校場，場裏排列著五六百個團丁；走近校場瞧時，卻見一個紅臉漢子，正演著鐵盾的戰術。

第十三回　朱元璋

朱元璋和徐達、湯和、胡大海、郭英，吳良等六人，走到白楊村，來看民團的操演；到了村中的校場裏，只見五六百個團丁一字兒排著。他們的手中，右執著單刀，左手握著一面鐵盾；正中立著一個紅臉大漢，也是一手刀、一手盾，在那裏朗聲說著用盾舞刀和遇敵抵禦的法子。

大概那紅臉漢，便是剛才鄉人所說的，就是新聘來的教師了；那紅臉漢把用法說明了，便演試給一班團丁們瞧。但見他先把刀一擺，將盾向自己身上一遮，一個翻身滾在地上，忽地又立起來；這樣的刀盾齊施，條上條下，真是神出鬼沒。

到了後來，只看見刀光閃閃，盾聲呼呼，紅臉漢子的人已瞧不見了；大家看得眼花繚亂，不由得齊齊喝一聲采。聲未絕處，猛聽得砉然的一響，那張盾便覆在地上，一動也不動；看紅臉漢子時，卻不知那裏去了，卻見盾旁的四周，刀光霍霍的閃著。

似這般地過了半晌，才見紅臉漢子提了盾直跳起來，向著眾團丁說道：「這一個解數，叫作狡兔拒鷹。施展的當兒，必至遇見了馬上的敵人英勇，自己力不能敵，才用這個法兒，砍他的馬足；他馬足一受傷，人自然墜下來，那就容易對付了。」

眾團丁見說，唯唯聽命，把觀看的一班人看得吐出舌頭來，半晌縮不進去；胡大海忍不住高聲喝著采，這一喝好似晴天起了巨雷，將眾人嚇了一跳。那紅臉漢也十分注意，便向著胡大海瞧了兩眼；徐達埋怨大海道：「你可見人家留心你嗎？照你這樣的莽撞，早晚要鬧出事來呢！」

胡大海笑道：「我喝采是說他好，又不曾說他壞，卻瞧我做甚麼？」

說著，只見那紅臉漢子已走了過來，笑著對徐達拱手道：「你們幾位，似從外鄉來的；我這裏備著半杯兒淡茶，請諸位到裏面稍坐一會。」說時，便邀了徐達、胡大海兩人，那紅臉漢卻在前引道。

徐達那時不好推辭，只得隨著紅臉漢，走向村莊中來；回頭望著胡大海說道：「如何？不是被你弄出事來了嗎？」

胡大海見素不相識的人，來邀他進去喝茶，不知是好是歹，知道是自己的喝采鬧出來的，便低著頭不得作聲；後面湯和、郭英等，見徐達、胡大海跟那紅臉漢前去，也不識是吉是凶，四個人就慢慢地跟著他走。

不一刻，已到了一座莊院裏，莊院的四周掘著一條護莊河；莊中危樓高聳，綠樹蔭濃，正中一條南道，兩邊栽著一排兒的柳樹。徐達、胡大海隨那紅臉漢走過了護莊河，漸漸到了莊前；只見大門兩旁，放著密密的刀槍，一字兒的長凳上，坐著幾十個關西的大漢，一個個雄赳赳、氣昂昂。

他們見了紅臉漢子，便齊齊地站立起來，暴雷也似的唱了一個喏；紅臉漢子向大漢們略略點頭，便回頭來，讓徐達和胡大海先行進了莊門，紅臉漢子自己隨後也進了莊院。大家到了草堂中，紅臉漢邀徐達、大海坐下，莊丁一面獻茶，那紅臉漢卻徐徐地向徐達問道：「足下莫非是郭子興首領部下的徐先鋒嗎？」

徐達見問，不覺吃了一驚，道：「小可正是徐達，不知壯士於何處見過？」

那紅臉漢微笑道：「小子姓常名遇春，祖居濠州懷遠人；昔日在濠州城中的酒肆裏曾見過一面，後來匆匆各分東西。現聞得你們將有大舉，此次已奪取濠州；小子聽了，也很有此志，但一時不敢貿然相投，正在這裏候著機緣。」說時，又指著胡大海道：「剛才聽得這位黑壯士的喝采聲，一眼瞧見了足下，覺得很是面善，所以冒昧相邀；但不識黑壯士尊姓大名？」

徐達答道：「這是我的義弟胡大海。」

常遇春聽了，忙問道：「莫非是那年打武場的胡壯士嗎？」

徐達點首道：「一點也不差，他正為了這件事，才投在郭首領的部下呢！」

常遇春說道：「聽說你們是領兵來的，為甚麼卻這樣閒暇？」

徐達見問，便將自己同了諸將士出城散步的話，大略說了一遍；常遇春笑道：「你們幾位幸而遇見小子，不然給莊中人瞧出了行跡，只怕此刻未必能夠脫身哩！」

徐達大驚道：「這是為何？」

遇春大笑，道：「足下不聽見路人傳說嗎？這個莊裏練著民團，是專門防備鄰縣盜寇的；你們倘被莊民認出來，豈不要為難呢？」

徐達恍然大悟道：「非壯士一言提醒，我幾乎忘記自己是甚麼人了。」

正說著，忽聽莊外人聲鼎沸，似有人在那裏廝打，常遇春忙趕將出來；過了半晌，便領著朱元璋、郭英、湯和等進來，笑著對徐達道：「你們還有四位同伴，為甚麼留在莊外？倒說莊裏人把二位宰割著哩，因此和莊丁們鬧了起來。」

徐達也忍不住好笑，郭英等見徐達和胡大海沒事，氣也就平了下去；於是由徐達給常遇春，將元璋、湯和、吳良、郭英等一一通了姓名。

常遇春大喜道：「今天無意之中，倒好算群雄聚會了！」說罷，吩咐莊丁立時擺上筵席；常遇春讓徐達等入了席，自己便在下面相陪。

胡大海一見了酒，也不管三七二十一，早一觥觥地大喝大吃起來；徐達笑著向常遇春說道：「我這位胡兄弟是個莽夫，不免被壯士見笑。」

常遇春也笑道：「大家一見如故，似胡壯士般的是快人！」說著，便你一杯我一杯的，也都歡笑暢飲。

徐達在席上談起常遇春的鐵盾本領來，不禁讚歎一回；原來常遇春的盾法，是祖傳的絕技。他一手施刀，一手執著盾，無論你是一等好漢，終要吃他的虧；因此到了對敵的當兒，他盾可以護身，刀能夠砍人，手腳齊施，真可算得軍械中的一件利器了。還有最後的一個法子，是用力一使勁，能把人躲在盾內，敵人如走近去，他就用刀削足，這一下子，就是常遇春在校場中演過的，叫作狡兔拒鷹；但別人要想學他，卻是萬萬辦不到的。

那時，徐達在白楊村裏，經常遇春留著他們歡飲，大家直吃到月上黃昏，才酒闌席散；又講了些閒話，徐達等便辭過了遇春，回到濠州城內。一宿過了，第二天，徐達令吳良往白楊村，請常遇春來赴宴；不一會，遇春和吳良到了，就排起席來，大家入座。

這一次可不比在白楊村了，自沒什麼猜忌，更吃得較那天高興；常遇春飲了幾杯，便起身告辭，徐達阻攔道：「我們還不曾細談，為什麼趕緊要走？」

常遇春道：「今天我們鄰村的莊主方子春，他女兒柳方娘，在梵村店開擂臺招婿，清晨有請柬來的；我們相約是守望相助的，所以不能不去。」

胡大海見說，便擄拳擦臂地說道：「常大哥說的不是打擂臺嗎？我們就同去瞧瞧如何？」

徐達一面邀常遇春坐下，笑著說道：「時候還早呢，我們胡兄弟既說要去，等一會兒大家一塊去。」

常遇春也笑道：「那是最好沒有了。」於是眾人又飲了幾觴，一齊離席；徐達叫兵士們備過了七匹馬來，和常遇春等上了馬，飛一般地往著梵村走來。

到了村口，徐達對常遇春道：「我們只作看客，不必進莊去，足下但請自便吧！」

常遇春見說，只得獨自走進莊中，自有莊主方子春和他兒子方剛，把常遇春迎了進去；這裏徐達一行人，慢慢地走入村來。早見梵村的正中搭著一座七八尺高的擂臺，台下那些瞧熱鬧的人，已擠得水洩

不通了；胡大海嚷道：「那裏已經開擂了，我們到台前去瞧去！」說時，只往人叢中直鑽進去。一班閒人正在大家擁擠著，大海走進去，把兩手一揮，已推倒十幾人，有幾個跌在地上的，險些兒連頭也踏破了；徐達忙上去，把大海喝住道：「似你這樣的粗暴，又要闖出禍來哩！」大海聽了，這才立著不動。

大家看那擂臺上時，卻是方莊主的幾個徒弟在那裏打著玩耍，因為開擂臺的時間還不曾到，幾個管臺的徒弟一時高興起來，就在臺上練一會功夫；但見一個使刀，一個使槍，兩人在臺上較量著，雖說是練著玩，卻都有家數。

胡大海看得技癢，便回頭對郭英道：「我們也上去練一趟吧！」

郭英還沒有回答，徐達忙攔住他，道：「他們在那裏玩著，又不是真的廝打；你上去倘惹出事來，或是被你打壞了，那又算甚麼呢？」胡大海見說，只好站在一邊。

過了好半晌，忽聽看的人大嚷起來，眾人忙看時，只見莊主方子春同了他兒子方剛，親送方柳娘到擂臺上來，後面的卻是一騎馬，馬上坐著一個豹頭環眼的紅臉大漢；徐達見是常遇春，便只作不認識似的，並不向他打招呼。

那方子春和兒子方剛、女兒柳娘到了台下，看臺的徒弟們過來架了小梯，由方剛先行上臺，柳娘便跟在後面；方子春回過身，邀了常遇春，到對面的看臺裏坐下，莊丁們便獻上茶來。常遇春一面和子春閒談，兩眼不住地瞧著擂臺上。

這時擂臺上面，方剛和柳娘分著東西坐下；方剛便向臺下說道：「今天是咱們開擂臺的第一天；咱們擺擂臺的原因，是為了一件婚事起見。」說時，手指著柳娘道：「這是舍妹柳娘，幼年的時候，也曾跟著我父親練過幾套拳腳；現在我父親要替她招婿，她便設誓，若有人能打她一拳或踢她一腳的，才肯把終身託付。我父親拗不過她，便設下擂臺來徵選人才；諒臺下不少四海英雄，倘願上臺比試的，萬望舉足留情。」

方剛說罷，向大眾拱了拱手，仍去坐在椅上；其時臺下的人挨來擠去，擾攘得一片的人聲。眾人正在議論紛紛的當兒，早見一個少年壯士，頭帶著武生巾，足登著麻鞋，穿一身緊靠子；只見他縱身一躍，已輕輕地跳到了臺上，向方剛哈了哈腰，道：「我來陪你練一趟兒。」

方剛見說，便慢慢地站起身來，柳娘也走入了後臺；看臺的忙掇去了椅子，兩人就在臺子上交起手來。鬥到緊急的時候，那少年壯士飛起一腳，恰被方剛接住，順手一托，少年壯士立不住腳，噗的跳落台下；一班瞧熱鬧的人，不禁齊聲大笑了一陣，那少年壯士紅著臉兒，往人叢中一溜煙走了。眾人笑聲未絕，又有一個莽漢跑上臺去，也被方剛打敗了；一連三四個人都是如此。

那時，把臺下的胡大海瞧得眼中出煙，便大嚷一聲，直奔到了臺下；徐達待要去阻擋時，已是來不及了。只見大海大踏步上了梯子，也不客氣半句話，足才踏到臺上，就是一拳向方剛面上打去；方剛慌忙用手來抵禦，大海卻已回頭便走。

臺下的人只當大海是懼怯，又齊聲大笑道：「似這般沒用的人，也敢上臺打擂了。」

話猶未了，那方剛不捨，從後面來追大海；猛見大海回過身來，施展一個黑虎透心勢，提起左拳，又是一拳往方剛打來。方剛正待解脫來拳，說時遲那時快，大海的拳頭並不真個打去，他那右足已隨拳踢出；方剛見他拳足齊至，急急地向左邊趨避，不提防大海飛起左腿，盡力一腿，把方剛從臺上真踢到台下，倒在地上爬不起來了。

大海施的這一下解數，叫作環步鴛鴦腿；他起先的一拳，回頭便走時，原是誘敵的法子。敵人若追上去，他就回步過來，揚手一拳，敵人只顧著上三路的來拳，想不到他的右足踢來；那知右足才起，左足繼到，任你身手怎樣的敏捷，一時終來不及避去。那《水滸》中的武松打蔣門神，便是這個拳勢。施展的人，非具有真功夫，不敢亂用；有了真功夫的人，不遇到勁敵也不肯輕使的。這種把式，本是拳家的秘傳，方剛那裏識得，因此吃了胡大海的大虧。

那些臺下的人，又不約而同地喊了一聲：「好！」方子春見他兒子跌下臺，心裏很是著急，忙叫莊丁去攙扶方剛起來。那臺上的方柳娘，見她哥哥被大海打落，頓時芳容變色，蛾眉豎起；便一手卸了外氅，露出一身大紅的衣褲來，襯著她那嬌嫩的粉臉，愈顯得嫵媚英武了。

當下，那柳娘姍姍地走出擂臺，也不打話，飛拳就往胡大海打來；大海見她是個女子，越發不把她放在心上了。誰知柳娘的拳腳很精，不到幾個翻身，大海的臂上已著了一拳；兩個照面後，又被柳娘踢著一腳，幸得大海忍得住疼痛。

雙方相持了一會，柳娘卻啪的一掌，正打在大海的臉上，聲音很覺得清越；打得大海性起，七竅中火星直冒，便牛吼般地伸手抓住柳娘，那柳娘卻忽東忽西地躥來躥去，身體好似猿猴一樣，弄得大海捉摸不定。

這時，大海已累得滿頭是汗，徐達等一干人深怕他受虧，暗暗地替大海著急；那邊的常遇春，也代大海捏著一把汗，只有方子春心中卻很是喜歡。

大海已惱怒萬分，恨不得把柳娘也擲下臺去；那時大海真急了，忽然地急中生智，故意賣一個破綻，任那柳娘一拳打將來，大海卻引身躲過。柳娘撲了個空，身體兒一傾，險些兒立足不穩；忙收回那個拳頭時，纖纖的玉腕已給大海一把握住。

柳娘拼命地要想掙扎，還有一隻手捏著拳頭，似雨點般向著胡大海亂打；大海卻好似不曾覺得，只是抵住不放，柳娘被他捏得痛不可忍，不由得「哎呀」一聲叫了出來。方子春深恐女兒受傷，慌忙奔到台下，將手亂搖道：「算了吧，算了吧！請壯士放著手，老漢替壯士賠禮就是了！」

徐達、湯和、郭英、吳良、元璋，以及常遇春等，一齊叫著住手，大海才放了柳娘；只見柳娘已粉汗盈盈，桃花泛面，含羞答答地退入後臺去了。

方子春一面請胡大海下臺，笑著拱手道：「壯士果然英雄，寒舍離此不遠，有屈大駕賁臨。」

大海答道：「你去問我徐大哥去，徐大哥說跟你走，我也跟著你走就是了。」

子春便問道：「那裏的徐大哥？」

大海指著徐達道：「那不是我的徐大哥嗎？」

子春見徐達面如重棗，一貌堂堂，知道不是常人，忙過來邀那徐達；徐達知情不可卻，只得應允，當下和湯和、大海等一行人，隨了子春到方家莊來。

那常遇春已辭了眾人，先回白楊村去了；這裏許多看熱鬧的閒人，都隨在後面，個個說胡大海的本領高強。大家講一會，讚歎一會，這樣的一傳十，十傳百；梵村中的男男女女，都扶老攜幼地到方家莊上，來看打擂的英雄。

子春邀徐達、湯和、郭英、元璋、胡大海等到了內院，那院子裏已擠滿了人，嘰嘰喳喳的，瞧的瞧，講的講，把一座方家莊阻塞得如銅牆鐵壁一般；方子春給他們鬧得頭昏，命家丁將閒人驅出，把莊院大門關了起來，莊內才得清靜。

這時，莊丁們忙著獻茶、送點心，子春也十二分的謙恭；徐達等很覺得過意不去，和子春寒喧已畢，各人通了姓名，徐達便向子春賠禮，道：「我們這個胡兄弟，做事極其鹵莽；剛才將令公子摔下臺來，最後又得罪了令小姐，真叫我們抱歉。但不知令公子可曾受重傷嗎？」

子春見說，忙起身道：「小兒只是一點皮肉傷，毫不妨事的；列位盡可放心！」說罷，吩咐擺上宴席來。

子春親自斟酒，大家飲過了三巡，子春便停杯發言道：「老漢此次命小女設擂開拳，原含著選婿的意思，方才小兒方剛已在臺上聲明過了；現在蒙胡壯士不棄，肯駕臨垂教，老漢非常地心折。諒胡壯士中饋猶虛，老漢願將小女侍奉巾櫛，以踐前言；煩列位明公代作執柯人，不知能俯允嗎？」

徐達見說，便問大海道：「胡兄弟，可曾聽見嗎？方公現欲招你做個愛婿哩！」

大海搖頭道：「什麼愛婿不愛婿，我是不懂得的。」

元璋笑道：「那是婚姻巧合，百年夫妻，胡兄弟不要推辭吧！」

大海也笑道：「我自幼便沒了父母，又無兄弟姊妹，更不必說是夫妻了！」徐達等一齊笑起來。

湯和說道：「這樣講來，咱們胡兄弟倒是個真童子呢！」眾人聽了，不覺哄堂大笑。

胡大海道：「我是老實人，你們莫欺侮取笑我了！」

徐達正色道：「方公一片的至誠，好在你還不曾有妻室，今天我就替你作主吧！」說著，也不由胡大海分辯，伸手把大海襟上的荷包摘下來，遞給子春道：「客中沒有貴重聘物，拿這東西胡亂做個信證吧！」子春接著，便很高興地走進內室去了。

其時，柳娘已從擂臺那裏回來，子春和他夫人商議了一遍，去問柳娘時，卻默默無言；子春曉得她已願意了，忙出來對徐達說道：「我看列位都是國家棟樑，將來戎馬疆場，為國自不能顧家了；依老漢的愚見，趁著今晚良辰吉時，不如今胡壯士和小女成了婚吧！」

湯和、郭英、吳良等，齊聲說道：「這話很有道理，咱們大家喝胡兄弟一杯喜酒哩！」

徐達卻躊躇道：「只怕郭首領責怪吧？」

元璋說道：「這又不比臨陣娶婦，和背命擄豔是不同的，有甚見怪？」

徐達恍然道：「那就這麼做去就是！」

方子春聽了大喜，立刻囑咐莊丁們去籌備起禮堂來；不到一會工夫，方家莊上早已掛燈結彩，鼓樂齊鳴，華堂上紅燭高燒，氍毹鋪地。他們鬧得一天星斗，胡大海兀是矇在鼓裏；徐達和朱元璋等，也不和大海說明，待至黃昏時刻既到，徐達便叫大海放了酒杯，督促他更換吉服。

大海不知就裏，迷迷糊糊地穿上，由湯和、吳良等，擁著大海到了堂前；那紅氍毹上，早立著盈盈的一位玉人。楊和等推著大海和那玉人並立交拜，這時的胡大海已身不自主，任他們去作弄；交拜已畢，郭英等擁著，把一對新人送入洞房，但聽得砰的一響，新房門被眾人闔上了，大家說笑著飲酒去了。

大海到新房裏面，見繡幔羅帳，妝臺衣鏡，分明是女子的閨闥；一眼瞧見床上，坐著一個錦裳繡服的人，頭上戴著一幅紅綾，卻瞧不清楚是誰。大海不覺詫異起來，向床上的那人笑道：「妳和我鬧著玩嗎？為甚麼遮著臉兒，不叫我瞧見？」

連問幾聲，不見答應，大海忍不住伸手，把那人頭上的紅綾揭去，道：「我在這裏問妳，妳為什麼不和我說話？」

大海一面說著，便低下頭去，細瞧那人的臉兒；只見她雲鬢風鬟，低垂蝤蠐，似乎十分害羞；大海頓時怔了怔，再看那女子，正是日間和自己在擂臺上廝打的女子。

大海看了，不由得怪叫起來，慌忙三腳兩步待奔出房來，那房門又是鎖著；大海心慌了，盡力地一攀，把一座房門扳倒下來，便一縱身逃出了房。七跌八撞地跑到了廳上，見徐達等人正在猜拳行令，吃得很為高興；大海就把房中的所見，對眾人講了一遍，連連吐舌搖頭地說著怪事，說得徐達等一齊好笑起來。

元璋卻忍著笑，道：「胡兄弟，你不要弄錯了，今天是你完婚的吉期，咱們還叨擾你一杯喜酒哩！」

徐達也站起來道：「快進去吧，不要誤了時辰！」說著便來推胡大海進房。

大海那裏肯進去，口口聲聲說沒有這回事，那兩隻腳已拔步往莊外逃走；徐達、元璋忙追出去，大海卻飛般似地跑得很遠了。他一口氣向前直奔，不防當頭來了一個大漢，和大漢撞個滿懷；大海便不由分說，一拳往那大漢打去。

第十四回　郭子興

胡大海和那大漢撞了一頭，心裏大怒，竟劈頭就往那大漢打去；大漢忙閃過了，便也大怒道：「你這個黑賊，自己走路不留神，反來怪著我嗎？那莫怪我的拳頭無情了！」說著，也回手一拳，兩人一來一往地在黑暗中交起手來。

這裏徐達追不上大海，便去和方子春說知，子春令莊丁們燃起火把，分作了三隊，去到村外找尋大海；朱元璋和郭英領了十幾個莊丁，直奔到西村口來。走到梵村的正西大路上，只見遠遠地有兩人在那廝打；郭英說道：「不用說了，那廝打的人，定是胡兄弟無疑。」

元璋點點頭，大家趕到了路口，正是胡大海和那個大漢，你一拳我一腳地，直打得難捨難分之時；元璋大叫：「胡兄弟和那位壯士住手！」

兩人那裏肯罷手，只管他們打著，任你喉嚨喊破，他們只作不曾聽見一樣；這時惱了郭英，便捋起了袖兒，大踏步走向前去，施展一個兩虎奔泉勢，突然地鑽將去，一個雙龍攪海，把大漢和胡大海分開在兩邊。

那大漢吃了一驚，便拱手道：「你們有這樣的能人在那裏，我門不過你們，情願服輸了。」大漢說

罷，回身便走。

元璋忙一把拖住大漢，道：「壯士請留步，咱這胡兄弟是個莽漢，得罪了尊駕，休要見怪。」

那大漢道：「事已過去了，誰曾見怪來？」元璋、郭英一齊大喜，便邀了那大漢，並同著胡大海，回到梵村來。

子春見大海已尋得，心裏早安了一半；元璋和郭英邀了那大漢進莊，令莊丁們擺起杯盤，重行開懷暢飲。席上，朱元璋問那大漢的姓名；那大漢說，姓花名雲，是淮西人，自幼曾投過明師，學了一身武藝，現欲投奔明主，因稱雄的人太多了，一時決不定方向。

元璋聽了笑道：「咱們正少花兄這樣的人物呢。」當下把郭子興起兵的事，約略講了一遍。花雲不住地點頭，又稱讚郭英剛才排解廝打時的一個家數。

郭英說道：「小弟這種劣技，又算甚麼？從前咱高祖在日，他一個翻身，雖石穴也會分裂哩！」

花雲聽說，不覺吐舌道：「怪不得這般的厲害，原來是家傳的絕技呢！」

三人正在閒話著，外面徐達和吳良等人已陸續進來；湯和一見了大海，便埋怨他道：「你這個害人精，什麼沒來由管自己逃跑了，累得人家卻尋得苦了。」

元璋笑道：「若不是胡兄弟這一跑，還遇不著這位好漢呢。」說時，便將大海和花雲廝打的情形對眾人說了，又給大家通了姓名，各人說了客套話，大家便入席共飲。徐達卻正顏厲色地把夫婦人倫的道理，再三給胡大海開導了一番；酒闌席散，重送大海入了新房，徐達、元璋等才各自休息。

但胡大海雖勉強進了房，卻連正眼也不敢向床上瞧一瞧，休說去睡覺了；他眼睜睜地坐了一夜，直挨到了天明，只得出房去，拜見了岳翁岳母，又和大舅方剛相見了，大家進了早餐，起身告別。那白楊村的常遇春，也親自來送行。

俗話說：「英雄惜英雄。」大家真有依依不忍分別之概；常遇春見當中多了一人，便問那人是誰。元璋即叫花雲和常遇春相見了，方子春要想留胡大海住幾天，大海執意不肯，只得由他了；徐達等別了方子春父子，又同常遇春等作別了，七人一路回濠州來。

郭子興見著，便問他們兩日不回，是到甚麼地方去了；徐達就將看打擂臺和胡大海成婚逃走的事，前後講了一回，引得郭子興也笑起來，道：「天下有這樣的老實人！」說著，眾人都退了出來。

郭英望著胡大海笑道：「首領說你太老實了，你起先要逃走，後來的滋味卻怎樣？」說得胡大海無地容身，那黑臉皮上隱隱顯出紫紅顏色來，忙掩了耳朵，飛也似的跑了。

從此，他們在軍中沒事的時候，總把這件事談著，把大海當他們說笑的資料；大海被他們取笑得走投無路時，就掩住了兩耳，閉著眼睛，只作沒有聽見的一樣。

其時，有徐州的盜魁趙大、彭均用二人，前來投奔郭子興；子興聞得二人的大名，忙令開大門迎接。原來，那趙、彭二人，都是李二部下的將官；李二佔據徐州，趙大為定遠大將軍，彭均用為撫靖大將軍。不料，元丞相脫脫親自帶兵來取徐州；李二本是烏合之眾，怎當得大兵的壓迫，早已四散逃走了。

李二只領了三四騎飛奔出城，在路上染了病，就死在道上了；趙大和彭均用既沒了靠山，二人無處安身，聽得郭子興在濠州起義，便來依在子興的部下。過了幾天，又有辰州孫德崖的，也領兵來投；子興凡來者不拒，一概收錄。

但趙大和彭均用兩人，素來面和心非；當初在李二部下，也為了二人鬥勁，弄得將士離心，李二因此一敗不振。現在，他二人在郭子興的部下，又發起老脾氣來了；趙大在子興的面前，說彭均用是個沒用的人，李二致敗，都因彭均用弄假成真的。

子興聽信了趙大的話，便將彭均用看待得十二分的冷淡；彭均用是個市井的無賴，豈有瞧不出的道理，便私下約會了孫德崖，要想去謀郭子興。恰巧元朝的兵馬來攻滁州，徐達等一班武將，都去抵敵元兵去了；在子興左右的，只有一個朱元璋和郭英了。

一天的早晨，忽接到城外孫德崖的請柬，邀子興去他營中赴宴；因孫德崖自投了子興，把兵馬駐屯在城外，如遇有事的時侯，由德崖進城來請命。後來德崖勢力一日大過一日，居然和子興分庭抗禮了；子興的為人，又膽小又是無用，他見了孫德崖，心裏暗暗有些害怕，今天接到了請柬，自然不敢不去。

那時，郭英在一旁說道：「孫德崖的舉動，已不似從前了，此去須防有詐。」

子興搖頭道：「我待他很推誠相見，諒他也不至於負我的。」便不聽郭英的話，逕自帶了十餘騎，到孫德崖的營中去赴宴。

誰知子興這一去，看看一天不回來，第二天仍不見蹤影；接連三四天，連消息也沒有了。急得郭英走投無路，就是子興的妻子張氏，也哭哭啼啼，只求郭英設法；郭英一時也找不出半個計劃來，只得四下裏來尋朱元璋。

元璋因新收了一個義兒沐英，便在沐英家裏住著；郭英尋覓了半天，恰巧在路上碰見沐英在前面引路，父子兩人正在遊著街市。郭英一眼瞧見，好似天下掉下一件寶貝來似的高興，忙上前招呼了一聲；同到僻靜的地方，郭英將子興被孫德崖請去，至今不曾回來的話，草草講了一遍。

元璋大驚道：「孫德崖私和彭均用聯絡，我原說要防他們有異志，首領不肯相信，現在怎麼樣了？」

郭英點頭說道：「首領不聽好言，咎由自取；但為今之計，是怎樣去救他出來呢？」

元璋沉吟了半晌，道：「我們此刻逕去見德崖，只向他要人，卻不帶許多人馬，以免他疑心準備；那時，用一種迅雷不及掩耳的手段，自然可以把首領救出來了。」

郭英道：「只要能救首領，一切聽你去做就是了。」當下元璋和義兒沐英，同郭英回到濠州署中，親自去挑選五十名健卒，備起三匹快馬；自己和沐英、郭英，都便衣掛刀，飛奔出城。

到了孫德崖的營中，德崖果然不曾防備，聽說子興的部將只領了幾十名小卒便衣來見，就和彭均用迎了出來；相見之下，認得是朱元璋和郭英，越發不把他放在心上，一面假意邀元璋等入帳中。

才得坐定，元璋便脫口問道：「咱們的首領在那裏？」

德崖作出一副詫異的樣子來，答道：「你們的首領幾時到這裏來的？我們卻沒有人知道。」

元璋冷笑道：「分明是你請來的，怎麼不知道起來了呢？」

彭均用道：「我請你們首領，有誰見來？」

郭英便挺身應道：「是我親見你營中小校來請的，如何圖賴得過？」

德崖、均用還不曾回言，元璋向沐英丟個眼色，霍地立起身來，一把握住德崖的左臂，厲聲說道：「你既說沒有我們的首領，我們可要煩你，和咱們一同去找一遍哩！」

德崖見元璋這樣，一時回答不出話來；均用待想回身出去，後面有沐英按劍，緊緊地隨著。德崖的左右見不是勢頭，要上帳來幫忙；只見元璋一手握著腰刀，怒容滿面，大家皆嚇得不敢動手。

這時，早有郭英領著五十名健卒，在帳後四處搜尋，見子興直挺挺地吊在馬棚下；郭英慌忙去解了子興的束縛，背負著，直奔出帳外，口裏大叫道：「首領已在這裏了！」

元璋聽了，挽住德崖的手，走出軍帳；沐英跟著，一步步地挨到營門口。郭英揹了子興，奔出營門外；守營的軍士欲來爭奪，回頭見德崖被人監視著，恐傷了主將，只好由他了。元璋待郭英揹了子興，上了馬，看看走得遠了，才放了德崖，拱手說聲：「得罪！」便飛身上騎，加上兩鞭，似電馳般地追上了郭英；沐英也隨後趕到，大家擁護著子興，進濠州城去了。

這時，孫德崖和彭均用眼睜睜地看著元璋把子興救走，卻是束手無策；這一回，元璋去救郭子興，是抄襲了關雲長單刀赴會的故事，居然能告成功，一半也是他的僥倖了。

子興回到署中，已是弄得氣息奄奄；趙大當時雖不曾有救子興的法兒，見子興回來了，便來親侍湯藥，比子興的妻子還要殷勤。光陰迅速，一過半月，子興的病漸漸地好了起來；於是把元璋叫到床前，謝他相救的恩德，又將劍印交給元璋，命他總督軍馬。郭英、沐英也做了軍中正副指揮；孫德崖聽說子興病好了，怕他記嫌前仇，連夜和彭均用領兵，逃往蠡湖去了。

郭子興精神恢復了，索性自稱為濠南王，加朱元璋做了大元帥；一面督促著徐達等速破元兵，以便別謀進取。又在濠州城中，替元璋建了元帥府；元璋的威權也一天重似一天了。

中秋佳節，月明似鏡，子興親自打發了衛從，到元帥府中，請元帥至王府慶賞團圓；元璋見了請帖，自不敢怠慢，便帶了兩個親兵，吩咐沐英不許出外閒逛，自己匆匆地跟了衛從，逕到王府中來。子興見著，談論了一會，就邀元璋至後堂飲宴；兩人一杯杯地對飲著。

看看一輪紅日西沉，光明皎潔的玉兔，已從東方上升；子興叫把筵席移到花園中去，一面賞著月色，一面和元璋舉杯歡飲。酒到了半闌，子興已有幾分醉意，便笑著問元璋道：「這樣的好月色，咱們飲酒賞玩，倒也不辜負了它；只是眼前少了一個美人兒，似乎覺得寂寞一點罷了。」

元璋也笑答道：「天下沒有十全的事；有了那樣，總是缺這樣的。」

子興大笑道：「你要瞧嫦娥嗎？咱們府中多著呢！」說著，便回頭對一個侍女做了個手勢，那侍女便走進屋去了。

過了半晌，只聽得環珮聲叮咚，弓鞋聲細碎，早盈盈地走出一對美人兒來；那人還未到，香氣已先

送到了鼻管中了。子興見了，便大嚷道：「嫦娥下凡了，快來替咱們斟酒！」

兩個美人兒聽了，都微微地一笑，分立了兩邊，一個侍奉著子興，那一個來替元璋斟酒；慌得元璋連連起立來，說著「不敢」，引得那美人掩了櫻唇，格格地笑個不住。

元璋覺得不好意思，子興微笑道：「咱們是心腹相交，和一家人差不多的，何必避嫌呢？」元璋見說，雖然不十分的拘束，但終不敢放肆。

月色慢慢地西斜了，子興也不問元璋怎樣，竟摟著那美人，一會兒親嘴，一會兒嗅鼻子，摩乳咂舌，當筵溫存起來；凡諸醜態怪狀，無不一一做到。元璋正在壯年，又不是受戒的和尚，眼見得子興和那美人百般地調笑，在酒後，豈有不心動的道理？再看看站在自己身旁的美人，生得花容玉膚，一雙水汪汪的秋波，尤勾著人的魂魄；加上她穿著紫色的薄羅衫子，映在月光之下，愈見得飄飄欲仙了。

元璋這時也有了酒意，不免有些不自持起來，忍不住伸手去捏那美人的纖腕；只覺得膩滑柔軟，觸手令人心神欲醉。那美人兒見元璋捏著她的玉腕只是不放，要想縮回去，便使勁一拉；元璋手兒一鬆，那美人兒幾乎傾跌，慌忙撐住，卻將一把酒壺掉在地上，那美人已笑得彎著柳腰，一時立不起身來。

子興恐元璋醉了，吩咐侍女們，掌起一對紗燈，送元璋到東院裏去安息；自己便擁著兩個美人，跟踉蹌蹌地進內院去了。元璋呆呆地瞧他們去了，只得同了侍女，往東院中走去；可心中實在捨不得那美人兒，幾乎是一步三回頭地走著。

及至到了東院，見院中陳設得非常的講究，桌上羅列著古玩書籍，真是琳琅滿目，又清幽又華貴；就是那張炕上，也鋪著繡毯錦褥，芬芳觸鼻。問那侍女時，才知道這個東院是內室之一，從前有一位山右美人住著；子興愛她的豔麗，不時到東院裏來住宿。後來，那山右美人被子興的妻子，把她送回山右本鄉去了，因此這東院終是空著；子興有時想起那美人來，便會獨自到東院裏來，徘徊嗟歎一會。

元璋令侍女燃上燈檯，叫她把門虛掩了，自己倒身在炕上；覺得褥子的溫馨柔順，是有生以來不曾睡過的。但身體在炕上，心中卻想著那美人，翻來覆去地再休想睡得；側耳聽著更漏，時候已是不早了，只有硬閉了雙目，勉強睡去。

正朦朧的當兒，鼻子裏聞得一股香味兒，直透入心肺，不覺又睜開眼來；卻見自己的身邊，睡著一位玉軟溫香的美人兒。元璋頓時吃了一驚，忙仰起半個身體，借著燈下瞧那美人兒，正是席上替自己斟酒那個穿紫衣的美人；元璋這一喜卻非同小可，不由得心花怒放起來。

一會兒，卻又自己責著自己，道：「王爺待我不薄，他府中的姬妾私奔，我應當要正色拒絕她，那才算得不差；怎麼可以含含糊糊地幹那曖昧的事情呢？」元璋想到這裏，好似兜頭一勺冷水，把剛才的慾念一齊打消了；怎禁得美人身上的異香，只陣陣地鑽入鼻中，又將元璋這顆心引動了。再細看那美人時，只見她杏眼帶醉，香唇微啟；粉臉上現出隱隱的桃紅來，益顯得冰肌玉骨，嫵媚嬌豔了。

元璋越看越愛，一時牽不住意馬心猿，便輕輕地伸著手，撫摩著美人的粉頸；那美人一個翻身，臉兒對著元璋，呼呼地又睡著了。別的不說，單講她那微微的呼吸，一種口脂香對著面吹來，真叫人難受得很；你想，一個壯年男子和一個絕色的美人並頭睡著，就是鐵石人兒到了這時，怕也要起凡心哩。

元璋那時，把名分之嫌，早已拋到九霄雲外，竟去撫摩著美人的酥胸，一手便替她輕解羅襦；那美人卻醒了過來，睨了元璋一眼，只拿一幅香巾掩著粉臉，似乎很害羞的，一會兒，就雙雙同入了巫山雲夢。

一刻千金，良宵苦短，窗上漸漸現出紅色來；元璋問著那美人叫什麼名兒，怎的來伴著自己。那美人見問，橫著秋波，微微一笑道：「我是王爺府中的第一個寵姬櫻桃，你難道不曾聽人說過的嗎？因昨夜是佳節良辰，怕你一個人寂寞，所以不避男女之嫌，悄悄地來陪伴著你。」

元璋聽了，不覺笑道：「我真有幸，竟遇著妳這樣一個多情的美人。」櫻桃不待元璋說畢，早已噗簌簌地流下淚來；慌得元璋忙替她揩著眼淚，再三地安慰她道：「妳有甚麼心事，儘管和我說了，我所辦得到的，總給妳竭力去做。」

櫻桃這才回嗔作喜，道：「身被擄掠，充著府中的侍妾，父母遠離，不知消息；倘蒙念昨晚一宵的恩愛，得間能得一援手，妾雖死亦無恨了。」

元璋點頭道：「這事且緩緩地設法；請妳放心，我決不負妳就是了。」櫻桃便在枕上稱謝。

兩人正在你憐我愛，十分溫存的當兒，忽聽得靴聲橐橐，有人進東院來了；元璋和櫻桃萬分惶急，那人已「呀」的推門進來，元璋舉頭看時，來的不是旁人，正是濠南王郭子興。元璋這時心裏很為慚愧，慌忙起身下炕，紅著臉站在一旁，說不出話來；嚇得那櫻桃鑽在被裏，只是發抖。

子興見了這種情形，卻並不動怒，只微笑著對元璋說道：「小妾既承見愛，咱就做個人情，給你們成了眷屬如何？」說罷，便叫櫻桃起來，到裏面收拾些應用的東西，命打一乘轎子過來，把櫻桃送到元帥府裏去；又叮囑櫻桃道：「妳此去，不比在我這裏了，須好好地侍奉朱將軍，不要辜負我一片成全之心。」櫻桃含淚稱謝，盈盈地登轎去了。

元璋見子興這般的慷慨，真是既慚愧又感激；當下和子興閒談了幾句，便辭了子興，回到元帥府裏。走入內堂，櫻桃已攙著侍女，花枝招展般迎了出來；兩人都遂了心願，自有一種說不出的樂處。

其實這齣把戲，都是郭子興聽了趙大的話才做出來的；他說：「元璋才能過人，將來必有大為，若得他赤心襄扶，大事可圖；但恐他懷了異志，倒是一個大患。」

子興見說，不免憂慮起來；趙大笑道：「要收服他也不難；古人道『英雄難過美人關』，咱們用美人計來籠絡他，不愁他不上勾。」子興連連點頭，當晚便把愛姬櫻桃喚出來，和她說明了，令她去繫住元璋的心，使他不別蓄異謀；如能大事成功，便晉封櫻桃做第一妃子。

這櫻桃本姓羅，是彭均用從徐州擄來，獻與子興的；這時，櫻桃聽了子興的吩咐，她想起那元璋

生得相貌出眾，更覺他將來決非常人，所以心中十分願意，便滿口答應下來。子興大喜，於是借著慶中秋為名，邀元璋飲宴，席上命櫻桃出來侑酒，先打動元璋；果然弄得他心迷神醉，不知不覺中上了圈套。

誰知，趙大見元璋權勢日盛，子興也益加寵信元璋，和自己倒反疏遠起來；因此由羨生妒，時時要中傷元璋。俗言說「暗箭難防」，小人的詭謀是很刻毒的；一天，元璋剛走進王府中去，到了二門口，忽見一個少婦向他招手，元璋認得她是府中的奶媽。

第十五回　濠州風暴

元璋見子興府中的奶媽，神色慌張地向他招著手，忙跟上前去；到了空院裏，那奶媽低聲問元璋，道：「將軍可是櫻桃姐姐的丈夫嗎？」

元璋很詫異地答道：「正是。」

那奶媽便附著元璋的耳朵說道：「剛才府中的趙參軍和王爺在那裏密議，要殺了將軍以絕後患；今天王爺如邀將軍入府，萬萬不可應召，否則就有性命之虞。我和櫻桃姐姐是同鄉，她在府中的時候，待我們也很好，我到如今還很感激她；如果不幸將軍被人暗算，叫櫻桃姐姐去依靠何人？所以我聽了這個消息，趁間告訴你知道，將軍須要防備著才好。」

元璋見說，不覺吃了一驚，再三謝了那奶媽，也不敢去見子興了；匆匆地走出王府，跳上馬，慌慌忙忙地回到元帥府中。還不曾坐定，子興請他赴宴的帖子已經來了；元璋暗自叫聲：「慚愧！真是好險啊！倘那奶媽不遞這個消息給我，過一會兒，怕早已做了刀頭之鬼。」

當下走到後堂來，櫻桃見著，便微笑問道：「今天見了王爺，可議些甚麼事兒？」

元璋連連搖手道：「我還敢去見他？他快要殺我了！」

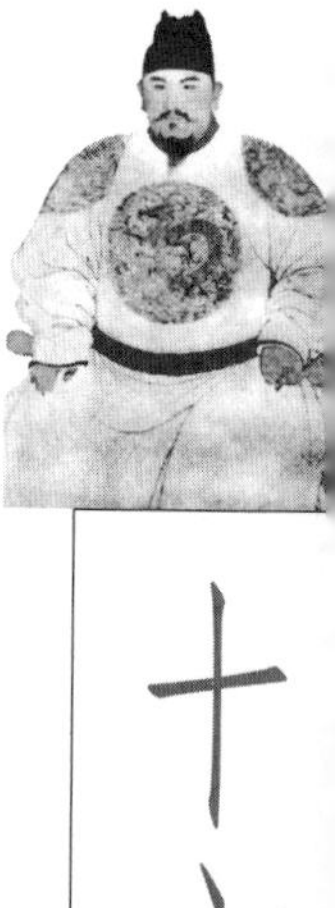

櫻桃聽了大驚，道：「這卻是為何？」

元璋就將奶媽的話，細細說了一遍；這時，櫻桃和元璋愛情已深，一顆芳心整整地向著元璋，把子興吩咐她的話，早拋到九霄雲外去了，於是，櫻桃也拿子興派她來籠絡的情由，一股腦兒和盤托出。

元璋聽罷，略略點首道：「我自有計較。」一面便打發小軍去回覆郭子興；推說自己有些不快，不能赴宴，只好改日謝罪。

講到郭子興正是寵信元璋之時，為什麼要殺他呢？原來，是年的九月中，是子興誕辰，濠州的大小將士都來叩賀；子興便全副披掛，到校場中去閱操。他看到高興的時候，吩咐兵士卸了甲，各賜壽酒一杯；誰知那衛兵出去高叫：「王爺有令，兵士們卸甲賞酒！」連喊了幾聲，兵士們只顧操演，睬也不來睬他。

衛兵回報子興，子興大怒道：「我的命令，他們敢違抗嗎？那還了得！」

元璋在旁，忙起身道：「這是我的不好！」說著，從袖中取出一面尖角旗來，授給親隨。

那親隨執了尖角旗，奔到將臺上一揮，大聲說道：「元帥有令，著兵士們卸甲賞酒！」聲猶未絕，兵士們暴雷也似的應了一聲，三千馬步兵丁，齊齊地卸了甲，列著隊等候賞賜。

子興令賞酒給他們喝，回頭問元璋道：「為什麼兵士們不聽我的話，倒服從這面小旗呢？」

元璋答道：「這就叫作『軍以令行』；倘軍士不聽令，那便是亂軍了。」

子興聽了雖然點著頭，心裏已有些不快，就令兵士停了操，自己便回王府而去。

趙大跟子興回到王府中，他察言觀色，知道子興對元璋已起了疑心；那趙大本妒忌著元璋，便趁勢進讒道：「今日，王爺可覺得將士們有異嗎？」

子興先驚道：「這話從何而來？」

趙大故意冷笑道：「方才王爺命卸甲賞酒，為什麼他們不理睬？」這一句話，把子興說得耳根子直紅起來，勉強地答道：「那是軍令攸關，軍令只有知令，這是統兵的紀律，不是他們敢有意違我的命令。」

趙大笑道：「那麼，元璋的權力也大極了；萬一他要變起心來，兵士們聽他的軍令指揮，怕沒有人再來聽王爺的命令了。」

子興見說，一拳正打中心坎，就低聲問趙大，說道：「這樣說來，卻如何是好？」

趙大道：「我原說元璋有過人的才智，蛟龍終非池中物，若不早除，將來是個大大的後患。」

子興說道：「現在兵權已在他的手中，怎樣能削去他的兵柄，須得有一個兩全的法子；否則打草驚蛇，反是弄巧成拙，豈不糟了嗎？」

趙大沉吟一會，道：「王爺果然要除那元璋，只消一封請帖，仍叫他赴宴；那時，兩旁暗伏甲士，飲到中間，王爺咳嗽一聲，我就領衛士一擁上前，把元璋擒住，命他將兵符交出來。如其不依，立刻砍了他的頭顱，去軍前號令示眾，只說元璋謀叛，現已正法；這樣一來，殺一儆百，還愁士兵們不聽號令嗎？」子興聽了大喜，便吩咐趙大去準備一切。

過了幾天，趙大佈置妥當，來報知子興，兩人在密室中商議，就在這天的午後舉事；趙大悄悄地把武士埋伏好了，便著小校去邀元璋赴宴。那裏曉得子興和趙大密談時，恰巧，府中奶媽抱著子興的幼子，從門前經過；子興平日最喜歡這個小兒子，常常摟著他在膝上，和諸將們議事。又因奶媽是個鄉下婦人，雖進出密室中，並不疑心她會洩露機密；誰知偏偏是她走露了消息，那不是天數嗎？

其時，徐達、湯和、胡大海、吳良、花雲等出兵滁州；當元兵攻滁州的時候，元將賈魯領著大軍五萬，把滁州圍了起來。守滁州的是耿再成和謝潤，領兵出戰，連吃了兩個敗仗；再成著起急來，忙差了副將張英，趁夜殺出了重圍，到濠州向子興求救。子興便命徐達等往援，但元兵忽來忽去，雖給徐達打敗幾陣，卻不曾大喪元氣；兩下相持了半年多，終分不出勝敗。

元璋在濠州聽得這個戰訊，便上書郭子興，願領兵去掃蕩元軍；郭子興自那天邀元璋赴宴，不見元璋應召，他越覺疑心元璋，後來幾次相請，元璋只是推託不赴。子興曉得漏了風聲，自己反覺不安起來；又怕元璋為患濠州，暗中令趙大時時提防著。

現在見元璋請命出兵，正中胸懷，他原巴不得元璋離開濠州，所以便一口允許下來。不知元璋若在濠州，倒做不出甚麼，他一到滁州，會合了子興部下的將領，竟自起義了；待到子興悔悟，元璋已如虎生翼一般，居然做了群雄的首領了，這且不表。

再說元朝自順帝妥懽帖木耳登位以來，政治一天壞似一天，到了垂亡的幾年，順帝越發荒淫無度了；那時，四方群盜如毛，只靠著赤膽忠心的脫脫丞相和皇叔赤福壽、右都督白彥圖等，寥寥幾個人，拼命地東征西討。可是滅了那面，又起了這邊；外面的臣子弄得精疲力盡，順帝在宮裏卻和沒事一樣。

他寵信著嬖臣哈麻、禿木兒等，又把番僧請到宮中，拜他做了靈異神聖至寶大法師，教授一種房中祕術，叫作「大歡喜」；令宮女嬪妃都一絲不掛地在氈上舞蹈，男女不分，僧道混雜，大家跳了一會，就一對對地交合起來，這叫作「大魔舞」。

順帝看得高興了，也挨在眾男女中鬧一回；宮中的嬪妃玩得厭了，下諭民間挑選秀女。一班奸惡的官吏，趁勢向良民索詐，也有借著聖旨去擄掠婦女的；嚇得百姓們家裏不敢養著女兒，已經字人的，忙著送給夫家，不曾有人家的，也連夜送與人家做妻室。因此，那些紈褲子弟，竟有一天中得五六個妻子的；至於「妻妾」兩字，更不用問的了。

據當時人說：「有得把女兒去幽禁在深宮裏，給那和尚們糟踏，不如送人做小老婆，骨肉倒可以常常相見；若一經被選進宮，父母永遠不得見面，好似死了差不多。」

百姓一聽得選秀女，有女兒的人家便慌得走投無路；地方官各處這樣的滋擾，真弄得民不聊生。後來沒得秀女選了，上諭還一迭連三地催促；地方官要保前程，就命胥役們搜捕良家的美貌婦人，不問有夫無夫，搜羅了去，改扮作秀女，便送上京中去塞責。

貞烈的婦女投河或懸樑死的，不知其數；百姓們凡是有妻室的人，又嚇得心膽俱碎。其中稍有資產的，為要保全妻女，弄得傾家蕩產；沒有錢財的，只好硬著頭皮把妻子送去。有幾個眼睜睜地，瞧著妻

子被官兵捕去，卻無法挽回；可憐少年夫妻一時捨不得分別，相對著痛哭流涕。

一班如狼似虎的衙役，不管他們捨得捨不得，把男的打開去，拖了女的便走；有的婦女在半途自盡，有許多男子見妻子被捉去了，大哭一場，跳在河中尋死。那種淒慘的情形，鐵石人看了也要落淚的；人民個個嗟怨，凡是哪一處地方選秀女，那地方總是哭聲遍野，說起來真是傷心。

這時，鬧動了一位好漢毛貴，他也為了妻子被地方官生生捕去，便糾集了三四百人，趕上去奪了回來；把所有奪去的婦女，一個個送她們回家。及至官兵到來，毛貴和百姓們抗拒；人民一見官府兵，個個咬牙切齒，人人磨拳擦掌，將官兵殺死了幾百個。毛貴知道禍已闖大了，索性邀了盜匪們入夥；三天之中招集了兩萬多人，殺了官吏，佔了城池，就在孟津起義。

又有泰州人張士誠，是個私鹽販子出身；一天，他和兄弟士德，同了百十來個鹽丁，車著鹽斤往鄰縣去販賣。被緝私處官兵瞧見，恐士誠人多，眾寡不敵，便去參將署中報告；那參將立刻點起三百個兵勇，飛奔地趕上來。士誠和士德見官兵來勢兇惡，忙棄了鹽車便走；官兵追了一程，看看趕不上，便推了鹽車，奏著凱歌收兵回去。

誰知那些鹽丁本來都是亡命之徒，做鹽販子的人，也和當兵的一樣，安分良民決不肯去做這勾當的；士誠趁得官兵退去了，就邀了幾百個鹽丁，手中各執著器械，從後面襲將上來。官兵卻沒有提防，給士誠兄弟兩人領著鹽丁，把三百個官兵殺得七零八落，帶兵的參將也險些兒送了性命；士誠將官兵殺敗，仍收撿起鹽車，推著車，往鄰縣販賣去了。

士誠到了鄰縣，賣去了鹽斤，得著一注錢財，依舊回他的泰州；但官兵吃了他的大虧，豈肯罷休？便令差役在城內城外以及士誠家的附近，天天有人守候著，要想捉住士誠兄弟，就地正法。士誠和士德卻好似沒事般的，大搖大擺地回家來。

他鄰舍有一家姓邱的，兄弟幾個也都是壞蛋，聽得士誠、士德回來了，竟去出頭告密；官兵得報，怕士誠兄弟勇猛，由參將帶了四五百健卒悄悄掩至，用迅雷不及掩耳的手段，把士誠的家中，前後左右圍得水洩不通。那參將親自率領著三十個得力的親兵，打開大門，來捕士誠兄弟；士德見事危急，踢倒一堵牆，飛身竄將出去，外面的官兵被牆塌下來壓死了四五人。士德趁了這個機會，一溜煙地逃走了。

士誠正在房內睡覺，聽得官兵來了，一時沒處躲避，便將身體鑽在一隻石灰缸內；官兵四處搜尋，不見士誠兄弟，參將心中尤其十分懊喪。士誠平時很喜歡養鳥，家中養著一隻八哥，能夠和人談話了，士誠極其鍾愛它，取名叫作八兒；這時，那八哥忽然作人言，道：「士誠！士誠！躲在缸裏。」官兵們聽了，忙向缸中去尋；走近石灰缸前，見士誠果然蹲著，好似甕中捉鱉一樣，拿士誠繩穿索縛地捕捉去了。士誠臨走的時候，指著那八哥，恨恨地說道：「我好好地養著你，你卻恩將仇報；我如有回來的一日，定把你身上的毛，一根根地拔個乾淨，才出我這口氣，你需要小心了。」士誠說罷，悻悻地隨著官兵們出門去了。

士誠的家裏，既沒有妻子兒女，只有一個老母，年紀已七十多了，專門茹齋誦經，不大管閒事的

了；士誠被捕去後，家中的事不得不由老母料理。那隻八哥是士誠的愛物，老母也天天拿食料給它吃。

有一天早晨，那八哥忽然向士誠的母親叫道：「老太大，老太太，妳救了八兒吧！」

士誠的母親詫異道：「你為甚麼要我救你？」

八哥答道：「八兒自己不好，多說了一句話，被官兵把主人捕獲去了；主人說，回來要拔光八兒身上的毛。所以求老太太相救，將八兒的鎖鏈解去，給八兒逃了性命吧！」

士誠的母親是很慈悲的人，見八哥說得可憐，真個解了繩索，放那八哥飛去；那八哥飛在屋檐上，向士誠的母親謝了一聲，便振開雙翅，往半空裏飛去了。士誠在泰州的獄中，監了已有半年光景；只因捕不到他兄弟士德，居然不曾正法。

其時，泰州有幾個做海上鹽販子的，其中一個叫杜五的；他一天載著一船的鹽，在海上駛著船。忽聽得有叫他名兒的，那聲音似人非人，瞧又瞧不見；嚇得杜五慌忙停舵落帆，立即拋起錨來，對他的夥計說道：「不好了，今天怕要翻船呢，你沒聽見水鬼叫著我的名兒嗎？」話猶未了，又聽得叫道：「杜五，杜五！」把個杜五老大吃了一驚，嚇得那夥計向著船艙底下直鑽。

杜五見它叫個不停，仔細一聽，聲音是從空中來的，仰著脖子望去，只見桅杆上棲著一隻翠鳥，在那裏喚著自己；杜五這才大著膽問道：「你是什麼東西？為什麼也能說話，卻知道我的名兒？」

那翠鳥答道：「我便是張士誠家裏的八兒，我的主人士誠可曾出獄？那位老太太康健嗎？」

杜五聽說，想起從前到張士誠家裏去，曾看見士誠養著一隻八哥，名字叫作八兒的，能和人說話；

但不知道它已經逃走了，當下便隨口答道：「你主人犯的死罪，怎樣能夠出獄？那老太太倒身體兒很好的。」

那八哥聽了，對杜五道：「我請你帶一點東西，去孝敬那位老太太，你可以答應嗎？」

杜五笑道：「張士誠是我的好朋友，既是他母親的東西，我到了泰州，親自給你送去就是了。」

那八哥謝了一聲，「嘟」的一聲飛走了；過了半晌，去銜了一塊白石來，擲在杜五的面前，道：「便是這件東西，請你不要失落了，千萬給我帶到。」

杜五點頭答應了，那八哥又再三地叮囑了幾句，才拍著翅膀飛去了。

杜五回到了泰州，真個把八哥那塊白石去送給張士誠的母親，並說道：「這是你們的八兒帶來的。」

士誠的母親拿白石看了看，覺得沒甚麼稀罕，不過比起鵝卵石光潔一點就是了；因謝了杜五一聲，把那塊白石，隨手拋在香爐上面，管自己念佛去了。

到了傍晚，士誠的母親天天要來堂前拈香的；及至燃了香，到爐中去插時，那只瓷香爐早變作燦爛的白銀了。士誠的母親很是詫異，還疑心是菩薩有靈來賜與她的，一眼瞧見那塊白石，暗想：那八哥千里相寄，不要是這塊石子的好處吧？

士誠的母親呆想了一會，就去堂下抬起一塊瓦片來，把那塊白石去放在上面；誰知才放得上去，這塊瓦片已化作白銀了。士誠的母親不禁又驚又喜，從此也不患沒錢用了；士誠在監中坐了一年多，士德

也經年沒有音訊，他們的老母不致成為餓殍，這都是白石所賜啊。

光陰一天天地過去，泰州捕捉士德的風聲已漸漸鬆懈了，士德打聽得沒人捕他，便悄悄地溜了回來，看望他的母親；見老母無恙，心中很是喜悅。他母親便把八哥的事，一一對士德說了；士德先還不肯相信，拿了那塊白石親自去試了一下，果然變了銀子了。

士德拿白石去請人估看，有識得的說道：「此物看似石子，實在不是石子，乃是銀子之母，叫作銀母石；無論金鋼鐵錫以及石子，一碰著銀母，便立刻化成銀子了。」

士德聽了，懷著那塊白石回到家裏，去搬了許多石塊來，把銀母在石堆上畫了一轉，一堆石塊，大的小的通通變成了銀子；士德就將這許多銀子，拿去替士誠上下打點。俗言道，錢可以通神，何況這時的官吏和現在差不多，只要有錢，殺人放火都可以設法赦宥；所以不到三個月工夫，士誠已安然地出了泰州監獄。

他回到家中，劈頭就問：「那隻八哥呢？我要拔它的毛哩！」

他母親說道：「你不要恨那八兒了，沒有它，你母親也早就餓死了，你今日也休想脫罪。」

士誠便問甚麼緣故，他母親便把八哥寄石子的話，大略講了一遍；士誠大喜道：「咱們正苦的沒有錢，有了錢還怕它作甚？」

於是士誠在家裏，和他兄弟士德，專門結交天下英雄，私下暗暗地招兵買馬，又去通同盜寇，準備大舉；哪知事機不密，被官兵知道了，又來捕捉士誠。士誠便糾集了人馬，先把從前出首他的邱家兄弟殺了，連夜奪了泰州；過了幾天，又去攻破高郵，殺了知府李齊。士誠的聲勢日漸浩大，各處來投奔他的，一天總有幾百人；好在他軍餉豐足，人也越弄越多了，他便自稱誠王，就在高郵造起了王府，居然也稱孤道寡起來了。

那時，朱元璋帶了郭英、義兒沐英，領著大兵到了滁州，把元軍大殺一陣，還擒了賈魯；徐達見元璋行軍有道，恩威並濟，知道他是個有作為的人，便來和元璋商議共圖霸業。元璋大喜，恰巧懷遠人常遇春，自白楊村帶了三十多騎來投元璋；元璋益覺高興，於是由眾人舉朱元璋做了元帥，在滁州舉旗起義，一面令徐達領五百騎，去收服了鄰近的草寇。

徐達字天德，也是濠州人；其時郭子興部下的諸將，恨那子興賞罰不明，寡謀少斷，大家都有些面和心叛。這時，見新主帥英毅強幹，和子興大不相同，便一齊傾心來輔助元璋；那徐達領著人馬，一日收服十七寨，得了兵馬兩萬人，元璋的勢力因此也大了起來。

那一天，元璋正和徐達、常遇春等一班戰將，商議進取的計劃；猛聽得天崩地塌的一聲響亮，眾人都吃了一驚。

第十六回　襲奪兵權

那天崩地塌的一聲，把朱元璋和常遇春、徐達等都嚇了一跳；正待使左右出去探問，早見警卒飛跑進帥府來，屈著半膝稟道：「城外的神龍殿崩倒，地上陷了一個大穴，湧出一塊有字的石碑來；不知是什麼怪異？」

元璋見報，不覺歎了口氣，道：「君主無道，災異迭呈；群盜如鯽，四海分裂，卻要鬧到什麼時候才休！」說著，命小卒隨了那探事的，去將石碑取來。不一刻，已舁到了帥府中，元璋和徐達等下階來看；只見那碑約五尺多長，石色斑駁，好似藏在地中多年了。碑的上面，鐫著幾行字道：「天蒼蒼，地茫茫，干戈振，古流芳；元重改，陰陽旁，成一統，東南行。」

元璋讀了一遍，也解不出它的意義；徐達說道：「這都是江湖術士故弄的玄虛罷了，不必去理它。」元璋點點頭，叫把石碑拿去了，一面仍和徐達等籌劃進取；忽報郭子興在濠州病亡，徐達大笑道：「這是主公的機會來了，我們趁著子興新死，趕緊奔赴濠州，去給郭子興開喪；並收了他部下的人馬，名正言順，誰敢不依？」

元璋聽了，也不覺高興起來，道：「時不可失，今夜就須起程，只是辛苦列位了。」於是派定吳

良、花雲、湯和、耿再成、郭英、謝潤等八人，暫時守著滁州；元璋自己同了徐達、常遇春、沐英、吳貞、胡大海等一班人，星夜趕到濠州來。

這時，郭子興的兒子郭榮，是個沒用的東西，子興一死，部下諸將沒人統率，不由的亂紛紛起來；雖有趙大出來維持，但因他威力不足，將士不肯信服。正在沒法的當兒，朱元璋和徐達等趕到；趙大本來害怕元璋，不敢不出城來迎接。

元璋到了濠州，一面替子興治喪，一面料理著政事，雙管齊下；果然如徐達所說，諸將沒人敢有煩言。等待喪事就緒，諸將見元璋樣樣如儀，心中早已暗暗佩服；加以城中無主，眾人反都來勸進。

元璋卻故意說道：「郭公在日待我不薄，現在郭公西歸，濠城的大權，自應歸他嗣子主持；但是郭公子年輕，恐無力負擔，我承諸公的推愛，只得暫時代為統率部眾，將來仍歸郭公子率領就是了。」諸將聽了，無不感激流涕，頌讚元璋的長厚。

其時，從前逃走的孫德崖和彭均用，兩人已得著了郭子興的死耗，便商議著襲取濠州；均用知道趙大是不中用的，勸德崖火速進兵。德崖原也垂涎濠州，只因無機可趁，只好睜著眼讓人；如今有了這機會，怎肯輕輕放過，當下領了部下的兵士，飛奔地趕到濠州來。

到了城下，見城上旌旗蔽日，軍容齊整，不覺吃了一驚；忙使人去打聽，才知道朱元璋已在城中，統領子興的舊部，做了濠州的統帥了。德崖見報，氣得眼睛裏出火，暴跳如雷道：「朱元璋是何人，敢這樣的放肆，我決不容他安穩的。」說罷，就要令軍士們攻城。

彭均用忙勸阻道：「主將且不要性急，你要攻城，大家翻了臉，這事便不容易幹了。」

德崖說道：「依你，卻怎樣是好呢？」

彭均用答道：「照我的意思，我們這裏設起一席酒筵，去請朱元璋出城，只說慶賀他就職；等朱元璋若來，隨手在席上刺殺了他，豈不絕了後患？」

德崖大喜道：「這事就託你去辦吧！」彭均用答應了，退出來，自去佈置。

這裏，德崖便備了一分賀禮，著人送進城去，並請朱元璋出城赴宴；元璋收了禮物，對來人說道：「承你主將的美意，我隨後就來。」

來人去了，徐達在旁說道：「德崖此來，必不懷好意；主公為何輕易允許了他？」

元璋微笑道：「我未嘗不知他有詐，還不是從前誘郭子興的故智麼？但我豈怕這妖魔小丑，今天去赴宴，只防備著就是了。」

吳貞在階下挺身應道：「我願保護主公前去。」

胡大海也要去，元璋笑道：「你二人跟我同去，卻不許多說話，只臨機應變，看他們的動作行事。」

吳貞和大海應著，各自去預備起來；元璋又叮囑徐達和常遇春，帶領健卒千人隨後接應，命沐英、郭英固守濠城。分派已定，便同了吳貞、胡大海及十幾個衛士，飛奔往孫德崖營中來。德崖見著，忙

來迎了進去，吩咐帳中擺起筵宴，便邀元璋入席；酒到三巡，德崖正要開口，一眼瞧見元璋的背後立著兩個大漢，一黑一白，怒目按劍，威風凜凜。德崖吃了一驚，故意問道：「將軍背後，侍立著的是誰？」

元璋答道：「這是郭公部下的吳貞和胡大海。」

德崖見說，叫賞吳貞、胡大海酒肉，兩人也不客氣，就在帳下，你一杯我一杯地豪飲起來。

德崖和元璋在席上，只閒談些元朝的政事，卻絲毫不提及「濠州」兩字；酒闌席散，元璋起身告辭，吳貞、大海緊緊相隨。德崖直送元璋到了營外，元璋作別上馬，德崖回到帳裏；彭均用從帳後出來，問道：「主將既把元璋請來，為什麼終不下手？」

德崖道：「你沒看見元璋背後立著兩個勇將嗎？我們若一動手，自己的性命也就難保了。」

均用頓足道：「你的膽子也太小了，他到我們這裏來，任他怎樣的厲害，也是雙拳不敵四手；現在輕輕把他放走，愈顯得我們營中無人了。」

這一句話，激得德崖耳根子也紅了，忙道：「如今可有什麼計較，去把他追回來？」

均用說道：「他已經脫身，還肯回來嗎？為今之計，主將快領了人馬，趁他走得不遠，便上去邀他商議大事；如他不答應，便將他圍困起來，咱們就暗暗地去襲了城。濠州一得手，兩下夾攻，使他背腹受敵；還愁朱元璋不成擒嗎？」

德崖連連拍手道：「妙計！妙計！咱們便領兵去追，你快帶了本部人馬，從小路去襲濠城吧！」

於是德崖點起八百軍馬，盡力來追元璋；看看追上，德崖大叫道：「朱將軍慢行，咱有軍情和你酌議，請你稍留再去不遲。」

元璋見德崖飛馬趕來，後面塵頭大起，知道他心懷叵測；就在馬上拱手笑道：「孫將軍！我們已看透你的鬼計了，只是你不早下手，此刻我已離了虎口，豈肯再上你的當？你還是放棄了這個念頭，我們隔日再相見吧！」說畢，將馬加上兩鞭，和吳貞、胡大海等一行人，飛般似地走了。

德崖那裏捨得，也督促兵馬奮勇地追著；遙見元璋十幾騎人馬，走進樹林中去，轉眼看不見了。德崖趕到樹林外面四面一望，卻是綠樹蔭濃，蘆草深密，不覺驚疑道：「這裏防有伏兵，且不可進去。」

話猶未了，一聲梆子響，喊聲大震，一彪人馬殺出；為首一員大將，面如重棗，豹頭環眼，挺槍大喝，道：「孫德崖逆賊，認得常將軍麼？」德崖大怒，揮著大刀來戰常遇春；兩馬相交，刀槍並舉，戰不上十回合，德崖氣力不加，撥馬便走。

才奔得十幾步，那裏喊聲又起；一將也臉若重棗、蠶眉鳳目，橫戈攔住去路，大喝：「徐達在此！」孫德崖心慌，不敢戀戰，奮刀奪路而逃；不提防半腰裏一將衝出，面如鍋底；烏盔、玄甲、烏騶馬，手執大斧，高聲大叫道：「胡大海來了！」這一聲，好似半空中一個霹靂，軍馬紛紛倒退；孫德崖措手不及，被大海手起斧落，將德崖劈做了兩半。

兵士見主將被殺，發聲喊各自逃命；大海卻揮動大斧，見人便砍，將德崖的兵馬好像切菜一般。徐

達忙上去阻住，一面下令道：「兵丁們聽著，降者免死！」這令一出，那些兵士齊聲說願降；徐達便招呼遇春、大海集在一起，鳴金收軍，計點人馬，一千個，不缺一人。又把孫德崖的降兵另編了一隊；這時，元璋已領著十餘騎先回濠州。

徐達、遇春等領了人馬，慢慢地回來；離城約半里許，忽聽得喊殺的聲音。徐達詫異道：「誰在那裏廝殺？」

大海忙道：「待我去看來。」說著，一騎馬直奔前去，徐達也催動人馬速進。

那時，彭均用領了軍馬，偷偷地來襲濠州，被沐英和郭英從城中殺出；恰巧元璋也趕到，大家亂殺一陣。均用正在攔擋不住，猛聽得一將聲如巨雷，把大斧舞得如蛟龍似的殺入陣來；均用見不是勢頭，便回馬敗走，劈頭又撞著徐達、常遇春，雙槍齊至。均用勉強抵敵，背後胡大海追到，只一斧，便將均用連人帶馬砍死在那。

那些軍馬死的死，降的降，餘下的幾個紛紛逃命去了；元璋便收了軍隊，和徐達、遇春、大海、沐英、郭英等會聚起來，把孫德崖的降卒，令郭英統領了，暫時屯在城外，自己則和遇春、徐達等進城。一行人回到帥府，趙大聽說元璋得勝回來，便同了一個本城的名士，順道來給元璋賀喜。

那士人見了元璋行禮畢，自說姓李名善長，是濠州懷遠人；又說，在二年前，懷縣來了個逃難的女子，問她姓氏，說姓朱，因家被官事，一門逃散無處容身，誤行到此。善長的母親就把她收作義女；後來，那女子漸漸吐露出來，才知她是朱元璋的夫人，現聞得元帥領兵到此，故特來報知。

元璋聽了李善長的話，不覺皺眉道：「我出入戎馬之中，並未娶過妻子，怎麼有了夫人來呢？」
徐達在一旁笑道：「或者從前有人曾許親給主公，一時忘懷了。」
元璋說道：「我除了郭公相贈的櫻桃外，實在沒有第二個人了。」
善長說道：「那女子所說元璋的姓氏面貌，卻是一點也不差的。」
元璋見說，沉吟了一會，忽然記起了馬秀英來；便恍然說道：「不要就是她吧？」當下把在郭光卿家裏，和馬氏怎樣的相愛，在後怎樣的離散，大略和徐達等講了一遍。
胡大海在那裏拍手笑道：「怪不得主公在梵村，強要著我娶妻子；原來主公自己早定了一個夫人了。」徐達和元璋想起了大海結婚時的情形來，忍不住也笑了。
當下，元璋令善長去接了那個女子，進府來一瞧，果然是馬秀英；兩人相見之下，自覺得悲喜交集。元璋一面命開起慶功宴和諸將們同樂，又和徐達等商議，準備與馬氏結婚。
到了這一天，濠州的元帥府裏掛燈結彩，大小將領們都來賀喜；就是滁州的耿再成、謝潤、花雲、吳良、湯和等，也差人送禮到滁州來。這裏常遇春、徐達、郭英、胡大海以及沐英、趙大諸人，大家喝著喜酒兒，足足地用了三四天，才得慢慢地安靜。
其時，正巧方子春和他兒子方剛，親自來給元璋道賀；元璋留他父子飲筵，就席上，談起胡大海的事來。元璋叫他把方柳娘送入帥府，和自己同住，使大海夫妻團圓；又令方剛隨從左右，練習軍事。子春很為高興，便拜謝了自去；從此馬氏和櫻桃同事元璋，兩人極其和睦，這且不提。

再講那朱元璋自和馬氏結婚後，去滁州調了花雲、湯和到濠州；拜徐達為行軍都指揮，常遇春為先鋒，胡大海、花雲為左右監軍，命李善長為參謀，揚和為濠州總管，郭英、沐英為衛軍統帶，方剛為護衛官，耿再成、吳良著為滁州正副總管，謝潤為指揮，暫留守滁州。

元璋分派已定，只有趙大不曾有職使；因他是郭子興的故人，輩分在元璋之先，怎肯受人支派，所以心懷忿恨，在那裏伺機謀變。元璋見他沒甚麼權力，也不把他放在眼裏。

元璋一切安排停當，吩咐湯和小心鎮守濠州，自己帶了徐達、常遇春、胡大海、花雲、李善長、郭英、沐英、方剛等一班戰將，進兵攻取定遠；定遠守將王聚出兵拒敵，力盡戰死。元璋得了定遠，又收服了馬家堡寨主繆大亨；大亨的部下也有兩萬多人馬，各處的小寨聽得大亨已投誠了，便都率著部下，紛紛來歸。

這樣一來，元璋的威聲大震；武將如鄧愈、華雲龍、郭興、常遇春、呂懷玉、耿炳文等齊來歸附。這六員勇將中，除了耿炳文是耿再成的族兄，郭興是郭英的兄弟外；鄧愈、華雲龍、常遇春、呂懷玉等四人，亦聞名來歸，也都具有萬夫之勇。鄧愈更兼文武全材，他是和州人，將來也是明朝開國的功臣；又有文士如龍泉人章溢、麗水人葉琛、浦江人宋濂、處州人劉基，這幾位號為浙東四大儒，又稱作四賢。

那時，章溢、葉琛等見群雄四起，天下大亂，便攘臂奮然道：「大丈夫要輔助明主建功立業，現下是其時了。」於是，兩個人遊歷各處，要想擇主而事，而在路上卻碰著了宋濂和劉基，也抱著投筆從戎的志願；四個人聚在一起，說說談談，互慕著文名，當然十分投機。

大家議論了一番，覺得徐壽輝、方國珍、張士誠等一班人，都不是成大事的；聞得濠州朱元璋自起義以來，仁慈愛民，禮賢下士，知道是個真主，就晝夜來投奔元璋。但四人之中，劉基更是出類拔萃；宋濂、章溢、葉琛等三人，也個個是滿腹經綸，才堪濟世，學足安邦。

單講那個劉基，字伯溫，祖居在處州的琅玕鄉；他在十七歲時，已中了進士，可算得無書不讀，博古通今了。浙東的四賢，要推劉基文名最盛；他新中進士的時候，年未弱冠，不免睥睨一切，驕氣凌人。和他結交的一般宿儒，都佩服著他的學問；所謂後生可畏，自然讓他三分，那劉基更覺得不可一世了。

一天，是三月三的上巳日，劉基也效著那古人，往郊外去踏青，順便去遊覽靈岩；那靈岩地方，離琅玕約有二十多里。那裏山青水秀，碧樹成蔭，又值春氣融融、百卉爭妍的當兒；但見遍地山花照眼，綠波漣漪，雲影婆娑，花香馥郁，流泉琤琮，行人到了這裏，真要疑是身入了畫中哩。

劉基也愛靈岩的風景清幽，一時貪玩山色，徘徊了一會，已是倦鳥歸林、紅日西沉了；靈岩本是處州著名的勝地，春秋佳日，士大夫提酒登臨，憑吊古蹟的很是不少。劉基見遊人紛紛散去，才覺得時候已晚，只得捨了佳景，慢慢地走回去；可是走不上十里，天便昏黑下來，幸得微月在東，略略辨得出路途。

劉基因歸意匆匆，卻錯走了一程；舉頭四望，只見一片的荒地，青塚累累、鬼火磷磷，不由得心慌

起來。正在遑急時，遠遠瞧見人家的住屋，那燈光從門隙裏射了出來；劉基這時好似得著了救星，三腳兩步地向那所房屋走去。

到了面前，就月光下看去，卻是竹籬茅舍，雙掩柴扉；聽得裏面磨聲碌碌，燈光便自柴扉中吐出。劉基待上前叩門，忽聽屋內有人問道：「外面來的可是劉伯溫嗎？」

伯溫見問，不覺吃了一驚，忙回答道：「在下正是劉伯溫，不識高士是怎樣知道的？」

話猶未了，柴扉呀的開了，走出一個老兒來，笑著說道：「我在十年前已經算定，相候已多時了。」說罷，仰天大笑；弄得個聰明絕世的劉伯溫，簡直是丈二和尚摸不著頭腦了。

那老兒便迎伯溫進了草堂，早有小童獻上茶來；老兒讓伯溫坐下，伯溫一面接茶，便躬身道：「敢問仙丈高姓雅號，何以曉得賤名？」

那老兒笑道：「山野村夫，與草木同腐，本不必有姓名；不比相公，少年名書金榜，誰還不知我們處州有位劉伯溫呢？」

老兒說時，形色十分謙慕，打動了伯溫好勝之心，臉上便露出驕矜的顏色來；口裏卻謙遜道：「承仙丈的謬獎了。」

老兒笑道：「今天賢者下臨敝廬，也可算得蓬蓽生輝。」

伯溫說道：「這是仙丈的推崇，但小可此刻因貪遊靈岩，回去天晚，誤了路程；日暮途窮，要求仙丈這裏打擾一宵，未知仙丈可能見容？」

那老兒大笑道：「我剛說相候多時了，正是希望相公的大駕見顧呢。」

伯溫見老兒說話迷離惝恍，正待要問個明白；不曾啟口，那老兒卻繼續說道：「劉相公才廣學博，方才從靈岩回來，那靈岩的古蹟裏面，有一座蝴蝶塚，不曉得它建自什麼年分？是怎麼一回事？老漢懷疑已十多年了，萬祈指教。」

伯溫聽了，一時回答不出，囁嚅了半晌，勉強說道：「那蝴蝶塚，小可也曾聽人說過，有的謂是莊子的化身；其實，這一類古蹟遺事，誰也不能證實它，無非是前朝好事文人故弄的玄虛罷了。」

那老兒見說，不禁正色道：「這是什麼話，只怕未必如尊意所說呢！」

伯溫那時知道，老兒有心難他，便尋思道：「等我反難他，看他怎樣。」想著，忙拱手道：「依仙丈所論，諒來定有根據，敢請見示。」

那老兒仰著脖子，微笑說道：「講起那蝴蝶塚來，老漢倒略知一二；什麼莊子化身，都是一種推測之辭，況那塚的年代，也不至於這般之遠。考這蝴蝶塚的由來，是唐天寶年間，宮廷之亂，廷臣梁詩禎株連被誅；詩禎的愛姬蝶奴，也服毒身殉。她死後遺書自述，是本城人，指名要葬在靈岩下；詩禎的家屬敬她貞烈，真個運柩回來，替她瘞在岩下，成了她的志願。那塚的面前，鐫著一塊碑，道：『烈姬蝶兒之墓。』後人因碑淹沒，誤傳為蝴蝶塚。老漢記得那蝶兒塚墓碑的後背，還鐫著一首歌詞兒，很覺哀豔；老漢聽人談著，也就把它記在心上，想當日，定也傳誦一時呢。」說罷，便唸那首歌詞，道：

禁闕變萬熾，強弱自殘折。意氣許與分君臣，忠心欲奮秋陽烈。摧軀抉股同死君，轟轟義烈薄天雲。

後人重死不重節，暮楚朝秦何紛紛。蝶兒感恩乃至爾，吁嗟，萬雲不如斯靈岩，山高江水寒，孤塚茫茫歷萬劫！魂兮不滅，翩翩落花飛蝴蝶。草青青，山冷冷，猶見江頭流水碧。

那老兒念罷，瞧著伯溫，大笑道：「這不算是最近的事跡，相公卻不曾弄得清楚，休說是三墳五典、八索九丘了。」說著，又是一陣的狂笑。

伯溫自覺慚愧，那臉上不禁紅了起來，當下便起身向那老兒謝過；那老兒捋著銀髯，微笑道：「孺子可教，老漢和你說明了吧！」

於是，那老兒自己說，是叫作胡光星；還對伯溫說：「十九年前，我曾替人點過龍穴，現今國家將大亂，真主已出，要想選擇一兩個人才，傳授自己的衣缽；所以，我待此十年，卻終遇不著有根器的人。」那胡光星一面說，一面去裏面取出一冊書來，遞給伯溫道：「老漢行將就木，留著也沒有用；今天和你相逢，也是前世有緣；你拿去勤習，不難做輔弼良臣。」

伯溫聽說，接書隨手翻了一遍，見書中六韜三略，行軍佈陣，定亂治國的道理，無不齊備；伯溫大喜，忙收了書，向胡光星拜謝，並稱他做了老師。伯溫又問：「真主在什麼地方？」

胡光星答道：「今日已晚，明天自然告訴你。」伯溫稱謝，這一夜就在草堂中宿歇。

伯溫因心中有事，翻來覆去地睡不著；遠遠的村雞初唱，伯溫正朦朧睡去，忽聽胡光星大呼，道：

「皇帝來了！」伯溫大驚。

第十七回　劉伯溫

劉伯溫聽得胡光星說皇帝來了，便從睡夢中驚醒，慌忙披衣起身，手忙腳亂地走了出來；只見草堂外面靜悄悄的，並沒有什麼皇帝，不覺詫異地問道：「皇帝在那裏？」

光星指著門隙裏的陽光，說道：「那不是皇帝嗎？」

伯溫見說，只當他是開玩笑，便點了點頭；胡光星也不再說，只催著伯溫快走，伯溫便辭了光星，走出茅舍。光星卻囑咐道：「今日一別，有緣的話，五年後再見。」

伯溫說道：「我師將往何處？」

光星歎口氣道：「行蹤無定，到了那時再談吧！」

之後，劉基輔助朱元璋，被陳友諒困住，正在危急的當兒，忽然空中來了三支袖箭，把敵將射死；小卒拾了那箭來看時，矢上刻著「胡光星」三個字。伯溫吃驚道：「吾師來了。」忙令人去找尋，卻不見胡光星的影蹤；再一記年月，整整的五年多了，伯溫歎道：「吾師已經到過了，他不願和我見面，不必強為。」當下望空拜謝了，這是後話不提。

再說劉伯溫別了胡光星，回到家裏，把那冊所授的書，盡心學習了三年，也無心去進取功名；這

三年裏面，居然學得上知天文，下曉地理。元朝都督察木兒不花，聞得伯溫的才名，曾著人去邀他出山，伯溫只是不應；就是徐壽輝和方國珍，也曾致聘伯溫，伯溫被他們糾纏不過，索性棄家出遊去了。

伯溫一路留心著真主，猛然地想起，他師傅胡光星在茅屋中，指著陽光說是皇帝，真皇帝莫非在濠州嗎?因濠州古名朝陽（今鳳陽是也）；於是，伯溫一心往濠州來投奔朱元璋。在路上，又遇見了宋濂和章溢、葉琛等，講起了朱元璋，都說他愛賢如渴，確有人君之度；伯溫聽了，意志越發堅決了。

劉基等四人到了濠州，朱元璋已出兵走遠，由葉琛、章溢來見湯和；湯和忙寫了薦書，叫兩人去定遠晉謁元璋。元璋見著大喜，便親自寫了聘書，備了一份厚禮，令人到濠州來請宋濂和劉基；那宋濂應命往定遠，只有劉基卻不去，朱元璋知道劉基與別人不同，就命宋濂和胡大海代表著自己來請劉基。

第一次時，被劉基拒絕不見，再來，又值劉基出去了，惱得胡大海性發，在劉基的門前拍著手，大罵起來，慌得宋濂再三地把他勸住了；得了第三天，宋濂和大海又來館驛中見劉基，那大海便大踏步走上去，將館驛門打得擂鼓似的，嚇得館童死命地把門拴上，任你打門打得震天價響，只是不開。

胡大海頓時憤不可遏，高聲罵道：「那酸骨頭是什麼東西，便這般的搭著鳥架子，等我去一把抓他出來！」說罷，拔出了腰刀，往門上直砍過去。

宋濂忙阻攔道：「主公怎樣吩咐著的，你卻這樣野蠻，把劉先生惱火了，拿什麼話去回覆主公呢？」

大海見說，才插了腰刀，氣憤憤地道：「那麼，你去見他；我可等得不耐煩，要先回去了。」

宋濂沒法，只得由他去，自己便再來見劉基，呈上聘書和禮物，並說了來意；劉基說道：「承主公垂青，自當應召；但現在，還有些小事兒不曾料理著，煩足下略待幾天。」

宋濂聽了，暗想：「你倒好大架子，咱們四個人一塊兒來的，你偏要人家一請再請，還不肯就起身，卻等到幾時才去，怪不得胡將軍要抓你去了。」

宋濂尋思了半晌，道：「朱公聞得你名，十分渴想，急於要和你相見，所以令我幾次前來；我已著胡大海將軍先回去通知了，怎好再挨延時日，使朱公在那裏盼望呢？」劉基見宋濂說得有理，便答應次日起程。

第二天，劉基果然同了宋濂，到定遠來見元璋；既到了定遠，元璋聽得劉伯溫來了，便親自和徐達、常遇春、李善長、花雲、華雲龍、鄧愈、葉琛、章溢等一班文武將領出城迎接。劉基遠遠見城中擁出一隊人馬，旌旗招展，刀槍鮮明，馬上的諸將個個威風凜凜；正中的一人，生得龍眉鳳目，熊腰虎背，器宇不凡，知道是朱元璋親自出城來了，忙立在道旁，由宋濂上前稟白。

元璋便跳下雕鞍，諸將也紛紛下騎，劉基過來謁見了元璋，只長揖不拜；元璋大喜道：「得劉先生來此，真是三生有幸了。」

劉基也謙讓著，元璋叫備過馬匹，和劉基並馬入城；諸將也上了馬，一路護擁著進城，到著定遠館署前下馬，元璋便邀劉基進了大廳，分賓主坐下。葉琛、宋濂等分坐下首，諸將卻旁立在階下；元璋便說了諸多仰慕的話，劉基也自謙了一番。兩人漸漸講到了政事，劉基卻對答如流；把個朱元璋樂得心花怒放，連連讚歎不絕。

這時，東廊下走出了胡大海來，瞧著劉基笑道：「主公那樣地看重他，我只當他是有三頭六臂的，原來也是個窮酸小子兒；叫他來有啥用處，值得這般恭敬！」這幾句話，說得廳上下的文武將領，都忍不住笑起來。

元璋勃然變色，大喝道：「你這黑廝懂得甚事，還不給我退出去。」大海見元璋發怒，回身伸了伸舌頭，走向外面去了。

那大海恨著劉基在濠州不肯出見，所以元璋和眾人出城去接劉基，獨大海不去；及至見了劉基是個書生，大海越瞧不起他了，一時忍耐不得，從廊下走出來譏笑他幾句。劉基聽了大海的話，心裏自然不高興；大海被元璋喝退，也有些不服，這是大海和伯溫始終不睦的起點。

其時，元璋和伯溫談得很是投機；元璋便請教定天下的方略，劉伯溫說道：「金陵有王氣，取了它作為基礎，然後一鼓下西南，天下便不難定了。」

元璋也笑道：「先生的意思，正和我相同。」說著，便命擺上筵席來，和伯溫對飲，徐達等諸人便都散去，只有一個沐英隨侍元璋的旁邊；元璋和伯溫直吃到魚更三躍，共入署後安息。

兩人連飲了三天，到了第四日，忽然穎州的劉福通遣了使臣前來；並有詔書封朱元璋做大元帥，徐達、常遇春做了左右都督，得專征伐。那劉福通是什麼人？怎樣好下詔書呢？

當元順帝至正九年時，有一個欒州人，名韓山童的，倡起白蓮會，糾那些愚民入會；韓山童本習些左道旁門的邪術，替人符籙治病，很有點小驗，無識的鄉民奉他做了神佛，百般地崇拜著。這樣一來，山童的勢力漸漸膨脹起來，凡河南、江淮一帶，徒眾已有兩三萬了；山童見勢日大，便和黨徒王顯忠、羅文素、劉福通等一班人連夜舉義。

山童自稱是宋代皇裔，建號宋帝；元朝都指揮兀脫帖木兒領兵征剿，一戰便擒了山童，劉福通卻負了山童的兒子林兒，逃到河南。那裏白蓮會的黨徒原很不少，福通便號召起來，竟得了四五萬人；當時豎起大纛，佔了亳州，奉韓林兒做了小明王，國號仍稱為宋，建元叫作龍鳳。劉福通挾著宋朝的名稱，四處去招附著盜寇；凡當時爭天下的群雄，都經福通加著封典，一時也有接受他的，也有拒絕的，一般草寇歸順他的最多。

這時，劉福通的使者到了朱元璋那裏，諸將把詔書讀了，一齊好笑起來；元璋就拿這件事去和劉伯溫商議，伯溫說道：「主公既和群雄角逐，何必要去依賴他人。」

元璋點頭道：「這話不差。」

正要打發使者把偽詔退回，只見常遇春進來道：「主公獨力舉義，羽翼還不曾豐足，今趁著劉福通來修好，不妨受了他的；雖不見得有益，做個聲援也是好的。」

元璋見說，不覺笑道：「他能夠給我們利用，就名義上附了他；只要根本沒有損益，也未嘗不可。」於是，令款待劉福通來使，受了他大元帥的詔封，著軍中一例稱龍鳳年號。

諸將得了這樣的命令，個個不服，來稟元璋，道：「韓林兒是個山野的牧豎，怎麼去附順他起來？」

元璋說道：「林兒出身微賤，我也曉得的，不過，他現在襲著宋朝的大名，天下人心向宋，卻不辨真偽；我們也借這個名目，做事容易一點的意思，並非有心去歸順他。」眾將聽說，這才沒有說話。

當下，元璋聽了劉基的規劃，先從東南著手；那時要待渡江南下，卻沒有船隻，就去拘些民船來，卻也載不了多少兵。元璋的心中很覺得懊惱；正在這當兒，忽有水寇廖永安和兄弟永忠，首領俞通海、通淵兄弟等領著部眾，前來投誠元璋。

那廖永安和俞通海等，是巢湖著名的大盜，手下有六七百艘戰船，二萬多名健卒；屢次和元兵為難，官兵見了很是他們害怕。其時，元廷的副元帥朵察耐，督著五萬水師，收守了湖口；廖永安、俞通海等久困湖中，食糧漸盡，想去劫掠，只是卻衝不出那口子。

廖永安和通海計議，如這樣的困下去，只有束手待死；若要解去那重圍，須陸上援兵，從外面殺入，裏面水兵殺出，兩下夾攻才得成功。但算來算去，惟有朱元璋的聲勢最大，兵力也充足，距離又甚近，應援比他處便利；故廖永安和俞通海議定，決定來歸附元璋，求他前來解圍。主意打定，廖、俞兩人便悄悄地從水口逃出來，謁見元璋。

元璋問明了來歷，便微笑著對徐達說道：「廖永安前來歸我，也是求我救應的意思；而我這裏，正缺乏水軍和船隻，大可以將計就計，順勢渡江，這不是一個好機會嗎？」徐達也很贊成；元璋便吩咐廖永安、俞通海，約定了日期，全力合攻官兵。

到了那天，元璋親率兵馬，和徐達、常遇春、胡大海、花雲等一班戰將，拜劉基做了軍師，星夜來襲取湖口；元將朵察耐，只防著湖中的盜寇，卻不曾留心背後的來兵。元璋軍馬殺入，一聲暗號，廖永安、俞通海領著部下水盜，奮勇地殺出；朵察耐那裏抵擋得住，被元璋的兵馬殺得大敗，各自奔逃，朵察耐也幾乎給胡大海捉住。

這一場好殺，弄得元兵魂喪膽落；元璋既打敗元兵，便傳令兵士們且沿江屯駐，一面令廖永安調齊戰船準備應用。廖永安便集了船隻回報元璋，元璋著廖永安、永忠、俞通海、通淵，領了湖中原有水兵引道做先鋒；自己和劉基、徐達、常遇春、胡大海、華雲龍、花雲、鄧愈等，率著軍馬，紛紛登舟，在後揚帆進發。

船到了半江，元璋下令道：「我軍此次名為追襲元兵，實在元兵早已走遠了；現在的方向，咱們不如先破牛渚磯，牛渚磯一破，那采石磯就不難得了。這兩個地方，都是江中的險要；我們軍馬渡江，卻不可不爭。」

元璋話猶未了，俞通海應聲道：「我願去攻采石。」

元璋點頭道：「你去也好，須要小心了。」通海答應著，一手揮動大旗，一手提了大刀，督著兵士前進。

那時，江流湍急，船在水上，好似射箭一般；通海仗著深知水性，挺立船頭，直往那采石磯馳來。講到采石磯這個地方，似一座險峻的小島矗立江中，高出水面約有兩丈光景；元將朵察耐在湖上敗走後，卻來守著這采石磯。他遠遠望著元璋的兵馬，駕著大船向磯駛來，便喝令軍士放箭；俞通海兩次進攻，都被箭射退。

那廖永安和弟永忠，因新降元璋，急著要立功；便也駕著大舟，盡力地來攻采石磯，也給朵察耐射走。這時，元璋領著眾將去奪牛渚磯，磯上還不到三百個人馬；徐達和常遇春殺上牛渚磯，把幾百個兵士殺得四散逃走。元璋得牛渚磯，留華雲龍守著，自己和常遇春等督著人馬，全力來取采石磯。

那時，磯上矢石如驟雨一般，兵丁沒一個敢上前；常遇春在船頭上大叫，道：「看我來爭奪頭功！」說罷，便挑選了二十個健卒，手裏各拿著鐵盾，駕了一隻小舟，飛奔到了磯下；遇春便縱身一躍，跳上磯來。

不期，那朵察耐的副將別也瞧見遇春上磯，看個清楚，一戟就向遇春頭上刺來；遇春忙拿盾去護時，已來不及了，那支戟恰巧刺在髮髻上。戟上有勾，將遇春髮髻勾住；別也盡力一提，遇春兩腳離空，險些兒被他牽倒。正在危急萬分，遇春忙把短刀往自己的頭上削去，竟連髮髻和頂肉一齊削落；遇春也不顧痛疼，便仗刀來奔別也。

別也大驚，措手不及，給遇春奮勇砍倒，後面兵丁也蟻附上磯；徐達、胡大海、花雲等紛紛隨上，大家一陣地亂殺。元兵慌得走投無路，落水的也很不少；朵察耐立腳不住，領著三四十人，逃到一隻小船上，揚起布帆，投奔金陵去了。

元璋得了采石磯，連夜進兵太平；廖永安和俞通海在采石磯未曾立功，又來討令攻取太平。太平守將陳野先和他兒子兆先，親督軍士死守；牙將方榮進言道：「朱元璋來勢甚大，孤城死守也不是久計，將軍何不前去詐降，裏應外合，自然一戰成功。」野先稱善，便同了方榮，來元璋軍前請降。元璋大喜，收了降書，約定明日進城；野先退出，暗中使人去報知兆先，叫他隨機行事。

野先走後，劉基密對元璋道：「野先說話時，雙眼灼灼不定；恐他是一種詐降，主公須要防備。」

元璋說道：「我也這麼想，先生可有什麼妙計？」

劉基便附著元璋的耳朵道如此如此，元璋大喜，立刻召常遇春、胡大海、花雲、繆大亨、呂懷玉、耿炳文等人，入帳授著密計去了；又令俞通海、廖永安等暫緩圍城，將兵馬退下十里，待明天聽得炮響，便回兵殺來，廖、俞兩將領令自去。

第二天，陳野先和牙將方榮，來請元璋進城安民；元璋自和徐達、胡基、李善長、郭英、郭興、鄧愈、方剛、常遇春、沐英等一班人，同了陳野先、方榮，並馬往太平城來。看看將到城下，早見吊橋放下，城門大開；這時，元璋忽然變色，向野先喝道：「我倒誠意待你，你怎麼卻來暗算我？」

野先見說，大吃一驚，知道事已洩漏，正要去拔佩劍，郭興、郭英已把野先獲住；方榮忙仗刀來

救，背後被鄧愈一槍刺落馬下。沐英從懷裏掏出信炮來，燃著轟隆的一聲，只聽得鼓角齊鳴；常遇春、胡大海、花雲、呂懷玉、耿炳文、繆大亨等分四面殺出，都來搶城。

野先的兒子兆先，見城下有變，曉得元璋不是單身進城，忙喚起伏兵，來關城門；一時那裏還關得上，常遇春、胡大海、花雲、繆大亨四騎馬爭先進城，劈頭碰著副將王賁，手揮大刀攔住去路。常遇春挺槍直刺，王賁仗刀接戰，胡大海隨手一斧，把王賁劈落馬下；兵丁吶喊一聲，隨著遇春、大海等擁入城去。

陳兆先見不是勢頭，領了敗兵，開了西門逃走；不提防俞通海和廖永安率兵殺到，把兆先圍在垓心。兆先部下猛將張均，大喊：「兵丁們，跟我殺出去！」便仗著一根梨花槍，飄飄地殺開一條血路，救了陳兆先落荒而走。

俞通海不捨，從後頭緊緊地追趕；張均和兆先漸漸走遠，看看將要逃脫，通海十分惱恨，揮動部卒，狠命來追。兆先、張均正向前奔走，猛聽得斜刺裏大叫：「快擒陳兆先」；一隊兵馬當頭攔著去路，馬上兩員小將，正是方剛、沐英，因奉了元璋的密令，在這裏守候，恰好遇著兆先，二人便雙取兆先。張均忙上來敵住方剛、沐英；後面俞通海殺來，廖永安和弟永忠也領兵殺到。

陳兆先背腹受敵，無心戀戰，只得奪路逃命；沐英、方剛雙戰強均，又加上一個俞通海，張均雖然力猛，也有些抵擋不住了。那通海的兄弟通淵，舞著鋼叉來助戰；張均一個失手，被通淵一叉搠在股上，張均棄了槍，拔出劍飛身砍去，把通淵一劍斬落頭顱。

通海見兄弟被殺，惱得眼中火星四冒，大吼一聲，提起宣花斧，拼力往張均砍來；張均一口劍正禦著方剛、沐英兩種兵器，再無暇顧及通海。看看斧已到了頭頂，只好閃身讓過，通海卻用力太猛了，把張均的坐馬砍做兩截；張均失了馬，翻身落地。

沐英、方剛雙槍齊下，張均撥開方剛的槍尖，被沐英一槍刺進左臂；通海順手一斧，把張均連頭夾肩，劈去了半爿。三人殺了張均，回馬來幫著廖永安，圍住了陳兆先；兆先見四面都是敵將，諒來不能脫身，便拔出劍來，往脖子上只一抹，猩紅四濺，屍身從馬上墜落塵埃。

通海等殺散元兵，奏著凱歌，回到太平城來；這時，元璋、徐達、劉基、常遇春等，已進城出榜安民。通海獻上張均的首級，並說通淵陣亡；元璋很為歎息，命軍中設起祭桌，供上張均的頭顱親奠通淵，大哭了一場，諸將在旁也無不感泣。這時，廖永安也來獻俘，呈上陳兆先的頭；那陳野先已降了元璋，一見他兒子的頭顱，不覺痛哭起來，所以到了後來，野先終背叛了元璋。

其時，元璋得了太平，便令野先、吳貞駐守，自己來奪取金陵；那金陵是江南要區，元朝派有重兵鎮守，都督赤福壽擁兵坐守內城，外城是釆石敗走的朵察耐守著。朱元璋兵到城下，朵察耐一面去報知赤福壽，一面和兵丁上城守禦；赤福壽得著了消息，親領著五千名飛虎兵，開城來和元璋交戰。

講到那赤福壽，原是順帝的族叔，也是元朝著名的良將；使著一口百二十斤的九環大刀，輪動如風，平常的戰將休想近得他的身，大有馬前無三合之將的氣概。

第一天，元璋出兵和赤福壽交戰，被他殺得大敗；元璋收兵回營，便和軍師劉基商議。劉基說道：

「主公要破赤福壽，須先翦除他的羽翼，金陵就一鼓可下。」

元璋很以為然，當下兵分一半，命徐達帶領郭興、郭英、胡大海、廖永安等進取鎮江，這裏仍把金陵團團圍住；徐達兵連得了鎮江、江陰，大兵直搗蘭陵（常州）。

那時，泰州的張士誠已破了平江、湖州、蘭陵諸郡，兵威大振；那守蘭陵的是士誠的兄弟士德，能使獨腳的銅人，兇猛異常。徐達兵至蘭陵，和士德連見數陣，兩方都有死傷，不分勝負；徐達憤恨交併，便設下一計，要殺敗張士德，奪取蘭陵。

第十八回　張士誠

張士誠陷了松江等郡，襲取蘭陵，命兄弟張士德為大都督，在蘭陵駐守；蘭陵就是現在的常州。士誠卻在泰州自稱為城王；泰州名定於南唐，即今之淮揚道。徐達得了鎮江，便來攻常州；張士德聽得徐達兵到，親領了健卒出城抵敵。

士德的為人悍勇無匹，初和徐達對仗，就舞著獨腳銅人大呼陷陣；徐達這邊，胡大海、郭英、郭興、廖永安四個敵住士德。士德把銅人使得呼呼風響，連水也潑不進一點；五人鬥了有二十餘合，士德性起，右手舞著銅人，擋住了四樣兵器，左手悄悄地去抽出銅鞭來，只是一鞭，正打在廖永安的背上，打得永安伏鞍敗走。

郭興心慌，手指已給士德打著，棄槍回陣；郭英、大海敵不過士德，正要退下，恰好徐達見四將敗了兩個，深恐有失，忙鳴金收兵。郭英、大海棄了士德便走；士德趁勢，把銅人一揮，兵士掩殺過來，徐達擋不住，也只有敗走。士德追殺一陣自回，徐達收了敗軍，退十里下寨；這一場廝殺，算明軍和誠兵第一次的交手。

徐達因這天戰敗，心中悶悶不樂，到了晚上，便獨背著手，巡視兵士們的營帳；走出營門，但見一

輪皓月當空，大街如洗，萬籟無聲。遙望蘭陵城中，火光燭光猶若長蛇，打鬥聲叮噹不絕；徐達不覺歎口氣，道：「素聞張士誠有個兄弟士德，十分能兵，今日果然不假。」

正在歎著，忽見郭英領了十名小校掌著燈，巡查過來；瞧見徐達一個人站在那裏，便問：「主將還不曾安息嗎？」

徐達搖頭，道：「勁敵當前，如何能夠安睡？」

郭英低聲道：「末將正為這件事，要和主將商議，請到帳中再說。」徐達聽了，便握了郭英的手，同進中軍帳坐下。

徐達先說道：「我自隨主公征戰以來，戎馬七載，從未有今天這樣的大敗；說起來真也慚愧，不知郭統帶可有甚妙計，去破得士德？」

郭英答道：「末將聽說，張士德的為人性急暴戾；往往無故鞭撻士卒，所以部下離心。現有士德的親隨四名，到末將處來投降；據他們說，士德所持的就是獨腳銅人，只須把他這處兵器盜去，自然容易對付了。依末將的愚見，重賞那四個親隨，著他混進蘭陵，盜了士德的兵器，便在那裏放起火來，只說敵兵殺進來了；這樣一鬧，城中必定自亂，我們趁勢攻城，士德也不難受縛了。」

徐達見說，不禁驚喜道：「果有這事嗎？那是天助我了。」當下令郭英喚過士德的四個親隨來，用好言撫慰了一番，叫他依計行事；並約定三天內若城中火起，便領兵攻城。那四個親隨走後，徐達又各營瞧了一回，才回帳帶甲假寐。

第二天傳令進兵，到了城下，卻不和士德交戰，只是堅守不出；士德雖裸衣叫陣，徐達命將士不許理他。看看天晚下來，徐達著郭英、郭興、胡大海等不得卸甲，以便隨時攻城；廖永安因被士德打傷，臥病後帳，徐達使他兄弟永忠去服侍永安，不必參與戰事。

這一夜，徐達眼巴巴地望到天明，見城內沒甚麼動靜，日間就帳中安息；第二晚，又照樣望著，天將四更，仍沒一點影蹤，徐達自己也有些困倦，便令軍士去更番瞭望。這時，徐達回帳，伏在几上，正矇朧的當兒，耳邊忽聽得畫角嗚，喊聲連天，軍士來報城中火起；徐達便直跳起來，下令軍士火速攻城。

原來，士德的四個親隨奉了徐達的密計，偷進城去；第一天卻得不到機會，第二天，才混入士德的署中。好在士德那裏的親兵護衛都認得的，大家並不疑心；四人中，有一個和衛兵要好的，便去和一個衛兵商量，許他厚酬。到了三更時候，待士德睡著了，那衛兵把士德的銅人掮了出來；但一時無處安放，又不能拿出署去，五個人便舁著銅人，去拋在署後的枯井裏，趁間在馬棚的草料堆上放起火來。

一時火光衝天，署中大亂；那個衛兵和四個親隨從署後直奔到前廳，口裏大叫「敵兵殺來了！」士德從夢中驚醒，倉皇尋不著他的兵器，赤著足跑出大堂；一眼瞧見自己的親隨四五人，在廳前喊著敵兵殺來，知道其中有奸細，就飛身過去，拿手去抓。一手一個捉住了兩人，隨手往地上一摔，早給他摔死，一個連頭都被他摔斷了；還有兩個親隨和那衛兵慌忙逃了出去，沿路去散佈著流言。

這裏，士德怒氣不息，一面令吹角集隊，自己去找了一把大刀，親來督率兵丁守城；城外的徐達聽得城內的角聲，曉得士德沒有防備，忙迫中在那裏齊隊，於是催促軍士全力攻打。不到一刻，郭英的部卒已打進了西門，胡大海也奮勇上了南門的城牆，兵丁們隨後跟了上去；西、南兩門大開，徐達和郭興分兵兩路進城。士德的軍馬四散奔逃，互相踐踏；城內立時紛亂，喊殺聲震天。

士德卻領著健卒三百名，到西門來阻擋；不防南門徐達殺到，士德背腹受敵，只得帶了十餘騎，殺開一條血路，向北門逃走去了。徐達也不去追趕，著兵士救滅了餘火，出榜安民；胡大海、郭興、郭英都來報功，共奪得器械數十車，俘卒六百名，首級三百多顆。

那做內線的四個親隨、一個衛兵，五人中，被士德捽死兩個，一個死在亂軍中，只剩一個親隨和那衛兵；兩人來見徐達，徐達重賞二人，那衛兵不願受賞，但求收錄帳下。問他姓名，說叫趙得勝，徐達立給他做了隊長，趙得勝叩謝退去，那個親隨也領了賞去了；徐達既下蘭陵，飛馬去報知元璋。

這時，元璋也攻破金陵，在城中安民了；但那金陵城池鞏固，更兼有赤福壽的智勇，怎樣會給元璋攻陷呢？那都是劉伯溫軍師的計劃，叫軍中揑造謠言，只說張士誠襲取濠州；元兵得著這個消息，便來報給赤福壽。

朵察耐聽了大喜，道：「濠州是朱元璋的根本，他的將領家屬也都在那裏，若張士誠果然去攻濠州，元璋非渡江回兵救援不可；咱們趁他退兵的當兒，全力追殺他一陣，令他一個片甲不還。」赤福壽見說，也覺得有理，便傳令兵士們預備追剿敵軍。

那朵察耐便不時上城，親自來瞭望元璋的兵寨；到了第四天，見元璋的兵馬一個個身負行裝，似要起程的樣子，忙來見赤福壽，道：「朱元璋的營壘已拔，只怕今夜還要潛行渡江呢！」

赤福壽說道：「元璋平日詭計極多，咱們且看他真個退兵了，再引軍去追擊不遲。」

朵察耐唯唯退出，私下和軍士們說道：「敵兵受後方的牽制，已無心戀戰，此時若出去殺他一陣，包管他們抱頭鼠竄；不過老王爺膽小，只恐錯過機會，敵兵一過江，那就完了。」兵士們聽說，大家皆摩拳擦掌，要去廝殺。

看看天色晚了下來，這裏劉伯溫便點鼓傳將，命常遇春、花雲、繆大亨、呂懷玉、俞通海、沐英、鄧愈、鄭遇春一班戰將進帳，授了密計，只留耿炳文、方剛等護衛中軍，餘下都遣發出去；伯溫調度停當，自己和元璋、李善長等拔寨起行。

城內，朵察耐望見，竟去報知赤福壽，領兵欲去追趕；赤福壽阻住道：「你在這裏守住城池，待我出兵去追，以便看風行事，免墮他的奸謀。」朵察耐聽了，滿心的不悅，又不好違忤；只得領命，自去守城。

當下，赤福壽自引著五千名飛虎兵出城，尾隨朱元璋的兵馬；他想，待元璋兵馬一半渡江時才去痛擊，使他們首尾不顧，自然大獲全勝了。誰知，元璋領兵到了江口，便下令道：「我們現在前當大江，既沒渡船，後面又有追兵，進退同一是死；不如回去和他拚個死活，絕處逢生也未可知。」

兵士們聽了，齊聲說：「情願死戰！」元璋大喜，即命前隊作改後隊，吶喊一聲，向著元兵衝殺過

去。赤福壽的飛虎兵本很厲害，其時元璋的兵馬個個拼死，竟是以一當十；飛虎兵那裏擋得住，紛紛地向後敗退。赤福壽還不知是計，只當敵兵被逼得急了，是困獸猶鬥的意思；所以力喝著兵士不許倒退，並斬了兩個隊長，卻一點也不見效。

那敵兵似潮湧般衝殺過來，赤福壽也立腳不住，下令且戰且走；才走得半里多路，猛聽得一聲炮響，元璋的兵馬大隊殺到，左有常遇春、呂懷玉，右有繆大亨、花雲，背後是鄧愈、鄭遇春殺來。前面朱元璋親自督同方剛、耿炳文奮勇衝鋒，赤福壽四面受敵，五千飛虎兵不待軍令，早已大敗，各自奔逃；赤福壽大怒，揮著大刀，狠命地殺出重圍，那面的兵馬又圍了上來，殺退一重又是一重，左衝右突，只是殺不出去。

正在危急的當兒，忽然一隊人馬殺到，卻是朵察耐領了傾城的兵馬來救赤福壽；赤福壽驚問道：「你如何得知我兵敗被圍？」

朵察耐道：「剛才王爺著人來城下求救，命末將速來相援，故領兵到此。」

赤福壽頓足道：「這是賊人的奸計，你怎的相信他？咱們快回去保城要緊！」

朵察耐聽了，也有些心慌，和赤福壽合兵一起，飛奔地殺到城下；只聽得那城上一聲鼓響，火把齊明，沐英在城樓上大叫，道：「老王爺不必氣惱，我已佔得城池了。」

赤福壽大憤，待要令軍士攻城，城中的俞通海已領兵殺出；後面朱元璋大軍趕到，把赤福壽和朵察耐圍在核心。常遇春、花雲等曉得赤福壽勇猛，卻不來交戰，只把他圍住了；令軍士們叫道：「赤福壽！快下馬受綁！」氣得赤福壽咆哮如雷，幾次衝殺出去，都被強駑射回。

天氣已經發白，赤福壽已殺得人困馬乏，渾身血染得裏衣都紅了；諒來不能脫身，便咬著牙，對朵察耐恨道：「都是你這渾人弄壞的事。」說罷，拔出劍來，將朵察耐砍作兩段。

回顧士卒，剩得寥寥十餘騎，飛虎兵卻是一個也沒有了；赤福壽仰天長歎道：「老臣不能盡心保國，今日惟有追隨先帝去了。」說時淚如雨下，便高叫了三聲「聖上」，提起龍泉劍，向自己的頸上揮去；可憐一個赤膽忠心的老王爺，一縷忠魂便往著閻羅殿上去了。

赤福壽既死，元璋令收拾餘下的殘兵，一面叫鳴金收軍；卻見赤福壽的屍身兀是坐在棗騮馬上，手握著大刀挺然不倒。元璋也詫異道：「好一個忠烈的老王爺！我這裏兵馬進城，斷不擾害百姓；並將老王爺的眷屬使人護送出城，命他們收葬老王爺就是了。」元璋這句話不曾說完，赤福壽的屍體便仆地倒了；兵士們都搖頭咋舌，常遇春等一班將領無不嗟歎。

元璋軍馬進城，安民已畢，請出赤福壽的家眷，告訴他們赤福壽已死節；就幫著他的家眷們治喪，用王爺的衣冠盛殮了赤福壽，元璋還親自哭奠了一番。又著沐英護送赤福壽的靈柩和眷口出城，沿途的百姓和赤福壽手下的將校降卒，一齊來哭送，悲聲遍野，無限淒涼；這種慘目傷心的景象，真令人看了淚下。

元璋得了南京，正在和諸將慶賀，忽警探報來，蘄水徐壽輝被部下沔陽人陳友諒殺死；友諒統其部眾領兵東下，迭陷了安慶、瑞州，便攻破了池州，竟來襲取太平，太平守將陳野先和吳貞，星夜差

人到金陵來告急。元璋得了這消息，不覺大驚道：「太平如其有失，江南即非我有了。」當下飛檄徐達，令他趕緊往援太平；元璋自己和劉基、常遇春等，親統大軍與陳友諒交戰，留花雲和沐英暫駐守著金陵。

徐達得元璋的命令，叫俞通海屯兵蘭陵，便領了郭興、郭英、廖永安等，兼程去救太平；第一次和陳友諒軍馬相遇，戰得一個不分勝負。隔不幾天，元璋的大軍也到了；友諒的領兵將官傅友德，聽得元璋親到，便退兵十里下寨。

陳友諒這時已自號漢王，頒檄四方；他聞知朱元璋兵到，傅友德反退十里，大禁大怒，道：「友德難道有了異心嗎？」當下不問皂白，把傅友德的兄弟友思及妻孥等，一齊綁起來殺了。友德在軍中得知友諒殺了他的兄弟、家屬，便大哭了一場，連夜領了部眾來投誠元璋；元璋用好言撫慰友德，並授他為都總官。

友德本陳友諒部下驍將，既投了元璋，就各處招降同伴；三日中，連降了龍興、瑞州，又破了池州。陳友諒聞報大怒，欲親統大軍，來和元璋交戰；部將張定邊在一旁，道：「元璋聲勢正盛，若與他爭鋒，不如搗他金陵，令首尾不及相顧，便可以不戰自破了。」友諒大喜，於是調動軍馬，預備起艨艟大艦，順流東下，直撲金陵。

那時，花雲、沐英又來飛報元璋，元璋和劉基商議，覺得不能不回援金陵，只得下令星夜馳歸；又恐陳友諒派兵襲後，命傅友德埋伏在要隘，由徐達壓著大隊，慢慢地退去。陳友諒部將羅文幹，果然領兵來追，被傅友德大殺一陣；徐達又回兵殺來，羅文幹大敗逃去。

元璋因急於去援金陵，仍令陳野先、吳貞等，兼守太平及龍池諸州；吳貞的兵力太薄，不到幾天，龍州等先後被羅文幹奪去，只死力保住了一個太平。元璋兵還金陵，但見陳友諒戰船盈江，旌旗蔽空，兵容很為壯盛；元璋大驚道：「友諒軍盛如是，我們怎樣抵敵？」

帳下兵士議論紛紛，有的說不如出降友諒，再圖機會；胡大海大叫道：「我和主公東征西伐，從未折過銳氣，怎麼為了一個漁牙子，卻嚇成這般光景？你們只顧去降，我卻情願戰死的。」說罷，便要領了五十名健卒，去和友諒交鋒。

徐達、常遇春忙來勸住大海，並拔劍斬了幾個說投降的兵士；徐達提了頭顱，向軍士們宣示道：「誰要再說降的，就照這個模樣！」一軍就此肅然，沒人敢再提「投降」兩字了。

那時，由徐達鼓勵了將士一番，親領了三千步兵，駕著大船來戰友諒；兩下裏一接仗，友諒的舟大勢重，順水衝來，竟把徐達的船撞翻。幸得徐達換船快，逃了性命；元璋見己軍不能取勝，心裏十分懊傷；但那友諒這樣的厲害，卻是個漁販出身，所以胡大海罵他是漁牙子。

陳友諒本是沔陽人，和他兄弟友信起初是捕魚度日；後來因友諒兇悍，一言不對路，就和人刀槍相見。一般漁販子們也強橫不容易對付，只看見了友諒，大家都很懼怕他，情願各事受他的指揮；友諒做了漁販的首領，在沔陽地方很有些勢力。

恰巧沔陽有個土豪張三，家裏養著教師，專門在那裏淩虐小民；一天，友諒在酒樓上哄飲，張三也

領了家奴來奪座頭。兩方各不相讓，便廝打了起來，引得陳友諒性起，提刀砍倒了張三，殺敗一班教師，嚇得市上家家閉門；友諒見禍已闖大了，索性趕到張三家裏，殺了他一門，劫了金銀財物，同著兄弟友信，帶了五六百個漁販來投奔徐壽輝。

這時，徐壽輝正和倪文俊、鄒普勝等，在蘄水起事；可是徐壽輝為人懦弱，倪文俊想刺殺壽輝自立為王，卻被鄒普勝得知，和友諒打退文俊，文俊便引了部下自去了。過不上幾時，友諒與普勝結合，殺了徐壽輝，推友諒做了主帥，居然也佔城奪池起來了；那時，他出兵奪了龍瑞州，友諒便自稱漢王，統著大軍來取金陵，元璋出兵抵禦，連敗了幾陣。

元璋憂愁萬分，劉基進言道：「陳友諒精於水上行軍，卻不曾知道兵法；我看他出戰，總是橫衝直撞，我軍舟小，擋不住他的來勢勇猛。現在要破友諒，只有火攻的辦法，他船大身重，進退不便，一旦遇火，軍士必然自亂；我軍趁間進撲，足令友諒喪膽。」

元璋大喜，道：「我也想到此計，但軍師不言，我未敢實行。」於是商議停當，先令常遇春駕著小舟，舟內藏了火種，逼進友諒大船；徐達、胡大海、廖永安等，做了第二隊，元璋自引大軍在後接應。分撥已定，待到黃昏時候，常遇春穿了一身的水靠，手執著盾牌；領了五十名健卒，飛馳到江面，直奔陳友諒的軍中來。

友諒因連日得勝，正和軍將在大船上高飲，忽然東北風大起，把一面帥字旗吹折；友諒大驚，太尉鄒普勝說道：「天來示警，須防敵兵夜襲。」話猶未了，軍士便報有小舟駛近大船來了。

友諒吩咐，用強弩射去，誰知舟上兵丁個個仗著護盾，飛矢不能傷他；軍士見小船越來越近，又去飛報友諒。友諒其時已有了三分酒意，只含糊說道：「你們但提防著，不讓敵兵上船就是了。」

這句話才出口，猛聽得來一聲大喊；常遇春的小舟上立時火發，仗著怒吼的東北風，向著友諒大船上燒來。霎時間，火箭如雨，友諒的船上已經四處燒著，船上兵士大亂；太尉鄒普勝挾了友諒，奔到後船，逃入小船中避火。

這時，徐達、胡大海、廖永安和元璋等兩路兵馬殺到，每一隻船上，都把火箭射過來；友諒三百號大船差不多一半著了火了，十萬士卒也無心戀戰，只各自顧著性命紛紛逃命，落水死的更不計其數。友諒部下的大將張定邊，揚刀大呼，把戰船的鎖鏈斬斷，救了友諒，駕著三十多隻大船，奔入鄱陽湖中屯駐；檢點人馬，十人裏死傷了六七，只得暫行休養，再圖恢復。

朱元璋大獲全勝，當下鳴金收軍，命徐達、常遇春駐兵外城，元璋自己和劉伯溫、李善長等，引軍還金陵帥府；正在大犒三軍，警騎又接二連三地報到，說張士誠令弟士德統兵攻打鎮江。

元璋就席上問道：「哪位將軍去援鎮江？」胡大海應聲願往，花雲也要去；恰巧常遇春來請命，元璋就令常遇春領兵，大海、花雲為正副先鋒，星夜領兵前去。

常遇春到了鎮江，見士德已將兵退去，在白龍潭下寨扼守；遇春相了地勢，第二天傳令，兵士各拿一沙袋應用。兵士們不知什麼意思，又不敢不依；不一刻沙袋備齊，遇春便決水來淹春德。

第十九回　鄱陽決戰

張士德屯兵白龍潭口，據著險嶰，深溝高壘，足以自守；常遇春勞師遠來，利在速戰，倘日期一多，師老餉絕就不戰也要自退了。這種計劃在士德，是以逸待勞的意思，但常遇春也是歷經戎馬的將才，難道對於這一點也為不識嗎？見了士德堅守不出，便在白龍潭的附近相度了地勢，令軍士各取了一袋沙土，悄悄跑到白龍潭的口上，把水道堵塞起來。

那潭中水流本通著大江，水勢十分湍急，一經被沙土堵住，立刻增漲得水高丈餘；常遇春下令，兵士把沙土挖起，才得去一半，那洪波已是滔滔滾滾，似銀河倒瀉，奔騰澎湃，往堤岸上直淹上來。張士德正自幸深得地勢，不提防大水沖來，兵丁們連嚷著水來了；聲還未絕，水已沒膝，頃刻又及肩了，兵士紛紛避水，營中頓時大亂。

張士德慌忙上馬，水沒了馬腹不能策騎，又沒有船隻；正在危急的當兒，常遇春駕著十幾艘戰船，分作四路殺來。遇春部下副將張勇，首先駛進士德的大營；士德正立馬水中，無計可施，一眼瞧見張勇的船撞來，便在馬上一躍登船。張勇挺戟來刺，士德讓過，一手奪住張勇的戟，盡力一拖又是一縱；只聽得噗通一聲，張勇已跌落水裏去了。

士德仗著手中的戟，逼著軍士們駕舟；那些軍士見主將已落水，也就吶喊一聲，噗通噗通，一個個地跳到水裏去了。那戰船沒人駕舵，就在江心中擺蕩起來；幸得張士德是海上出身，他毫不懼怯地跑到船梢上，兩腿夾住了舵柄，一手划櫓，一手打篙，逕向著岸邊駛來。

那邊常遇春、胡大海、花雲領著兵士，紛紛殺入士德的營中；張士德的兵馬一半死在水裏，餘下的都泅水逃命，誰還有暇來抵抗敵兵？只有張士德獨駕一舟，看看離岸邊有十幾丈，胡大海卻從斜刺裏撞出，舞著大斧，立在船頭上來擋士德；士德忙用竹篙來擋，但聽得啪噠一響，竹篙已被大海削斷，士德卻執了斷篙，在船頭上和大海戰了起來。

大海手下的兵士大喊殺賊，一齊擁上去，把士德團團圍住；士德眼明手快，飛腳踢倒了一個兵士，隨手奪了一把鬼頭刀，惡狠狠地擋著大海。背後，花雲又駕了大船駛到；兩員猛將雙戰士德，三個人鬥了四五十回合。士德因為器械不順手，便虛晃一刀，夾著舵，蕩開船頭，下櫓疾駛；一轉眼，已離開大海、花雲十幾丈了。

花雲對大海道：「士德這傢伙果然驍勇，怪不得徐元帥說他有萬夫之敵；今日見面，果然名不虛傳。」

大海道：「那傢伙雖厲害，此刻孤身也狠不出來；況且又在水上，咱們趁這時擒了他，免得他再猖獗。」花雲點頭，兩將就督促了兵士奮力划舟，飛般似地向士德趕來。

士德究屬一個人，漸漸給大海追上；士德大怒，咬牙橫刀，奮身跳過大海的船頭，一腳把大海踢倒。正要拿刀去刺，花雲瞧見，也忙跳過船來，擋住士德的刀鋒，兩人又在船頭上廝殺起來了；大海也從船中翻身爬起，持刀往士德腳上便剁，士德慌忙跳開。

恰巧花雲那隻空船駛近，士德縱身飛躍過去，兩腳還不曾立穩；忽然斜裏駛出一船，向士德的舟上猛力一撞，士德站不住，一跤跌入江中。船上一員將官，穿著一身的水靠，也噗的鑽下水去，拖住了士德的衣甲，兵丁伸下，拿勾把士德搭住；那將跳上船頭，軍士已把士德擒上船來。

花雲和大海看那員將官，卻不是別人，正是水上驍將廖永安；原來軍師劉伯溫恐士德勇健，常遇春兵力不足，所以令廖永安帶領健卒五百名，從水上來接應。正好遇春和士德開仗，花雲、胡大海戰不下士德的當兒，廖永安率兵駛到，擒住了張士德；這時，遇春已收拾了士德的殘卒，會合胡、花兩將。廖永安來謁見，獻上敵將張士德；遇春大喜，上了廖永安的頭功，把士德解上金陵，士德在半途自刎而死。

這裏，常遇春下令進取常熟以及丹陽諸郡，不到半月，都已一一收服；飛馬報知元璋，回檄令花雲留守鎮江，著常遇春、胡大海、廖永安等出師太平，進取池州。

守池州的是陳友諒的部將羅文幹，聽得常遇春到，一面報與陳友諒，一面卻預備著出戰；陳友諒聞朱元璋兵馬又來挑釁，十分憤怒，便連夜和大將張定邊、太尉鄒普勝統兵五六萬，親自救援池州。遇春見友諒勢大，忙飛書向金陵告急；元璋接書，知道友諒捲土重來，非這次把他剿除，否則將來終是大患。當下命郭英、耿炳文、鄧愈、李善長駐守著金陵；自己和徐達、劉伯溫等兼程而進。

到了池州，遇春、大海、永安等三人出寨迎接；元璋進了軍營，問起陳友諒的情形。常遇春說道：「羅文幹那傢伙倒不足慮，只是那個太尉鄒普勝，卻很是悍猛。」

元璋點頭道：「待明天見他一陣，再定計劃吧！」

第二天，元璋領兵出陣，左有徐達，右有常遇春，兩旁胡大海、鄭遇春、郭興、呂懷玉、傅友德、方剛、沐英諸將一字兒排開；那邊陳友諒也率著鄒普勝、張定邊擺著陣勢。友諒一馬飛出，大叫朱元璋答話；元璋便躍馬出陣，應道：「我就是朱元璋，不知你有甚麼話要說？」

友諒用鞭指著，怒道：「我與你並無仇怨，為什麼幾次來犯我的疆界？」

元璋大笑道：「天下是人人的天下，怎說犯你的疆界？那麼，你的疆界又是從那裏來的呢？」

友諒大憤道：「牧牛兒不識好言，誰給我擒來？」聲未絕處，鄒普勝應聲出馬，擎著九級的棗陽槊，向著元璋直殺過來。

元璋正待拔劍相迎，胡大海早已舉起宣花斧，接住普勝交鋒；那普勝一根槊，真是神出鬼沒，大海已是累得渾身大汗，那裏抵敵得住。廖永安忍不住，也奮勇來敵住普勝，兩人力戰，兀是遮攔不住；元璋在馬上用鞭指道：「普勝非一二人可勝。」話猶未了，鄭遇春、傅友德、郭興、方剛、呂懷玉、沐英馳馬齊出，八將戰他一個；普勝攔擋不住，才揚槊，蕩開陣角，敗回本陣。

張定邊又再出戰，常遇春接著，兩馬相交，雙槍並舉，鬥到五十餘合不分勝負；鄒普勝隱在門旗角裏，拈弓搭箭，一箭向遇春射來。沐英眼快，大叫：「賊人放冷箭！」常遇春忙低頭，弓弦響處，將遇春冠纓射落；遇春吃了一驚，虛掩一槍，帶馬回陣。

友諒揮動人馬，一齊奔殺過來；元璋敗退十里，收兵紮營，當夜和劉伯溫計議道：「陳友諒雖不足畏，鄒普勝卻是一個驍將；須設法除他的羽翼，友諒就容易破了。」

伯溫笑道：「主公要擒友諒，只在今夜。」

元璋驚問道：「何以見得？」

伯溫附耳道：「只要這般做去，保你一戰成功。」元璋點頭大喜，便召常遇春、徐達吩咐了幾句，兩人自去準備；又叫胡大海、鄭遇春、廖永安、沐英等，也授了密計，四人去了，元璋自和伯溫在中軍帳坐待。

那陳友諒大勝一陣，收兵回去，與諸將慶功；到了晚上，鄒普勝獻計道：「元璋兵敗，疑我獲勝後必然休息，決不防我相襲；現如領兵劫寨，或可擒得元璋，不然，也使他知我厲害。」

友諒連聲道：「妙！」於是令三軍造飯，二更出兵。鄒普勝自為先鋒，人啣枚，馬勒口，飛奔元璋寨中來；友諒即率了部眾，做他策應。

普勝到了元璋寨前，只見人馬寂寂，刁斗無聲，便和兵士喊了一聲，拔開鹿角，衝進寨中；一眼瞧見元璋高坐帳內，秉燭看書，普勝一馬當先，挺槊來刺元璋，不提防腳下一蹋，啪噠一聲，普勝連人帶馬，跌下陷坑裏去。普勝從坑中躍起，待要回身，拿勾已四面搭住，只一拖，便把普勝拖倒；接著如狼似虎的兵丁，將普勝如縛豬般捆了，抬入後營。

陳友諒隨後進兵，不見普勝的動靜，心中大疑，道：「莫非錯走了路嗎？」正走之間，忽聽喊聲大震，常遇春一軍突出，把友諒兵衝作兩截；鄭遇春、徐達、沐英、胡大海、廖永安紛紛四面殺到。友諒大驚，慌忙鞭馬落荒而逃，回顧從騎，竟不見一人，只有張定邊緊緊相隨著；徐達見友諒走遠，即令窮寇莫追，鳴金收兵。

元璋升帳，左右解上鄒普勝；普勝大罵道：「牧豬小兒，今日被你所擒，快殺了我吧！」

元璋笑道：「你主友諒，也不過是漁牙子，倒比牧豬的好麼？我看你也是條好漢，可惜明珠暗投了；你若歸順，我願授你重職。」

普勝冷笑道：「你休管我主是漁牙，我只不降你就是了。」

徐達在旁說道：「這人倒是硬漢，便成就你的志願吧！」喝令推出斬首。

元璋尚有些留戀，徐達道：「此人終不肯服，留他做個後患，不如殺了的乾淨。」

元璋不覺嗟歎了幾聲，命從厚安葬普勝；這裏諸將都來獻功，元璋一一慰勞，命設筵慶功。

一夜無話，次日的清晨，元璋進攻池州，羅文幹鎮守不住，棄城逃走了；元璋得了池州，接連又攻下龍、瑞各州，兵至安慶，守將丁普郎竟舉城出降。這時，陳友諒已領著家眷逃往江州，元璋進逼江州，兩方面又在江上交戰；元璋仍施故技，火焚友諒戰艦，友諒大敗，兵馬死傷得幾乎全軍覆沒。友諒仰天歎道：「我自起義到如今，身經百戰；不料，現在竟喪在牧奴手裏。」說罷，大哭起來。

大將張定邊勸道：「主公且勿悲傷，勝敗乃兵家常事；咱們此次再入潯陽江，休養元氣，徐圖報復不遲。」

兩人正如楚囚似的對泣，忽的一支流矢飛來，恰中友諒的額上，把他眼珠也貫了出來，便倒在船上死了；張定邊見友諒已死，也顧不得他的家屬了，只抱著友諒的幼子，逃向山中避難去了。

元璋得了江州，曉諭百姓們不必驚慌，並把江州糧倉打開，分給一般貧民，城內外歡聲大震。其時，廖永安綁了友諒的家屬來見元璋，元璋檢點人口，見大小共是七人；當下令傳友諒的妻子羅氏上來，元璋拍案道：「妳夫屢屢引兵抗我，現雖兵敗身死，似尚有餘辜，妳既被我所俘，還有何說？」說時，回顧左右，取過亂兵所得的友諒首級，給羅氏驗看。

羅氏見了，已痛哭倒在地，她一面哭，一面說道：「妾夫已死，未亡人也不願偷生了；但先夫尚有一點骨血，望明公垂憐見赦。」

元璋怒道：「友諒還配有種嗎？」

羅氏朗聲道：「妾等身為俘虜，生殺但憑明公；妾幼年也讀詩書，只知得天下者，不罪人妻孥。」

元璋點頭道：「這話也很有理。」便著左右帶羅氏等下去，留去聽她自便。

元璋正在吩咐著，忽見沐英牽著一個女子進來，說是友諒的愛姬闍氏；那女子見了元璋，淚珠盈盈，噗的跪下地去。元璋令她抬頭，細瞧她的芳容慘澹，愁眉雙鎖，悲戚中現出嫵媚來；元璋微笑著問道：「妳是友諒的愛姬嗎？」那闍氏低低地應了一聲。

元璋又道：「今年多大年齡了？」

闔氏垂著粉頸，只答了句「十八歲」，那玉額上泛出一朵朵的桃花，似不勝羞澀一般；元璋笑道：「這女子怪可憐的，我就救她一把吧！」說著，望了沐英等一笑，又向那闔氏道：「現在把妳暫留在這裏，妳的心中可願意嗎？」

闔氏見說，低了頭，一言不發；那眼淚好似珍珠斷線，滾滾地直垂到了衣襟上，又如梨花經了雨露，在那裏隨風飄搖著。元璋看了愈覺得憐惜，便命侍女們領著闔氏到了後堂；元璋隨在後面，親自來安慰闔氏，道：「現在友諒已授了首，妳是個伶仃弱女，又去依靠誰呢？」

闔氏被元璋這樣一說，不由的嗚嗚咽咽地哭了起來；元璋忙走過去，輕摟著她的粉頸，把鼻子湊上去微微地嗅了嗅。只覺得闔氏的肌膚瑩潔膩滑，和那櫻桃又是不同；便忍不住將闔氏向膝上一擁，一手提了羅巾，替她去抹著眼淚，笑著對闔氏道：「妳切不要過於悲傷，萬事有我給妳作主。」

闔氏聽了，含淚答道：「賤妾本是一朵殘花，經風雨相摧，只留得奄奄微息；自顧是蒲柳之質，蒙公垂愛，此生誓當以身相報。但願公念著今夜的恩情，將來莫同敝屣般的拋棄，也就是賤妾的萬幸了。」說罷，那淚珠又從眼眶裏直滾出來。

元璋一面摟著闔氏的纖腰，一面用好話再三地撫慰著她，闔氏這才回嗔作喜；一會兒絮絮唧唧的，兩人漸漸地講起情話來。這天晚上，元璋便在池州公署裏，和闔氏共寢；兩人自有一種說不盡的恩愛，真是一夜綢繆，情深如海了。

那闔氏在蘄水，果然算得是第一美人，真個楊柳為腰，芙蓉其面，神如秋水，眉若春山；就是有一樣兒不好，她的一雙菱波，卻是蓮船盈尺，因此當時的人，又稱她作半截觀音。偏是元璋的心中獨愛著大足，就是那位馬娘娘，和將來封寧妃的櫻桃姐姐，也是金蓮八才。

元璋不喜歡纖不盈指的蓮勾，也算得是特別的嗜好；他常對人說：「婦女纖足，走起路來弱不禁風，最難看也沒有了；而且握在手裏似一把枯骨，有什麼趣味？倒不如六寸趺圓，撫摩著又香又溫軟，其中自有無限的佳處。」

元璋尤愛那闍氏的雙趺，他雖在戎馬之中，一得著空閒，便來和闍氏調笑，也不時把玩著闍氏的雙足；後來元璋登極，便晉封闍氏做了瑜妃，那時，宮裏都私下喚她半身美人兒，還演出一段風流的佳話來，這且不提。

當下，元璋大破了陳友諒，次第收服了安徽、岳州、廣德諸都，便班師回到金陵；這時，元璋聲望日隆，萬民歸心，部下如劉基、李善長、葉琛、宋濂、徐達、常遇春、胡大海等一班文武將領，紛紛勸進。元璋見眾意難辭，便於順帝二十四年（歲甲辰）正月元日，在金陵接吳王位；改金陵做了應天府，定文武官階，立宗廟社稷。並開科取士，徵求文儒，規定法律，免所屬各賦稅；百姓歡聲大震。

又擇吉行慶賀典禮，拜李善長為左丞相，徐達為右丞相，劉基為國師；常遇春、花雲、胡大海、鄧愈等為平章政事。沐英、鄭遇春、俞通海、廖永安、繆大亨、耿再成、郭興、郭英、華雲龍、呂懷玉、耿炳文、謝潤、吳貞，都封侯爵；謝潤為總管糧餉官，湯和為總督兵馬都總官，鎮守濠州。方剛

為衛軍統領，陳野先為都指揮，與吳貞守太平；各事分撥停當，下諭令徐達、常遇春統大軍五萬，進攻揚州。

在這個當兒，那張士誠卻是雄據淮西，並取湖州，陷永嘉，破杭州；勢如風掃落葉，附近州縣望風歸降。士誠正在橫行的時候，忽聽得元璋的兵馬來犯揚州，不覺大怒道：「牧豎殺了我的兄弟，還不曾報仇，他倒自己尋上來了。」於是命大將呂珍、王貴，領了健卒十萬來拒元璋；徐達聞士誠出兵，便和常遇春把軍馬分作兩半，相對著下寨。

第二天，王貴來挑戰，被徐達前後夾攻，大殺了一陣；呂珍立不住腳，敗歸揚州。王貴卻死在亂軍中了。士誠見呂珍敗了回來，心中很為懊惱，忙和參謀潘壁商議；潘壁說道：「元璋正在勢大，若不別謀良策，力戰恐難取勝；況他的將領如徐達、常遇春輩，皆智勇足備，我軍自士德死後，便無人可以相抗了。」

士誠皺眉道：「據你說來，咱們就束手待死嗎？」

旁邊葉德新獻計，道：「主公勿憂！我有一計，可敗那元璋。」

士誠忙道：「你能叫朱元璋就擒，我不借區區的地盤，立刻把金陵封你做王。」

德新說道：「那倒不需要的，是我應得盡力；想在三年前，我猶在李二部下，不曾來投主公，那時和他的部將趙大很是莫逆。李二敗死，趙大出奔豫州，郭子興甚重用他；自朱元璋做濠州的統帥，把趙大冷落在一邊，趙大的心裏懷著怨望，幾次要想起事，終沒有機會。現在，只消我致書約他舉事，裏應外合，襲了濠州，滁州也就不攻自破；這樣一來，元璋的根本動搖，攻破他便不難了。」

士誠大喜道：「此計若能成功，我決不相忘。」葉德新退去，連夜寫信給趙大。

趙大接了德新的信，自去暗中進行；士誠便派總指揮郎敬，領兵悄悄地來襲濠州。兵到城下，湯和督率著軍士守禦，一面飛馬去金陵告急；公文才得出發，忽然城中內亂，趙大領了百姓開了西門，放郎敬進城。湯和不及防備，單騎出走；郎敬得勝，命趙大守濠州，自己連夜進逼滁城。

元璋接得湯和告急書，正要傳諭徐達等緩攻揚州，先去援濠，不防湯和忽然趕到，說明濠州已失；接連又接著滁州耿再成、吳良的求救書。元璋大憤道：「鹽儈小卒，我誓必撲殺此獠！」說著拔出劍來，砍去一隻椅角。

劉基說道：「主公如今徐達解了揚州的圍，去救應滁濠，正中了士誠的奸計；現在可諭知耿再成和吳良，命他堅守勿戰，徐達仍攻揚州。濠郡的事，主公只有親自一行。」

元璋點頭道：「這話有理。」於是下令大小三軍，準備出師。

次日早晨，元璋帶同湯和、花雲、胡大海、鄧愈、郭英、沐英等六將，到校場點齊了人馬；著胡大海為先鋒，花雲、鄧愈做二隊，湯和為第三軍，自己和國師劉基率領中軍隨後。又吩咐李善長臨護國政，鎮守應天（金陵）。

元璋督著大軍，浩浩蕩蕩殺到滁州；郎敬聞報，領兵來迎。兩軍對峙，胡大海出馬，郎敬挺槍直取大海，大海也舞斧擋住；才鬥得三四回，郎敬的後隊大亂，卻是吳良從城中殺出。前後夾攻，郎敬抵敵

不住，大敗而逃，連夜奔入濠州，閉門不出；元璋揮動大軍，追至濠州城下，郎敬只是不出。卻被胡大海爬進城去，開門迎大兵進城；郎敬領了三十餘騎，逃往淮東去了。

元璋平了濠州，捕住趙大殺了，仍令湯和守濠州，自己和徐達合兵，進攻張士誠；在半途，接著軍報，道：「徐將軍攻破揚州，常將軍進取高郵，擒了張士誠及他兄弟張士信，連家屬也一齊捉住了。」

元璋聽了大喜，便催軍兼程，親來發落那張士誠，又演出一場驚人的事兒來。

第二十回　紅粉英烈

元璋聞得徐達破了高郵，活擒張士誠，便督著大軍，趕到高郵來發落士誠；誰知元璋到時，士誠已經自盡了。徐達和常遇春知元璋親到，忙出城來迎；元璋向徐達、遇春慰勞一番，又聽得士誠已死，很為歎息。當下就在高郵城中，設著慶功宴犒賞將士，元璋和劉基、徐達等君臣談笑，開懷暢飲；這酒宴直吃到月上三更，才盡歡而散。

那時，元璋已有了三分酒意，想起那閽氏一時又不在身邊，便私下喚過一個侍兵來，問他張士誠的眷屬可曾出署沒有；那侍兵倒伶俐，笑著答道：「她們因為來不及逃走，現在還逗留著；如今徐將軍派兵將她們看守著，要走也走不成了。這誠王有五六個美妾，個個是絕色；第六個更是出色，真是落雁沉魚，怕還要比不上她呢！」

元璋聽了，不覺心裏一動，又帶著酒意，便笑者對那侍兵道：「你能夠領我去那裏走走嗎？」

侍兵笑道：「爺要去時，小的引導就是了；只是徐將軍責罰起來，卻不干小的事。」

元璋翹著大姆指道：「老徐有什麼話說，我一個人擔承。」

那侍兵笑了笑，去侍衛室裏取出一盞紗燈，點上了紅燭，掌著在前領路；元璋趁著酒興，一步一步

地向著士誠的行宮中走來。當士誠興盛的時候，在高郵建著行宮，宮裏也一樣地蓄著嬪娥侍女；元璋同了侍兵，走進行宮的大門，但見危樓插雲，雕樑畫棟，金碧交輝，果然好一座宮室。

不一會，已過了中門，白石砌階，紅氈貼地，愈走到裏面愈覺得精緻；元璋不由得歎道：「士誠這樣做著威福，怎不要敗亡呢？」走了半晌，已是後層的寢殿，再進便是宮門了；早見那裏紅燈高懸，有幾十個兵士荷戈立著。

侍兵走上去，便給兩個兵士喝住，道：「這裏是什麼地方，卻是亂闖？」說著，元璋已是走近，那兩個侍兵一眼瞧見，忙過來行禮；元璋只是點點頭，那侍兵便引著元璋溜進宮門。

元璋四面望了望，都是黑漆漆的，即低聲問侍兵道：「為什麼連燈火也沒有？」

侍兵笑道：「誠王沒死時，此處夜夜笙歌，真好似白晝一樣；如今她們逃難也來不及，還顧什麼燈不燈？」

元璋見說，心中也起了一種興亡的感慨；兩人又走過幾層臺階，只見一帶的畫欄圍著一條很長的長廊，廊的兩面植著深濃的柳樹。那侍兵忽然問道：「誠王的寵幸的姬妾很多，不知要往那個宮裏去？」

元璋笑道：「就是你所說的那個。」

侍兵便領元璋到了一座嵌花的小宮前，用手指道：「這裏便是了。」

元璋舉頭看時，見雙扉深扃，門內寂然無聲；就侍兵手裏取過燈來，向門上一照，門額上一塊匾，寫著「永福宮」三個大字。元璋放了燈，輕輕地在門上拍了兩下，卻沒人答應，又叩了幾下，仍然不應；元璋焦躁起來，便拳打足踢，把宮門敲得擂鼓似的。

又過了好一會，才見兩扇門「呀」的開了；一個十六七歲的宮女，半披著衣服，掌著一盞小燈，氣喘吁吁地問道：「半夜三更，誰還來打人家的闈闥？」

元璋見她面露著驚慌的樣子，便笑著安慰她道：「妳不要著急，我是軍營中的帶兵官，閒著沒事，單身到這裏來逛逛的。」

那宮女冷笑道：「爺們要去逛，城內窯姐兒多著，怎麼來闖人家的閨閣呢？」

元璋給她一句話問住，倒也回答不出來，只勉強支吾著道：「我和誠王是好朋友，這時見他家破人亡，我很可憐妳們，所以來探望妳們的。」那宮女要待再說，元璋已不管好歹往裏直闖；宮女攔不住他，只得任由元璋進去。那侍兵把燈擱在地上，去坐在宮門的檻上，和那宮女問長問短地瞎談起來；那宮女幾番要走，兀是給他拖住。

元璋挨過了宮門，覺得裏面很是黑暗，只有張著手，東一扯西一摸的，似瞎子般挨了進去；曲曲彎彎也不知轉過幾重，才望見一線的燈光來。元璋好似得了救命星，忙順著燈光走去，卻是一所金漆的朱門；跨進門去，見兩邊放著畫屏，轉過畫屏，又是一個花門，卻是繡幕低垂。望進去是牙床羅帳，妝臺錦籠，大概是閨房了；那燈光便是從妝臺上射出來的。

元璋大著膽，掀起繡幕，一腳踏進房裏，聽得嬌聲問道：「翠娥！外面是誰打門？」

元璋知道是問開門的宮女了，自己便假做咳嗽一聲，見又有兩個宮女從床前走過來，猛然看見元

璋，齊齊吃了一驚；元璋一面安慰著她們，兩隻腳便走向床前，早瞧見床上坐著一個嬌滴滴的美人兒，就燈光下看去，雖然鬢絲未整，愁容滿面，卻不減她的嫵媚。

這時，那兩個宮女已侍立在床側，美人便朱唇輕啟，徐徐地說道：「我們是亡國的眷屬，你深夜到這裏來幹什麼？」

元璋忙笑答道：「我們和誠王有舊，聽說大兵破了城池，很放心不下，特來瞧瞧妳們的。」

美人冷冷地道：「承你好意，但此時夜已深了，男女避嫌，還是請你自便吧！」

元璋見說，把身體挨近床前，慢慢地坐下來，道：「我若是要出去，這時城門已關了了，又是軍事方興，夜行很是不便；我只好在這裏坐一夜了。」

那美人見元璋無禮，想立起身來，那一隻玉腕，已被元璋緊緊地捏住，死也不肯放了；那美人用力掙扎，那裏能脫身。那翠袖拂著，一陣陣的蘭香透出來，把元璋薰得神魂如醉，忍不住去摟她的粉頸；那美人嬌喘微微地說道：「請你放尊重些，賤妾雖是路柳牆花，亡國餘生；若是相逼，死也是不甘心的。」

元璋見她鶯聲嚦嚦，說話婉轉柔和，不禁心中格外的憐愛，諒她也逃不了的，那手也就鬆了下來；那美人得脫了身，一手整著雲鬢。元璋仔細瞧看，見她玉容上並不塗脂粉，面腮兒自然泛出紅霞；越顯得月貌花顏，翩翩如仙了。

正看得出神，忽見那美人柳眉直豎，杏眼生嗔，媚中頓時露出殺氣，元璋很為詫異；那美人猛然地回身過去，把床邊懸著的龍泉抽出來，颼地向自己的脖子上抹去。元璋嚇了一跳，只喊得一聲「哎呀」，已濺了滿身滿臉的鮮血；那美人便唉的倒在地上。元璋這時也著了慌，和兩個宮女去扶那美人；可憐已是香軀如綿，容顏似紙，喉頸上的鮮血還咕嘟嘟地冒出來。

元璋急扯著衣襟去掩她的傷處，一手在她鼻上試探氣息；覺著出氣也沒了，眼見得是香消玉殞了，那兩個宮女便放聲啼哭起來。元璋也不由的垂淚道：「美人！這是我害了妳了。」說著，見她的秋波依舊很憤怒地睜著，元璋用手替她撫摩著，道：「美人，妳放心去吧！妳如有家事拋不下，我總給妳竭力地安頓。」

正在這樣說著，那方才開門的宮女，聽得裏面的哭聲，向侍兵掙脫了身，往房中飛跑進來；見主母死在地上，便一俯身，不管是什麼，去伏在血泊中嚎啕大哭。元璋知道這宮女名叫翠娥，平日間，主婢感情一定很要好，所以才會這樣的悲傷；這時，房裏滿罩著慘霧愁雲，元璋目睹著這樣的悲境，也只有陪著她們流淚的分兒。

恰巧那侍兵也走進來瞧看，其時元璋酒也醒了，自覺自己太鹵莽了些，好好的一個美人兒，活活地給自己逼死；元璋越想越懊惱，便回頭對那幾個宮女道：「妳們此刻也不必悲傷了，大家看守了屍體，我明天著人來，從厚盛殮她就是。」說罷，和那侍兵走出宮來。

元璋一路回署，問起那侍兵；他是從前士誠的親隨，對於宮裏的路徑和宮女侍嬪，是沒一個不認識的。元璋說道：「這才自盡的美人，她叫什麼名兒？」

那侍兵答道：「她是誠王的第六妃，小名喚作蓉兒；本是浙江人，是誠王破杭州擄掠來的。當時她也不肯相從，誠王要殺她的父母了，她才答應下來，命誠王釋放她的父母，情願身為侍妾；誠王怕她有變，把她父母留在宮中，名義算是供養，實在是防備她有異心，那裏曉得直到今天才自刎呢！」元璋聽了侍兵的一番話，便長歎一聲，到了署中，賞了那侍兵，自去安睡。

一宿無話，次日，元璋便召徐達，問起張士誠的家屬；徐達回說，已派兵看守著了。元璋想起晚上，叫那蓉兒瞑目、自己要替她安頓家事的話，因對徐達說道：「士誠的眷口，別的我都不問；只把那侍妾名蓉兒的父母，你立刻去給我傳來。」

徐達領命去了半晌，引進一對老夫妻來；只見他們愁眉不展，淚眼模糊，戰戰兢兢地跪上階台。元璋便令起身，卻和顏悅色地問道：「你們兩人，是蓉兒的父母嗎？姓什麼？你們到這裏已有幾時了？」

老夫妻倆聽了，那老兒悲切切地答道：「小人姓盧名瑞源，是杭州的龜山人；去年的這時，誠王帶兵到杭州來，小人恰在那裏探親。有個女兒叫蓉兒，被誠王在馬上瞧見了，便要強娶做侍姬，並把刀架在小人的頸上，逼著答應下去；小人沒法，只好將女兒獻給誠王，滿望兩副老骨頭從此有靠，不至再拋棄荒郊了。誰知天不由人算，誠王給大軍前來擒去殺死，昨天晚上，女兒不知為了什麼也自盡了；弄得小人兩口兒孤苦無依，將來還不是填身溝壑嗎？」說罷，放聲大哭；在旁的將士們聽了，都替那老夫婦嗟歎。

元璋見盧瑞源說話傷心，又是自己幹了虛心事，忙安慰他道：「士誠已敗，你女兒死了也不能復生，你不必過於哀痛。咱們和士誠也有半面之交，他今日人亡家破，我心中非常的可憐他；現士誠經我們替他安葬好了，你的女兒也是我們來好好地給她盛殮，擇地瘞理就是了。你呢，如要回杭州本鄉的，咱們派人送你回原籍去；倘不願意回去的，就替你在這兒買一所宅子，你們老夫妻就在此地養老吧！」

這一席話，說得盧瑞源夫婦又感激又悲傷，只含著一泡眼淚，在地上俯伏著，不住地叩頭道：「小人蒙爺這樣的厚恩，願一輩子隨著爺，不要回鄉了。」

元璋笑道：「咱們也不是久駐在這裏的。」說著，喚沐英過來，命他幫著盧老兒去收殮他的女兒，並給他擇兩所民房，以便老夫妻倆居住；又撥庫銀千兩，給他兩人養老，又私下囑咐沐英道：「士誠宮裏有一個宮女，叫翠娥的，就在這盧老兒女兒的房中；你把事辦妥之後，將翠娥帶來給我，萬萬勿誤。」沐英會意自去。

第二天晚上，元璋從城外犒軍回來，天色早已昏黑了，便令一個哈什戈掌了一盞大燈，慢慢地踱回署來；進了二門，轉入後堂時，忽見自己的室中燈燭輝煌，榻上坐著一位豔妝濃抹的美女，見元璋進門，便盈盈地立起身來迎接。

元璋一時莫名奇妙，不覺怔怔地站在門前，不敢貿然走近去；那美人卻嫣然一笑，低低笑道：「爺已忘了嗎？賤妾主母的父親盧公，感爺恩高義厚，無可報答；經沐將軍的說起，盧公便命賤妾來侍候爺

的。」

元璋聽了，恍然說道：「哦，妳就是那天晚上的翠娥嗎？」翠娥便應了一聲是。元璋想起自己囑咐沐英，令他把翠娥帶來，諒沐英和那盧老兒說明了，所以把翠娥送給我的；一面想著，便走向炕榻上坐下，掌燈的哈什戈，管他自己退出去了。

這裏，翠娥去倒上一杯香茗，向自己的櫻唇邊嚐了嚐，輕輕遞給元璋道：「爺，喝杯茶吧！」

元璋接過茶杯，手指觸在翠娥的玉腕上，覺得她的皮膚柔滑又似勝過闍氏；喝那茶時，滿杯的口脂香味，陣陣地往著鼻上衝來。元璋放了茶杯，一手拉住翠娥的粉臂，令她和自己並肩坐在炕上；便微笑著問道：「妳今年幾歲了？為什麼到宮中來服侍蓉兒的？」

那翠娥見問，忍不住淚珠盈腮，很悲咽地答道：「賤妾今年才得及笄，卻是命薄如花，自幼便父母雙亡，遺下姊妹兩人和一個兄弟；弱女伶仃無依，要想往杭州投奔舅父，不料碰著誠王的兵到，把我姊妹擄來，令往六妃房中執役。

那時，誠王府中有個乳媽，那大妃的兒子已長大了，乳媽便要回去；因乳媽是蕭邑人，和我家只差得一河，我便求那乳媽，把妹子寄送到舅家去。經六妃寬容允許了，我妹子便同著乳媽回去了，我孤身在這裏已經兩年；今日得爺拯救，出了幽宮，願終身相隨不離，也是賤妾三生之幸了。」

元璋聽了翠娥那種纏綿悱惻的話，不禁也替她歎息；翠娥又微微歎道：「想我也不是小家出身，父親吳深，曾做過一任參政；兄弟吳貞至今不知下落，分別將近十年，現在不知他到底存亡如何呢？」

元璋見說，不由的一驚，道：「吳貞還是妳兄弟嗎？他隨我征討，很立些功績，現在和陳野先守著太平；這樣說來，妳們兄弟姊妹不久就可骨肉團圓了。這真叫作踏破鐵鞋無覓處，得來全不費工夫了。」

翠娥忙道：「爺這話當真嗎？」

元璋正色道：「誰來哄妳！」

翠娥這才轉悲為喜，一頭倒在元璋懷裏，要他將來給自己做主。

元璋撫慰著她，道：「那妳可不用憂慮，我是斷不負妳的。」說著，兩隻手把翠娥的粉腕撫摩起來。

翠娥縮手不迭，格格地笑道：「怪肉癢的，叫人好不難受。」

其時，聽得更漏三下，元璋將翠娥擁倒在炕上，道：「夜已深了，我們睡吧！」

翠娥睨著元璋一笑，一手推開元璋道：「這樣就算睡了嗎？」說罷，便坐起身來，伸了伸懶腰，走下炕榻，卸去了釵鈿，脫卻外衣，露出猩紅的襖褲，襯上她那白嫩似雪藕的玉膚，愈覺得嫵媚妖冶動人；元璋便從炕上用手來牽她，翠娥也是半推半就，所謂一笑入幃，同做他們的好夢去了。

這時，士誠雖死，他的兄弟士信、部將葉德新等，卻逃往浙江，據著杭州、松江、嘉興、紹興諸郡，大有不可一世之概；次日元璋起身，傳令進兵浙江，自己帶了翠娥，從後徐徐進發。

先鋒官仍是胡大海，前行兵士到了松江，守將周德興、王粥、陳德費、王志等竟開門迎降；胡大海

進城，隨後元璋、徐達、常遇春、劉基等一班人也都到了。元璋安民既畢，留周德興守城，大軍趁勝直撲嘉興，諸縣聞風出降，嘉興守將王顯棄城遁去；元璋得了嘉興，命王志鎮守，自己和徐達、常遇春等，連夜來攻杭州。

張士信聞報，領了葉德新、張興祖、薛顯、顧時、仇成、吳復、金朝興等八員大將，出城來迎敵；這邊元璋的陣上，花雲、胡大海雙馬齊出，葉德新、仇成各挺城相禦。才得交馬，忽然狂風大起，把士信的軍馬吹得兵折馬奔，不能睜眼；徐達趁著順風掩殺過去，士信大敗，兵士自相踐踏，慌忙地收拾敗兵進城。

這天晚上，張興祖、仇成、葉升、吳復、薛顯、金朝興、顧時等七人，私下議論道：「日間出兵，突起狂風，分明是天意助朱元璋了；咱們看張士信更不及士誠，越發不能成事了，不如縛了士信，去元璋營中投誠吧！」七人主意已定，便來和葉德新商量。

德新大怒道：「你們有了異心麼？我食君之祿，不能背義，寧死斷頭，志是不移的。」說畢，拔出劍來喝道：「誰敢言降，我就斬了他的頭顱。」

薛顯、吳復、金朝興一齊大憤，道：「咱們便願降，你待怎樣？」

葉德新仗劍來砍，經張興祖等七人全力上前，亂刀剁死了葉德新；趁勢殺入張士信府中，擒住了士信及家將何福、張猛。另收拾了印綬卷宗，由張興祖為頭，竟開城來降元璋；元璋大喜，授張興祖等七人為都司，傳令大軍整隊進城。但見旌旗對對，畫角聲聲，盔甲鮮明，刀槍耀目，沿途的百姓都排著香案跪接；元璋用溫言慰諭了一番，令軍士嚴守紀律，不得有犯良民，因此歡聲雷動。

元璋定了杭州，安民既已，便和諸將設宴慶功；大吹大擂，大小將領無不興高采烈。酒闌席散，元璋忽然想起了，靈隱寺是杭州有名的巨寺，又處於西湖勝地，不覺遊興勃勃；便攜了翠娥，令沐英為護衛，帶同侍卒十人，步行往靈隱寺而來。

這時正是初春天氣，微風襲襲，鶯啼聲聲；西子湖邊，果然好一派景色。但見它：

桃杏爭妍，紅紫競馥，呢喃春燕，百囀黃鶯；潺潺流泉，灣灣碧水，山頭含來翠色，湖中瞞眼漣漪。高峰巉巉，層巒為嶂，峻石崎岩，砑磋峭壁；綠翳樹蔭，顯出一片清幽，嵐氣雲煙，更覺萬點黛色。

日光搖紅萼，微風拂翠枝，看輕舟蕩槳，玉笛聲徹雲宵；孤鶩齊飛，啼處幾同塞北。春堤上儼如金帶，露洲前雪練橫空；柳塘裏疑是桃源，湖亭中虹霓倒影。

元璋一邊遊賞著，口裏不住地讚歎；不一會，到了靈隱，寺中已撞鐘鳴鼓，五百多個僧眾都身披著法衣，拈香來遠遠地跪迎。靈隱寺的住持清緣和尚，穿著寶藏大袈裟，舍利金寶冠，親自來領著元璋隨喜；走進大雄寶殿，佛像尊嚴，殿宇宏敞，果然與別的寺院不同。

元璋正和翠娥參著佛像，忽見一個滿身汙垢的頭陀，走到元璋的面前，高聲說道：「有緣是緣，無

緣是孽，施主來做什麼？」

元璋應道：「有緣非是緣，無緣豈是孽？你頭陀懂得些什麼？」

那頭陀哈哈大笑道：「有緣便合，無緣成孽；龍泉寶劍，猶染美人碧血，怎說不是孽？」

元璋聽了，想起蓉兒的事，被頭陀說中心事，勃然變色道：「哇！快給我滾出去！」

沐英聽了，忙過來把那頭陀直推出寺門，住持清緣也來向元璋賠禮；元璋被頭陀一說，心裏十分掃興，便略略遊覽一遍，辭了清緣，和翠娥、沐英自歸。

過了幾天，方國珍和副帥李文忠從金華、嚴衢州來降；元璋大樂，於是定了浙江，自回金陵。元璋即於是年登位，並下旨民間挑選秀女。

第二十一回　金陵王氣

朱元璋平定浙江，並斬了張士信，降了方國珍，著胡大海鎮守金、處諸州，令李文忠攝將軍印，留守杭州與鎮海諸郡；元璋率領著徐達、劉基、常遇春等，及新納愛姬翠娥，逕自班師回應天（金陵）。又聽了翠娥的糾纏，撒嬌撒癡地要見她兄弟吳貞；元璋便傳諭花雲、朱文遜、王鼎，去太平調吳貞、陳野先入京。

不多幾天，吳貞、野先到了應天，元璋即召吳貞入內，與翠娥晤面；姊弟相見，自有一番的悲喜情景。獨陳野先聽知他調回金陵，是為了吳貞姊弟的小事，野先心裏老大的不悅；後來終弄出變端來，這且不提。

那時，元璋在金陵威望愈著，元廷也日覺奄奄無生氣；劉基等一班文武諸臣，又來上表勸進，請元璋尊了帝號。元璋見四方歸心，萬眾崇仰，也就老實不客氣，便答應了下來；於是由國師兼太史官劉基，選定了戊申的正月四日即皇帝位。又經學士陶安定了天子輿服，制冕旒袞服，朱履赤舄；一切的衣冠，都照著古代的帝王御制。

到了那天，元璋沐浴齋戒，築壇南郊；壇高三丈，按著三才；長四丈，按四時；寬五丈，按五行。

上級三百六十步，名曰君壇；中級四百九十步，七七曰祖壇；下級一百九十步，九九為將壇。上圓為天，下方為地，中正為人；壇的四周，豎著二十四面赤幟。

壇上分五方，東方屬木，色青，插青旗十二面；南方屬火，色赤，插赤旗十二面；西方屬金，色白，插白旗十二面；北方屬水，色黑，插玄旗十二面；中央屬土，色黃，插黃旗十二面。三層上按八卦豎乾、坎、艮、震、巽、離、坤、兌旗八面；又上列七旗是向北斗，北斗的對面立六旗，是為南斗。

四邊按二十八宿，豎旗二十八面，頂分天干，凡甲、乙、丙、丁、戊、己、庚、辛、壬、癸旗十面；頂下則為地支，分子、丑、寅、卯、辰、巳、午、未、申、酉、戌、亥旗十二面。又設三皇位、五帝座，皇天后土、日月星辰雷雨風雲，三山五嶽、四海八方之神；及軒轅、堯、舜、商湯、周武之靈，歷代聖君，皆列位壇上。壇下奏大樂，繼以熙和之曲、文德之舞；那大樂的前面，立指揮奏樂的四人，叫作和聲郎。

元璋這時由文武百官扶持著上壇，先行祭天禮，臺下奏大樂；又行祭地禮，奏太平樂，又行祭祖宗皇帝禮，奏社稷之樂。最後天子上坐，受百官朝賀，是行君臣禮；臺下奏中和之曲、晉德之舞。和聲郎執戲竹，形以拍板，高擎在手裏；那戲竹相離，樂即止奏，戲竹對合，樂乃為奏。

又有樂工十人，分兩旁立，舞郎十八人排列左右；太和之樂既奏，舞郎即起舞，作撫平四夷之舞。又作山川舞、雍穆舞；舞畢，奏皇帝離座樂，百官排班樂，行大禮樂，禮章儀制樂。到了這個當兒，禮官忽舉策，左右的衛官各執靜鞭拍了三下；這時大樂驟止，臺上臺下真個鴉雀無聲。禮官舉儀，和聲郎合戲竹，樂工奏細樂；絲竹管弦，按著宮、商、角、徵、羽五音雜奏，那樂聲悠悠揚揚，令人神往。

當下由太史官劉基宣讀國號，曰大明，建元曰洪武；改這年元順帝二十八年，為大明洪武元年。劉基又跪著，代誦祝文道：

維大明洪武元年，歲次壬辰，朔越四日乙亥，天下大元帥，皇帝臣朱元璋昭告於皇天后土、日月星辰、風雲雷雨，天地神祇，歷代聖君之靈，曰：天地之威，及乎四海；日月之明，明清八方。風雲之勢，萬物乃生；雨露之恩，斯民霑惠。伏以上天生民，俾以司牧；遂爾聖賢相承，繼天立極，託臨億兆。

昔者堯舜禪讓，湯武弔伐，行雖不同，受命則一也；今焉胡之亂世，宇宙紛攘，四方有蜂蠆之憂，百姓被蛇蠍之禍。群雄並起，豆剖河山，寇盜橫生，瓜分郡邑；臣生於淮海，起義濠梁，提三尺利劍以聚英豪，統萬眾一心而救困苦。

幸仗神靈之福，剿滅惡貫之東吳；乃托天地之威，盡殄禍害之北漢。眾蒼生無主，群臣擁戴；因黎庶鮮歸，獨勉其難。敬闢不世之基，即皇帝之位，恭為元首，謹治赤子；改元洪武，建國大明。從斯掃盡中原醜類，肅清華夏跳梁；一統乾坤，萬年歲月。沐浴虔誠，齋心祈告，

專求協贊永荷洪庥。尚饗！

劉基讀完了祝文，元璋和百官站起身來，到了壇的正中，由元璋率領著，向天地祭禱；那臺下的樂聲又重再啟奏，和聲郎命奏中和之樂。樂聲細細，和舒中含著英武；又歌者那詞，道：

昊天蒼兮穹窿，廣覆載兮龐洪！建圜丘兮國之陽，合眾神兮來臨之同。念螻蟻兮撼衷，莫自期兮感通！思神來兮金玉其容，馭龍鸞兮乘雲駕風！顧南郊昭格，望至尊兮崇祟。

歌罷樂止，群臣齊齊地三呼著萬歲，和聲郎又奏起回宮曲來；元璋緩步下壇，百官俯伏恭送。那壇下鑾輦早已侍候著，甲士三十六人，抬鑾輦的宮監二十四人，前道甲士八人，肅道旗十二面，駿馬二十四匹，甲士三十六人；虎豹旗各四面，象旗各四面，虎豹各兩隻前行，象六乘分左右列。

甲士十六人分掌其職，又左右旗六十四面；日旗、月旗、青龍旗、白虎旗、雲、雷、風、雨、江、河、淮、濟凡旗八面；朱雀、玄武、天馬、天祿、白澤旗共五面。金、木、水、火、土五星旗、二十八宿旗，熊羆旗、鸞旗、五嶽旗，每旗一面；用甲士五人，一人掌旗，四人佩劍執弓弩護從。

又龍旌鳳麾，流蘇五輅，日月扇、青華傘、珠傘、黃羅傘、黃羅寶蓋、華蓋、曲柄黃傘、珠傘、大紅寶傘、日月掌大掌扇；龍鳳金日月流蘇、金瓜、臥瓜、立瓜、羽葆幢、信幡、日月幡、龍頭竿、降引幡。以下便是金槍、銀鉞、劍、戟、刀、鞭、弓、矢、鐧、錘、抓、儀刀、金刀、骨朵、金吾杖、儀鍠氅、金氅、戈氅、鑾儀，凡是十八種。

每種三件，各用甲士六人，統一百零八人；紅衣甲士十六人，白衣甲士十六人，青衣甲士十六人，黑衣甲士十六人，黃衣甲士十六人，彩衣甲士十六人，繡金衣甲士十二人。隨後黃羅寶蓋四人，金水盆一、金踏腳一、金交椅一、金水罐一、金唾壺一、金唾盂一、左拂子二、右拂子二、金香爐一、金香盒一；校尉十六人，排列分執。

又錦衣武裝校尉二十四人，執弓弩列隊；又金吾衛六十四人，各執著豹尾槍前後擁衛。最後是紅紗燈十六對，紫金香爐八對，由內侍二十四人分執；那時香煙縹緲，元璋便乘著鑾輦回宮。於是將應天的兵署，暫時改為行宮，定應天做了帝都，分內外皇城；又著內務府發出國帑，大興土木，建築宮殿。

洪武元年的八月，宮殿落成；因為朱元璋初踐大位，萬事都從儉樸，那宮殿建設只求雅觀，不事富麗，但雖不見得畫棟雕樑，卻也金碧輝煌。這皇宮的正殿，叫作奉天殿，是皇帝臨朝的地方；奉天殿的後面，是華蓋殿，最後是謹身殿，為皇帝召見大臣的所在。兩邊是一帶的長廊，直達奉天殿；左為文樓，右名武樓。過此便是宮門，正門叫作乾清門；進了乾清門就是坤寧宮，為皇后所居。

兩邊分建著六宮，一仁壽、二景福、三仁和、四萬春、五長春、六永壽；六宮之後，左右華屋六楹，列兩殿，即涼殿、暖殿。過涼、暖兩殿，是玄武殿，殿後是寧安門；出寧安門即是御花園，中建金

水橋、太華池、飄香亭、安樂亭、魚亭、香草亭、鹿亭、鶴亭。

又奉天殿的門外，也建著兩殿，左面的叫文華，是將來皇太子御臨的所在；右邊名武英，是皇帝齋戒的地方。兩旁門兩重，左名左順，右名右順；從這裏出去是正門一所，就是午門了。午門外是皇城，又建端門、長安門、承天門、慶瑞門諸門；內外宮殿，凡屋宇共一千六百三十八楹。

宮殿既造就完成，即由太史官劉伯溫選擇了一個吉期，明太祖朱元璋登奉天殿，正式受百官朝賀，又大封功臣；晉徐達魏國公為右丞相，李善長輔義侯為左丞相，常遇春鄭國公為大將軍，鄧愈衛侯為左將軍，湯和信侯為右將軍。胡大海為靖安侯，花雲為崇海侯，郭英為平涼侯，耿再成為東平侯，沐英為穎川侯；吳貞、鄭遇春、華雲龍、郭興、呂懷玉、方剛、吳良、俞通海、廖永安等，均封將軍、晉為伯爵。

陳野先、張興祖、薛顯、吳復、金朝興、仇成、王弼、葉升等一班降將，都晉為男爵加將軍銜；又封死難的將士，如俞通淵、廖永忠都追贈侯爵。晉劉伯溫為國師太史公安國公，李文忠、耿炳文也封了伯爵；又追諡高祖為德祖玄皇帝、高祖妣為玄聖太皇后、曾祖為懿祖桓皇帝、曾祖妣為懿聖皇太后。祖考為熙裕皇帝，祖妣為聖皇太后，父朱世珍為仁祖淳孝皇帝，母為溫聖睿慈太后；封妻馬秀英為皇后，姬櫻桃為寧妃，閻氏為瑜妃，翠娥為惠妃。

當時命瑜妃居了萬春宮，惠妃居了仁和宮；一面下旨，令沐英持了金節，備皇后的鳳輦，全副儀衛去迎那馬皇后。又令方剛持旌，備皇妃半副儀衛，去迎寧妃；沐英、方剛領了諭旨，帶同儀衛，即日出京到滁州去迎皇后和寧妃。不日到了滁州，耿再成、吳良忙出城迎接；後邊跟著地方官，遠遠地跪迎。

沐英和方剛進了城，便去晉謁馬皇后和那寧妃；外面耿再成、吳良及地方官等，在那裏照料，還幫著整儀衛，打掃街道。沿路上懸著彩燈，蓋起彩棚，凡鳳輦經過的所在，地上都鋪著黃沙；滁州城中的百姓，聽得迎接皇后這個消息，便家家門前排起香案來，準備跪著迎送鳳駕。

這裏，沐英、方剛在滁州兵署請皇后、寧妃各登了鳳輦，擺起全副儀仗，直出東壁門；馬皇后傳諭，把鳳輿和珠幕打起，以便百姓們的瞻覲，一時沿途的歡聲，好似雷鳴般的，真是萬戶頌揚哩。

明太祖朱元璋在金陵聞得皇后的鳳輦將到，因坤寧宮和六宮的宮監，已徵得三百多人，宮女卻寥寥幾十人，當然不夠分配；於是下諭，就應天府治下和江寧、句容、高淳、江浦、六合、溧水、上元等八縣中，挑選秀女。這條旨意一出，八縣的地方官果然忙得走投無路；便是那班百姓，也大家奔走號呼起來。

這時，給李善長、劉伯溫得知了，忙上章來諫阻；元璋讀了奏疏，勃然大怒道：「身為天子，難道選幾個秀女也不能嗎？」便不聽善長、伯溫的話，竟傳諭趕緊實行；又令葉衷做了選秀女的總監。

當時選得秀女三千七百六十六人，經地方官一度的挑選，選得二千一百十六人；又被選官挑擇過，凡錄用一千五百四十四人，就把這一千五百四十四個秀女送到了應天，又由葉衷選過，只選得七百二十五人。葉衷即奏知元璋，元璋則坐起了謹身殿，親自選錄，好中取好，共選中秀女二百三十三人；那餘

下選不中的秀女，仍命送還給民家，元璋便將這二百三十三個秀女分派在各宮，去侍候后妃。

過不上幾天，馬皇后和寧妃的鳳輦到了應天，元璋親自率領文武百官出城去迎接；這是元璋自己知道出身寒微，恐內外臣工瞧不起皇后，所以他御駕前去親迎，也是尊重馬后的意思。馬后的儀衛到了離城十里，和皇帝的儀仗接著，文武百官一列俯伏在道上，齊聲三呼著娘娘千歲；那伴駕官喝聲起去，文武官員就紛紛起立，武官騎馬，文官步行，列隊在前面引道。

最前面是皇帝的儀仗和皇帝坐的鑾駕，隨後便是馬皇后的儀衛，排列著一對對地過去；前導黃麾兩對，大戟一對，五色繡幡三對，長戈一對，繡幡三對，錦幡三對，雉尾扇兩對，紅花團扇兩對，曲蓋兩對，紫方傘兩對，由紅衣的甲士們執著，共是四十二人。後頭是校尉六十四人，列在左右兩邊的是班劍、金吾杖、立瓜、臥瓜、鐙杖、骨朵、儀刀、鉞斧，每件共是兩對。

又金響節十二，錦花蓋四，十六個校尉分作兩隊；還有十六個校尉，戴著大邊的珠涼帽，紅衣、黃綢腰帶、碧油靴，控著駿馬，執著豹尾槍，徐徐地前進。後面又是宮女二十四人，手裏各個捧著金交椅一座，金踏腳一個，金水盆一個，金水罐一個、金唾壺一個、金唾盂一個、金香盒一個、金脂盒一個，也列隊過去；以後是武裝的宮女，一個個短衣窄袖，各執著五色繡幡、金斧、金骨朵、拂子、方扇、紅杖、紗燈、黃華蓋、曲蓋、金節、育傘之類，共是二十四人。

最後的宮女十二人，提著明紗燈三對，在鳳輦左右，後面便是文武百官，武官騎馬列隊在前，文官卻步行著在後；文武官的後頭，即是馬后的鳳輦。鳳輦之後，隨著寧妃的儀衛，也列著引幡、清道旗、方傘、金吾杖、立瓜、臥瓜、紅紗燈之類，算是半副儀仗；後面便是寧妃的鳳輦，最後是護衛鳳輦的校尉六十四人，武官長兩人，率領著兵士六百名，個個是鮮衣美服，刀槍如霜地隨後護送。

鳳輦的儀衛，直進東華門，出西華門，經元武門，走過了長安門，六百個護兵至此停住；鳳輦直進午門，前導儀衛紅衣甲士至午門前停住，鳳輦走過長廊，穿過謹身殿，儀仗校尉至此停住。到了乾清門，文武百官停住；馬后下鳳輦，寧妃也下鳳輦，各改乘宮中的安車。這安車高四尺餘，金頂鳳頭，紅簾繡幕；四周金翅十二葉，金輪紅輻，專門備后妃宮中乘坐的。

這時，安車直達坤寧宮，儀仗宮人、武裝宮女都停在宮外，馬后進了坤寧宮，自有宮女們跪接；寧妃也跟著進了坤寧宮，行了參謁禮，同著皇后在宮中候旨。這時，明太祖朱元璋接在鳳輦之後，令儀衛回進東華門，自己便在謹身殿裏休息；待馬后鳳輦進了坤寧宮，就離了謹身殿，慢慢地踱進宮來，和馬后相見。馬后和寧妃接駕已畢，元璋即令寧妃居了景福宮，由宮女們引著寧妃去了。

元璋這時做了皇帝，與馬皇后又是久別重逢，自然格外地親密了；從此，元璋於馬后之外，又擁著寧妃、瑜妃、惠妃，即櫻桃、闍氏、翠娥，天天尋歡作樂。雖然不曾統一江山，卻有徐達、常遇春等一班人去克服了各地，元璋倒居然做起太平天子來了；但因他是明朝第一個創業的君主，後來諡為高皇帝，廟號太祖，所以歷史上稱他作朱太祖。

那朱太祖自登位以後，脾氣漸漸地驕傲，對於從前的功臣，不免懷有猜忌之心；而且，不時領著親信的宮監，私下出了御花園的宣安門，到冷巷僻地，去打聽民間的情形。

光陰迅速，又是新年了；元宵的那天，恰巧常遇春取了山西，遣使入奏。太祖閱了奏章，心中很是喜悅；便和馬后、惠妃等設宴相慶，也算是點綴元宵。

這天晚上，萬里無雲，日光如晝，太祖趁著酒興，帶了宮監廖貞，悄悄地溜出了寧安門，到街市上去玩耍；只見家家燈火輝煌，鑼鼓喧天，一般商家還在街道上紮著燈景，堆著鼇山，真個是火樹銀花，熱鬧非凡。

那元宵鬧燈的風俗還是宋朝流傳下來，每年到了正月十五那天，東京城裏金吾不禁，通宵達旦，任仕女的遊覽。當時，什麼迎燈鬧月，到處是城開不夜；直到元末明初，這鬧燈的風俗依然沒有革除，人民的迎燈爭奇鬥巧，那燈景越發的精緻。

朱太祖在路上玩了一會燈，覺得興致勃勃，忽見景運街的左邊，設著一個燈虎攤子，一班閒看的人，圍滿了一大堆；朱太祖叫廖貞分開眾人，走近攤前，見那裏懸著十幾個謎面，並不是什麼四書五經，卻是用圖畫著一種會意謎兒。

其中有一條畫謎，上面畫著一婦人，抱著西瓜倚在馬的鞍旁，馬尾後面橫著一隻很大的人足；朱太祖瞧著，尋思了半晌，恍然大悟道：「這一班遊民，不是在這裏譏笑皇后嗎？」

原來，那畫謎上含著「淮西婦人，馬后足大」八個字義；婦人抱西瓜，是懷西的意思，懷淮諧音，馬皇后正是淮西人，又恰是大足。那時朱太祖的心裏如何不氣呢！但一時卻不便發作，只把廖貞一拖，君臣離去了謎攤，往西邊的街上走來。

朱太祖因為心中著惱，正要尋一點事解悶，一眼瞧見道旁一個相面的攤兒，高飄著白布招旗，旗上大書著四個字，道：「相不足憑」；太祖唸著，很是詫異，便挨上前去，又見攤前一副對聯，道：「風鑒無憑無據，水鏡疑假疑真。」

朱太祖讀了，再也忍不住了，就向那相士問道：「你既說是相不足憑，為什麼又替人面相呢？」

那相士見問，對太祖打量了一遍，微微一笑，指著攤上的下聯，道：「你先生不看我這句話嗎？相貌這件事，實是又假又真；在下的藝術很平常，終揣解不透是真是假，所以借此相盡天下士，看靈驗不靈驗，就可以定那真假了。」那相士說著，又指著自己道：「我胡鐵口的相貌，照書上看起來，今年三十三，可以入翰苑，四十七歲還要當國拜相封侯；不過直到如今，仍舊是個江湖術士，那相術足見得無憑了。」

太祖聽了胡鐵口的話，正要再問時，胡鐵口又瞧了太祖幾眼，忽然豎起大指來，說道：「我看你先生的相貌，天地相朝，五岩對峙，分明是個天子相；你現在可是做著皇帝麼？」

胡鐵口這一句話，把太祖說得吃了一驚，連站在旁邊閒看的人們，也都掩著耳朵飛跑；因當此朱太祖登基的時候，疑心病很重，稍有一些兒謠言，一班胥吏便捕風捉影，株連多人，盡遭慘戮。談到「做皇帝」三個字，是要滅族的，誰不害怕呢？大家聽了胡鐵口一說，深恐給那衙役們知道，自己無端的受累，是以一哄地走散了；朱太祖也怕弄出事來，只對胡鐵口笑著點點頭，趁勢和廖貞走開了。

朱太祖沿路趁著燈光月色回到宮裏，連夜傳出諭旨來，命禁軍統領姚深，把那景運街的居民一齊逮捕了，立時正法；第二天早朝，又下旨去捕胡鐵口。

第二十二回　皇帝嗜殺

朱太祖在元宵出遊，到了景運街中，瞧著燈謎譏笑著馬后足大，心裏十二分的惱憤；就連夜傳諭，把景運街的百姓，不論男女老幼一齊捕來，著刑部勘問，胡亂定了怨謗大逆不敬的罪名，旨下棄市。可憐那些百姓，連做了鬼，也不知道自己犯了什麼罪哩！

這一場冤獄，共戮殺無辜良民七百九十五人；那做燈虎的窮秀才，倒不曾死在裏面，這時早已聞風逃得遠遠的了，只苦了住著走不脫的良民，去代人受過。西華門外血肉模糊，冤恨沖天；當時眼見的人，傷心慘目，所聽的人無不酸鼻。這種忍心殘酷的行為，差不多和焚書坑儒的秦皇相彷彿了。

再講那相士胡鐵口，元宵那天相了太祖，說他有皇帝的容貌，市上的人都道他亂講，便一哄地走散；胡鐵口做不到生意，自己也覺失言，只得垂頭喪氣地收了攤，沒精打彩地回寓。寓主人來算房飯錢，胡鐵口說道：「今天晦氣，一文也不曾得到手的。」當下，把相太祖的一段經過說了出來。

那寓主人聽罷，大驚說道：「照你這般的快嘴，遲早是要闖出禍來的。」

胡鐵口道：「那人的確具著天子相，我是依相盤談，有甚麼禍患？」

寓主人說道：「你不知道，現在的新皇帝朱老四，不時的微服私行出宮；你不要真的碰著了他，恐怕你這條性命也就在眼前了。」胡鐵口見說，也有些心慌，害得他一整夜不曾闔眼。

第二日清晨，胡鐵口心想躲在寓中，不出去做那勾當，實在寓主索逼得厲害，還叫夥計做好做歹地要趕逐他出去；胡鐵口沒法，只得硬著頭皮，仍到街上來擺相面攤。不料攤才得設好，便有兩個將校打扮的上來，大聲問道：「你是胡鐵口嗎？」

鐵口答道：「在下正是，總爺們可是來問出征吉凶的嗎？」

那一個將校笑道：「不是咱們看相，有人叫你衙門裏去看呢！」說著，拖了胡鐵口便走。

胡鐵口忙道：「二位可否等在下收拾了攤再去？」

那將校睬也不睬，竟橫拖倒拽地，把胡鐵口如豬般的牽了去；路人瞧見的，都說胡鐵口說話太駭人聽聞，應得要吃官司。

那將校牽著胡鐵口，到了刑部大堂，刑部司員不曾得著上諭，不知把胡鐵口怎樣的辦理；忽接到禮部的公牘，要把胡鐵口提去，這時，胡鐵口已昏昏沉沉的，自知是吉少凶多了。不一刻，見一位紫袍紗帽的官兒，把他彎彎曲曲地帶到一所大殿的簷下，那官兒便向殿上跪說了幾句，卻聽不出說些什麼。

那紅袍官兒退下來，就聽得一種又緩又清越的聲音，喚道：「傳胡鐵口上殿！」紅袍官兒執笏上前，命胡鐵口從丹墀下直跪上去；就聽見簌簌的一陣響，殿門的珠簾已高高捲起。那殿上似有人問道：

「胡鐵口，你原名叫什麼？是那裏人氏？從實奏來。」

胡鐵口正像狗一樣地伏者，連正眼都不敢瞧一瞧，也不曉得殿上是什麼官；這時聽得問他的姓氏，便徐徐地答道：「罪民原叫胡惟庸，祖貫是鳳陽蒙城人。」

殿上又道：「你可讀書識字嗎？」

胡惟庸叩頭道：「罪民在三年前，也曾進過學的，為了家貧，才棄儒賣藝。」

只聽得殿上朗聲道：「胡惟庸！你且抬起頭來。」

惟庸真個昂頭望上瞧，但見殿柱盤龍，金碧映輝；殿門上這塊匾額，朱髹泥金，大書著「謹身殿」三個大字。殿的兩旁排列著戴珠邊涼帽、紫衣紅帶、足登碧靴的校尉；正中端坐著的不是別人，正是昨夜看相時，說他有天子相的那個客人。胡惟庸這才醒悟過來，知道上面坐的，正是大明皇帝朱元璋；不覺嚇得他魂靈兒出竅，半晌叫不回來，只是一味地叩頭稱著死罪。

朱太祖卻很和顏地問道：「惟庸，你既是讀書之人，朕有個上聯，拿去對來。」朱太祖本不甚識字，就隨便寫了一句，由傳事監從龍案上，取了紙筆遞給惟庸。

惟庸看那題紙上寫著上聯，道：「出字兩座山，重重疊疊重慶府」；惟庸那時福至心靈，他略為一沉吟，便續下聯道：「磊文三塊石，大大小小大明州。」惟庸寫罷，仍俯伏在地上；傳事監下來，把上下聯取去呈上。朱太祖讀了大喜，立即欽賜翰林學士，著赴禮部習儀三個月；惟庸謝了恩退下，自往禮部衙門去了。

後來，朱太祖相胡惟庸，常和他說笑道：「你說朕可以做皇帝，你能夠做翰苑，現在怎麼樣了？」惟庸也笑道：「當時若曉得是陛下，臣還不是這樣說呢；那一定要說，陛下是太平天子了。」太祖也不禁大笑，這是後話不提。

再說那胡惟庸，在禮部習了三個月禮，也居然峨冠犀帶，和群臣一樣的列班上朝；朱太祖每召他問事，惟庸皆隨答如流，往往同上意暗合，因此太祖漸漸寵信惟庸。兩個月中連擢升七次，授惟庸為兵部尚書，華英大學士；真是權傾朝貴，氣焰薰人。

惟庸仗著聖寵，有怨必報復，凡貧時不睦的人，都被他殺的殺，遣戍的遣戍，一個個弄得家破人亡；連那寓主人也不肯放過，惟庸恨他逼取房飯金，飭役去捕時，那寓主人聞得胡鐵口富貴得志，便收拾起細軟，星夜攜眷逃之夭夭了。惟庸既這般的橫行，朝野側目；但他於太祖面前卻十分趨奉，太祖被他諂媚得頭昏顛倒，稱惟庸作第一賢臣。

太祖又因出宮微行，逢著惟庸那樣的能臣，故他私行的念頭，越覺得強烈了。有一天，太祖恰巧單身出外，遇著一個老頭兒，在那裏講著太祖的歷史，還呼太祖的小名（老四）；太祖怒他不敬，把那老兒的家族親戚鄰人都捉來殺了，無辜株連的又是四百多人。於是，應天的百姓人人知道太祖要出來私訪，嚇得他們連朱字也不敢說了。

那時，東華門外，有一個賣牛尾湯的王老頭，他每天晚上總是把擔兒挑出來，擺在那裏售賣；一天，他停攤在那裏，有個中年男子來吃他的牛尾湯，吃完之後，摸摸袋裏竟然不帶一文。那中年男子笑著對王老頭說道：「今天不曾帶得錢，改日補給你吧！」

王老頭見他紫衣碧蘇，相貌不凡，諒係是官家子弟，忙連說：「不打緊的，爺只管自去就是了。」誰知第二天，那中年男子又來了，吃好湯，仍不給錢，只問王老頭姓名，今年多大年紀，家裏有什麼人；王老頭答道：「小老兒姓王，人家都稱王老頭；現已七十六歲了，家中並沒子女，只有一個老妻。」

那中年男子道：「你只有夫婦兩個，何必這般的辛苦，偌大年紀還要天天來做買賣。」

王老頭說道：「小老頭想賺幾個錢下來，買塊土地，以便將來老骨頭有個歸宿。」

中年男子聽了，向王老頭點頭笑了笑，走了，王老頭也不向他要錢；過了四五天，那中年男子又來了，把一碗牛尾湯吃完，從衣袋裏掏出兩張紙頭，遞給王老頭，道：「一張是還你的湯錢，一張是送給你的。」王老頭不知上面是多少錢數，只謝了聲，往著袋裏一塞；那中年男子自去，從此，就不見他再來了。

王老頭心裏很是狐疑，將兩張紙兒去叫人看時，一張寫著「內務部支銀五百兩」，一張是「紫金山下劃地十畝，著該處地方官辦理」，末腳蓋著鮮紅的朱印，是「皇帝寶璽」四個大篆；看的人大驚，道：「這是皇帝的上諭，你從那裏得來的？」王老頭見說，也嚇得發起顫來；慌忙奔到家裏，和老妻連夜逃避，東華門外，從此沒有賣牛尾湯王老頭的蹤跡了。

不過，經這件事件宣揚開來，太祖微行的消息到處都傳遍了；大臣如李善長等，紛紛交章入諫，太

祖也怕曉得的人多了，被人暗算，只得漸漸地斂跡起來。但太祖不便出外，自然只有待在宮裏，和諭妃、惠妃等廝混；這樣一天天地過去，未免也覺厭煩了。

恰巧這時，惠妃翠娥的妹子翠英，從杭州來探望她的姊姊；明宮的規例，外戚非奉召不得入宮，惠妃便告訴了太祖，把翠英宣召進宮。她們姊妹相逢，各訴著離衷，十分親熱；到了晚上，惠妃便留她妹子住在仁和宮中，又怕皇帝來打擾，吩咐了宮女，將宮門的珠簾放下，宮門外擺上一盆月季花兒；皇帝瞧見，就不進宮來了。

這個暗號，還是漢朝的宮闈中傳下來的；凡嬪妃們正值月事的當兒，皇帝來臨幸時不便忤旨，只拿一盆月季花擺在宮門前，皇帝看了，曉得那妃子正月滿鴻溝，不能行事，便不來臨幸了。明宮裏也襲著這規矩兒，所以惠妃令宮女放月季花在門前，算是拒絕皇帝的意思；這天晚上，果然被惠妃瞞過，太祖經過仁和宮時不曾進去，至於白天，卻不能叫皇帝不進來。

明日早晨，太祖有心要看惠妃的妹子，待退了朝，便踱到仁和宮來；其時，惠妃和她妹子翠英還在那裏梳頭，翠英想要走避，已是來不及了，直羞得她滿面通紅，低垂著粉頸，抬不起頭來。太祖微笑著坐在一旁，瞧她姊妹兩人梳頭；翠英一時慌了手腳，把一朵榴花掉到地上，正落在太祖的腳邊，太祖便去拾了起來，輕輕地替翠英別在鬢邊。

這一下子，弄得翠英益覺害羞，幾乎無地自容，淚盈盈地要哭出來了；她忙草草地挽髻，三腳兩步地逃入後宮。惠妃睨著太祖道：「她是個鄉間小女兒，不慣和男人們親近的；皇上今天這樣的逼著她，下次，她就嚇得不敢進宮來了。」

太祖笑道：「我那敢去逼她，因瞧她雖是鄉間女兒，倒要比妳有趣得多呢！」惠妃見說，知道太祖是不懷好意的，便也看了太祖一眼，微笑著不做聲了。太祖默坐了一會，見翠英不肯出來，自己很覺無味，便只和惠妃空講了幾句，慢慢地踱出宮去了；那天，翠英真個不敢住在宮裏，連夜同她姊姊說明了，令宮監挽著一乘板輿，把翠英送回府中去了。

原來，吳貞自太平調回京裏，太祖登極封了侯爵，加了大將銜；又因他大妹子翠娥做了惠妃，吳貞已是國舅了，太祖便替他在應天建了國舅府，命吳貞把家屬接來居住。吳貞因父母雙亡，只接了他舅父和二妹翠英，伴著他的妻子住著；從此，他們兄妹手足常常可以敘談，骨肉團圓，十分快樂。

吳貞的妻子本是個蒙古人，是淮揚都司帖勃闌的妹子，生得沉魚落雁，有十二分的姿色；淮揚被張士誠佔領，帖勃闌盡忠，妻子紐鈷兒氏殉節，剩下妹子帖蘭伶仃無依，逃難到了龍興，給吳貞的部下捉住了，獻與吳貞。吳貞見她美麗，想自己還不曾有妻子，便和帖蘭做了夫婦；他們兩人的愛情很為濃厚，況吳貞青年得志，膺著榮封，又做了國戚，天天擁著一個嬌妻，真是享不盡的豔福。似這種光陰，怕南面王都及他不來呢。

閒話少說，那天翠英像逃難般出了仁和宮，回到國舅府中，她哥哥吳貞出遊，還沒有回來，翠英便和她嫂子帖蘭閒談著；不一刻，吳貞從外面走了進來，一見他妹子回來，也隨口問了些宮中情形，翠英胡亂答了幾句，卻把太祖替她簪花，嚇得逃走出宮的事隱瞞了。

過了半個多月，正是七月七日，俗傳是雙星聚會的七巧日；仁和宮的惠妃又打發了宮監，打了乘軟轎，來迎她妹子翠英進宮去賞花乞巧。翠英要待推說不去，反是吳貞來勸道：「妳們雖說是自己姊妹，大妹子究竟是位貴妃，妳怎麼可以違拗呢？二妹子還是去走一遭的好。」翠英沒法，只得乘了軟轎，由內監們直抬入宮來。

翠英坐在轎裏，見他們抬著自己，仍進了那端門，從邊廊的甬上，彎彎曲曲地走著，半晌還不見停轎；翠英這次進宮，不過是第二次，一時也分不出那東西南北。又過了一會，經過了幾十重的門戶，到了一個地方，轎子才漸漸走得慢了；走不上百步，轎子停住，便有三四個宮女過來打起轎簾，扶了翠英下轎。兩個宮女在前引路，領翠英到了個竹軒裏；只見四周都是修篁，照得軒中的器物也變了碧色了。

走進軒門，是個極精緻的客室，几案整潔，壁間懸著名人書畫；書架上滿堆著玉簡古籍，旁邊是個月洞門。宮女領翠英進了月洞，見那室中的陳設，比那客室越發精緻了，琴棋書畫，無不具備，連案上的古玩都是自己所不曾見的；真是滿目琳琅，令人眼都花了。

靠月洞門的左側，設著一隻小榻兒，羅帳錦褥，華麗非凡；正中的圓桌上，擺著杯盤果品，那宮女請翠英坐在榻上。一個宮女早倒上一杯荳蔻茶來，翠英接著，喝了一口，覺得涼震齒頰，香溢眉宇，味兒的甘芳自不消說了；翠英一面喝著茶，便問那遞茶的宮女道：「惠娘娘怎麼不來？」

那宮女答道：「惠娘娘正侍候著聖駕在那裏飲宴，只叮囑我們陪著吳小姐稍待一下；等皇上起駕，惠娘娘就可脫身來和小姐敘晤了。」翠英點點頭，也就不多說了。

到了午晌，宮女們送膳進來，翠英胡亂吃了些，等著她姊姊仍不到，心裏焦躁起來，便走出了竹軒，往四處玩了一轉；軒外卻是個很大的花園，這時是夏末秋初，沒甚可玩的花草，只是蔭濃碧樹，掩蓋了一帶粉牆，涼風陣陣地吹來，真叫人胸襟為暢了。

翠英遊覽了幾處亭軒，看看天色晚了下來，於是回到竹軒中，見那頂圓桌上已排上酒筵；四個宮女很整齊地站在一旁，瞧見翠英進來，都微笑著相迎。翠英因她姊姊仍沒有到，心中早有點不耐煩了；正要動問，忽見月洞門的右側小門徐徐地開了，環珮聲叮咚，盈盈地走進一個美人來。翠英還當是她姊姊，忙起身相迎，再瞧時，卻是不認識的，不禁怔了一怔；那美人微笑道：「吳小姐寂寞煞了嗎？」

翠英不及回答，那美人又道：「惠娘娘給皇上纏住了，看來，今天是沒工夫來的了；所以叫我來伴著吳小姐，請用了晚膳，那時，再送吳小姐回府就是了。」翠英聽得她姊姊沒空兒，連晚飯也不要吃了，便欲令她們打轎回去。

那美人格格地笑道：「吳小姐且莫心急，既然來了，終須進晚膳去；況我是奉了娘娘的命來侍候小姐的，倘小姐此刻就回了府，惠娘娘見責進來，叫我怎樣回覆呢？」翠英見她說得婉轉有理，只得應許下來。

那美人便邀翠英入席，兩人對面坐了，宮女們斟了酒，那美人便殷勤勸飲；翠英覺情不可卻，勉強

飲了幾杯。那美人只顧一杯杯地相敬，自己也陪著吃酒；看她的酒量很大，翠英卻已有了醉意，有些支持不住起來，美人才吩咐宮人添上飯來。

翠英這時多喝了幾杯，不免頭昏眼花了，那裏還吃得下飯呢；美人親自來扶著翠英，到那小榻上躺下，一面令宮人收去杯盤，一面附在翠英的耳邊，低低說道：「吳小姐暫時休息一會，我就去打了轎來。」翠英微微點點頭，那美人逕自去了。

翠英睡在榻上，漸漸地沉沉入夢；她睡得正酣，忽然給宮中的更漏驚醒，睜眼瞧時，案上燭光轉明，宮女們一個也不見了，自己的身旁似有人臥著。翠英在朦朧中，辨出那人紫衣金帶，是個男子裝束，不由的嚇得直跳起來；只苦於四肢軟綿綿地，一絲氣力也沒有，掙扎了好半天，休想動得分毫，額上弄得香汗淋淋，胸口嬌喘吁吁，雙足不住地上下亂顛。

那紫衣的男人已翻過身來，輕輕按住了翠英的前胸，和聲悅氣地說道：「吳小姐不要心焦，妳姊姊也快來了。」

翠英忙推開了他的手，細辨聲音笑貌，分明是那位皇帝姐夫；便咬著牙，罵道：「翠娥這賤婢賣我麼？妳設著這種圈套，可把我害死了。」說罷，就嗚嗚咽咽地哭了起來。

朱太祖見翠英哭了，忙用好話安慰她，道：「吳小姐不要錯怪了妳的姊姊，這件事都是我的計劃，和妳姊姊是毫不相干的。」

翠英這時氣憤極了，也不管什麼皇帝不皇帝，竟含著滿臉的嬌嗔，大聲說道：「你們用了這種鬼計，要想把我怎麼樣呢？」

太祖見問，帶著笑說道：「並不是想把小姐怎麼樣，實在是愛妳長得俊俏不過，幾乎想死了我，所以才將小姐騙進宮來；如果小姐肯一心嫁給我的，我決不虧負小姐。妳瞧妳的姊姊，現在封了惠妃，住在仁和宮裏，服侍有宮女內監，進出是鳳輿安車，吃的山珍海味，穿的綢緞綾羅，喚一聲一呼百諾，一舉步前護後擁，多麼榮耀威風；那些宦家的女兒，誰不願意嫁給我做嬪妃，我卻一個也瞧不上眼，只是愛著小姐。不知道小姐的心中怎樣？」

大凡女子心理，是沒有不愛虛榮的，翠英出身是小家碧玉，她平時聽得自己的姊姊做了皇帝的貴妃，心中未嘗不暗暗羨慕；及至進宮和姊姊相晤時，見她滿頭的珠光寶氣，遍體繡服錦衣，不覺自慚形穢了，豔羨的念頭越加高了一層。此刻聽了太祖的一番話，芳心不由的一動；又經太祖小姐長、小姐短的，把個翠英早叫得心軟下來。

太祖見翠英默默不語，知她心意已被打動，便格外做出溫柔的樣子，百般的趨奉翠英；說得翠英眉開眼笑，把粉頸一扭，道：「我姊姊封了惠妃，我卻沒得封了。」

太祖笑道：「封號多著呢！我宮裏的妃子，誰也及不上妳那樣的美麗，我就封妳做了吳美人吧！」

翠英很覺歡喜，這才在枕上叩頭謝恩；兩人說說笑笑，雙雙同入好夢。次日起來，太祖命吳美人居了長春宮；又諭知吳貞，說冊封翠英做了美人，吳貞即進宮謝恩。

太祖自有了吳美人，天天宿在長春宮裏，把寧妃、瑜妃、惠妃，一古腦兒丟在腦後；寧妃和瑜妃倒

還不過如是，獨那惠妃見太祖專寵著她的妹子，一縷酸氣自丹田直衝到腦門。一天，惠妃真有些忍不住了，趁著太祖還沒有退朝，竟趕到長春宮來大鬧。

第二十三回　禁宮喋血

惠妃因自己的妹子吳美人受到專寵，心裏十分氣憤；幾次要趕到長春宮來，和她妹子拚命，都給一班宮女們勸慰住了。

有一次，她萬萬忍耐不住，又摩拳擦掌地要往長春宮去，口裏連呼著備車；經旁邊的宮人勸道：「娘娘是忍氣些的好，現在吳美人正在得寵的當兒，雖然是自己的姊妹，若不幸她變下臉來，有皇上在那裏幫護著她，不是要弄出亂子來嗎？那時反悔之不及了。」

惠妃聽了宮女的話，倒也很為有理，只得忍住了一口氣，私底下，卻召吳貞進宮來，把翠英的經過一五一十地講了出來；又將翠英恃嬌專寵的行為也說給吳貞聽，並說翠英欺負自己，眼中竟沒有她這個姊姊了。說罷，眼圈兒一紅，早噗簌簌地流下淚來。

吳貞一面安慰著她，一面說：「娘娘不要過於傷心，須保重自己玉體；這件事，只消嫂子進宮來，向吳美人那裏勸說一番，或者可得她的回心轉意也未可知。」惠妃點頭答應。

吳貞退出宮去，便和他的妻子米耐帖蘭說了，命她進宮來，替惠妃姊妹調解；帖蘭允許了，吳貞就假託著惠妃，宣召他妻子進宮來，打起一乘軟轎，把帖蘭送進宮去。

誰知帖蘭這一去，竟杳無消息，老給他一個不出來，吳貞在外頭等得好不心焦；看看已七八天過去，仍不見帖蘭出宮，吳貞急得抓耳揉腮，自己尋思道：「莫不成她們姑嫂要好，把帖蘭留著了嗎？」要待到宮中去打聽，卻恪著外戚不奉宣召不許進宮的規例，不便進去。

這樣一天天地過去，轉眼一個多月了，帖蘭仍不出來；吳貞沒法，只有親自去候在寧安門外，向那些內監們探問，都說不曾知道。恰巧，一天有個小監出來，吳貞忙上去看時，認得是常常到自己家裏來送御賜物品的，因而招呼他道：「小哥那裏去？」

那小監回過頭來，認得是國舅吳貞，便答道：「皇上命我到國公府裏送人參去；爺在這裏做什麼？」

吳貞見問，就悄悄地把拉他到僻處，掏出一包碎銀，送給那小監道：「這點兒小意思，給小哥買些果兒吃。」

那小監平日不大弄得到錢的，見吳貞送銀子給他，不禁眉花眼笑地說道：「我不曾有什麼功績，怎好受爺的賞賜？」

吳貞也笑道：「那是笑話了，你只管收了，我還有事拜託你呢。」

那小監收了銀子，很高興地問道：「爺有什麼事，我立刻就幹去。」

吳貞說道：「沒有別的，我只問你一句話，我們那位國舅夫人，現在宮中做些什麼？」

那小監聽了，不覺怔了半晌，說不出話來；吳貞見他形狀蹊蹺，知道其中定有隱情，便去附著小監的耳朵低低說道：「你有什麼不能告訴別人的，盡可對我講了，我決不為難你的。」

那小監想了想，對吳貞說道：「我老實跟爺說吧，國舅夫人自那天進宮，如今還住在宮裏呢！」

吳貞說道：「那是我知道的，但不知她住在宮中老不出來，卻是為了什麼緣故？」

那小監到底年紀小，不知輕重，這時聽了吳貞的話，便拍手答道：「早哩，早哩！我看國舅夫人是不會出來的了。」

吳貞吃了一驚，道：「這話怎講？」

那小監笑道：「皇上和國舅夫人天天在永壽宮裏飲酒取樂，看他們正親熱呢，會捨得出來嗎？」

吳貞不聽猶可，一聽了小監說罷，早已氣得眼中出火，七竅生煙：「反了！反了！竟會做出這樣的事來。我吳貞不出這口氣，誓不為人！」

他這一叫，嚇得那小監面如土色，慌忙說道：「爺這樣的大鬧，不是要連累了我嗎？」

吳貞這才忍住了氣，回頭向小監說道：「對不起，小哥，我們再見吧！」那小監也巴不得他有這一句話，便謝了聲吳貞，飛似地往國公府裏去了。

吳貞氣沖沖地回到家裏，跳進蹦出，拍臺拍凳地大罵起來，慌得家人奴僕們，似老鼠見了貓般的驚得四散躲藏不迭；吳貞正在怒氣不息，忽聽得左將軍傅友仁來相探，吳貞只得出去相見。

兩人攜手進了書齋，談了些閒話；吳貞於言語之間，說起朝廷，很覺怒形於色。友仁幾次詢問，吳貞只是用別的話支開去；友仁是何等乖覺，曉得吳貞定有什麼說不出的隱衷，便起身告辭回來，將吳貞

的情形，暗暗去說給胡惟庸知道。

其時的惟庸已封了太師太傅，權傾四野，朝臣多半側目；在這個當兒，劉基方罷相，左丞相汪廣洋被誅，惟庸不免兔死狐悲，私下對李善長說道：「皇上近來心境大不似前，而且多疑善變，朝士皆朝不保夕，我們應早自為計。」

原來善長和惟庸已結了兒女親家，兩下交情很密；這時善長聽了胡惟庸的話，只默默地不作聲。惟庸疑善長已心動，便去勾結了左將軍葉升、都督王肇興、員外郎吳煥、御史徐敬等等，專門收拾人心，招攬同黨；惟庸家裏蓄著勇力數百人，又在府中深夜打造武器。

那時，聽得同黨傳友仁的報告，知吳貞也有異心，於是連夜把吳貞邀至相府；惟庸親自替吳貞把盞，一杯又一杯，把個吳貞灌得大醉，惟庸趁勢用言語激動他。吳貞酒後忘了顧忌，便將皇上強佔自己妻子的事和盤托出，還說了些不臣的大話。

胡惟庸素來知道吳貞的勇猛，有心要收他做心腹，當時見有機可趁，便故意歎道：「國舅出入戎馬，用生命去爭來的功勞，只酬得區區千五百石的侯爵，倒不如劉基這一班人，毫不費氣力的，反封了他們公爵，那真是不平的事；況四舅夫人又給皇上糟踏了，難道主子竟然不念功臣的辛苦嗎？倘外面把這件事傳揚開來，叫國舅有什麼臉兒立在朝堂呢？」

這一席話，把個吳貞說得面紅耳赤，拔出佩劍，啪的一聲，擊碎了桌上一隻酒杯；咬牙切齒地罵道：「罷了！罷了！這次我若得著機會，也叫那牧牛兒和這個杯兒一樣！」

惟庸見吳貞已入彀中，忙招手止住他道：「國舅就要行事，也得秘密一點；你這樣的大驚小怪，風聲洩漏，不是畫虎類犬？」

吳貞正色作謝道：「全仗丞相的包涵。」

惟庸低低說道：「不瞞國舅說，我也久有此心，只是沒人幫助，不敢舉事。」於是把自己的謀劃，細細地和吳貞說了。

吳貞大喜道：「丞相如果行大事，我吳貞不才，願助一臂之力。」

惟庸也十分高興，一面吩咐左右洗盞更酌；惟庸又將傅友仁、葉升、徐敬、王肇興、吳煥等一干人請來，大家歃血為盟，置酒共飲。

是年的冬月，胡惟庸的府中大門上，忽然生出一顆靈芝來；術士李俊說道：「靈芝是皇帝之瑞，將來必出天子。」惟庸聽說，謀亂之心越發高興了起來；並邀集吳貞、徐敬、葉升等設筵慶賀。

其時李善長罷相，尚書余雄又割職，且遣戍河南；惟庸深怕自己也不保，連夜聚議起來，一方面去邀元朝的後裔馬立，命他糾了亡命之徒，自外殺入接應。這裏，葉升去和禁衛指揮曹聚說好了，到了那時開了禁城迎入；殿前都尉張先本是惟庸的外甥，當然是同謀了。

再講那吳貞的妻子米耐帖蘭，自從那天乘了軟轎先到惠妃宮裏，姑嫂相逢，敘了一番寒溫；因惠妃和帖蘭還是第一次見面呢，兩人談了一會，帖蘭便起身，往長春宮去見吳美人。她和吳美人是素識的，因此格外親熱；帖蘭滿心想替惠妃說幾句話，那吳美人只問長道短，反把帖蘭弄得不好開口。

兩人正在閒談，忽的聖駕進宮來了，帖蘭要待避去，吳美人將她阻攔著，帖蘭沒法，只有跪著一同接駕；朱太祖叫宮女把她們扶起，一眼瞧見了帖蘭，覺得她神如秋水，容光照人，便問吳美人道：「那是何人？」

吳美人笑道：「便是臣妾的嫂子。」

太祖驚道：「吳貞有這樣一個妻子，我倒不曾知道的。」說著，就命擺上筵宴來。吳美人拉著帖蘭共飲，那帖蘭本不懂什麼禮節和廉恥，三杯下肚，說也來了，笑也來了，免不得和太祖眉來眼去；吳美人要籠絡皇上，便分外湊趣，有心把帖蘭灌醉了，扶入後宮去，太祖便跟在後面，這一夜，竟和帖蘭成就了好事。

第二天，太祖命帖蘭居了永壽宮，晚上便來和她取樂；帖蘭見太祖魁梧，又貪著富貴，住在宮中，一天又一天地下去，竟忘記出宮了。但這件事，只是吳美人和宮女們知道，惠妃卻一點也不知情；吳貞在外面等候帖蘭很是心焦，便去探問那個小內監，把宮裏的春光完全洩漏了。

吳貞聽著了消息，私下又一打探，方知帖蘭失身的事，一半是吳美人的鬼戲；吳貞恨得牙癢癢地，指天劃地地罵道：「翠英這賤婢子，早晚要死在我的刀下！」

一天夜裏，太祖在永壽宮中和帖蘭對飲，酒闌燈灺，雙雙攜手入幃，正擬同赴巫山，猛聽得宮門外喊聲大起，接著又是震天價一聲響亮，宮門前腳步聲雜亂；太祖在床上一手提著帳門，吩咐宮人出去探問。誰知宮門才開，早有五六個內監，慌手慌腳地直跑進來，道：「不好了！賊人打進來乾清門來了，快請聖駕出宮避賊要緊！」

太祖聽了大驚，道：「賊是誰？」這句話還不曾說完，又聽得轟然的一聲，兩個內監連跌帶滾地進來報道：「乾清門被賊人打倒了，現在侍衛們拼死抗拒著，聖駕速速避賊！」太祖這時也不覺心慌，忙著起身下床。那帖蘭已抖做一團，見太祖要走，不由嗚嗚咽咽地哭起來；太祖回過頭來，心中又是不忍，便一把拖了帖蘭，七跌八撞地奔出永壽宮，前面六七個內監和一大群宮女，紛紛地隨著擁護。

太祖和帖蘭走出了永壽宮的正門，只見南面的謹身殿上，火把照耀通明，幾十個侍衛且戰且退，賊人便一擁而來；為首的人，手執著一口扑刀奮力殺來，勇不可當。太祖認得是吳貞，疑他是來此救援的，要待叫應他時，再看吳貞，他只向著侍衛們亂砍，向著甬道上殺了過來；太祖知是不妙，當下也顧不得帖蘭了，便把帖蘭往宮女隊裏一推，自己往人叢中逃走。

那吳貞領著黨人，飛奔地殺入了永壽宮，尋太祖和帖蘭不見，回身出了宮門，又與一大隊侍衛相遇，大家在甬道上廝殺著；吳貞一口刀，好似猛虎一般，十餘個侍衛那裏抵擋得住，不到一刻，已被他殺得落花流水了。吳貞殺退了侍衛，竟奔長春宮來；吳美人也聞得宮外喊聲，內監接二連三地報賊殺來，吳美人慌得手足無措，旁邊幾個內監宮女把吳美人擁著便走。

才走出宮門，劈面恰恰撞著吳貞；吳貞一見了他妹子，不禁心頭火起，便提刀大喝道：「賤婢認得我嗎？妳嫂子到那裏去了？」

吳美人見他哥哥滿臉的殺氣，嚇得戰兢兢地答道：「嫂子在永壽宮裏。」

吳貞大怒道：「永壽宮我已去過了。」說著，一刀往吳美人砍來；吳美人忙閃躲，那裏還來得及，身上早著了一刀，仆地倒下，臥在血泊裏了。吳貞也不問她死活，返身殺進甬道，到仁和宮來尋朱太祖；這時，帖蘭隨著一群宮女，也擁在甬道上奔逃。吳貞領了黨人，一路追趕著亂剁亂砍；可憐一班嬌膚嫩肌的宮女，怎經得如狼似虎的蹂躪，霎時間哭聲震天，吃著刀的，都倒在地上，有幾個受著輕傷的，也倚在門沿上啼哭。

吳貞其時在宮人中，認出了帖蘭，一把將她扭住，如提小雞般捉了過來；正要細細地問她，忽見朱太祖慌慌張張地從右邊長廊上轉出來，吳貞便一刀剁翻了帖蘭，提刀來趕太祖，口裏還大叫道：「朱元璋！休要逃走！我來找你算帳了。」

太祖聽得腦後有人來追，驚得魂靈也出了竅，不敢再走長廊，一回身穿過了景福宮，飛跑聚景門，逃往御花園中來；那吳貞不捨，也拚力地追著。看看要趕上了，太祖跨上金水橋，吳貞也上了金水橋；太祖喘著氣，說道：「吳貞！你不念君臣之義，竟忍心弒朕麼？」

吳貞大喝道：「你霸佔我的兩個妹子心還不足，連我的妻子也被你玷污了，還講什麼君臣不君臣！」說罷，盡力一刀向太祖剁來。

太祖急忙躲避時，吳貞用力過猛，那把刀正劈在金水橋的橋欄上，連刀背也幾乎陷沒了；吳貞想拔那刀，急切間又拔不下來，心裏又氣又恨。狠命地一扯，把橋欄拉折，那刀才得脫離，再瞧刀口，已是捲缺的了；吳貞提著刀，回頭看那太祖，早繞過太華池，走得遠遠的了。

吳貞還想追趕，忽聽得牆外吶喊聲連天，火光照著如白晝一般，那寧安門頓時大開，無數禁衛軍殺將來；吳貞的黨人也從後趕到，攔住禁衛軍廝殺。誰知禁衛軍愈殺愈多，這裏一隊沒有殺退，左邊又是一隊殺到；眼看把吳貞圍在中間，吳貞大吼一聲，揮起了缺口刀，奮勇地衝將出來。恰巧葉升和徐敬領了三四百個勇士，從寧安門來接應；三個人集在一起，殺開一條血路，一擁地出了寧安門。

吳貞尚欲殺進宮去找尋太祖，葉升勸道：「咱們趕快殺出去吧！聽說王肇、傅友仁等事機不密，事急都已自盡了；此刻，趙翼雲將軍親率大隊人馬，殺進西華門來了。」

吳貞驚道：「胡丞相怎麼樣了？」

葉升答道：「丞相見大事不甚得手，已領著幾十個家將，管自己退去了。」

吳貞頓足說道：「罷了！罷了！很不容易得的機會，怎麼輕易放棄了呢？」說著，果然聽人喊馬嘶，遠遠地看見殿前指揮王光、大將趙翼雲和總管馬如飛，統著大兵進城來殺賊。

吳貞問葉升說道：「事既弄糟了，左右不過是死，我們索性殺上去吧！」葉升還不曾問答，那後面跟著的黨人和勇士，本是些烏合之眾，聽得大軍到了，諒來敵不過的，便發聲喊一哄地散了；吳貞越發憤怒，忙向一個勇士換一把腰刀，同葉升、徐敬，領了不曾走的三十名勇士，竟來迎大隊軍馬。

兩邊相遇，吳貞氣憤地首先陷陣，王光知道吳貞兇猛，也不來對敵，只指揮士卒，把他們一隊人一齊圍在中間；吳貞仗著自己的武藝，左衝右突，那兵士只管圍繞上來，一層厚似一層，任你吳貞有多大

本領，休想殺得出去。

忽然，兵隊裏一聲呼嘯，絆馬索驟起，把吳貞絆住；吳貞只向前奮殺，不提防足下一絆，好似玉山傾倒般的跌了一個筋斗。翻身要待跳起來時，早有人拿勾手把他搭住；猛虎似的吳貞，這時繩穿索縛地被兵士抬著去了。吳貞既經擒獲，葉升、徐敬就容易對付了；不到半刻工夫，雙雙同時被兵士捉住，還有三十幾名勇士，都被亂兵砍死，一個也沒有漏網。

那元朝的後裔馬立，也領著百來個亡命之徒，想殺入城來接應；跑到東華門附近，望見城內燈火通明，東華門前禁軍林立，戈戟森嚴，知道事機已敗，城中有備，便悄悄地退去了。這裏，趙翼雲等令把皇城緊閉，大搜餘黨，直到天明才收了軍士；將吳貞、葉升、徐敬等一干人犯以及家屬親戚之類，一併捆綁上殿來，聽太祖親自發落。其時的文武大臣，都進大內來請聖安。

那朱太祖被吳貞趕得走投無路，險些兒給吳貞追著，幸虧一刀砍在橋欄上，太祖才算脫身；一時慌不擇路地，去躲在魚東亭的假山洞裏，後來聽得賊黨已經被禁軍殺退，太祖驚魂始定。忙來長春宮看吳美人，見宮女們已把她扶在床上，右臂上著了一刀，用一幅白綾裹著，面色如白紙一樣，渾身都染著血污；吳美人一瞧見太祖，不禁嗚咽著說道：「妾兄叛逆，臣妾罪該萬死！」

太祖安慰她道：「這事不干卿，卿只放心靜養就是了。」說罷，再三地叮嚀宮女，叫她們留心服侍，自己便往永壽宮走來。但見那甬道上被殺死的宮女，東一個西一個，有的身首分離，有的只砍傷了手足，死命在那裏掙扎；太祖看了這樣的情形，也覺得慘目傷心。

忽見那帖蘭，還睡在宮人的屍體旁邊，雙眸緊緊合著，面色灰白，肩上的刀傷處，血仍汩汩地流個不住；摸摸胸口，尚有奄奄一息，太祖呼那宮監，卻沒人答應，大概都四散逃走了。太祖沒奈何，只得親自去攙那帖蘭，可憐她那香軀是軟綿綿的，那裏能夠行動呢；太祖便放出吃奶氣力來，把她擁在肩上，一步步地挨到永壽宮裏。去扯了一塊衣袖，替帖蘭包了傷口；又去金壺內取了半盞的清水，慢慢地灌入帖蘭口裏。

過了好半晌，才見帖蘭星眼乍啟，微微叫一聲：「痛死我了！」那淚珠兒便似泉湧般地滾出來；太祖見帖蘭甦醒，一把愁腸總算放下，一面也拿話安慰了她。看天色已經大明，宮門口的雲板叮咚，知道大臣們來請安了；這時宮女太監漸漸地聚集攏來，太祖吩咐一個內監，叫大臣們不必侍候，又令宮人們好好地看護帖蘭。

不一會，聽得景陽鐘響，已到了上朝時候，便有二十四個衛儀監，擁著鑾駕來迎太祖臨朝；太祖登了鑾駕，由太監護著聖駕，到得奉天殿上。太祖下鑾，由殿前太監扶上寶座，文武大臣紛紛列班請安，三呼禮畢，各歸了班次；右丞相胡惟庸卻托疾不朝。

這時，大將軍趙翼雲上殿奏知逆黨就獲，太祖諭令將吳貞等綁上殿來；丹墀下的侍衛已拿吳貞、葉升、徐敬等三人，橫拖倒拽地拉到殿前跪下。太祖見了吳貞，不覺冷笑一聲道：「吳貞！朕不曾有虧待你，為什麼糾黨行逆？」

吳貞聽了，圓睜怪眼正要回話，太祖怕他說出隱情來，傳旨把吳貞、徐敬、葉升等三人，並將家屬

人口一併綁出去砍了；那徐敬卻氣憤填胸，便拖出李善長、廖永安、曹聚等一干人來，太祖勃然大怒，立刻諭錦衣校尉去捕李、廖諸人。

第二十四回　太子中毒

朱太祖聞得李善長、廖永安、曹聚等也通同謀逆，不覺大怒，立命錦衣校尉李善長等入刑部，訊明回奏；這時的刑部主事陳炎，素和善長不睦，竟胡亂審了一回，入奏善長有謀逆嫌疑，太祖即下詔賜死。廖永安、曹聚兩人姑念功績，著遣戍雲南；可憐！李善長是個致仕的宰相，年紀已是六十多了，免不得三尺白綾，斷送了性命。

這一場黨獄，除了正犯誅族除外，株連枉死的臣工和百姓，共戮一萬三千七百六十九人；臨刑的那天，紅日無光，京城內外滿罩著愁雲慘霧，怨憤之氣直衝霄漢。一時朝野震驚，文武大臣無不互相危懼，真有晨不保暮之慨；太祖的心中兀是怒氣不息。

馬皇后在坤寧宮聽了這個消息，不由的大驚道：「皇上專好聲色，妄戮有功之臣；看來，明代江山也要步元人的後塵呢！」當下忙擺起鳳駕，親來諫阻太祖。

太祖既把黨人一一發落，便進宮來看吳美人和帖蘭，兩人已經太醫院診過，敷上了傷藥，綳紮住創口，換去了血衣，宮女們便服侍著睡下；太祖也不驚動她們，在長春、永壽兩宮轉了轉，卻往仁和宮去。

這天晚上，宮中鬧亂子，因坤寧、景福、萬春、仁和四宮離開得較遠，坤寧宮的舍宇又深，雖遙聽得喊殺聲，逆黨只向著永壽、長春兩宮中殺人；因吳貞探知太祖只幸這兩宮，所以不曾犯及他宮。後來，吳貞想著往別宮去找尋太祖時，外面禁軍已殺到，也不敢再逗留宮中了；坤寧等四宮，得知宮內有賊犯駕，嚇得宮內宮女們將宮門緊閉，連消息都不敢出來探問，幸得那坤寧宮等始終沒有驚擾。

事後，凡皇后以下，都來向太祖問安；其中的惠妃聞驚駕犯聖的，竟是自己的哥哥吳貞，不覺顫顫兢兢的，見駕十分懷著鬼胎。太祖瞧出惠妃的隱情，便用好言安慰她；惠妃感激零涕，垂淚謝恩。原來依據國法，皇親國戚謀叛，妃子須得賜死或貶入冷宮；朝中大臣曾上疏請太祖貶惠妃和吳美人，太祖卻一概置之不理。

這時，惠妃見太祖進宮，慌忙起身接駕，行過了常禮，便問：「逆黨處置得怎樣了？」太祖很氣憤答道：「吳貞悖逆，我已將他砍了。」惠妃見說，究竟手足關情，不覺流下淚來。太祖冷笑道：「這是他自作自受，哭他做什麼？」正這樣說著，忽報皇后鳳駕到了，惠妃忙著出去迎接。

馬皇后進了仁和宮，與太祖相見，只行著一個便禮，就在對面的金交椅上坐下；惠妃在一旁侍立著，馬后賜她坐了，便由宮女掇過一個繡墩來，惠妃謝了恩才敢就坐。馬皇后便向太祖說道：「臣妾聞陛下大誅逆黨，連李先生也在裏面；他是朝廷股肱，現加戮誅，豈不有失眾心嗎？」

太祖答道：「善長逆謀已顯，罪有應得，失什麼人心？」

馬皇后道：「這樣的大臣見戮，又株連多人，諸臣皆惶懼不安，卻不是人心疏離的明證嗎？」太祖聽了不覺嘿然。

馬皇后又道：「依臣妾的愚見，陛下宜急下諭旨，於這次的黨案，首逆既已受誅，餘人一例不問；誰再提黨人的即得治罪，不然挾嫌誣告和假公濟私的，便永無了期了。」

太祖點頭道：「卿所言很是有理，我就這樣辦吧！」馬皇后見太祖容納她的勸諫，很是歡喜地起身，仍乘著鳳輦回宮；第二天，太祖果然下了一道停止追究黨案的上諭。其時有人控那胡惟庸通同謀逆的，太祖便將呈控的人斥退；這樣一來，臣民等始得漸漸安心。

馬皇后這一諫，雖救了無數人的性命，卻也算便宜了胡惟庸；在惟庸應該感激知悔，從此不再心生妄想，誰知他怙惡不悛，謀逆之心反因此愈熾了。

那太祖自經這回黨案後，疑忌臣下更比從前厲害了一層；又不時派了親信近侍，暗中刺探大臣的行動。惟庸心裏也愈覺不安了，便又勾通了兵部尚書夏貴、御林軍教練馬琪、都御史岑玉珍、檢事毛紀、將軍俞通源等，日夜籌議著起事。

那時劉基致任家居，得知惟庸漏網，仍在那裏結黨謀亂，就秘密上疏告變；奏牘經過夏貴的手，便把它塞在袖裏，竟來謁見惟庸，將劉基的奏章呈上。惟庸看了大驚，道：「此人不誅，終是不安。」於是和夏貴商議好了，由夏貴請劉基赴宴；劉基不知是計，應召而往，待到宴罷回去，便覺頭昏心痛，不

到三天就嗚呼哀哉了。

話分兩頭，其時徐達、常遇春等分四路進兵，連破了山東，克了東昌，元平章普顏不花、宣慰使嗟利力盡戰死；徐達又進取東安，常遇春下了歸德，這時明軍水陸並進，及破了彰德衛輝，元將李博臣、都事張處仁自盡。徐達督兵進薄青州，元都督達喇花遁去；明兵佔了直沽，奪了海口，進軍通州。

元順帝聞得通州被圍，知道大勢已去，便召集六宮三院的嬪妃，命駕起了數十乘的大車，要待出奔；元右相慶僮、皇叔伯顏達里等苦諫留駕，順帝怒道：「明兵早晚將到，朕豈願效宋朝的徽、欽二帝？你們不必多說。」當下把朝事委給慶僮等，下諭車駕連夜出了建德門，逃往塞北去了。原來明師北伐，破了開平，順帝奔至和林，病死行宮；太祖得了順帝死耗，便諡為順帝，這且不提。

再講順帝出走後，徐達督兵陷了燕都，元丞相慶僮、平章迭必失、皇叔伯顏達里都力戰受擒，因不屈被殺；徐達定了燕都，又分兵西略，平了西安諸郡。常遇春也領兵北進，陷了錦州，直趨開平；誰知兵到柳州，遇春忽然得病，一天沉重似一天，藥石無靈，竟至逝世。常遇春臨終的那天晚上，西南角起了巨響，空中有一顆大星自上下墜；到了地上轟然一聲，毫光四射，京城內外的人民都很為驚異。

太史飛章入奏，說將星墜殞，三日內必損折大將；朝中便議論紛紛，朱太祖也極憂慮。過不上幾天，飛騎報到常遇春病逝的消息，太祖十分震悼；一面下旨，內務府撥銀一萬兩，給常遇春治喪。

太祖又親自祭奠，並追贈遇春為太師太保、上國柱、推誠侵遠功成開封；中書右丞相鄭國公開平王，諡號忠武。子常蔭，永遠世襲公爵；孫常保森，加大將軍銜封武德侯。遇春德配夫人韓氏，封開平晉德王妃；女常秀貞，封儀淑郡主，媳王氏，封一品忠孝夫人。又命塑遇春像入忠良祠，春秋致祭，以慰忠魂；朱太祖自常遇春逝世後，心中常鬱鬱不歡。

誰知一波未平一波又起，忽然太平報到，陳野先潛出京城，襲取太平；花雲戰死，吳良隻身逃命，又得處州警報。胡大海部將劉震、總管蔣英私通了苗酋李佑之，深夜襲了處州、金華、嚴州諸地，胡大海被刺殞命；又接到鎮江警報，巢湖匪顏良大掠江上，俞通海出剿，戰歿陣中。

朱太祖迭接各處的警信，又聞得花雲、胡大海噩耗，不覺垂淚道：「花雲和大海隨朕二十多年，出征必身先士卒；今日猶未蒙恩，身已先死，怎不叫朕心傷！」說罷大哭，一時，群臣也無不揮淚。

當下追封花雲為護海侯，諡勇毅，子花禕封都指揮襲爵；追贈胡大海為英國公，諡忠靖，子胡濟德封將軍，永襲靖遠侯爵。俞通海追贈為寧侯，諡武懿，子俞長源為將軍，授久安侯；花雲、胡大海、俞通海等三人，均塑像入忠良祠，妻晉封夫人，孫蔭襲伯爵。

及下諭著杭州李久忠進兵金、處，又命滁州耿再成出兵剿除陳野先，又令鎮江華雲龍討平巢湖盜寇顏良；諭旨頒發，又接到徐達平定燕京，順帝出走的軍報。太祖因憂患重重，也無心慶賀；正在滿腹愁腸的當兒，忽報馬皇后生了太子，朱太祖聽說，不覺開顏一笑。到三朝，自有群臣致賀；這時，宮中大開筵宴，太祖親自抱著太子祭告太廟，賜名叫作標。

光陰如箭，不到一個月，各處告捷的奏章入京，李久忠平了金、處諸州，殺了劉震、蔣英；李佑之請降。耿再成克復了太平，陳野先成擒，太祖命就地正法；華雲龍剿平了水寇，臣酋顏良於戰時死於亂軍之中，只把首級齎到應天，太祖著號令示眾。這時，天下漸歸一統，真可算得太平無事；太祖便把徐達召回，封徐達為太師右丞相，在京就職。

一天，尚書左丞相胡惟庸上疏，疏中說自己的家裏花園內，忽湧出醴泉；泉水都成甘芳的佳釀，請太祖臨幸賞玩。太祖看了奏章，也覺得奇異，當即傳諭，車駕往幸惟庸府第，於是衛儀監排起鑾駕；太祖只帶著二十名護駕侍衛，逕出東華門來。

惟庸的賜第離東華門不過一箭多路，太祖御駕才出東華門，忽見內使雲奇飛馬馳來，到了駕前，舉鞍攔著車駕；因跑得氣喘，又是情急，卻期期艾艾地說不出話來。太祖大怒，喝令將雲奇的舌尖割下，左右侍衛便把雲海的口中，用刀捲了一轉；雲奇流血滿口，又加舌短，更覺說不清楚了，只一味地呀呀亂叫，口裏噴著血，手指點著東南角。

太祖愈憤他無禮，在駕前跳嚎，命侍衛截去雲奇的指頭；雲奇又伸出中指來指點著，太祖又叫截去他的右手的五指。雲奇卻用左手指點著，侍衛砍去他的左臂，並把金錘往雲奇的頭上亂擊；雲奇幾經不顧疼痛，只是狂跳叫嚎，把斷臂揮著東南。鮮血四濺開來，染在太祖的袍袖上，侍衛爪錘齊下；雲奇眼看即將垂斃，還看著東南角大喊三聲。

太祖至此方才有些詫異，往東南角看去，正是胡惟庸的府第；太祖大疑，下旨回鑾，登了皇城，遙望惟庸的宅中隱隱伏著殺氣。太祖驚道：「惟庸請朕臨幸，莫非有詐嗎？」

侍駕官李賀當即俯伏奏道：「惟庸要想謀逆，已非一日，前此吳貞犯駕，也是惟庸主使；陛下正寵信惟庸，群臣皆不敢入奏。」

太祖大怒道：「朕未薄待惟庸，他倒敢負朕嗎？」於是立命還駕，諭令殿前都尉俞英，專同錦衣校尉五十名、禁軍一千名，往抄胡惟庸宅第。

俞英領了諭旨，飛也似地帶了校尉，點起禁軍，馳出了東華門，將惟庸宅給團團圍住；一千名禁軍在外把守著，俞英便領著五十名錦衣校尉打開了大門，進內抄查。這時，惟庸的第中正張燈結綵，大廳上設著筵宴，左右衣壁內埋伏留二十名的甲士，準備太祖駕到，在飲酒的當兒，甲士齊出，殺了太祖；不料事機顯露，被內使雲奇得悉，便拚著性命去阻攔御駕，把太祖生生地點醒，即命校尉禁軍來捉捕惟庸。

惟庸不曾提防，俞英突入，好似甕中捉鱉一般，把惟庸一家老幼三百多口，連同二十名的甲士，一古腦兒捆綁起來；由錦衣校尉擁著，械繫到了刑部，一面將惟庸的宅第發了封，俞英便自去覆旨。這裏刑部尚書張玉，見事關篡逆，案情重大，立時把惟庸提訊，結果還用刑審；惟庸受不住苦痛，才老實招了供，又拖出尚書夏貴、校尉馬琪、都僉事毛紀、將軍俞通源、太傅宋景、都御史岑玉珍等。

張玉不敢擅專，上達太祖，太祖命按名逮捕，盡行棄市，胡惟庸還滅了九族；這次的黨獄，誅連的又是七千九百餘人。太祖悉令誅戮，西華門外河流為赤；當時的人民私下通稱朱太祖為屠手，殺戮的慘

狀自不消說得了。事後，太祖才想到了雲奇，深讚他的忠誠，便追諡為忠節，封右都御史敬侯；子雲忠襲爵，封都指揮使，子孫食祿千石，賜褒忠匾額。

日月如梭，流光不住，這樣地一天天過去，朱太祖又納了淑妃、王妃；這時，馬后所生的太子標，已十八歲了。寧妃也生了一子名棡，為晉王，封在太原。惠妃生了兩子，一名樉，為秦王，封西安；一名棣，為燕王，封北平。瑜妃也生一子名梓，為潭王，封長沙；淑妃生一子名楨，為楚王，封武昌。王妃生兩子，一名榑，為齊王，封青州；一名檀，為魯王，封兗州。吳美人生一子名橚，為周王，封開封。

太祖這九個兒子，除太子標之外，八子都分封各地，免得皇族勢力單薄；他的用意，原為子孫永保帝業的準備，又怕後代繼統的不肖，被群小蒙蔽，所以立祖訓的時候，有「皇上如其昏瞀不明，權奸當國時，准許藩王起兵進京，清君的左右；惟藩邸設護衛，兵不得過三千，甲不得逾百副」，這是防藩王作亂的意思。可是在太祖籌畫的人，雖然覺得盡善盡美；到了最後，卻弄出燕王篡位的一齣戲來，那叫作有利必有弊了。

在八個皇子裏面，要算四皇子燕王棣，最是英武絕倫，太祖也最為喜歡他；還有八皇子王梓，是瑜妃所生。瑜妃闍氏就是陳友諒的愛姬，當太祖納闍氏時，她已經懷孕的了；及聞得友諒已死，闍氏便暗自祝禱，道：「妾含垢從賊，如生子是男，他日必會報仇雪恨。」於是勉從了太祖；太祖登基，封闍氏做了瑜妃，不久便生下潭王梓來。

這時，太祖見諸皇子已都長大，恐他們互相猜忌，便下諭分封各地；諸子領了聖旨，各自去攜同家眷起程赴封地。潭王梓也受命起身，並進宮來，向他的母親瑜妃辭行；瑜妃問道：「你要到什麼地方去？」

潭王答道：「父皇封兒在長沙，兒自然往長沙去。」瑜妃聽潭王呼著父皇，不禁噗簌簌地流下淚來。

潭王只當是瑜妃愛子情深，不忍分離，以至垂淚；因忙安慰她道：「父皇有旨，准皇子春秋兩季進京定省；相見的日期很近，母親何必這樣悲傷？」

瑜妃便屏去宮女，垂淚低聲說道：「你口口聲聲稱那人為父皇，不知你父皇在那裏？」

潭王詫異道：「當今的皇帝，不是兒的父親嗎？」

瑜妃哭著道：「這是仇人，那裏是你父皇呢！你的生父，是從前的漢王陳友諒，被朱元璋逼得兵敗身亡；兒今身長七尺，卻不知替父報仇，反稱仇家作父皇，試問你將來有什麼顏面，去見陳氏的祖宗？」

瑜妃說罷放聲大哭，又說道：「你苦命的母親豈是貪著富貴，做仇人的皇妃？十餘年來，忍辱含羞地過著日子，無非希望你成人長大，有志竟成罷了；你若是忍心事仇的，總算你母親白白辛苦一場，以後你儘管去受仇人的封贈，也不必再來看你苦命的娘了。」

瑜妃一面說，一面哭，把個潭王氣得眼睛發黑，怒髮衝冠；高聲大叫道：「罷了！罷了！我如今去

和仇人算帳去！」說著，就壁上抽了寶劍，三腳兩步地往外便走。

瑜妃大驚道：「你到那裏去？」

潭王氣憤地答道：「兒去砍仇人的頭去！」

瑜妃大喝道：「像你這般的鹵莽，不是要害我麼？」

潭王說道：「兒替父親報仇，怎說害了母親？」

瑜妃怒道：「現在他護從如雲，你單身前去，必然寡不敵眾；反是打草驚蛇，畫虎不成類了犬，還不是害了我嗎？你若果真有心報仇，我們慢慢地計較不遲。」

潭王見說，呆了半晌，才回進宮中，把劍還了鞘，坐下來問道：「依母親的籌劃，該怎樣去報得這怨仇呢？不幸元璋這逆賊死了，這仇恨的報復，不是成了畫餅？」

瑜妃微笑道：「傻兒子，他死了，難道沒有子孫的嗎？就我的意思講來，須設法把他的親子，一個個地翦除了，那個高高的位置自然是你的了；到了那時，朱氏一門九口的生死，都在我們掌握中了，這才是算得報仇呢！」

潭王也笑道：「這樣說來，我們宜先從繼統上著手了。」

瑜妃笑道：「不是嗎？這就是叫『擒賊要擒王』。」

潭王皺眉道：「這個謀劃似乎很不容易成功，妳想，他們東宮的名分已經冊定，我又排在第八個；倘要把他們一一地收拾乾淨，那非有極大的勢力，怕未必辦得到呢！」

瑜妃向潭王啐了一口，道：「傻子！誰叫你真的用實力去做。」說著，便附著潭王的耳朵道，只猶如此如此，保管他們沒有防範。潭王聽了大喜，當下別了瑜妃，出了萬春宮；回到潭王邸中，只推說冒了風寒，臥病在床。並連夜上疏，要求暫緩遣赴封地；太祖為了舐犢之情，自然也含糊照准了。

再講那太子標，為人溫文有禮，純厚處很像馬皇后；自冊立做了東宮，平日唯讀書修德，又和宋濂、葉琛等幾個文學前輩研究些經典，閒餘的光陰也不過是飲酒賦詩罷了。但詩詞歌賦中，他最嗜好的是唐人七律；一天，他題一幅山水畫軸道：

路險峰孤荒徑遙，寒風蕭瑟馬蹄驕；青山不改留今古，世事浮沉自暮朝。
地瘠藏蕪剩鳥獸，村居貧士放漁樵；可憐裙履成陳跡，獨有空丘姓氏標。

這首詩，一時宮內傳講遍了，有幾個宮人沒事的當兒，就把它當作歌曲兒唱；那時，傳到太祖的耳朵裏，聽得那詩是皇太子做的，不覺歎道：「詩義薄而不純，恐標兒終非鶴算之人；宋濂等是當代的宿儒，不教東宮治國經綸，卻去學些婦女幽怨之詞，這豈是聖賢之道？」於是把宋濂等宣至謹身殿上，很嚴厲地訓斥一番；太子聞知宋濂、葉琛等見責，便拋去了韻文，從此不敢再談詩賦了。

其時，也該當有事，太子一天從文華樓經過，見潭王梓正伏在案上做詩；太子讀了他的詩句，覺香豔綺麗，愛不忍釋，因而觸起所好，不免提筆和了一首。以後，太子知道潭王也工吟詠，就將他引

為知己，兩人一天親密一天，詩酒留連，竟無虛夕；太子還不時往潭王的府邸，高歌聯句，視為常事。

有一次，太子從潭王府邸中歸宮，忽然連呼著腹痛，竟倒在地上，亂顛亂滾起來；等到太醫院的太醫趕至，太子已是血流滿口，膚肉都崩裂了。可憐一個溫文爾雅的太子，弄得眼珠突出，遍身青紫，死狀十分淒慘！這時，太祖和馬皇后及六宮妃子也都來探望，齊聲說是中的毒，那太醫也是這樣說；太祖忙追問內監，知道太子方自潭王邸回來，立命繫潭王問話。

第二十五回　一代佳人

朱太祖見皇太子死得淒慘，便傳集了東宮侍候太子的宮女內侍，追問太子中毒的緣故；宮人們回說，太子剛從潭王府回來，就喊著腹痛，不到一會兒，就變成這個樣子了。

這時，馬皇后和六宮嬪妃們也都齊集在那裏，除了瑜妃之外，齊聲說是太子中了毒藥；太祖大怒道：「那分明是潭王下的毒手了。」正要傳旨出去，命錦衣尉繫潭王回話；忽見那宮監呈上一張箋紙來，屈著一膝稟道：「太子在病中說是留達皇上的。」

太祖展開瞧時，雖是太子親筆，卻寫得字跡潦草，大概是在臨絕的時候所書；上面寫著寥寥幾個字，道：「臣兒命該絕，不干八弟之事，父皇勿冤枉好人！標留……」後面還有歪歪斜斜的一行字，皆是看不清楚，想是太子寫到這裏寫不動了；太祖讀罷，不覺放聲大哭。

馬皇后更是哭得傷心，六宮妃嬪也無不紛紛落淚；一時間，宮中滿罩著愁雲，一片的痛哭聲直達宮外。大家直哭得天昏地暗，馬皇后幾次昏過去，太祖也只有頓足歎息；因太子留有遺言，太祖知他死後，不忍有傷手足之情，所以把傳訊潭王的事也暫時擱起。但拿宮人內監們嚴鞫一番，也毫無頭緒，只得罷了；一方面把太子盛殮了，命宮內外及文武大臣掛孝一天。

馬皇后心痛太子死得不明不白，又目睹他臨死時的慘狀，心裏越想越悲傷，竟憂鬱出一場病來；太祖再三地安慰她，又去召了天應寺的僧徒百人，追薦太子。凡喪葬的禮儀也格外從豐，太祖又親題諡號，叫作懿文太子；其時太子的德配元妃，已生有兩子，長的夭殤，次的喚允炆，已是十幾歲了。

太子既死，太祖想冊立燕王棣為東宮；當下對諸臣說道：「燕王英武毅斷，舉止酷肖朕青年之時，朕意欲立為太子，眾卿以為怎樣？」

學士劉三吾奏道：「國家雖賴長君，但燕王行在第四，如果冊立，將置秦（二皇子樉）、晉（三皇子棡）兩王於何地？那不是蹈了廢長立幼的覆轍？」

太祖歎道：「這個朕豈不知？奈秦王與晉王，一個柔而無剛，一個剛而無斷，都不足付以大事；只有燕王智勇兼備，故朕想立為東宮，以便繼統有人。」

左都御史王楨道：「燕王雖能，名分上似乎不當；現皇太子已有子，自應冊立皇孫，方覺名正言順。」

太祖聽了，忍不住垂淚道：「朕也不忍有負東宮，准卿等所奏吧！」

群臣領了聖諭，便往迎允炆，冊立他為皇太孫；這時，馬皇后卻見孫思子，愈覺感傷，那病便日重一日。到了臨終的當兒，握著太祖的左手，只說「得望陛下親賢納諫，臣妾要去了」，說完，就氣絕逝世；太祖又大哭了一場，下諭替皇后發喪。又傳旨自親王以下文武大臣，一概掛孝六月，一切庶民人等也舉哀三天，三天之內禁止肉食，一年中停止喜慶婚嫁；是年的九月，葬馬皇后於孝陵。舉殯的時候，太祖親自執拂恭送，可是偏偏天公不做美，臨葬時大雨滂沱；太祖滿心的懊喪，又見地上水深盈尺，太祖一面撩衣涉水，口裏說道：「皇后一生賢德，恩惠及人，老天倒不能見容嗎？」說著，露出憤憤不平的顏色來。

那應天寺的僧眾，各持著幡幢鐃鈸，隨後恭送皇后的靈寢；方丈慧性，見太祖不懌，便隨口誦著四句，道：「雨灑天下淚，水流地亦哀；西天諸菩薩，來接馬如來。」太祖聽了，不禁化憤為喜，立命石工把這四句鐫在陵前，作為偈語；現在的明孝陵裏，這石碣還斑剝可見，這且不提。

再說那太祖喪了太子，又喪賢后，心中愈覺得鬱鬱不樂；因馬皇后在日，賢淑知禮，諷諫太祖保全大臣的地方很多。胡惟庸的黨案，宋濂的兒子宋璲，因坐惟庸黨獄被戮，宋濂也械繫入刑部；馬皇后聞知，忙來諫太祖道：「宋濂是皇太子的師傅，又是一代大儒，陛下宜施恩見宥。」

太祖怒道：「宋濂既屬逆黨，應受國刑，妳們婦女曉得甚麼事！」說著，御廚進膳；馬皇后在旁侍食，不能下嚥。

太祖說道：「卿嫌餚饌不精嗎？」

馬皇后垂淚道：「妾與陛下起身布衣，當日饜粗糠尚甘，今日怎敢嫌餚饌不精呢！不過，妾聞宋先生受刑，他曾做諸皇子的師傅，妾這時不覺替諸皇子傷心罷了。」太祖見說，很為感動，隨即傳諭赦宋濂出獄。

又江南的富翁沈萬山，綽號叫作活財神；太祖大兵取了應天（金陵），想築皇城，只是軍餉浩繁，倉庫又空虛，一時無力興工。聽得沈萬山有錢，便差人去和萬山商量，借錢來築城；那沈萬山倒很是慷慨，情願擔任城工的一半作為捐助。太祖十分喜悅，就和沈萬山分半築城；到了結果，沈萬山的一半，竟比太祖先完工三天，太祖面子上雖讚美萬山，心裏卻已生了嫉妒。

恰巧沈萬山修築姑蘇的街道，採出石砌路，極其講究；太祖微服出行，聽得了這個消息，便說他擅掘山脈，下旨處沈萬山死罪。馬皇后又諫道：「沈萬山捐資築城，於國家不為無功；就有死罪，也應將功抵贖。」

太祖說道：「沈萬山是個平民，富與國家相埒；他恃財作著威福，在地方是為民妖，歷任是為蠹吏，怎可不與誅戮？」

馬皇后爭道：「妾只知民富乃國強，也正是國家之福，未聞有民富即為妖，須加以誅戮的；這樣說來，天下只有貧民，不許有富民了？民貧，國家還能夠強盛嗎？怕國也要成貧國了。」太祖被馬皇后一駁，弄得無可回答，於是立命將沈萬山釋放。

又一天，太傅張君玉為眾諸王子講經，秦王嘻笑舞蹈，亂了講席，君玉大憤，拿界尺擊傷秦王的額角；秦王哭訴太祖，太祖大怒道：「張君玉無禮。」令內侍傳旨，將張君玉繫獄。

其時，縫工進御服，馬皇后持著御衣，對太祖說道：「很好的綾錦，被他剪得這個樣兒，宜將縫工治罪。」

太祖笑道：「這是他奉命製衣，怎好無辜處罪呢？」

馬皇后正色道：「那麼，張君玉受上命教訓皇子，就使皇子受責，也只好由他，怎麼說將他治罪？」太祖恍然大悟，便赦了君玉。

又馬皇后居宮，很是儉樸，非大事不著新衣；太祖的羅襪，都是皇后親手所製。又嘗繡《女誡》七章，賜給六宮和一班鄰婦；逢大兵出征的當兒，馬皇后總把戒妄殺的繡額，頒賜與統兵的將士。其他如規太祖修德、訓皇子學禮、優視六宮嬪妃、恩遇宮女、內侍種種的美德，一時也記不盡許多；太祖憶念著皇后，從此不忍冊立正宮，只令寧妃權攝六宮罷了。

有時嬪妃們談起馬皇后的好處來，太祖聽了，不由地暗暗垂淚；一瞧見皇后的遺物，就是鬱鬱不歡。那時，忽報藍玉班師回朝；太祖心裏很得著一個安慰，他思念馬皇后的念頭才漸漸地抛下。

但太祖怎樣得著安慰呢？原來當元順帝末年，群雄紛起，徐壽輝被陳友諒殺死，部將明玉珍便逃到四川，招集了亡命之徒，佔據陝西諸省，在蜀西自稱為西蜀王。

講到那明玉珍，生得面如滿月，紫中帶赤，雙目重瞳，兩手垂膝；元朝爭雄的幾個人當中，朱元璋做了天子外，要算明玉珍最得民心了，所以他在蜀南，也整整地做了幾年太平王。等到朱元璋削平群寇，逐了順帝，因玉珍地處邊僻，不欲動兵遠征；明玉珍也自己固守著土地，不出來爭什麼疆界，大家倒也相安無事。

後來，明玉珍死了，子明升接位；他少年好動，又恃著部下的猛將張良臣、張弼兄弟兩個，居然橫

行起來。初時，明升只在自己的界域中，收服些有名的盜寇作為羽翼；過不上幾時，居然漸漸佔到明朝的疆土上來了，張良臣領了匪兵，取了陝西鳳城。

警報到應天，朱太祖忿然道：「朕不去剿滅他，他卻反來侵犯朕的土地了。」當時，便拜藍玉做了征南將軍，領大兵十萬進剿明升。大軍到了陝中，張良臣和兄弟良弼，也率著傾國之兵前來迎戰；藍玉的行軍敏捷，待良臣兵到，鳳城已給藍玉襲破了。良臣率著三十萬軍馬，號稱五十萬；真是旌旗蔽天，刀槍耀日，軍威很是壯盛。

藍玉測了陝地形勢，便同副將王貴商議，道：「良臣兵勢方銳，更兼他兄弟良弼皆有萬夫之勇；他的七個兒子，蜀中號為七虎，個個驍勇非凡，如和他力敵，恐不能取勝。」

王貴說道：「將軍所言甚是有理，現在我們單就兵力論，也相去得甚遠。」

藍玉搖頭道：「那倒不是這樣講，行軍兵不在多，全仗為將的能調用指揮；現在良臣傾國興兵，忘了後顧，他那巢穴之中必然空虛。明升雖王西蜀，不過是恃著張良臣兄弟；我若一面和張良臣挑戰，一面分兵暗渡棧道，直搗他的內部，諒明升無謀，定少防備，那時前後夾攻，任良臣猛勇，也無術兩全了。」

王貴很以為然，藍玉便分兵千名，親自去偷渡棧道；王貴阻攔道：「將軍冒險前去，怎麼只帶這一千人馬？」

藍玉笑道：「我正因為冒險的緣故，多帶人反驚動敵人，況且千人已足夠對付了；你在此和良臣對壘，能支持到半月，我就可以成功，萬一出兵不勝，只要堅守為上。」王貴受命，自去安排；這裏，藍玉領了一千鐵騎，悄悄地趁夜來渡棧道。

那棧道在鳳縣東北，是個最險峻的地方，漢張子房燒斷棧道，就是這個地方；又名連雲棧，兩面山巒重疊，峭壁千仞，真有一夫當關、萬夫莫入之概。藍玉偷襲那棧道，也是明知張良臣等係一勇之夫，決然想不到派兵鎮守，好似鄧艾偷渡陰平一般，僥倖被他成功；藍玉既偷偷地渡過棧道，便領著一千兵馬，直撲褒城。

那裏的守兵疑是飛將軍從天而降，嚇得四散奔逃，有的跪身乞降；藍玉得了褒城，一路進兵勢如破竹，不到十天，竟平了西蜀。明升果然毫無準備，束手就縛；藍玉囚了明升，擄了他的眷屬，遣人通知了王貴，帶了降兵三萬及自己的一千兵馬，來攻張良臣的背後。

雙方全力齊上，張良臣只顧著前面，不曾留神到背腹受敵；他正在奮勇禦那王貴，不提防後軍發起喊來，一支明朝的生力兵直殺入陣中，為首一員大將，正是赤面長髯的藍玉。良臣忙分兵馬做了兩隊，令他兄弟良弼領著一隊來抵敵後軍，自己則率同七子，大呼陷陣；王貴把軍馬擺開，等張良臣殺入來，四下裏一聲吶喊，變作了長蛇的陣勢，將良臣圍在中間。

良臣和七個兒子左衝右突，王貴卻不和他廝殺，只令軍士一齊放箭；矢如飛蝗般似地射來，不到一會功夫，張良臣和七個兒子都被射死在陣中。那裏良弼和藍玉交鋒，藍玉一桿長槍，似生龍活虎一樣；良弼也操著一口熟銅的大砍刀，使得像潑風般的，來敵住藍玉。兩人刀槍並舉，各顯英雄，真是棋逢著

了敵手。

正殺得難分難解的時候，不提防王貴射死了良臣父子，割了頭顱，從斜刺裏殺出；良弼那把大刀敵住兩員勇將，毫不懼怯。鏖戰方酣，王貴忽的虛掩一槍，從馬上解下良臣的頭顱，竟往著良弼的臉上打來，口裏還叫著「看傢伙」；良弼看個清楚，只當是什麼暗器，想閃避已來不及，順手把頭顱接著。

待還要擲回去，再仔細一瞧，認得是良臣的首級，不覺鼻子裏一酸，心中早有些慌了；忙左手架開藍玉的槍頭，撥馬回身便走，藍玉怎肯放他，也便拍馬追趕。那王貴拿良臣的頭顱打良弼，本是一種最刻毒的手段；他見那良弼勇猛，料是不能力敵，便將良臣的頭顱擲去，算是送個良臣已死的音訊給他，使他心慌無意戀戰。

此時良弼果然奔逃，藍玉往後飛趕；王貴忙抄小路越過陣地，暗令軍士設下了絆馬索，等待良弼馳到，王貴打起暗號，絆馬索向上一兜，良弼連人帶馬，跌了個倒栽蔥。虧他身體靈敏，一翻身跳起，棄了大刀，拔出寶劍來砍斷那繩索，那拿勾手早把良弼的絲甲搭住；良弼知道不得脫身，心上一橫，將寶劍向自己頸上抹去，鮮血直噴出來，王貴指揮軍士來捆綁時，只獲得一個死良弼了。

這時，藍玉也飛騎趕到，見良弼已死，便傳令敵兵有降者免誅；良臣、良弼的部下，副將陳毅、張允、錢興英、雲史俊、王革、趙國柱、江天才等，紛紛棄戈投誠。那些兵士見主將既死，副將又投誠了，自然也拋了器械，徒手請降；藍玉下令停刃，鳴金收兵，一面把降兵檢點，先後共是十七萬人，餘下的都逃往山中落草去了。

所以蜀中的盜寇獨多，剿不勝剿，全是這些逃兵為患；他們恃著地勢險峻，官兵不敢深入，居然結黨設寨，專和地方上做對，後來終成大患，不過，這是後話了。

當下藍玉編練降卒，列作三十大營，七十餘隊；命副將王貴統了十營，其他都歸自己直接指揮。又令都司張奇領兵三千，去平定了蜀中的小縣；自己卻統同大軍，繞道出了棧閣（鄧艾渡陰平，建十二閣，棧閣是其一）擇吉班師。大軍將至應天，太祖派御史江秀出城遠接；藍玉親自押著明升的囚車及宮眷三千餘人，金銀珠寶三十餘輛，駝馬牛羊十萬頭，器械盔甲七萬幅，逕自進京來見太祖。

太祖讀了藍玉紀錄的冊籍，很為喜悅；最令他心慰的，是藍玉獻上那個千嬌百媚的美人，於是慰勞了藍玉一番，著把明升推上殿來。明升挺立不跪，侍衛用槍刺折他的腳骨，明升坐在地上大罵；太祖喝令推出去砍了，首級號令示眾，所得的宮眷一例入宮。男充功臣家奴僕，女配給出征的將士做妾；金銀和器械存庫、馬駝牛羊，統賜與兵士們作為犒賞。

藍玉謝恩出來，第二天諭旨頒下，封藍玉為涼國公，王貴為靖南侯，餘下將士也封賞有差；又命藍玉代奠陣亡將士，撫恤殉國者的家屬，又封王貴為四州將軍、王晉為四州按察使、馬聚仁為陝西布政使、劉愎為陝西將軍，即日出京赴任。又諭川陝等郡，著設巡道各職，直隸於六部政務尚書，委撤悉聽諭旨，以除濫任的弊竇；太祖頒諭已畢，便往玉清宮來看那美人。

這玉清宮是洪武二十一年添建的，藍玉進獻那美人，太祖就令她居住在此；但那美人，是何等樣人

呢?便是西蜀王明升的愛妃香娘娘。這位香娘娘本姓黃，芳名喚作香菱，是四川巴州人；那香菱的父親小名黃老五，在巴州地方開著一所豆腐坊子。老夫妻兩個年將半百，還不曾有子女，黃老五倒也並不在意，天天磨著豆腐，度他安樂的光陰；誰知那黃老嫗在五十一歲時，忽然生下女兒來，取名就叫作香菱。

那香菱下地的時候，滿屋子裏都是香氣，似蘭似麝；連四鄰八舍也都聞見，齊說這女孩子將來一定非凡。黃老五因年過半百，方得著一個女兒，總算聊勝於無，心中也很為鍾愛；又因她生的當兒香氣四播，名兒便喚作香菱。說也奇怪，那香菱到了十二、三歲，已出落得玉立亭亭；臉若芙蓉，眉同楊柳，秋水為神，冰肌其膚，桃腮念暈，笑靨承顴。

單講她那顏面兒，的確是羞花閉月，落雁沉魚；一時附近的人見了她，誰不讚一聲好。尤其是一班青年紈袴，個個為了香菱神魂顛倒，凡香菱立在櫃上，就是不要買什麼豆腐的，也要上去作成她幾文，趁勢好和她勾搭幾句；這樣一來，黃老五的豆腐生意頓時應接不暇起來。老夫妻兩個日夜地磨出豆腐來，仍是不夠售賣，只好另顧伙計幫忙；不到半年，黃老五的豆腐鋪子，居然開得比從前像樣了。

流光如箭，轉眼春秋，香菱已是十六歲了；替她來作媒的人，幾乎戶檻也要踏穿。偏偏這黃老五的脾氣古怪，他認為只有一個女兒，非招贅在家不可；任你是公侯的門第，談到「嫁出去」三個字，黃老五便一口回絕。試想公侯人家的子弟，怎肯入贅到豆腐店裏來呢?有幾家肯入贅的，黃老五卻瞧不上眼，不是嫌他家貧，就說他人品太壞；高嫌低不就，便把香菱的終身慢慢給耽擱下來。

有一天，一個遊方女僧走過，一眼瞧見了香菱；就說她身有仙骨，有幾年王妃的福分。那香菱一歲歲地長大起來，自視也很尊貴，常常顧影自憐，那些狂蜂浪蝶，到店裏來和香菱勾引的人愈多；香菱雖桃李其容，卻冰霜其志，同她勾搭的人，兩三語後，臉上連霜也刮得下來了。人家近不得她，便取她一個綽號，叫作豆腐西施；又聞得那女僧的話，說她有王妃之分，大家便又稱她作香娘娘。

西蜀王明玉珍逝世，養子明升接位，他也聞得香菱的豔名，便立刻齎資了三千聘金，要求香菱做他的妃子；黃老五見是西蜀王的命令，自己在他勢力之下，自然不敢不依，不到幾時，香菱便做了明升的王妃了。藍玉平西蜀，香菱也被擄在裏面，藍玉幾次想要犯她，香菱只懷刃自衛；藍玉見她不從，便進獻給太祖，太祖也幾次想去臨幸她，卻都給香菱涕泣拒絕。

太祖雖近不得她的身子，那顆愛她的心，卻一點也不曾更易；其時，那東宮的皇太孫允炆，倒是個少年風流的皇孫。他聽得那香菱不但豔麗，簡直是遍體皆香，得她一滴唾沫，那香氣可以三天不散；允炆不免動了好奇之心，便時時到玉清宮來。他對於香菱也很下一些工夫，香菱見皇孫一往情深，又兼他溫柔真摯，真是體貼到十二分；人非草木，孰能無情，香菱因而也漸漸墜入情網中去了。

一天，香菱和允炆正在玉清宮的假山旁邊情話纏綿，兩心相印的當兒，恰巧被太祖瞧見，嚇得允炆拔步便逃，香菱也淚汪汪地進宮。太祖這時一言不發，只歎口氣走了；第二天，聖諭下來，命香菱用白綾賜死。死後草草地盛殮了，去葬在鍾山的山麓裏，皇孫允炆聽得香菱已死，不由得大哭了一場，親往香菱的墳前去祭奠；太祖聞知，便欲廢立。

第二十六回　宮闈隱秘

那皇太孫允炆聞得香菱英賜死，便放聲大哭，道：「這是我害了她。」於是，打聽得香菱葬在鍾山，悄悄地帶了兩名內監，溜出了宮門，往鍾山來祭奠香菱。他到了城外，雇起三匹快馬，加上兩鞭，飛奔地往鍾山前進；但允炆和內監都是久處深宮的人，大家不知鍾山在什麼地方，允炆十分心急，便令內監敲門打戶地去問訊。

有一家說鍾山是在鎮江，這樣東撞西碰地，恰巧去問到御史王其淵的家裏；外面家人和皇孫說著話，王御史還不曾睡覺，聽得聲音，心中有些疑惑，忙出來一瞧。見果真是皇孫允炆，不覺大驚道：「殿下深夜出宮，到這裏來做什麼？」

允炆見說，一怔回答不出來，只好支吾著道：「你且莫管它，我此刻要往鍾山去，因不識路徑，才到了這裏；你快令認得路的僕人領我前去。」

王御史諫道：「鍾山地近荒野，又在夜裏，殿下不宜冒險輕往；今天不如在臣家屈尊一宵，明日，臣當親自奉陪殿下。」

允炆聽了，頓足道：「誰耐煩到明天呢？我現在就要去！」說罷，出門飛身上馬。

慌得王御史忙阻攔道：「殿下既然一定要去，待臣派幾個得力家人護送。」當下由王御史喚起四個健僕，又備了四匹快馬，叮囑他們護著三人到了鍾山，仍須護送回來；家人們領命，一路護著皇孫，七騎馬疾馳而去。

待到鍾山，約莫有三更天氣，但見四野無人，老樹似魔，空山啼猿，猶若鬼嘯；那鱗鱗青螢，從荒塚叢莽中飛出，馬皆噴沫，人也毛戴，兩個內監已伏在鞍上，一味縮縮地發抖。皇孫允炆自幼兒不曾到過這般荒僻所在，這時也有些膽寒起來；虧了四個健僕護衛著，又漸漸地膽壯了，只是不知香菱埋在那裏。

允炆恐拍招搖，出宮既不曾帶燈，王御史家又被他拒絕；這天晚上又沒有月光，大家唯有在暗中亂尋。還是允炆敏慧，叫人只須找那沒樹的新塚，因為新塚的碑石定是白的，在黑暗中容易辨別；不到一刻工夫，居然找到了一座新塚。允炆下馬，用手摸著碑文的字跡，上面整齊的鑿著「黃香菱之墓」五個大字；允炆不待摸畢，早已噗的跪在地上，放聲大哭了。

兩個內監聽得皇孫的哭聲，才從馬背上抬起頭來，慌忙下馬來相勸；允炆正哭得傷心，兩個內監那裏勸得住？勸了一會，也只得陪著他垂淚了。還有那四個僕人，卻不知皇孫是什麼緣故要如此傷感，又不曉得塚中是什麼樣人，深夜到荒山野地來哭他；弄得四個健僕丈二和尚摸不著頭腦，只呆呆地坐在馬上發怔，因為王御史沒跟僕人們說明，四個僕人還不知啼哭的，就是當今皇太孫呢。

允炆越哭越覺悲傷，直哭得力竭聲嘶，連喉音也啞了；這才收淚起身，又向塚前拜了幾拜，道：

「卿如香魂有靈，我和妳十五年後再見。」允炆說罷，滿眼含著淚，還留戀不忍離去。

內監著急道：「殿下如挨到了天明，皇上知道了，奴輩的罪名可擔不起呢！」允炆沒法，便懶洋洋地上了馬；兀是一步三回頭地，直等那碑的白石在黑暗中望不見了，才控馬快快地回去。

到了王御史的府第中，王御史眼巴巴地等待著，見皇孫回來，便請他在府中暫住；允炆不聽，竟辭了王御史，匆匆地奔回宮來。三個人到了城門前，還了馬匹，要想進城，那城門卻已關上了；經內監叫起城門官，驗了進出的腰牌，方才開城放三人進去。允炆和兩個內監偷進了皇城，潛歸宮中；幸喜得人不知鬼不覺，允炆方把心放下。

那知第二天的早朝，王御史突然地上本，說皇太孫夤夜微服出宮，私往鍾山祭墳；皇太孫身為儲君，似欠保重，萬一遇著危險，這罪誰人敢當？王御史又奏，皇孫曾經過臣家，所以不敢不言。太祖閱奏，勃然大怒道：「允炆這般輕狂，如何托得大事？」便提起筆來，欲擬廢立的草詔。

這時，大學士吳漢方出班奏道：「皇太孫自冊立以來，並無失德；不應為些微小事遽爾廢立，令天下人惴惴不安，這可要請皇上聖裁。」一時，群臣紛紛保奏。

太祖因想起太子平日的德恭，不禁垂淚歎道：「諸卿不言，朕亦意有不忍；但皇孫年輕，荒業好嬉，宜稍與警懲，使其自知悛改。」當由太祖下諭，貶皇太孫入武英殿伴讀三月，無故不得擅離；這道旨意一下，眾臣知道不必再諫，於是各自退去。

其時徐達和李文忠又病逝，太祖更增一番悲悼，即晉徐達子徐蒙為候爵，追封徐達為中山王，諡號

武寧，配享太廟；李文忠追封為護國公，諡文勤，子李義和襲爵。

這時朝中開國的功臣，多半相繼死亡，或遭殺戮；後起的廷臣，要算涼國公藍玉威力最大了。他自出兵平了西蜀，接著又遠征沙漠，功成歸來，太祖便賜給他鐵券，以獎勵他的功績；藍玉經這樣一來，越覺比從前專橫了。因藍玉的妻子是常遇春的妻妹，遇春的女兒便是太子的德配元妃；藍玉仗著這一點連帶關係的親戚，便依她做了靠山。

那元妃自皇太子死後，退出了東宮，去住在太子的舊邸中；不幸皇太孫允炆又冊立為東宮，元妃自愈見孤淒了，況正當青春少艾，獨宿空衾，綿綿長夜，情自難堪。大凡一個女子，在十七八齡時守寡，倒還可以忍耐得住；一到三十上下的年紀，卻是慾心最旺的時期，也是最不易守寡的關頭。

這是什麼緣故呢？因男女到了三十左右，本來是血氣方盛的時候，陰陽交感又是一種天性；所以有許多做翁姑的，強迫著兒媳守寡，或是困於禮教，恥為再醮婦，私底下卻去幹些曖昧的勾當，反弄得聲名狼藉，這都是被寂滅人道的舊禮制所束縛，結果釀出了不道德的事情來。

至於婦女們守寡的為難，還有一個最可信的引證；那時，元朝有個陸狀元的太夫人，她在十九歲時已做了寡鵠。據說，陸狀元是個遺腹兒，那太夫人青年守寡，倒也自怨命薄，志矢柏舟；但她到了三十三、四歲的一年，陸狀元已有十四五歲了，便請了一個飽學的名士，在家裏教讀。

一天晚上，陸太夫人忽然動起春心來，自念家中內外，沒有可奔的人，只有那個西席先生年齡相彷彿，面貌也清秀，又近在咫尺，於是便往著書齋裏走來；到了門前又不敢進去，只得縮了回來，歎了口氣，要想去睡，翻來覆去地休想睡得著。勉強支持了一會，實在忍不住了，便悄悄地又往書齋中去；到了那裏，卻被羞恥心戰勝，又忍著氣回房。

及至第三天時，覺得一縷慾火直透頂門；這時一刻也挨不住了，就把心一橫，咬著銀牙，竟奔書齋中來。此時的陸太夫人仗著一鼓勇氣，直往書齋中來叩門；裏面的那個教讀先生，倒是個端方的儒者，他聽得叩門，便問是誰，陸太夫人應道：「是我！」

那先生聽出聲音是陸太夫人，便朗聲問道：「夫人深夜到書房裏來做什麼？」

陸太夫人一時回答不出，只得支吾道：「先生但開了門，我自有話說。」

那先生一口拒絕道：「半夜更深，男女有嫌，夫人果然有事，何妨明天直談？」

陸夫人老著臉，低聲說道：「那不是白天可做的事，我實憐先生獨眠寂寞，特來相伴。」

那先生聽了這句話，曉得陸太夫人不懷好意，就在隔窗正言厲色地說道：「夫人妳錯了！想我是個正人君子，怎肯幹這些苟且的事？況陸先生在日時，也是位堂堂太史，似夫人這樣的行為，難道不顧先生的顏面嗎？現在令公子已十五歲了，讀書很能上進，將來正前程無限；夫人終不為陸先生留顏面，獨不給公子留些餘地嗎？

夫人幸而遇著我，萬一遇著不道德的人，竟污辱了夫人，那時不但名節墮地，也貽羞祖宗；不過今天的事，只有天地知、妳我知，我明日也即離去此地了，然決不把這事說給第三人知道，以保全夫人的貞名，夫人盡可放心的。我走後，望夫人洗心，再不要和今天一樣的生那妄念了；夫人好好地回房，也

不必愧悔，人能知過即改，便是後福，且依舊來清去白，正是勒馬懸崖，還不至失足遺恨。我言盡於此，夫人請回吧！」

那先生侃侃的一席話，說得陸太夫人似兜頭澆了一桶冷水，滿腔的慾念消滅得乾淨；垂頭喪氣地回到房中，自己越想越慚愧，不由得痛哭起來。陸太夫人哭了半夜，幾次要想自盡，只覺放不下十五歲的孤兒；又想這樣一死，未免不明不白，倒不如苟延殘喘，待兒子成人長大了，再死不遲。陸太夫人主意打定，這一夜便昏昏沉沉地睡去。

第二天早晨，僕婦們傳話進來，說那教讀先生不別而行；陸太夫人心中情虛，也不說什麼，只叫另請一個西席來就是了。後來陸狀元大魁天下，陸太夫人年已半百多了，等到臨終的那天，陸太夫人沒有別樣吩咐，只拿出一百文大錢來，上面拿一根紅線兒穿著；大家瞧那錢，已摩弄得光滑如玉，連錢上的字也不大清楚了，其時，兒孫滿堂都不識太夫人的用意。

只見那陸太夫人奮身坐起，高聲說道：「我是已垂死的人了，卻有一件事如骨鯁在喉，使我不吐不快。」

陸狀元也在一旁，忙問是什麼事；陸太夫人道：「我有句最緊要的話，你們須牢記著！我死之後，如子孫們有青年夭殤的，遺下寡婦，萬萬不可令其守節；宜於斷七之後，立刻給她再醮。誰若違我遺言，便是陸門的不肖子孫。」陸太夫人說著，就把自己守寡的難忍和私奔教書先生的事，細細地講了一遍。

講完了這件事，又繼續說道：「我自受了那教書先生的教訓，心中又氣又悔，把『私奔』兩字，決意拋在腦後；但長夜孤眠，如何挨得過這滿室淒涼呢？當下想出一個法兒，揀了一百文的大錢；在每夜睡不穩的時候，把一百個大錢一齊撒在地上，然後吹滅了燈火，去跪在地上，一文一文地把錢摸起來。

初撒下的當兒，地上錢多容易摸，摸到八九十上頭，錢也少了，又撒開在各處，就不容易摸得了；不過我咬定牙根，非把百文錢都摸起了決不睡覺。有時摸得九十九個，為了一文錢東碰西撞的，弄得滿頭是疙瘩塊，我卻不以為難；待到百文錢摸齊，我人也很睏倦了，自然倒頭便睡，再也想不著別樣念頭了。

我似這般的工作，一年三百六十五天，每天如此，足足的二十多個年頭；你們瞧這一分來厚的大錢，不是已摸撫得和紙一樣薄了？守節有這種難受的日子，所以見我子孫有寡婦，速即使她再嫁，切勿強著她守節；致做出偷牆摸壁的事來，倒不如再嫁的堂皇冠冕了。」陸太夫人說罷，又再三地叮嚀一番才瞑目逝世；便由陸狀元把這段事蹟著了一篇傳紀，刻在陸氏的宗祠裏。

以後陸氏的子孫夭殤，無論有子無子，悉令改嫁；有幾個夫婦愛情深的，情願替丈夫守節時，須經族長出來勸她再醮。有的矢先志撫孤，不忍有負前夫，族長強她不得，便由女子的翁姑親自慰勸；萬一勸不醒的，待過了一年半載後，又由女子的父母來勸她改嫁。

如經過這幾次手續，果然志操冰霜，不肯改易的，便由族中人公共出資，捐與節婦地四十畝，房屋

若干，錢若干，給她作為養老送終之用；和翁姑脫離了，自去獨居守貞。江南的陸氏，他們族中的規例，直傳到了現在，還是這個方法，幾百年來不曾改變過；我們就陸太夫人的一番經過看來，便可知道守節的為難了。

那裏太子的元妃，也是個少年寡婦，天天度著隻影單形的光陰，怎能不把她叫作怨女呢！幸得那位涼國公藍玉，常到太子邸中來走動，使元妃很得著一種安慰，兩人一天親密一天。京城中的謠言，也講得到處沸騰，把藍玉和元妃的醜事穢跡，當作一種閒談的資料；說藍玉替元妃濯足，元妃還私往藍玉的府中遊宴。藍玉的夫人聞知，便趕到太子邸中來捉她丈夫的姦。

一天，藍玉推說出城閱矢，卻去躲在元妃的房中歡飲；藍玉的左右因已得著了藍夫人的重賄，就私下去通了消息，藍夫人聽了，立時帶同十幾個家將和二十多個勇健的侍女，飛也似的奔向太子邸中來。到了邸前，不問好歹，一群人蜂擁進去，邸中的衛士校尉見他們來勢兇惡，諒自己人少，也不敢阻擋；藍夫人隨著眼線，路徑很是熟諳，一口氣直奔到了後院。

到底太子的底邸，房屋深邃；藍夫人趕到元妃房裏排闥直入，誰知那藍玉早已聞風，往後門溜走了。藍夫人見並無她的丈夫在那裏，心裏早有些寒了；想自己帶了這許多的人，衝到太子邸中來吵鬧，這罪名可不小呢。

元妃見藍夫人發怔，便嬌聲喝道：「妳是何等樣人，擅敢到太子府來混鬧；現今太子雖已歸天，我也是一位殿下的妃子，卻輪到你們來欺侮嗎？校尉們！還不給我抓了，明天到金殿上算帳去！」

藍夫人被元妃這樣一說，弄得啞口無言，那外面如狼似虎的校尉，便要上來拿捕；藍夫人驚慌失措，正在為難的當兒，一個宮女眼快，忽指著黃緞椅上一幅白綾，問藍夫人說道：「這綾帶，不是爵爺束裹衣的嗎?上面還有夫人親手刺的花朵呢！」藍夫人見說，忙取白綾來瞧看，果是藍玉的東西；元妃要待來奪時，藍夫人已塞在袖裏。

這時，她證據已得，膽也壯了，便指著元妃罵道：「妳這個淫婦，私藏著人家的男子，還要這樣的嘴硬；咱們正要找妳到金殿上算賬去呢！」說著，便伸手來拖元妃。那幾個校尉見元妃已被人喝倒，自然不敢動手了；那時，元妃給藍夫人罵得面紅耳赤，默默地一聲不吱，任那藍夫人指天畫地罵個不休，直鬧到她自己也覺著乏力了，這才領著家人、侍女們回去。

次天早朝，都御史張賓受了藍夫人的委託，上本彈劾藍玉，說他玷污宮眷，應加罪譴，又拿那幅白綾作證；太祖看了奏疏，雖覺憤怒，但一時卻未便譴責藍玉，只召藍玉入宮，當面訓斥了一頓，又在賜給他的鐵券上鐫了藍玉罪狀。太祖這種手段，不過是想讓藍玉改悔罷了；偏偏藍玉不知自省，暗中仍和元妃往來。

藍夫人又趕到太子邸中去大鬧，還拿著藍玉的那幅白綾，如市招般地到處給人瞧看；逢著了官眷，就將元妃同藍玉的醜史，原原本本講一個痛快。元妃被她鬧得無地容身，到了晚上，懸起三尺白綾，竟自縊而死；藍玉深恨藍夫人無情，趁她睡著的時候，悄悄地將藍夫人刺死。

那消息傳出去，廷臣大嘩，齊劾藍玉逼死皇妃、刀刺髮妻，其他的罪案也不下幾十起；太祖雖愛藍

玉英武，無奈眾口同聲，無法給他保全，只好下諭令藍玉自盡。藍玉接到了旨意，便端起整整半杯鴆酒，一口飲下，竟追著元妃和藍夫人，到陰間去大鬧去了；藍玉和元妃既死，一樁風流案也慢慢消沉了。

再說那潭王自毒斃太子後，見太祖並不深究，膽量漸漸地大起來，要實行他陰謀的第二步了。其時，恰巧周王橚出遊雲構，此事被潭王聞知，說周王棄國越境結黨；太祖心疑，便將周王遷往沛城，死於道中。秦王樉私自進京探母，又被潭王知道了，賄通諫臺，劾秦王擅離封地、無故進京；太祖下諭囚了秦王，潭王又百般地設計，把秦王生生地磨死在牢獄裏。

還有魯王檀也逗留京師，不曾赴兗州封地；潭王一味地虛心下氣去結納魯王，再三地迎合，務使那魯王歡心。魯王本有一種嗜好，喜歡結交術士，煉氣吐納；把金銀鉛石煉成了金丹，服了可以長生不死。其實這一類的邪術，只不過是御女壯陽的媚藥罷了，魯王卻自詡有仙骨，對於那煉丹是最相信也沒有了；潭王思投其所好，便親自薦一個方士給他。

誰知魯王吞了那術士的金石丹，卻忽然兩眼發紅，心地糊塗起來；不到三四天，魯王竟變成了瘋病，逢人就打，口口聲聲說是潭王謀害我的，潭王薦去的方士見勢頭不妙，早已滑腳逃走了。這時，合該潭王惡貫滿盈，卻惱了惠妃，說潭王藥死了皇太子，陷死了周王，謀斃秦王，現在又把魯王弄瘋了；這般的狠毒行為，不知他心存何意，於是由惠妃哭哭啼啼地來訴知太祖。

原來秦王是惠妃所出，她劾潭王，是為替秦王報復；太祖聽了惠妃的話，一偵查潭王的舉動，確有幾分可信。這裏還未擬定罪名，潭王已得著了消息，他自己心虛，怕太祖見譴，便趁夜放起一把火來，將姬妾王妃先行燒死，末了，自己也投在火中；等到兵馬司起來救滅了餘火，那一座潭王府第早燒得乾乾淨淨了。

太祖聽得潭王自焚，猛然想起了陳友諒的事來，不禁倒抽了一口冷氣，便到萬春宮來追究瑜妃；太祖進了內殿，正穿過長廊，忽見三四個宮女慌慌張張地奔出來，面色急得如土。她們一見了太祖，忙一齊跪倒，連說：「不好了，請陛下定奪！」

第二十七回　血染皇城

那宮女們見了太祖，忙跪下稟道：「不好了！瑜娘娘在宮中自縊了，求陛下作主。」太祖聽說，止不住下淚，道：「這真是何苦來？」說著，便進宮來看瑜妃。只見她衣裳零亂，兩目瞪出，口鼻流著血，形狀十分的可怕；太祖也不忍再瞧，吩吩內監傳出旨去，命用皇妃禮盛殮了瑜妃，從豐安葬。

這時，太祖因后妃迭亡，皇子夭折，情緒越覺得無聊起來；他每到無可消遙的時候，總領著內監出宮去街市上閒逛。一天，太祖走過市梢，天色已是昏黑了，忽聽得書聲朗朗，順風吹來；太祖便尋著書聲，一路尋去，走不上百來步，早有一座荒寺列在眼前，那書聲便是從寺中傳出來的。

太祖跨進寺門，忘記看了門額，再回身出來瞧看；原來那寺年分久了，門額都已朽壞了，太祖沒法，只得和兩個內監慢慢地踱進寺裏。見東廂中燈光閃動，一個士人在燈下讀書，太祖令內監侍立在門外，自己便推進東廂去；那士人忙拋了書卷，噗的跪下，俯狀著說道：「陛下駕到，臣民未曾遠迎，死罪！死罪！」

太祖吃了一驚，不待那士人說畢，便去扶起他道：「先生錯看了，我不過是個商人，怎的當作了天

子看待呢？」

那士人聽了，不覺怔怔地看著太祖，道：「我們這位老師是不會算錯的，他說今天黃昏時分，必有紫微星臨此，叫我在這裏等候的；大人既不是皇上，想是不曾到那時候吧！」說時，便邀太祖坐下。

兩人談談說說，那士人倒也應對敏捷；太祖見他案上燃著油燈，便指著那根燃火的燈蕊，出一聯語，道：「白蛇渡江，頭頂一輪明月。」

那士人想了想，答道：「我就拿秤東西的秤來做對吧！叫作『烏龍掛壁，身披萬點金星』。」

太祖讚道：「好對！」便又指著那盞燈道：「月照燈檯燈明亮。」

那士人答道：「風吹書架書翻飛。」

太祖正在點頭，猛聽窗外有人應道：「何不對『風吹旗桿旗動搖』？」話聲未絕，走進一個小沙彌來，口裏問那士人道：「皇帝來過沒有？」

士人答道：「沒有。」

那沙彌回身便走，道：「咱們師傅說你福薄，你不要當面錯過了呢！」說完逕自走了。

太祖問道：「那沙彌是什麼人？」

那士人答道：「他是我老師的徒弟性明。」

太祖問道：「我正要問你，你的老師究竟是何等樣人？」

那士人答道：「我們那老師，本是個有道的高憎，他還是去年才到這寺裏來掛搭；有時好替人談命理，卻很為靈驗。這裏附近的人齊稱他作老師，所以我也這樣地稱呼他一聲。」

太祖說道：「不識那位老師可以請出來相見嗎？」

士人說道：「丈人來得無緣，他剛在今日出門去了。」

太祖道：「大約幾時回來？」

士人答道：「他是四方雲遊，歸期卻沒有一個準的，怕連他自己也不能斷定。」

太祖聽了，便問：「這寺是叫什麼名兒？」

士人答道：「此寺為唐武后所建，原名護國禪寺。」

太祖點點頭，起身和那士人作別；那士人忙阻攔道：「陛下不必匆忙，咱們再談一會兒去。」

太祖聽他呼著「陛下」，不覺笑道：「你又弄錯了，我不是什麼皇帝，皇帝還在後頭呢！」

那士人仰天大笑，道：「陛下可曉得咱們老師的名兒嗎？」

太祖正要回答，那士人將頭上的方巾兒一脫，拿手敲著光頭笑道：「老師便是我，我就是老師；陛下是皇帝，皇帝正是陛下；皇帝陛下就是和尚，和尚還是皇帝。」

太祖被他這樣一說，驀然地回想到，自己也是個和尚出身，從前在皇覺寺裏做和尚的情形，立時映滿在腦海之中；怔了半晌，才徐徐地說道：「老師是和尚，和尚是老師，我也是和尚，我也就是老師；和尚是讀書的士人，士人是誦經的和尚。和尚住在這寺裏，寺裏住了和尚；書裏也有和尚，和尚是讀書的，也是誦經的。經是書，書是經，經裏有書，書裏有經，結果是個讀書誦經的和尚；和尚便是皇帝，

皇帝也就是和尚做的，那是和尚皇帝。」

和尚聽了笑道：「什麼皇帝，什麼和尚，什麼是寺；寺裏沒有和尚，和尚不住在寺裏，皇帝也不是和尚了。高高山上的明燈，一陣大風吹來，燈也破了，火也滅了，燈杆也倒了；山上沒有明燈，明燈也不在山上了。風過去，燈又明了；那是燈，那是明燈，若是沒風吹，便是不生不滅。」

太祖說道：「吹燈的不是風，風吹的也不是燈。燈不怕風，風不吹燈。它依舊很光明地在那裏。燈是不滅的燈，風是無形的風。風無形，燈不滅，和尚卻圓寂了，只存著和尚的皇帝。」

和尚益發大笑，道：「和尚是圓寂了，和尚是皇帝，皇帝是和尚，還是和和尚一樣。」

太祖聽了，回身出了東廂，對一個內監附著耳朵說了幾句，那內監飛也似的去了。

太祖仍走進東廂，見適才的小沙彌，笑嘻嘻地送進一杯茶來；太祖一面喝茶，口裏說道：「一杯清水是江河湖海的來源，在杯中是這樣，下了肚裏還是這樣，這才是不生不滅；水是清的，並沒一點兒渣滓，這才是不垢不淨。這是仙水，這是佛水，是甘露，是和尚的法水；和尚也飲的水，皇帝也飲的水，這水是皇帝的，是和尚的。天下是皇帝的天下，不是和尚的天下，和尚自和尚，皇帝自皇帝；和尚圓寂了，圓寂的不是皇帝，是和尚。」

和尚正色說道：「水是地上的，水是清的，水是渾的；清的是山林草木，渾的是榮華富貴。山林草木是和尚住的所在，榮華富貴是皇帝享的福祿；山林草木，榮華富貴，都浮在地面上。地沉了，天翻了，天地混沌了；和尚圓寂，皇帝圓寂。圓寂的是和尚，是皇帝；到底是皇帝圓寂，也是和尚圓寂。」

說罷，哈哈大笑。

這時，太祖差去的的內監已經來了，把兩個雞蛋遞給太祖；太祖授與和尚道：「和尚是茹素的，這是桃子，是皇帝送給和尚的，和尚就吃了吧！」

和尚接了雞蛋，囫圇往口裏一丟，咕嘟嘟地嚥了下去，一邊唸著四句道：「陛下送雙桃，無骨又無毛；隨我西方去，免得受一刀！」

和尚唸完，太祖笑道：「和尚是茹素的，這是雞蛋，和尚錯吃了。」

和尚答道：「這是桃子，不是雞蛋；是皇帝說錯了，不是和尚吃錯。」

太祖說道：「這是桃子，是皇帝說錯了；這是雞蛋，是和尚吃錯了。」

和尚應道：「和尚吃的桃子是雞蛋，在和尚肚裏了；和尚肚裏有桃子，有雞蛋，和尚把這桃子雞蛋取出來，還了皇帝吧！」說著，一手一個蛋，仍還給太祖。

太祖詫異道：「這是和尚的法術，是和尚預備下的。」

和尚笑道：「正是和尚預備下的，也是鏡明預備下的；鏡明是老師，老師是讀書的相公，相公也就是和尚。和尚是預備下了，是和尚圓寂，和尚便預備的圓寂。」說罷，便盤膝往椅上一坐。

太祖忙拉他時，那鏡明和尚已跏趺圓寂了；太祖也不再說，只看著鏡明笑了笑，便和兩個內監悄悄地回宮。第二天傳旨，褒封護國寺鏡明和尚為真寶大師；內務府撥銀三千兩，替鏡明和尚建塔，把他的遺蛻安葬在塔的下層，並頒諭重建護國禪寺。

從此以後，太祖極相信那禪理，不時召有道的高僧進宮談禪；又諸皇子中，燕王、楚王、晉王、齊王，並後納馬、郭兩妃所生的湘王柏、岷王楩、代王桂、蜀王椿等，每派高僧一人，做皇子的師傅。派往燕王府中的和尚，法名道衍，本姓姚，名廣孝，習文王六壬術，能知吉凶，又精風鑒；他一見燕王，便咬定他是個太平天子，因此燕王起兵篡位，弄得同室操戈，這是後話，暫且按下不提。

再說那皇太孫允炆，自那天私自出宮去哭奠香菱的青塚後，被太祖知道，幾乎翁孫拈酸，把皇太孫廢立；幸得眾大臣的保奏，算免了廢立，只將允炆貶入御書房伴讀三月。光陰很快，轉眼又過了三個月，允炆仍去住在東宮。

那時他對於香菱，依舊是念念不忘，常常書空咄咄，長吁短歎；又親筆替香菱撰了墓銘，暗中令石工鐫在墓前的碑上；其詞道：

汝菊，汝梅，汝是水仙；芳兮，馥兮，永播千年。嗚乎香菱！不生不滅，萬世長眠；山兮水兮，相伴在此間。一腔碧血化為虹，悠悠魂魄其登天。蓮房兮墮粉，海棠兮垂紛。有榮必落，無盛不衰。維汝在地下，雖經風霜雨露未改顏。卿瘞乎是，香魂有靈兮，來伴吾參禪。

這首墓銘又傳到太祖的耳中，說允炆的為人很有父風（指懿文太子）；而且文辭間的山林氣很重，恐也不是福相，是以太祖心中，愈是不喜歡允炆了。

講到那皇孫允炆，的確有點出家人風味，往時住在宮裏，空下來便獨自一個人，去坐在蒲團上誦經；侍候太祖的高僧等到下了講席出來，允炆便邀他們到自己的宮中，探求經典的奧妙。那些高僧們無意中和太祖說起，太祖聽了，越惡允炆的不長進，下諭將允炆宮內所有的經典禪書，一齊搜出來燒了；允炆卻對著被焚的禪書，竟放聲大哭起來。

又有內侍去報給太祖，太祖只長歎了一聲，以後不論允炆怎樣，再也不去干預他了；但允炆被太祖燒了他的禪書之後，滿心說不出的懊喪，又經藍玉的案件，元妃被迫自縊死了，允炆究屬情關母子，自然十分悲痛。又聞得元妃和藍玉有一種曖昧的關係，允炆因顏面問題，一肚子的牢騷，真是無處可所發洩了；他鬱悶無聊時，便去御花園裏走走，不是金水橋邊垂釣，就是去飄香亭上看舞禽。

有一天，允炆正在魚亭裏觀遊魚，忽聽得嚦嚦鶯喉，一陣陣地順風吹來，只覺得非常的好聽；允炆不由起了一種好奇心，細聽那歌聲，卻是從假山背後出來。允炆便提輕著腳步，走到假山面前，從石隙中望去；只見一個婦人，淡妝高髻，素履羅裙，斜倚在石上，慢聲唱道：

春光三月是芳辰，脈脈含情情最真；為郎寬衣郎欲笑，並肩相對有情人。
寒往暑來又一秋，深情一片為君留；滄桑易改人情變，荒草斜陽冷墓遊。

允炆聽了，這抑揚宛轉的歌聲，襯著那清脆的鶯喉，真有繞樑三日，餘音嫋嫋之慨；便忍不住叫一

聲：「好！」倒把那婦人吃了一驚，忙回過頭來，瞧不見什麼人，臉上很是慌張。允炆趁間細看那婦人，原來是個半老徐娘，因此心裏大失所望，就有好無好地轉過假山去；那婦人見是皇孫，忙來叩見道：「臣妾放肆，汙了殿下的貴耳。」

允炆微笑著道：「妳是那一宮的？進宮有幾年了？」

那婦人低垂蝤蠐，淚盈盈答道：「賤妾是從前東宮的宮侍，屈指進宮已十五年了；昔日蒙太子不以蒲柳見棄，也曾施雨露之沾。不幸太子暴崩了，賤妾從此冷處深宮，眨眨眼又是六年了；回首前塵，怎不令人傷心呢？」那婦人說罷，眼淚直如雨後瀑泉似的湧了出來。

她那玉容哀戚中帶著妖媚，淚汪汪的一雙秋水，越覺得流轉動人；雖是佳人半老，風韻猶存，素服淡妝，卻不減粉黛顏色。允炆本是個情種，這時，不免起了憐惜之心，便俯下身去親她的粉臉。

那婦人也不峻拒，唯含淚說道：「賤妾已承恩太子，自悲命薄，不能再侍奉殿下的了；殿下卻這般多情，妾身非草木，寧不知感激，現在有個兩全的法子，但請殿下稍待片刻。」那婦人說著，盈盈立起身來，走向裏面去了。

允炆不知她是什麼用意，只有呆呆地坐在假山石邊等著；過了好半晌，見安樂軒的角門呀地開了，一片格格的笑聲。笑聲過去，便有三四個小宮女一路追將出來；允炆深怕驚了她們，便把身體藏在假山的石窟裏。回頭見兩個小宮女向一個宮女狂追，那前面的宮女被追得急了，飛也似的繞過香華亭，徑奔假山中來；到了假山前卻沒處躲藏，又轉入假山背後，慌慌忙忙地向那石窟裏一鑽。

那宮女要緊避去她的同伴，不曾留神到有人在裏面；後頭追趕她的兩個宮女也走過了假山，一面走一面罵道：「這小蹄子，不曉得她藏到那裏去了，妳不要給我們找著，那時，小心妳的骨頭。」她們說著，就坐在假山石上休息。

那石窟裏躲著的宮女，連氣也不敢喘一喘；允炆縮在裏面，宮人卻瞧不見他，他從裏頭望出來，倒是十分清楚。見那宮人雲髻燕服，兩髻低垂，額角掩齊眉，肩頭拖的旒鬚，臉上薄施脂粉，紅中透白，白裏顯紅；打量她的年紀，不過十三四歲，那嬌媚的姿態，卻已隱隱從眉宇間流露出來，允炆越看她越覺可愛。

這時坐著的兩個宮女，口裏帶罵帶笑地走了；躲著的宮人便悄悄走出石窟，四面望了望，微微一笑，正要回身走的當兒，不提防石窟裏一個人直竄出來，把她的粉臂輕輕拖住。那宮女也大大地吃了一驚，再看見是皇孫，才徐徐地拍著胸前，道：「嚇死我了！」說著便掙脫要走。

允炆這時細把那宮女一瞧，不禁怔了過去，再也說不出話來；因為那宮人的容貌舉動，竟似那縊死的香菱一般無二，所以把允炆看得呆了。那宮人要走卻走不脫，被允炆對著她癡看，弄得她那粉臉一陣陣紅了起來；忍不住噗哧一笑，道：「殿下癡了嗎？只是看著我做甚？」

允炆給她一說，不覺如夢初醒；便一手拉著她，同在假山石上坐下，一面笑著說道：「妳是侍候誰的？今年幾歲了？」

那宮女見問，低著頭答道：「臣妾是派在永壽宮的，自米耐娘娘（帖蘭）逝世後，便由王娘娘來居

住，現在王娘娘處侍候；前後算著，進宮還不到三個年頭，臣妾十二歲到這裏，今年已是十四歲了。」

允炆聽了說道：「妳是那裏人？叫甚麼名兒？家中可有父母？」

那宮女見提起了父母，眼圈便紅了，淚盈盈地答道：「臣妾本是淮揚人，小名喚作翠兒，父母都在淮揚；妾是由叔父強迫著送進宮來的，到如今，家裏音息不通，不如道妾的父母怎樣了。」說著便要垂下淚來。

允炆忙安慰她道：「妳且不要悲傷，將來我自替妳設法，給妳骨肉相見就是了。」

翠兒見說，回嗔作喜道：「殿下不是哄我的吧？」

允炆正色道：「誰來哄妳呢！」翠兒才收了眼淚，兩人便說笑了一會；翠兒是個情竇初開的小女孩兒，被允炆一勾搭，二人就絮絮講起情話來了。看看天色晚下去，那個婦人仍沒有出來；允炆知道她是脫身之計，於是也不去等她了，竟手攜著翠兒一同回宮，兩人這夜的光陰，自然異常的甜蜜。

第二天，允炆便令內監通知王妃，說翠兒是皇孫要她了，現留在東宮侍候；王妃聽了，也沒有什麼話說。但允炆雖有了翠兒，對那天唱歌的婦人，卻依舊不能忘情；明宮中的規例，每到了三月三日，宮人嬪妃們都在御花園裏拍球、打鞦韆，這天，皇上便率領著六宮，在那裏看宮人們遊戲。

其時皇孫允炆也在旁邊侍駕，遠遠瞧見唱歌的婦人，正持著輕羅小扇在花叢裏撲蝶；允炆不由的心中一動，只推說身體不適，便悄悄地抽空出來。到了花亭邊，一把拖了那婦人的衣袖，往花亭裏便走；那婦人正伺著蝶兒，不防允炆這一拖，幾乎失足傾跌，只得隨著允炆到了亭上，花容兀是失色，並嬌喘微微地說道：「殿下怎的專門嚇人？」

允炆笑道：「妳好乖刁，為什麼哄我等在那裏，妳倒一去不來了；今天又被我候著，妳還有什麼話說？」

那婦人歎口氣道：「妾蒙殿下的見愛，此恩恐今世不能報答的了；自念殘花敗柳，只可茹素參禪，妾心已如死灰，再不作意外的想念了。殿下倘能相諒，賜妾一所淨室，使妾得焚香禮佛，終老是鄉，便是妾的萬幸了。」

允炆見說，也覺有些感動，當下欣然答道：「妳既有這個心，我也不便強妳；況人各有志，我就這樣地辦吧！」那婦人忙跪下叩謝。

允炆問了她的宮名和名兒，才知那婦人姓汪氏，名叫秋雲，十九歲進宮的，現住在玉清宮裏；從前雖經太子臨幸過，卻不曾有封典，所以直到如今，還是一個老宮女。允炆問明之後，和汪秋雲走下花亭，送她到了玉清宮，允炆便也自回；這天因宮人們多不在宮中，差喚的人很少，允炆即不曾說出。

次日清晨，允炆一早起身，親督率著宮人們打掃起一間淨室來；室中的陳設極其精雅，正中的壁上掛著觀音大士像，案上置著魚磬之類，把一座宮室弄得和庵堂寺院一樣。翠兒見了很是詫異，便來問允炆，允炆只回說是供養高僧；於是佈置妥當，由允炆暗暗地把汪秋雲接來住著，一面將宮門深扃了，飲食都從窗中遞給，無論何人，沒有允炆的手諭不准進去，連翠兒也不知允炆在搞什麼鬼。

汪秋雲在裏面住了一年多，宮中大大小小一個也不曾知道的，大家只聽得宮中的魚磬聲，不曉得是僧是道，到底是什麼人；日子漸漸地久了，宮中都稱這所宮室作密室。那時，允炆時常到密室裏去；一天，正和汪秋雲廝纏著，忽聽打門聲如雷，外面內監大叫：「皇孫接旨」。

第二十八回　靖難之變

皇孫允炆在密室裏面，聽得內監大叫接旨，慌得三腳兩步地出來跪在地上，聽宣讀上諭；原來是皇帝病劇，召皇太孫速往仁和宮，允炆這時不敢怠慢，忙穿著冠服，隨著那內監到仁和宮來了。到了那裏，大臣黃子澄、齊泰等，已在榻前受了遺詔，那朱太祖早已駕崩了；允炆便大哭了一場，當下由黃子澄等依著遺詔，扶皇太孫允炆登了御座，朝臣也登殿叩賀新君，改這年洪武三十一年為建文元年。一面替太祖發表，追謚為高皇帝，廟號太祖；又命文武百官一例掛孝。是年的八月，奉太祖的梓宮往葬在孝陵；朱太祖自濠城起義，至此晏駕，在位凡三十一年。

允炆既登了帝位，便拜黃子澄為右丞相，齊泰為左丞相，李景隆為大將軍；大赦天下，文武官吏均加品級有差。那時，藩鎮的諸王聽了太祖崩逝的消息，都要回京奔喪；左丞相齊泰諫道：「諸王出封各地，難保不蓄異心，萬一令其進京，一朝有變，將如何收拾？」建文帝聽了，很以為然，便下諭各藩王靜守封地，不必回京奔喪。

諸王接了諭旨，都覺怏怏不樂；尤其是燕王，以為建文帝有心離異骨肉，使自己不能盡父子之誼，心裏便十分氣憤。欽使到了那裏，燕王未免怨忿見於辭色，使者便把燕王的情形，老實奏知建文帝；建文帝大驚道：「燕王是朕的叔父，他如心懷怨恨，和朕為起難來，卻如何是好？」

右丞相黃子澄奏道：「諸王之中，本要算燕王最強，而燕王與齊王又極要好；從前太祖在日，曾謂燕王好武略，齊王善謀，兩人若合，必不易對付。如今之計，欲燕王不生異心，須先除去他的羽翼。」

建文帝道：「卿有什麼良策？」

黃子澄道：「依臣愚見，可暗令大將軍李景隆統領御林軍一千，揚言出巡各地，使諸王不加防備；到了青州，齊王必出城相迎，那時，只要一聲暗號，兵士圍上把齊王擒住，星夜械繫進京，殺縱悉聽陛下聖裁就是了。齊王若除，燕王也就心寒，還怕他不斂跡嗎？」

建文帝大喜道：「卿言有理，照准！就這樣去辦吧！」當下傳下密諭，命李景隆率著御林軍出巡各地；又暗地裏密囑李景隆，依著黃子澄的計策小心行事。

李景隆是李文忠的次子，為人很有謀略；他接了這道旨意，知道建文帝聽信了權臣的遊說，自相摧殘骨肉，欲待不奉詔，又恐獲罪譴。後來，他在路上想了一個兩全的法子，即暗中遞消息給齊王，令他在事前逃走；等那李景隆兵馬到了青州，齊王已不知躲往那裏去了。誰知同時在這個當兒，建文帝已別遣將軍常泰，領兵去捕了湘王，又把代王械繫進京。

這風聲傳到北平，燕王越覺得不自安了，於是私下和僧人道衍（姚廣孝）、術士袁洪、金忠等，密談自保的良策；道衍進言道：「現在皇上無主，妄聽臣下的濫言，擅意削奪藩封，先是致亂之道；殿下如要不為階下囚，非實自立不可。」

燕王歎道：「我未嘗沒有此心，但力有不足，怕未必能成大事。」

袁洪說道：「衍師的說話極是，而且事宜速圖；今殿下有猛將朱能、張玉、龐來興、丁勝等諸人，只今秘密招募壯士，以防不測。」

燕王聽了大喜，立召張玉、朱能進內，授了密諭，命招募兵士若干，編列隊伍，以備應用；朱能、張玉自去，一面又在王府後園，飭匠打造軍械。其時北平長史葛誠，便把燕王不臣的行為上奏朝廷；建文帝讀了疏牘，忙召黃子澄議事。

黃子澄奏道：「燕王雖心懷不臣，叛狀未露，陛下只派兵將四出守禦要隘，免倉卒不及，致為所趁。」建文帝點頭稱善，便令指揮張信、謝貴為北平都司，著都督耿瓛防堵山海關；又命徐凱屯兵臨清，又命都督宋忠收燕王衛兵，入隸宋忠帳下。

這樣一來，北平風聲也日緊，都說朝廷將捕燕王進京；燕王益自惴惴，還裝作瘋癲的樣子走到街上，奪人民的食物，醉後睡在溪溝裏，高唱入雲。

都司謝貴又把燕王瘋狂的情形，密報右丞相黃子澄；子澄來見建文帝，說燕王的瘋病必非真瘋，宜格外預防。建文帝便諭知指揮張昺，與都司謝貴暗中設法圖謀燕王；時燕邸使臣王景賚疏進京，被左丞相齊泰執住，嚴刑拷問，王景熬刑不過，便把燕王謀亂的計劃大半說了出來。

齊泰錄了口供，即入奏建文帝；建文帝大驚，忙傳旨給謝貴、張昺，立縛燕王邸官屬進京，又命都司張信逮捕燕王。那知張信的官職，本來是從前燕王保舉的，這時聽得命自己去捕燕王，如何肯受命

呢？當下連夜來見燕王，將建文帝令他逮燕王的密旨呈上，燕王看了，半晌說不出話來。

張信說道：「殿下盡可放心，臣決無他意。」

燕王起身謝道：「這事若不是足下，我已身受梏桎了。」說著，急命傳道衍、袁洪、金忠等入府。

燕王向道衍說道：「我不負人，人將圖我；事已火燒眉睫，老師可有妙計？」因把張信所繳諭旨給道衍看了，又拿張昺、謝貴來逮府中官屬的話，略略講了一遍。

道衍失驚道：「事既迫急，殿下委張玉、朱能的事怎樣了？」

燕王便命傳朱能、張玉進府；不一刻，朱能、張玉齊到。燕王問道：「你們奉令招募壯士，現共集得幾人了？」

張玉稟道：「連日陸續招得，約九百餘人。」朱能回說八百餘人。

燕王奮然道：「若併全府中衛士，足有兩千多人，難道還不能抗拒嗎？」說罷，吩咐張玉、朱能各領了招得的壯士，在府中左右埋伏，專等張昺、謝貴到來。

第二天近午，忽探馬來報，欽使來提官屬了，現在離北平還有三里，快要到了；燕王即遣丁勝前往，偽說王府官屬一例就縛，請欽使親來府點名。張昺、謝貴聽說大喜，兩人並馬至王府；燕王出迎，相見禮罷，燕王故意問道：「不知皇上差二位到此做甚？」

謝貴詫異道：「皇上命提官屬，適才王爺不是著人來說，都已就逮了嗎？」

燕王變色道：「我府中的官屬究犯了何罪，卻要把他們逮解進京？這分明是你們一班奸臣在那裏蒙蔽聖聰，令我骨肉生嫌。左右何在，還不給我將奸臣拿下！」

燕王話猶未了，兩廂朱能、張玉各率著壯士一擁上前，將謝貴、張昺立時逮獲；燕王冷笑一聲，喝令推出去砍了。又命朱能帶著部眾，去圍住張昺、謝貴的家中，殺了他們一門；一面又命張玉率壯士，收服了衛兵。

北平指揮使彭謙聞得燕王殺了欽使，果然謀變，忙領了部眾入城救援，當頭正碰著朱能，兩人就在城邊大戰起來；不提防張玉、龐來興、丁勝等又引兵趕到，將彭謙困在當中。彭謙奮勇衝突不出，被朱能殺死，彭謙的餘眾齊聲說願降，朱能便令停刃，和張玉等收了彭謙的殘部，大獲全勝；來報知燕王，燕王慰勞張玉一番，令將士暫行退去休息。

到了未牌時分，邸中忽然傳下諭來，命朱能、張玉、丁勝、龐來興等，率同全體兵士在校場聽點；張玉等不敢怠慢，慌忙張號集隊，齊赴校場。不一會，燕王到來，上了將臺，朗聲說道：

「現今皇上懦弱，奸臣當道，志在削去朝廷羽翼，以便謀篡大位；所以他們第一和藩王作對，數月以來，代王、周王、齊王、湘王死的死了，逃的逃走，咱們如不自衛，將來朱氏族中寧有我類。況太祖慈訓，有『君不明，則藩王得起兵以清君側』；祖訓上既有這一條，我為保障國家及安全諸王計，不得不興兵靖難，冀皇上省悟，永保大明的錦繡江山。」

燕王說時，聲淚俱下，真是慷慨誓師，將士人人憤激，個個摩拳擦掌；燕王見士氣可用，便下令出兵，直薄通州。

這時，守通州的指揮房勝，一聽燕王兵到，並不迎戰卻開門投誠；燕王得了通州，順流而下，又克了薊州，陷了遵化，北兵已抵居庸關，關上守將余瑱、都指揮馬宣棄關逃走。都督宋忠聞北兵勢大，不敢交鋒，引兵退駐懷來；北軍趕到，宋忠勉強出戰，大敗進城，北軍隨後湧入，擒了宋忠，由朱能出示安民。次日，燕王自領著大隊進了懷來，命朱能、張玉、丁勝、龐來興等，分頭襲取龍門、開平、雲中、上谷諸州；不上半月，各處紛紛報捷。

警耗如雪片一般傳入京中，建文帝大驚，即時召集文武大臣，籌議討燕計劃；當下拜老將耿炳文為大元帥，統兵十萬，以寧凱、李堅為先鋒，星夜起兵，浩浩蕩蕩地殺奔北方而來。左丞相齊泰，恐兵力尚嫌不濟，命江陰侯吳高、安陸侯吳成、都指揮盛庸、潘忠、徐貞、楊松、陳文安等領兵五萬在後接應；又令王宇暉為運糧總管，專門接濟糧餉，燕王打聽得南兵眾多，不敢輕進。

那耿炳文領著十萬大兵，在滹沱河隔岸屯駐，也不向北軍挑戰；在耿炳文的意思，欲暗遣鐵騎，去抄襲燕王的背後，待北軍心慌退去，再渡河追擊。耿炳文部下副將張達，原係北平人，便棄了炳文來投降燕王，把耿炳文的謀劃與軍中虛實一齊和盤托出；燕王見說，驚得面如土色，忙起謝張達，道：「得將軍來此，是天助我成功；倘耿炳文這般詭計，若非將軍見告，我這裏必然全軍覆沒了。」

於是立加張達為都指揮，又派了十幾個細作，趕往京中捏造流言；說耿炳文停軍不進，是得了燕王的賄賂，意在觀望。左丞相齊泰得了這個消息，忙來奏知建文帝，下諭催耿炳文火速進兵；耿炳文接著上諭，不由長歎一聲，道：「君主不明，權臣當國；將帥為人掣肘，吾輩恐無葬身之地了。」說罷，便下令渡河進剿北軍。

原來，耿炳文本已派了先鋒李堅偷襲燕王的背後，這時也等不到雙方並進了，只得單獨渡河，來和北軍交戰；那燕王見南兵旗幟亂動，知道建文帝必信了流言，逼迫耿炳文出兵，諒來早晚要渡河了，便吩咐朱能領兵去埋伏河邊，張玉在後接應。又命龐來興領兵一千去上流埋伏了，只是擂鼓吶喊作為疑兵；又令丁勝引兵五百，去守住滹沱河河沿，望見南兵渡過一半，就鼓噪起來奮力殺出，自有大兵來接應。

丁勝、朱能、張玉、龐來興等都領兵去了，這裏燕王親率三軍準備交戰；那耿炳文督著兵馬正在渡河，忽聽得上流人喊馬嘶，炳文猛然道：「咱們渡河，須防北軍截擊。」

先鋒寧凱道：「我兵多北軍十倍，諒北軍也沒有這般膽量。」

耿炳文道：「素聞燕王好武，用兵如神，不可不預備。」話猶未了，上流鼓聲大震，喊殺連天；南軍忙整戈待戰，卻又不見一人，大家疑惑了一會，依然渡河。上流喊聲又起，鼓聲復鳴，南兵急來看時，連鬼也沒一個；寧凱大笑說：「這是北軍的詭計，他不敢和我對敵，只拿疑兵來嚇人罷了。」

兵士們聽了，也一齊笑起來，竟大著膽渡河；將至一半的當兒，河沿上吶喊聲大起，丁勝領著五百軍士往河沿上殺來。寧凱便分兵迎敵，一面繼續渡江；不提防河邊朱能殺出，上流龐來興殺來，後面張

玉又殺到。南軍這時手足無措，耿炳文雖是老將，卻因誤信寧凱的話，也失了指揮的能力；正在為難時，北軍陣後塵頭大起，燕王自領三軍前來接應。

南軍其時早沒了紀律，只紛紛棄戈逃命；耿炳文獨立陣前，連斬牙將六員，仍是喝止不住。寧凱見不是勢頭，回身便走，南軍大敗，落河死者無數，不及過河的便向北軍投誠。燕王領著兵馬趁勢大殺一陣，真是屍橫遍野，流血河水為赤；北軍正在追殺，南軍的後軍吳高、吳成等趕至，燕王見來了生力軍，恐眾寡不敵，隨即鳴金收兵。

這一場大戰，殺得南軍魂喪膽落；敗兵的消息傳到京中，建文帝十分憂懼，因召左丞相齊泰進宮。建文帝歎道：「耿炳文隨高帝出征，也算一員名將，今天卻敗在北軍手裏；他們的兵力也可想而知了。」

齊泰奏道：「耿炳文年衰昏憒，本已不足恃；臣薦一人，有文武全才，可以破得北軍。」

建文帝問是誰，齊泰答道：「便是那李景隆。」

建文帝說道：「卿既保薦，想無謬誤。」於是即拜李景隆為征北大將軍，領兵五萬，去替耿炳文回來。

那時，耿炳文在滹沱河敗後，駐兵楊樹堡猶未進兵；恰好李景隆到來，耿炳文以李景隆是後輩，心中很是不悅，即草草地交了印綬，帶了十幾個親兵匆匆回京。那李景隆接收了兵馬糧草，自準備和燕王開兵；燕王聞知耿炳文去職，卻調了李景隆來領兵，不禁大笑道：「老將耿炳文頗曉兵法，我尚有三分畏懼他；今換了李景隆這小輩，我卻不怕他了。」

南軍自調了主將，軍士早已離心，況李景隆用兵遠不如耿炳文，第一次出兵，便被燕王殺得大敗，以後屢戰屢潰，二十萬大兵死傷過了半數，銳氣喪折殆盡；先鋒寧凱死在亂軍之中，還有耿炳文差去暗襲燕王背後的李堅，也被燕王擒住了。

江陰侯吳高、安陸侯吳成先後遭擒，不屈被殺；都指揮盛庸敗走、徐貞陣亡、陳文安投河自盡、楊松兵敗在逃、潘忠和顧盛兩人爭奪先鋒，自相殘殺。南軍的營中將佐皆死亡，好好一座大營，弄得落花流水，李景隆也自覺無望，看看兵敗將喪，便自刎而死；燕王趁勢長驅直入，各州郡多望風歸順，這話且不提。

再說建文帝自登極後，冊立德配馬氏為皇后，翠兒晉為真妃，追贈黃香菱為貞紀；把鍾山的墳墓重行修葺一番，又替她立祠塑像，春秋祀祭。還有那個汪秋雲，建文帝幾次要立她做個皇妃，秋雲只是不答應；有時逼得她急了，她總是淚汪汪地說道：「陛下如欲相逼，妾唯以一死報知遇罷了。」

建文帝見她矢志不移，越覺得敬重她了，越是敬重也就越愛；那秋雲卻只是淡淡的，任建文帝怎樣用情，秋雲還是這樣。而且，她常常對建文帝說：「妾和陛下算是神交，也是風塵的真知己。」建文帝聽了，面子上是很贊成她，心裏總不以為然；但秋雲的志不可奪，這也是椿最沒法想的事。

那時，燕王率領著強兵猛將，一路破德州，陷大名，又詐入了大寧城，逐去寧王，命大將潭淵、房寬襲取了松亭關；又令都指揮邱福、張武去取了永平真定，一路行軍所至，勢如破竹。不到半年工夫，

北軍已取了鳳陽、淮安諸郡，徽州、寧波、蘇州、樂平、永清等地也相繼失守；警報飛達應天，偵騎絡繹道上，都是報北軍得勝，南兵敗績的消息。

南軍的寧統帥盛庸、副帥何福連失各地，大敗回京，來建文帝面前請罪；建文帝歎道：「這事不干卿等，實朕不德所致。」說著，不禁流下淚來。

不多幾天，忽聞燕王大舉渡江，統領陳植率兵相抗，被部下都司金成英殺了陳植，投奔燕王，燕王便破了江陰，陷了鎮江；朱能攻進蘭陵，張玉領著健卒，直抵應天，燕王自領大軍隨後也到。這時，應天的城下大兵雲集，東門有張玉、朱能的兵馬，西門是燕王次子高煦的兵隊，門南是潭淵的軍馬；北門是張武、邱福的兵馬，正中是燕王的大營，左是龐來興、丁勝的禁軍，右是鄒祿、馮顴的騎兵營。

建文帝登城瞭望，但見北軍營中火光燭天，相照不下百里；兵士刁鬥畫角之聲，震喧達於霄漢。建文帝不覺吃驚道：「燕軍勢大如此，怪不得南兵屢敗了。」

編修方孝孺奏道：「現在北軍銳氣正盛，京城雖有大兵二十萬，似不可力敵；為今之計，直令城外百姓拆去房室，搬運木料入城，全力上城守禦，一面陛下即頒詔四方，舉兵勤王，等待各處義師會集，就不怕他了。」建文帝聽說，下諭百姓一例拆房，遷進城中。

誰知一班百姓大都不願搬遷，一聞到諭旨，便各自放火燒房，逕自逃往別處去了；建文帝見了，又長歎幾聲。還有那勤王的詔書頒發下去，雖有幾處勤王師前來，卻都被燕王用計襲破；建文帝沒法，命谷王、安王到燕王營中講和，願割地息兵，燕王不應，仍令兵馬攻城。

看看外城已陷，內城人心惶惶，建文帝大哭道：「朕不曾負於燕王，他卻如此相逼；承祖宗託付之重，今日只有以身殉國吧！」說畢便欲拔劍自刎。

內學士宋景忙攔住，道：「陛下且慢，臣憶高皇帝在日，曾把一鐵櫃懸在謹身殿後，並囑咐內務總管保守，須等子孫患難急迫時開看；莫非其中有妙計，陛下何不一試？」

建文帝聽了，也想起這件事來，忙叫總管把鐵櫃取至；打開來瞧時，卻是僧衣僧帽兩套、度碟兩張，白銀十錠，剃髮刀一把，朱書一紙，上寫著一行字，道：「遊僧兩名，應文應雲；白銀十錠，速出鬼門。」

建文帝看了，歎道：「朕年號建文，牒上名叫應文，是大數已定，明明叫朕出家了；只是不知應雲是誰？」

其時，汪秋雲已從密室中出來，聽得建文帝的話，忙跪下來說道：「妾名秋雲，正是應雲了，就陪著陛下出家吧！」建文帝呆了半晌，便命內監把自己和秋雲的頭髮剃去，改了裝束，悄悄地逃出鬼門去了。

第二十九回　三寶太監

建文帝更名應文，汪秋雲改名應雲，立時命內侍剃去髮髻，改裝做了出家人；一憎一尼，收了度牒和銀錠，依了朱書所說，從鬼門裏出去。這個鬼門，在內城的太平門內，是修理御溝時所進出的；門高不過三尺，寬只得尺餘，人若經過，必佝僂著側身而出。

這時眾臣之中，還有侍郎廖平、金焦、檢討稍亨、中書舍人梁忠節、欽天監正王芝臣、鎮撫牛景等十餘人；見建文帝要出走，便一齊伏地痛哭，建文帝也垂淚道：「你等也不必傷心，只將來好好地去侍候新君吧！」梁忠節聽了，大叫臣願捨身報國，說罷，一頭撞在石柱上，腦漿迸裂而死；建文帝看他，只有點頭歎息。

忽然真妃來牽住文帝衣袖，大哭道：「陛下去了，遺下臣妾怎麼辦呢？萬祈指示！」

建文帝憤憤地說道：「此刻還是顧妳們的時候嗎？」說著，指著宮後的眢井道：「妳如無可依歸，這便是妳歸宿的地方了。」真妃聽說，忙跪下謝了恩，立起來奮身往著井裏一跳；可憐鮮花般的美人，霎時玉殞香消了。建文帝目睹著這種慘狀，又忍不住下淚；霎時，眾臣無不放聲痛哭。

建文帝方待回身出門，忽內監報宮中火起，馬皇后自焚了；最可憐的是建文帝的長子文奎，其時只

有七歲，也隨著他母親葬身火窟。建文帝聽了內監的話，反倒弄得不哭了，只說了兩聲：「好！好！這是帝皇家子孫的結果！」

那相隨的諸臣，誰不是嗚咽欲絕；鎮撫牛景牽住建文帝的衣袂，叩頭流血道：「愚臣願隨陛下同去。」

侍郎金焦也說要去，建文帝說道：「眾卿忠誠相隨，令我非常感激；但我已做了出家人，況在逃難的時候，人多了反覺不便，我此行若得安身之所，再來招你們前往就是了。」牛景和金焦抵死不捨，建文帝只得允許了。於是，建文帝在前先出了鬼門，秋雲跑在後面；最後是金焦和牛景，末後便是廖平等一干人在後相送。

建文帝到了鬼門外，那裏便是御溝的河埠口，由王芝臣去找了一隻小舟來，建文帝上了小船，又扶秋雲下去；接著牛景、金焦也下了船，眾臣又在河埠口相對大哭了一場，那隻小船便慢慢地蕩開埠頭，漸漸到了河的中央。不上一刻工夫，只見那煙波浩渺，那隻小舟已去得無影無蹤了；廖平等呆呆地望了半晌，始零涕自回，各人到家裏閉門不出，後來一個個被燕王假罪誅戮。

當下建文帝出鬼門時，燕王的北軍已攻破了皇城；朱能、張玉攻入東門，守城的安王和谷王見東門火起，正在驚疑，又見宮中也火光燭天，知道大勢已去，便開了南門迎接燕王進城。城中的百姓多半往西門逃走，恰巧張武、邱福的兵馬衝來，被北軍亂殺一陣，殺傷了人民無數；有的還紛紛閉門，算是拒絕的意思。燕王瞧在眼裏，心中大怒，幾乎下令屠城；虧了朱能、邱福等力諫，才諭知將士把閉門的百姓一齊捕來斬首號令。

燕王同了安王、谷王並馬入城，到了五城兵馬司署中暫駐，又下令撲滅了東門及宮中的餘火，出了安民的手諭；那一班忘恩負義、熱心利祿的官吏，聽得燕王進城，便都冠帶來見。燕王首先問道：「少帝現在什麼地方？」

兵部尚書袁鏡答道：「當宮中火起時，想少帝已自焚了。」

燕王故意長歎道：「我此番興兵，原為救國靖難，清除奸臣起見，所以行軍總豎著白幟，此心可表天日；無如少帝不諒，竟爾身殉，教我怎樣對得起祖宗呢？」說罷，也流下幾點淚來，便令學士張肅撰起祭文，燕王親自帶同將士到宮中來祭建文帝；由張肅朗讀祭文，讀畢，燕王伏地放聲大哭，諸將在旁也無不流涕。

燕王祭罷，命就瓦礫場中尋那建文帝的屍骨，誰知骨殖很多，也分不出男女，更不識那一副是建文帝的，只有胡亂找出兩副來，算是帝后的遺骨，葬以帝后的禮節，也葬在孝陵；但不曾追贈謚號，直至清代的乾隆年間，方追封為恭閔惠皇帝。

燕王這時巡視了宮殿一周，見金碧輝煌的皇宮大半成了瓦礫焦土，只有那奉天殿、謹身殿、文武樓、武英殿、文華殿、仁壽宮、萬春宮不曾毀去，好在高皇帝的諸妃也都逝世，各宮本來是空著的；燕王看了一遍，不禁也點頭歎息，隨即率領著眾臣，仍回到兵馬司署中。

一宿無話，第二天早晨，燕王升了軍帳，大犒軍士，又命設起慶功宴來，和有功的諸將開懷暢飲；

正吃得興高采烈時，尚書茹常首先俯伏叩頭勸進，諸臣也順水推船，齊齊地跪在地上，勸燕王即日登了大寶。

燕王命諸臣起身，自己便執杯說道：「我舉兵靖難，志在除奸，今少帝捐軀，我已負罪祖宗；況天下之人，必將疑我威逼少帝，使我永蒙不臣之惡名，所以這個大位，我決不妄想，列位還是另選賢能吧！」

茹常忙跪陳道：「殿下乃太祖嫡嗣，功德薄於海內；正宜應天順人，早登大寶，以孚眾望。」茹常話猶未了，侍御王朗、刑部主事黎天民、御史欽宏、尚書江太玄、少監周忠、將軍馮翔等，都跪下來奏道：「茹常之言，正合天心，望殿下勿再固辭。」燕王見眾口同聲，知道時機不可失，便也答應了；眾臣齊聲歡呼，便擁著燕王登奉天殿受賀，群臣三呼禮畢，分班侍立。於是由燕王下諭，改是年建文四年為永樂元年；冊立德配徐氏為皇后，長子高熾為東宮。

又大封功臣，晉朱能為成國公，張玉為韓國公，邱福為淇國公，張信為隆平侯，房寬為思恩侯，張武為成陽侯，丁勝、龐來興均晉伯爵。又封次子高煦為漢王，幼子高燧為趙王；又下諭即日祭告太廟，大赦天下。又封解縉為侍讀，楊士奇為編修，楊榮為修撰，入直機務，時定為內閣；又命編修黃淮、胡廣入直文淵閣。又捕齊泰、黃子澄等盡行殺戮，並誅九族；又傳諭復了安王、谷王等封地，下令洗宮三天。

那時燕王既登了大位，心裏因懷恨著建文帝，便把他舊日的大臣統加重罪，有的還置之大辟；又疑建文帝不曾焚死，消息傳來，說建文帝逃往海外去了，燕王想斬草除根，便下密諭，命各處的地方官認真偵緝。那建文帝卻隱名埋姓，始終沒有被他們捉住；直待燕王崩後，太子高熾即位，建文帝方才入京。不過這是後話了。

再說燕王篡位，便是歷史上的永樂帝，又稱為成祖，又稱太宗；當他初崩時，諡為太宗文皇帝，到了嘉靖年間，又改廟號為成祖。這太宗皇帝的為人英明果斷，極似太祖，所以太宗在位，群臣不敢蒙蔽；但他疑建文帝在世，心中自覺不安，又聽得他逃往海外，便差了宦官鄭和、王景等假名出使海外，實是暗中探訪建文帝的蹤跡。

那鄭和、王景奉了上諭，督造起幾十隻大戰船，帶了五萬名健卒沿海起程；經過了福建、浙江等諸海島，竟至南洋四處尋覓，卻並無建文帝的影蹤。鄭和和王景商議道：「這次咱們尋不著建文帝，怎樣地去覆旨呢？」

王景答道：「我瞧海外的島國很是不少，不如借著上諭，詔他們歸誠天朝，倒也未嘗不是功績。」

鄭和大喜道：「這話有理！」於是領著五萬兵士，揚帆往各海島進發。

第一處，到了三佛齊國，國王劉彰義本是山西人，聽得天朝的使者前來，又見他帶著大兵，那三佛齊國只是一個小島，連軍民人等，一古腦兒還不滿三千人，當然不敢抗拒；國王劉彰義親來迎接，又大排筵宴，款待鄭和等。鄭和在三佛齊國中住了幾天，勸國王入貢；劉彰義一口答應，臨行時，還送了鄭和、王景等許多寶物。

鄭和等離了三佛齊國，又到了巴拉望島；那裏的國王名叫亞尼，為人短小精悍，生得紫髯碧眼，十分的兇惡。他聞知有什麼天使領兵前來，亞尼大忿道：「我和天朝從沒往來，又不曾有干犯他們，卻帶了兵來威嚇我嗎？」登時就張號集隊，亞尼親督著兵士來禦鄭和。

鄭和也憤道：「咱們所經的島國，誰不望風歸順？這裏小小的海島，倒敢來抗天兵嗎？」說著，便傳令戰船攏了岸，兵士排著隊一齊殺上岸來；亞尼也叫兵士擺開與鄭和對陣。

島上的兵士雖然猛悍，到底寡不敵眾，被中國軍馬殺得落花流水；亞尼失足遭擒，鄭和命斬了亞尼，在島中另選了一個酋長，令他做了島主，定了歲歲入貢的條約，鄭和這才去了巴拉望島。又往尼拉島、尼科巴島、麻尼拉島，都給他收服了。其中有一個大島國，叫作蘇門答剌的；初時也出兵相拒，又被鄭和殺敗，廢了他的國主，另立一個新主，一樣也定了朝貢的條約。

這一場出使外邦，收服的島國不下七十多處；鄭和直到了小呂宋，適逢呂宋內亂，鄭和替他平定了，那呂宋國王很為感激，自願遣使入貢。鄭和見有了許多的成績，也就心滿意足，從呂宋解纜回國。

鄭和回到了京中，覲見太宗，說沒有建文帝的蹤跡，又把勸諭各島國歸順的話細細講了一遍；太宗大喜，親加慰諭幾句，重賞了鄭和和王景。過不上半年，海外的島國果然紛紛入貢，真是奇珍異寶，羅列滿前；太宗看了，自然說不出的高興。

單講那呂宋國王貢來的東西，珍珠寶石之外，有兩件寶貝，一樣是隻五色的靈鳥，能夠和人一樣地說話，還能預知人的姓名；朝中文武官員不論是什麼人，一到了面前，那靈鳥便叫得出他的名兒和官銜。太宗皇帝喜歡它不過，便打了一隻金絲籠兒，拿它豢養著，賜名靈鳥；太宗臨朝時，就將靈鳥放在御案上，登輦時，掛在旒蘇上面，或命內監捧著它，真可算得寸步不離了。

還有一樣，是幅八尺來長的畫兒，畫上也是一百隻五色的鳥兒；那鳥雖是畫的，卻畫得隻隻羽毛生動，形狀活潑，有在枝上的，有在草地上尋蟲蟻的，遠遠望去，要當它是一群真的鳥兒呢。只是正中一隻鳥兒，卻不曾畫眼珠；太宗看了，深歎畫工的精妙，但不解其中的一隻鳥兒為什麼不畫眼珠。

據那呂宋的使臣說：「這畫不但畫得精妙，而且那鳥還是活的；只要將畫懸掛起來，拿一把米撒在地下，畫上的鳥兒便會飛到地上來啄米吃的，確是一件無價之寶。」

太宗聽了，似信非信的，掛起畫來試驗；都內監才把米撒去，畫上的鳥兒果然飛下來吃米了。太宗留神細瞧，那九十九隻都在地上吃米，只有一隻不曾畫眼珠的鳥兒，卻獨自棲在樹枝上動也不動；那九十九隻鳥兒吃完了米，仍飛到畫上去了。

太宗不禁起了好奇心，說那沒眼珠的鳥兒不是太苦惱了，便令內侍取過墨筆來，替它在眼上點了兩點，沒眼鳥變了有眼鳥了；太宗又親自撒去米去，畫上的鳥兒又齊齊飛下來吃米，看那隻沒眼珠的鳥兒已不在畫上，大概也雜在群中了。

那一百隻鳥兒把米吃完之後，並不飛上畫去，卻東一隊西一群的，在殿上閒走起來；太宗叫內侍去

捕捉幾隻，內侍趕來趕去地捉了半晌，半隻也不曾捉得。太宗笑著說道：「把它驅到畫上去吧！」內侍就找了一根竹枝去驅那鳥兒，誰知呼的一聲響，百隻鳥齊飛出殿外，淩空飛去了；太宗只當它要飛回來，等了半天，影蹤全無，不覺詫異起來。再瞧那畫上，只剩下樹木和碧草，鳥兒竟一隻也沒有了。

太宗忙差人去問那使臣，使臣驚道：「畫上一百隻鳥兒，只有九十九隻是有眼珠的，其中一隻沒眼珠的是鳥王；鳥王如在畫上，那九十九隻鳥兒是飛不遠的，就是飛走了，也自己會飛回來的。」

那內侍把太宗畫眼珠的事對使臣說了，使臣頓足道：「鳥王一有了眼珠，自然領著那九十九隻飛去了；這樣說來，那鳥兒是逃走的了。」說罷連連歎息。內侍見說，慌忙回報太宗，太宗聽了也懊悔不迭。

又有蘇門答剌進貢來的一隻紫檀的木盒，盒子裏面是一個高七寸、方八寸的戲臺，只要把機栝一開，便叮叮噹噹地五音雜奏，打一場鬧場鑼鼓；鑼鼓停止，卻拉起管弦絲竹，臺上走出那唐明皇來，次是高力士、安祿山、楊貴妃、李太白等，自唐明皇選霓裳起，到貴妃醉酒止。長生殿上，歌舞逼真，舉止狀貌，活潑無倫，就是不會開口罷了；一時目睹的人，宮裏宮外無不歎為觀止。

又有一樣，是尼科巴進貢來的，是一口極大的漏鐘；鐘的前面，畫著更點的刻數，一到起更時候，那鐘便噹噹地打了三下，似乎要報給人家知道一般。及至到了幾更幾點，那漏鐘自會開門，門內走出一個千嬌百媚的美人，手裏提著金鐘，執了金錘，叮叮地敲了更數，便走進去了；這時卻走出一個童兒來，頭上挽著雙髻，手中擊著鑼，報告是幾更幾點，就擊鑼幾下。

末了，是一個虬髯的丈夫，手握著大喇叭，從鐘門內直吹出來；約有幾分時光，隨後略停一停，再吹時，便是報刻數了，幾刻就是吹幾下。鐘上又有一個汽管，管中灌著汽質，雨天氣往上騰，更漏敲著大鐘；天晴，汽往下沉，漏聲擊的小鐘，種種的變化，一時也說不盡許多。

又有麻尼拉進貢來一盒翡翠的玫瑰花，那花內葉瓣兒純是翡翠綴成的，玫瑰花朵卻是紅玉琢成；放在案上，紅綠分明，非常地好看。更有一種異處，就是那紅玉的玫瑰花朵兒，每到了四五月裏，花朵兒自為開放出來；裏面的花心，是用五色的寶石綴成，燦爛奪目。太宗的吳妃最是愛它了，常常把這盆花放在妝臺上，當作是案頭的清玩。

又有一件，是個孔雀翎穿成的扇兒；看看也不過是把尋常的扇兒，若在暑季用起來，只令一個宮女遠遠地把扇搧著，那涼風便嫋嫋滿室，真是胸襟為爽呢！更有一種，名叫返魂香；這個返魂香，大都出在海島裏的，但產生的地方，必是個鹹水的所在。

因香的性質是不能近淡水的，是以攜帶的人非常為難；尤其是不能多帶，倘把香放在船上，船行到淡水的地方，須將香預運在岸上，人向離水遠的地方行走，至少須相距十丈方才無礙。不然，便要連人掉在水裏，好似有什麼東西把他牽扯下去一樣；倘是放在船上，連船也要沉下水去呢！所以入貢的人也不敢多帶。唯海外都是鹹水，那香遇見淡水是犯剋的；一入了中國境地，淡水的河流多了，攜帶就更不容易了。

至於那香有什麼好處呢？凡在暑天，宮中嬪妃等患了急痧，或是昏去，只要把香燃著，將病人臥在榻上，垂下帳門，放一碗井水在枕邊；那香的煙兒，好似一條白線，雖離開得很遠，那一縷煙氣像長虹般的，由爐中直射入帳中的水碗裏，久久不散。待時間多了，帳內滿佈著香煙，病人聞了香味，打幾個噴嚏，病就自然而然地好了；那時，把爐中的香吹熄了，和水碗中接連的一縷白煙便漸漸淡了下去，終至自行消滅。

據使臣說，無論什麼樣的重症，經那香煙一薰，立時可以起死回生，因此喚作返魂香；又有一樣用處，是婦女們難產，小孩不能下地時，拿那返魂香燃起來，產婦聞到了香味，只打一個噴嚏，小孩就應聲而下，又可保母子的安全，那香的確是寶貝呢。

總而言之，那進貢來的東西，沒一樣不是稀世奇珍；做書的一枝筆也不能一一描寫它，只將大略記了一點罷了。

再說那太宗，本來是個好大喜功的人，他見海外歸心，越覺得雄心勃勃了；其時恰巧交趾國內亂，太宗令使臣責他朝貢反被殺死。太宗大憤，立諭平西侯沐晟出兵往討，卻吃了一個敗仗；太宗越發忿怒，便點起了大軍三十萬御駕親征，平了交趾。又回軍平了沙漠，還在斡難河邊勒碑紀功，大軍才行班師；從此以後，便四方來歸，天下清平，太宗居然做了安樂天子。

光陰荏苒，這樣地過了十幾年，到了永樂十八年時，山東地方忽然釀出了大亂子來；那時，山東有個農民叫作林山的，他的妻子唐賽兒，本是個煙花出身，也粗識幾個字。她自嫁了林山，常有彩鳳隨鴉之憾，後來林心一病死了，賽兒便和鄰村的秀士名賓鴻的，兩下裏勾搭起來。

那個賓鴻，初時是個落第舉子，不知在甚麼地方弄著了一冊畫符念咒的異書，裏面都是些撒豆成兵、剪紙做馬的邪術，無非是左道旁門罷了；賓鴻卻十分虔誠，一心習學，漸能替人治病，什麼驅鬼捉狐，很有靈驗。唐賽兒也隨著賓鴻習練，不到半年工夫，技術更比賓鴻精進；於是夫妻兩人定起一個名兒，喚作「紅蓮聖教」，並正式開堂收徒，凡是要入教的，須納銀三兩。

當時一般愚人愚夫，紛紛設誓入教；唐賽兒又能代人醫治奇症，用符篆做藥石，雖是沉屙，可以立起，因此，鄉間遠近的人民愈覺相信她了。

賽兒又常常外出；一天，吩咐她的門徒道：「你去把門外的柳木砍一枝來，我有用處。」那門徒聽了賽兒的話，真個去砍了一枝柳木來，送給唐賽兒。

第三十回　寧國公主

那唐賽兒令那門徒折了一條柳木來，賽兒取在手裏，削成二個人的形狀，輕輕去放在一隻錦盒裏面；又命盛了一碗清水，把一枝小柳枝架在碗口，將一片柳葉浮在水碗當中。佈置已畢，向那門徒說道：「這錦盒和水碗，你須小心看守，不要離開；那錦盒也不許偷看，碗裏浮著的柳葉要時時留心，切莫被風吹動了碰著碗邊兒。」門徒一一答應，賽兒便匆匆出門去了。

那門徒還不過十五六歲，很有些孩子氣，他等賽兒走後，心想：錦盒裏不知是什麼東西，非瞧它一下不可；看看天色晚下來了，那門徒燃著燭兒，在那裏守著水碗兒。忽然一陣風過去，把燭吹滅了，忙再點火來瞧那柳葉兒，已碰在水碗的邊上；忙用手去撥開時，手指兒一帶，將碗上的柳枝又碰落碗中，那門徒慌忙從碗裏撈起來，仍照著原狀擺好。

猛聽得打門聲甚急，外面守門的開了門，只見賓鴻滿身透濕，拖泥帶水地進來，對那水碗裏望了望，便去換過衣服，又往外去了；那門徒獨坐著無聊，卻偷偷地取過錦盒，開了盒蓋瞧看。見賽兒削成的兩個木人，並坐在盒中的小屋裏，屋子是白紙糊成的，什麼床帳器具，無不齊備；那門徒看了半晌，覺得這東西很好玩，害得他愛不忍釋起來。

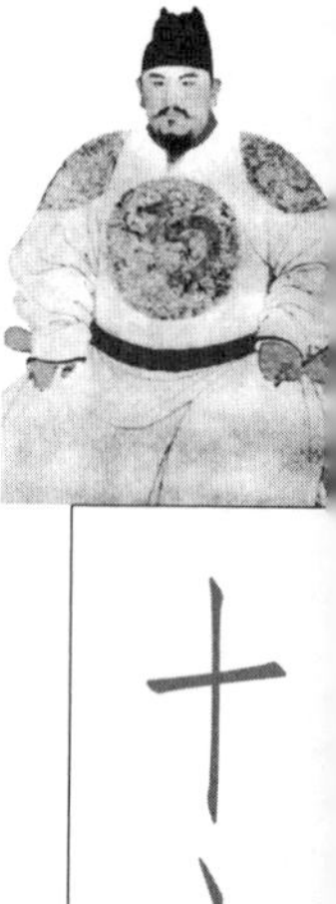

誰知燭上的火星迸開來，恰恰落在盒中，那紙糊的房屋頓時燒了起來；門徒連連撲滅，早已燒去了一角，他不敢再玩，蓋了錦盒，依舊在旁邊坐守著。到了四更天氣，賽兒和賓鴻回來了，向那門徒罵道：「叫你不要開盒子兒，為什麼私自偷看的？」

那門徒掩飾道：「師傅走後，我一動也不曾動過。」

賽兒憤憤地說道：「你沒有動過，那咱們住在路上的房子，怎麼會燒了起來呢？你又把水碗中的柳葉柳條，都去弄沉在碗裏，害得你師傅渡江時，船也沉了，橋也倒了，這不是你不留心嗎？像你這樣誤事的人，我實在用你不著，快給我滾出去吧！」那門徒只得忍氣吞聲，不敢做聲。

又過了幾天，那門徒在室中閒走，瞧見那酒甕蓋開著，恐怕師傅回來罵他不做事，就順手將甕頭蓋上；到了晚上，唐賽兒回家來，又罵那門徒道：「我在官署裏探消息，沒處藏身了，便去躲在酒甕裏；你卻把蓋蓋上，幾乎將我悶死。以後家裏的東西，不准你亂動！」那門徒連聲答應了，心中很是詫異。諸凡這樣的奇事，也說不盡它。

那時，投奔賽兒的人一天多似一天，不到半年工夫，她的門徒居然有了三四萬人，又有各縣各郡的人千里來相從的，賽兒的聲勢便漸漸地大了起來；一班捕風捉影的胥役都得著了唐賽兒的賄賂，還有的愛著唐賽兒的妖豔，大家都睜眼閉眼地過去。

諸城的遊擊馬如龍，聽得賓鴻和賽兒私下裏買馬招兵，風聲很是不好，就派兵前去捕捉；卻被唐賽兒指揮著門徒一陣地亂殺，把三百個官兵殺得七零八落，四散逃命。賓鴻見禍已闖大了，索性張起白旗，領著三四萬的門徒直殺入諸城，將縣尹仇緒擊死，逐走了遊擊馬如龍；竟佔了諸城，又接連陷了益都，威聲大震。

青州都指揮高鳳領著五千健卒，來剿滅唐賽兒，兵到益都，兩陣那圓，高鳳躍馬出陣；這邊唐賽兒部下董彥杲拒戰，不到三回合，那董彥杲等無非是鄉村的流氓，又不懂什麼武藝的，如何敵得住高鳳，當下被高鳳手起刀落，將董彥杲劈作了兩片。高鳳便驅著兵丁，大殺過來，忽見唐賽兒披髮仗劍，飛馬直前，口裏不知唸些什麼；只聽得一聲響亮，無數青面獠牙的鬼怪也仗著利刀，往高鳳軍中殺來。

兵丁們見了，嚇得回身便走，唐賽兒趁勢掩殺；高鳳大敗而逃，退五十里下營，一面飛章入報。太宗看了奏牘，勃然大怒道：「妖民這樣的胡鬧，地方官難道任他養癰為患的嗎？」於是下諭令柳升為安遠侯，掌大將軍印，劉忠為副，督著大兵十萬，浩浩蕩蕩地殺奔山東。

大軍將至卸石柵，柳升吩附立寨；誰知才得安營，柳升坐在帳中，忽覺地上大震，暴雷也似的一響，平地陷落了丈餘。二個丈餘長的神將，金盔銀甲，從地窟中直跳出來，帳下將士四散奔竄；柳升傳諭，兵士們莫慌，只把那些馬矢擲去，一霎時，把兩個神將趕得走投無路，似泰山般地倒下來。

軍士亂刀齊上，剁了一會，再細瞧時，卻是兩個泥人，身體還不到一尺，穿著紙的衣甲，已給刀剁得粉碎了；兵士們見了，都笑了起來。柳升便對將士們說道：「這些妖術，原是一種左道邪術，可以用正氣破他，你們上陣切不要膽寒；想漢代時黃巾賊作亂，比現在要厲害得多，尚且弄得一敗塗地，何況

這小小的鼠輩，怕他作甚！」兵士們見說，知道妖術是假的，又目睹剛才的泥人，所以膽也大了。

這夜，軍營中幾次鬧著鬼怪，一會兒猛獅來了，虎狼來了，都被柳升破去；看看天色微明，兵士們正要安睡，忽聽得喊聲大震，唐賽兒和賓鴻親領著妖兵殺到。柳升叫軍士不許妄動，只把硬弓射出去，妖兵也不敢近前，遠遠地搖旗謾罵；柳升和副將劉忠，命兵丁備下了犬羊血及污穢的東西，在營中坐待。

到了日中，賽兒的士卒漸漸地鬆懈了，大半下馬休息；這時柳升便披甲上馬，和劉忠分兩面殺出。唐賽兒忙整軍來迎，官兵個個奮勇直前，賽兒大敗；賓鴻落馬受擒，又是想駕雲逃走，被劉忠用犬血潑去，賓鴻從半空中掉下來，跌得腦漿迸裂地死了。

唐賽兒也施行法術，被兵丁用犬羊血灑去，鬼怪都變成了紙人；賽兒見此招不靈，只得回馬逃走，柳升揮兵追殺。可憐那一班徒眾本是些烏合，被官兵殺得屍積如山，血濘道路；柳升趁勝克復了益都、諸城、莒州等地，獲住賊酋三十餘人，一例軍前正法，只逃走了唐賽兒不曾捉住。後來她被山東的土人殺死，把頭拿來獻與柳升，柳升跟著部眾班師回家。

太宗見山東平定，因蒙酋阿嚕台恃著勇力，抗拒來使，擄掠邊地，太宗下諭御駕親征；是年秋天，出師塞外，足鬧了三個多月才得安靜。次年是永樂十九年，太宗以蒙人狡詐，須就鎮攝，便傳旨遷都北京；那時，北京宮殿已經落成，正殿仍名奉天。右順、左順門外又增建太廟，太公稷及社稷壇、先農壇等等；壯麗宏敞，遠勝南京。

又添建清寧宮為太后奉居，皇城東南建皇太孫宮，乾清宮、坤寧宮後面又建了交泰殿；又建設景福、景和、仁和、萬春、永春、永壽、長春等宮，備六宮嬪妃的居住。那太宗的德配徐皇后，是中山王徐達的長女，貌很豔麗，性又賢淑；太宗在藩邸的時候，幾次獲罪太祖，多虧徐皇后從中設法調停，太宗得以不受罪譴。

太祖在日常說：「棣（太宗）有賢婦，終身享受不盡了。」太宗登極，便冊立徐氏做了皇后，平日非常的敬愛；徐皇后又著《內訓》二十篇，都是規誡婦女的格言；又拿古人的言行錄，編成書本頒行四海。

徐皇后本識字知書，對於朝政，輔助太宗的地方很是不少；但偏偏天不假年，這時忽然一病不起，竟至逝世。太宗想起皇后的多才賢淑，心中很是悲傷，一面替皇后發喪，又命有道的高僧建壇設醮超度皇后；七月中旬，太宗親送靈輿葬在長陵，並謚號為仁孝皇后。

那時，徐達還有一個幼女，芳名喚作妙錦，便是徐皇后的妹子，年紀已二十一歲，不曾適人；太宗聞得妙錦的才貌更勝過徐皇后，便飭內臣下幣致聘，想要立妙錦為皇后。妙錦的哥哥徐祖輝見是上諭，不敢違拗，一口就應許下來；誰知那妙錦的性情倒是十分古怪，她卻不願意做皇后，堅持著不肯答應。徐祖輝沒法，只好從實上聞；太宗聽了，又派了女官來中山王府裏向妙錦勸駕。

妙錦任她們說得口吐蓮花，她卻老是一個不答應；太宗又命內史來勸妙錦，見妙錦沒有轉意，便親自駕臨王府，由祖輝出來迎接進去。太宗坐定，便召妙錦面陳；不一會，妙錦盈盈地來見駕，

禮畢侍立一旁。太宗細瞧她的容貌果然不差，雖是淡妝素服，卻覺得豔光照人；太宗很和藹地問道：「朕欲立卿為皇后，為什麼這樣地見拒？想徐皇后在日，和朕也很和睦。卿是姊妹，難道不知的嗎？」

妙錦低頭說道：「臣妾非故違陛下，自思質同蒲柳，不配做天下母，是以不敢應選；乞陛下洪恩，恕妾慢上。」太宗待要回答，妙錦又道：「臣妾福薄，既蒙陛下知遇，望賜寸地；妾得終身禮佛，就感激不盡了。」

太宗知妙錦固執，諒來不能強做，不由的歎息一聲，便命起駕回宮，祖輝和妙錦在後跪送，太宗心裏很為懊惱，仍希望妙錦回心過來。回宮之後，不時令女官、內侍們，頒賜珠玉珍寶與妙錦；妙錦勉強受領，但都用竹篋，把所賜的東西一一封鎖起來。

這樣地過了半年，太宗又提起立后的事來，再派女官來勸妙錦；妙錦也歎道：「皇上不能忘情於我，總算是我的知己；那麼，我就把半生的幸福，報了知己吧！」妙錦說著，忽地將雲髻打散，提起金絞剪來，颼颼地幾下，把萬縷青絲剪在手裏，用黃袱裹好，遞給那女官道：「煩妳上達皇帝，說我已削髮，從此遁入空門，不能再侍奉皇帝的了。」

那女官呆了半晌，只得回奏太宗，太宗也無可奈何，只得令馬妃暫掌六宮，誓不別立皇后，空著這個位置，算是報答妙錦的；後來妙錦死了，太宗命照皇后禮節，也安葬在長陵，這是後話。

太宗自喪了徐皇后，妙錦又削髮為尼，弄得他兩頭落空；正在滿心不樂的當兒，忽然高麗入貢，內有美女兩人，一個叫權英的，面貌豔冶，舉止嫵媚，太宗看了大喜，便立時選入後宮，當夜召幸。那權英不但美麗，又工媚術，太宗因此越發寵幸，就晉封她為玉妃。

那玉妃的肌膚膩滑瑩潔；伸出手來，真如羊脂一般，又白又嫩；不說別的，單只看她一身的玉膚，也要令人魂銷了。太宗笑問她，為甚皮膚這樣嬌嫩；玉妃回說：「自幼兒便把玉當作食品，所以肌膚格外的細膩。」

太宗驚道：「那玉是石質的，怎樣可以吃的？」

玉妃微笑道：「高麗地方原是產玉的所在，不過那種玉，和市上做珍玩的又是不同，顏色有黃的，也有白的，式樣也有大小和厚薄；這一類的玉，大都產在河中。高麗地方，有種人專在河中掏玉，掏著了，便來賣給人家；黃的算為上品，白的略次一點。吃玉的人，把玉取來滌洗乾淨，放在罐裏煮著；過了半晌，再將白習草和玉同煮，待玉煮軟了，再把白習草取出，這時的玉已煮得如膏一般，再加上香料糖汁，吃起來味兒又鮮潔又香美，無論什麼東西都比不上它的。」

太宗聽說很是詫異，道：「那煮玉的白習草，又是那裏來的？」

玉妃答道：「這也是高麗的特產，出在產玉的河邊上，有了這草，河中必然有玉；那賣玉的人掏了玉來賣時，順便拔了那白習草，算是買玉時附贈的。這白習草和玉性情極其相反，不管怎樣厚的玉，一經和草同煮，便柔軟如綿的了；大概也是一種相生相剋的意思吧！」

太宗笑著問道：「妳幼時便這樣煮玉吃的嗎？」

玉妃微笑道：「臣妾的老父那時愛妾如掌上明珠，還特雇了一個老嫗，專門替妾煮玉，自三四歲時直吃到十八九歲；老父死後，家景漸漸中落，也沒有閒錢再去買玉吃了。今年高麗王挑選美女進貢，見臣妾生得肌膚瑩潔，便也選在裏面；現得侍候陛下，不是妾的萬幸嗎？」

太宗點頭道：「妳既喜歡吃玉，朕就命那裏的官吏去採辦去。」於是傳諭，令宦官永祿專往高麗採玉。

那永祿領了旨意，開了一隻大船，上插著紅旗，大書「奉旨採玉」四個大字；一路上繡幟飄揚，錦帆滿張，直達高麗。那面的地方官吏自忙著迎送，永祿也趁間勒索，高麗的人民不勝他的滋擾，暗中糾集了無賴惡黨舉旗作亂，又戕了明朝守將，殺死永祿；太宗聞報大憤，立飭英國公張輔出師高麗，自永樂十九年三月往征，直到九月班師。

太宗仍命內監赴高麗採玉，時人稱為取寶船，每一個月中往高麗採玉一次；玉妃得玉，便親自調煮，等到煮好，先進太宗。太宗嚐了玉的滋味，果然和別的不同，從此和玉妃有了同癖；據內務府的報告，只就採玉這一項，耗費報銷就達月支五十五萬餘兩，當時已這樣的奢靡，怪不得清廷要窮奢極欲了。

一天，太宗攜了玉妃往遊西苑；這個西苑是在河東，距御花園約半里許。太宗遷都北京，便命建一個大花園在河東，賜名叫作西苑；那西苑裏面有無逸亭、有溫玉泉、有秋輝夕照、有漪漣池、有清芬盡在、有風月無邊、雪玉亭、明鏡朗、玉樹翡翠榭、放鶴亭、松竹梅三清軒，種種名勝，都是清幽壯麗，無美不俱的。

當落成的第一日，承造西苑的是司禮監余焜，便來請太宗駕幸西苑；太宗見奏，帶了玉妃和幾個內侍宮女，逕往西苑中來。這時正是三春的天氣，碧柳絲絲，紅花如錦，千花萬卉，共鬥芳菲；又加上苑中的畫棟雕樑，愈覺得景致的幽美了。

太宗一面遊看，只是讚不絕口；正在有興的當兒，忽聽得園外一陣的叫嚷聲，接著便是腳步聲雜亂，一個蓬頭散髮的女子，領著三個孩子、一個女兒，往著園中直嚷進來。太宗很是納悶，正在怔愕著，那女子一見了太宗，便拖住衣袖大哭，還不住地把頭向太宗身上撞去；太宗吃了一驚，再仔細瞧時，卻是自己的妹子寧國公主。

太宗忙說道：「妳有什麼話，儘管可以好好地講，為什麼要弄成這個樣兒？」

寧國公主又大哭道：「還講什麼話，你只把梅駙馬還我就是了，否則，我情願撞死在你的面前。」

太宗見她說不明白，又有那三個孩子、一個女兒，也來纏繞著太宗，啼哭著向他要爹爹；太宗這時十分為難，又不好變臉。正當無可奈何，恰巧楊士奇和楊榮，因蒙裔阿嚕臺衛率領部眾又寇邊疆，守臣都指揮哈蜜飛章入奏，急求援兵；楊士奇、楊榮兩人正主持內閣，接到了奏疏不敢怠慢，便進西苑來見太宗。正好寧國公主在那裏和太宗拼命，楊士奇便上前相勸；寧國公主方把梅駙馬失蹤一事，對楊士奇略略說了一遍。

士奇心裏明白，只得勸寧國公主道：「木已成舟，公主也不要悲傷了。」楊榮也來安慰，經兩人說得舌敝唇焦，寧國公主才答應了，要求把殺駿馬的譚深、趙曦立時正法，三個兒子統賜爵祿，女兒照郡

主例遣嫁。太宗見說，只得一一依允；並親書了諭旨付給公主，命刑部立逮趙曦、潭深，即日棄京。又加贈梅駙馬為靖遠公，三子襲侯爵，女兒由奉旨配婚；寧國公主見事事如願，才領著三子一女，含淚自去。

這寧國公主是太祖的長女，嫁給駙馬梅殷；當日太宗舉白幟靖難，梅殷引兵抗拒，太宗連吃他幾個敗仗。太宗登基，下詔召梅殷進京，梅殷只守著袞州不肯奉詔，太宗越發恨他了；其時幾次要發兵去征他，都被徐皇后擋住。

又太宗初入京城，命建文帝舊臣方孝孺草詔頒佈天下，孝孺不但不肯動筆，反把太宗大罵一頓，說滿朝文武，除駙馬梅殷之外儘是賊臣；太宗大怒，殺了方孝孺。梅殷是孝孺同黨，他殺梅殷的心也越切了；那潭深、趙曦是梅殷部下的正副指揮，太宗便密傳諭旨，令潭、趙暗圖梅殷。

趙曦和潭深便私下議好了，借名操兵，請梅殷校閱；梅殷不知是計，逕和潭、趙兩人並馬出城。到了護城河邊，兩人一聲暗號，把梅殷推下河去，部下的衛兵慌忙下橋去救；潭深拔劍大喝道：「誰敢救援梅殷，我就砍下他的腦袋。」衛兵們聽了，知道梅駙馬是他兩人謀死的，便吶喊了一聲，大家紛紛走散了。

其中有幾個心腹的人，連夜去報給寧國公主，說了潭深、趙曦謀害的情形；公主聽了放聲大哭，就領著她的三個兒子、一個女兒，哭到宮裏來和太宗拼命。太宗做了這虛心的事，不覺也有些愧對公主，只好由她鬧著；幸得楊士奇和楊榮進來，才解了這場的圍。

公主領著上諭出宮，立刻捕了趙、潭兩人，親見他們把趙、潭斷頭；公主又命摘取了兩人的心肝，向梅駙馬的靈前致祭。這裏太宗和楊士奇等，議定出兵征阿嚕臺衛，太宗雄心勃勃，便下諭即日親征，楊士奇等再三阻諫，太宗不聽；第二天，太宗命皇太子高熾監國，自己到御校場來，點起三十萬大軍，出塞北征去了。

這一次的親征，直到了永樂二十二年，總算把阿嚕臺征服；太宗下諭班師，大兵到了白邙山，忽然京中的警報到來，是玉妃逝世了。太宗聽說死了玉妃，不由得悲痛欲絕，因此哀毀太甚，聖躬也有些不豫起來；回到榆木川時，太宗的病越發沉重了，便召楊榮、夏原吉、金幼孜三大學士，及英國公張輔等到了榻前，太宗囑咐了後事，令太子高熾即位，楊榮等頓首涕泣受命。

這天晚上，太宗忽然睜眼，問內侍海壽道：「到北京還有多少日路程？」

海壽跪稟道：「須至七月中可到。」

太宗長歎一聲道：「看來等不得了。」說罷，便閉目不說了。

海壽見太宗形色不妙，忙去報知侍駕的大臣，楊榮、張輔、金幼孜等慌忙進御帳來問安時，太宗早已駕崩了；楊榮等痛哭了一場，卻不給太宗發喪，只令內侍海壽星夜進京。

新大明十六皇朝（一）蓋世群雄

（原書名：大明十六皇朝［壹］大地群龍）

作者：許嘯天
發行人：陳曉林
出版所：風雲時代出版股份有限公司
地址：10576台北市民生東路五段178號7樓之3
電話：(02) 2756-0949
傳真：(02) 2765-3799
執行主編：朱墨菲
美術設計：吳宗潔
業務總監：張瑋鳳

出版日期：2024年2月 新版一刷
ISBN：978-626-7369-25-8

風雲書網：http://www.eastbooks.com.tw
官方部落格：http://eastbooks.pixnet.net/blog
Facebook：http://www.facebook.com/h7560949
E-mail：h7560949@ms15.hinet.net
劃撥帳號：12043291
戶名：風雲時代出版股份有限公司

風雲發行所：33373桃園市龜山區公西村2鄰復興街304巷96號
電話：(03) 318-1378
傳真：(03) 318-1378
法律顧問：永然法律事務所 李永然律師
北辰著作權事務所 蕭雄淋律師

行政院新聞局局版台業字第3595號 營利事業統一編號22759935

定價：380元

國家圖書館出版品預行編目資料

新大明十六皇朝 / 許嘯天著. -- 初版. -- 臺北市：風雲時代出版股份有限公司, 2024.01-　冊；　公分

ISBN 978-626-7369-25-8 (第1冊：平裝). --

857.456　　　　112019066